Tabea Koenig
Hurenmord

Tabea Koenig

Hurenmord – Die Rose von Whitechapel

Historischer Roman

PIPER

Mehr über unsere Autoren und Bücher:
www.piper.de

Wenn Ihnen dieser Roman gefallen hat, schreiben Sie uns unter Nennung des Titels »Hurenmord« an empfehlungen@piper.de, und wir empfehlen Ihnen gerne vergleichbare Bücher.

ISBN 978-3-492-50242-9
© 2019 Piper Verlag GmbH, München
Redaktion: Ulla Mothes
Covergestaltung: zero-media.net, München
Covermotiv: FinePic®, München
Printed in Germany

Für Leonard Koenig – ohne dich hätte ich mich nie getraut.

Prolog

London, Nacht der Doppelmorde, 30. September 1888

»Nicht, Madame! Das ist kein geeigneter Anblick für Sie.« Chiefinspector Abberline versuchte Christine am Vorbeigehen zu hindern.

»Lassen Sie mich durch!«, hielt sie dagegen und stürzte an ihm vorbei. Was sie danach erblickte, übertraf ihre schlimmsten Befürchtungen. Das Laken, das über dem Unterleib der Toten lag, war völlig mit Blut durchtränkt, die Kehle so weit aufgeschnitten, dass der Kopf unnatürlich vom Hals abgeknickt war. Die Schnittwunden im Gesicht machten es schwierig, die Frau wiederzuerkennen. Jemand hatte sie wie ein Tier ausgeweidet und ihre Gedärme über ihre linke Schulter geworfen.

Sie sank hinunter zur Toten und wollte ihr Gesicht berühren, doch sie schaffte es nicht. Das war nicht mehr Catherine, einer ihrer entlaufenen Schützlinge, sondern der verstümmelte Leichnam einer verlorenen Seele.

Neben dem Geruch des Blutes waberten der Gestank von Alkohol und der Dunst des ungewaschenen Leibes der Toten in der Luft, sodass Christine das Denken schwerfiel. Mit zugeschnürter Kehle hob sie das Laken hoch und erhaschte einen Blick darauf, was die Constables den Schaulustigen vorenthalten wollten. Fleischige Klumpen lagen wie Schlachterabfälle auf ihrer entblößten Scham. Als Christine begriff, was sie sah, ließ sie das Tuch fallen und würgte.

Abberline hatte sie eingeholt und zog sie mit einem festen Griff von der Toten weg.

Erst, als Christine gezwungen war aufzusehen, bemerkte sie die enorme Menschenansammlung um den Tatort herum. Viele standen bloß in ihrer Nachtwäsche da. Der Mord und das riesige Polizeiaufgebot hatten sie aus ihren Betten gerissen. Ihre Gesichtszüge reichten von verängstigt und entsetzt über schaulustig bis hin zu wütend.

Mit seinen breiten Schultern stellte sich Abberline zwischen sie und die Anwohner und isolierte sie somit vom Tatort. Er hatte das Sagen hier. Seine Haltung und seine Stimme zeugten von absoluter Autorität. Aus kalten, reservierten Augen sah er sie an und klappte das Notizheft auf. »Sie kannten die Frau?«

Christine nickte zaghaft. »Das ist Catherine Eddowes, eine ehemalige Prostituierte.«

Die Schreibfeder kratzte über das Papier. »Woher kannten Sie die Frau?«

Christine fröstelte. »Sie war ...«

»Lassen Sie mich raten«, unterbrach er sie barsch. »Wie die anderen Mordopfer davor war sie eine Ihrer Bewohnerinnen aus dem Renfield Eden. Dem Heim für entlaufene Huren und anderes moralloses Gesindel.«

Ehe Christine etwas entgegnen konnte, schob sich ein junger Herr zwischen sie. »Chief, Dr. Phillips ist eingetroffen. Würden Sie ihn zur Toten bringen?« Er deutete auf den Pathologen, der sich soeben durch die Schaulustigen kämpfte und dabei seinen Koffer an die Brust presste.

Inspector Pike, Gott sei Dank, dachte Christine erleichtert. Er kam im richtigen Moment. Sie spürte, dass er sie vor einer unangenehmen Befragung bewahrt hatte. Die beiden Herren arbeiteten noch nicht lange miteinander und konnten einander nur wenig leiden.

Abberline knurrte, seine Augen musterten ihn so scharf wie Rasierklingen. Er hatte Pikes ritterliche Absichten sofort erkannt. Er wollte nicht, dass Christine seinen Launen ausgesetzt war. »Der wird seine Freude haben bei dem Blutbad.« Einen Moment sahen sich die Männer feindselig an. Auch dieses Platzhirschgehabe war nichts Neues. Dann wandte sich der Chiefinspector zum Pathologen und zeigte ihnen die kalte Schulter. »Phillips! Kommen Sie!«

Mit einem dankbaren Nicken blickte Christine in das vertraute Gesicht von Inspector Pike, der sie trotz der ernsten Lage mit einem aufmerksamen und warmen Blick musterte. Besorgnis zeichnete sich auf seiner Stirn ab. Zweifellos galt sie ihr. »Sie hätten sich diesen Anblick nicht antun müssen, Madame Gillard. Sie können nichts mehr für sie tun.« Sein Tonfall kam ihr unerwartet fremd vor. Sie würde sich nie daran gewöhnen, dass er sie in der Öffentlichkeit so formell ansprach.

Hinter ihnen wurden Stimmen laut. »Das war wieder er, der Whitechapel-Mörder, nicht wahr?«, rief ein älterer Mann im Schlafrock.

»Warum trifft die Polizei immer zu spät ein?«, wollte jemand anderes wissen. »Jetzt läuft der Frauenmörder schon in der City herum.«

Tatsächlich befand sich der Mitre Square, auf dem sie alle standen, gar nicht mehr in Whitechapel, sondern an dessen Grenze. Damit verließ die Blutspur des Mörders erstmals den isolierten Schandfleck am östlichen Ende Londons, dem Schmelztiegel allen Elends und der Verderbtheit. Der Mörder war nun auch für die bessergestellten Londoner zur greifbaren Realität geworden.

Christine hätte so vieles zu sagen gehabt, aber nichts davon schien ihr angebracht zu sein. Defensive Worte, die mehr schadeten, Fragen, die keiner beantworten konnte, Gefühle der Ohnmacht und Verzweiflung, die sie erstickten.

Sie suchte den Blick des Inspectors, doch er wich ihr aus und starrte mit zusammengepressten Lippen auf die Leiche. Abberline, Dr. Phillips und weitere Constables hatten sich zu ihr heruntergebeugt, sodass nur noch die Schuhspitzen ihrer abgetragenen Stiefel aus der Menschentraube herausragten.

Doch Christine sah nicht mehr zur Leiche. Sie betrachtete Pike. Etwas in seinem Gesichtsausdruck gefiel ihr nicht. Er verheimlichte ihr etwas. »Was verschweigen Sie?«

Seufzend nahm Pike seinen Bowler ab und fuhr sich durch das

braune Haar, ehe er den Hut wieder aufsetzte. »Ich fürchte, sie ist nicht sein einziges Opfer in dieser Nacht.«

Christine schnappte nach Luft und fasste an ihr Herz. »Wie bitte?«

»Ja, Madame.« Er berührte ihren Arm und führte sie etwas abseits, sodass sie vertraut miteinander sprechen konnten. »Christine, du musst dich beruhigen. Wir wollen keine Massenpanik auslösen.«

»Wo ist die andere?«

Pike seufzte. »In der Berner Street. Die Vermutung liegt nahe, dass ... Nun ja, du weißt schon. Er jagt deinen Frauen nach, Christine. Und wir stehen da wie Idioten.«

Christine setzte zu einem Schrei an, doch es war nicht mehr als ein schmerzerfülltes Schluchzen, das ihrer trockenen Kehle entwich.

Sofort wollte sie in Richtung Whitechapel eilen, doch Pike hielt sie fest. Während in seinen braungrünen Augen Mitgefühl lag, zeugte sein Handgriff von Strenge und Scharfsinn. »Nicht. Es ist mitten in der Nacht. Das ist zu gefährlich, um allein hinzugehen. Er ist vielleicht noch unterwegs, befindet sich möglicherweise unter den Schaulustigen. Ein Constable wird dich nach Hause bringen.«

Der Inspector gab einem seiner Männer den Befehl. Nur mit Widerwillen folgte Christine ihm und stieg in eine Droschke. Dort wollte Pike sich von ihr verabschieden, doch sie lehnte sich aus dem Fenster und fixierte ihn mit einem durchdringenden Blick.

»Finde ihn, John. Der Whitechapel-Mörder muss dafür büßen. Er muss dafür büßen, was er diesen Frauen antut, denen ich Schutz versprochen habe. Finde ihn. Versprich es mir.«

Damit hatte sie ihn in Bedrängnis gebracht, das wusste sie. Gute Polizisten versprachen keine Dinge, die sie möglicherweise nicht einhalten konnten. Nicht so Pike. In seinem Gesicht war eine Veränderung vorgegangen. Sein sonst so warmer Blick hatte sich verhärtet, und seine Stimme senkte sich. »Ich werde ihn finden. Das schwöre ich bei meiner Ehre.«

Teil 1

1. Kapitel

Drei Monate zuvor: An der Nordküste Schottlands, 30. Juni 1888

Liam O'Donnell, Gemahl der Countess of Suthness, wälzte sich in seinem Himmelbett und wollte den Arm um seine Frau legen, doch der Platz neben ihm war leer.

»Emily?« Ganz dezent haftete noch ihr Duft an ihrem Kissen. Benommen stand Liam auf und schob die dunkelblauen Gardinen zurück. Er öffnete das Fenster und genoss die frische Morgenluft, während er über das meilenweite Grün des Anwesens blickte. Außer dem Morgenkonzert der Vögel herrschte absolute Stille. Sogar das Meer war heute so ruhig, als schlummerte es noch.

Liam wandte sich vom Fenster ab und sah sich im leeren Schlafzimmer um. Ein Blick auf die Uhr verriet, dass es erst fünf Uhr morgens war. Warum war seine Frau schon vor dem Personal auf?

Er fand Emily weder im angrenzenden Ankleidezimmer noch in ihrem eigenen Ladyschlafzimmer, in welchem die Ehegattin üblicherweise zu nächtigen hatte, wenn sie denn etwas auf diese keusche Gepflogenheit gegeben hätten. Schließlich verließ er die Schlafgalerie und betrat das Erdgeschoss. Dort fand er sie im Bibliothekszimmer auf dem Sofa dösend vor. Der Raum duftete nach alten Büchern und dem typischen Kamingeruch.

Als Emily ihn hörte, setzte sie sich auf und lächelte ihn schlaftrunken an.

»Was machst du hier unten, Liebes?«, fragte er sanft und ging vor ihr in die Hocke.

»Mir ist unwohl geworden, aber ich wollte dich nicht wecken«, antwortete sie. Seufzend blickte sie an ihrem Nachthemd herab.

»Ich weiß gar nicht, warum man es Morgenübelkeit nennt, wenn es doch schon mitten in der Nacht beginnt.«

Liam streckte seine Hände nach dem Bäuchlein aus und streichelte es. »Das geht vorbei. Bald jagt eine Kinderschar durch unser Haus.« Dass es über fünf Jahre dauerte, bis Emily schwanger wurde, hatte ihn zunächst sehr besorgt, doch nun gehörten alle Befürchtungen der Vergangenheit an. Liam wurde Vater, und nichts konnte ihn mit größerem Stolz erfüllen.

»Wer redet denn hier von einer ganzen Schar? Lass uns bescheiden sein und mit einem anfangen«, scherzte Emily. Sie neigte sich zu ihm und küsste ihn.

Liam öffnete ihren Haarknoten, sodass ihr langes, rotblondes Haar ihren Rücken hinunterfloss. Verliebt blickte er in das sommersprossige Gesicht, das er schon sein ganzes Leben lang liebte. Ihre gemeinsam überstandene Vergangenheit hatte ein unzerstörbares Band um sie herum gewoben.

Einst waren sie beide als Sprösslinge von Huren in einem Bordell in Glasgow aufgewachsen. Dabei waren Emilys Eltern niemand Geringeres als Lord und Lady of Suthness gewesen. Aber das wusste damals niemand, denn Emilys Mutter hatte nach einem missglückten Mordanschlag ihres Schwagers das Gedächtnis verloren und wurde von der Bordellbetreiberin Margery Gallaham aufgenommen. Als Emily und Liam Jugendliche waren, tötete ein Colonel im Auftrag des Schwagers Emilys Mutter und brannte das Bordell nieder. Nur Liam, Emily und ihre Freundin Christine überlebten.

Damals waren sie schon einmal ein Liebespaar gewesen, aber die Tragik und das mit ihr einhergehende Elend trieben sie auseinander. Es war ein langer Leidensweg gewesen, der über Jahre hinweg angedauert hatte, bis Emilys Onkel für seine Verbrechen bestraft werden konnte. Aber letzten Endes siegte die Gerechtigkeit und das Paar fand wieder zueinander. Nun waren sie verheiratet, lebten an der Nordküste Schottlands und führten das Erbe von Emilys adligen Eltern fort. Im wahrsten Sinne des Wortes.

Jetzt sah Liam in die ozeanblauen Augen seiner Frau und bewunderte den orangefarbenen Punkt in ihrer rechten Iris, der einst vor Gericht ihre adligen Wurzeln bewies. Ein seliges Seufzen entwich ihm. »Mein Gott, wie schön du bist«, flüsterte er. Seine Finger fuhren ihren Hals entlang und wanderten über ihr Schlüsselbein direkt zu ihren vollen Brüsten herab. Lustvoll umschloss er sie.

»Ich will dich«, flüsterte er und hauchte ihr einen Kuss auf den Nacken. Geschickt arbeitete er sich unter ihrem Nachthemd hoch, sodass sie die Augen schloss und tief zu atmen begann.

»Aber doch nicht hier«, entgegnete sie in einem Moment der Bedachtsamkeit. »Die Dienstboten werden gleich mit ihrem Tagewerk beginnen.«

»Dann müssen wir schnell zurück in unsere Schlafgemächer, wo wir ungestört sind«, raunte er ihr zu. »Oder ist dir noch immer unwohl?«

Emily stand auf und reichte ihm die Hand. »Ganz und gar nicht mehr.«

Das ließ sich Liam nicht zweimal sagen. Sie küssten sich leidenschaftlich und fordernd. Emilys Lippen schmeckten so köstlich, wenn das Verlangen ihnen wie ein loderndes Feuer innewohnte. Liam hob seine Frau hoch und trug sie zurück ins Schlafzimmer. Dort entkleidete er sie und bettete sie in ihr Liebesnest, voller freudiger Erwartung, sich in ihrem wunderschönen Leib zu verlieren. Doch vorher nistete er seinen Kopf in ihren Schoß und beglückte sie. Voller Hingabe fiel sie wie eine reife Traube in seinen Mund. Ihr Zittern bezeugte den Beginn einer Metamorphose. Eine Verwandlung von Erregung zu Ekstase. Doch ehe sie vollendet war, schob er sich hoch zu ihr und drang tief in sie ein. Erlöst seufzte Emily unter ihm.

Rhythmisch bewegten sich so erfahren, dass sich ihre Leiber wie maßgeschneidert aneinanderschmiegten. Liam liebte es, mit ihr zu verschmelzen, mit ihr eins zu werden. Die Trennung in ihrer Jugend verlangte noch immer nach Kompensation, und das wachsende Leben in ihrem Innern wirkte wie ein Aphrodisiakum.

Später, als sie nebeneinanderlagen und wieder zu Atem kamen, legte Emily ihren Kopf auf seine Brust, während er ihre Schulter streichelte.

Draußen brach der Tag an, der Wind über dem Meer frischte auf. Veränderung lag in der Luft und wehte mit dem Sommerwind und dem Geruch der Libanon-Zedern der Parkanlage durch das offene Fenster.

Manchmal wurde er daran erinnert, was für ein großes Glück er mit seiner Frau hatte. Die Gefühle des Verliebtseins hatten längst einer größeren, tieferen Liebe Platz gemacht. Dennoch ergriff ihn immer wieder dieselbe Freude, wenn er sie ansah. Auch jetzt spürte er diese Glückseligkeit und diesen Stolz in seiner Brust.

Es war noch immer wie am ersten Tag. Nur besser.

2. Kapitel

London, Juni 1888

»Fester, Mable.«

»Sind Sie sicher, Madame? Ich habe Sie schon sehr stark eingeschnürt.«

»Ja, Mable. Wenn es enger ist, dann habe ich weniger Luft zum Atmen, und dann weine ich nicht. Ich kann es mir nicht leisten, schon wieder in Tränen auszubrechen.«

Christine nahm durch das Spiegelbild den besorgten Gesichtsausdruck ihrer Zofe wahr. Dennoch folgte Mable ihrer Anweisung und zog das Korsett so fest zu, dass Christine sich kaum aus eigener Kraft halten konnte.

Als Nächstes half Mable ihr in ein Leibchen und in ihren voluminösen Unterrock. Bis hierhin war alles so wie immer. So kleidete ihre Zofe sie seit Jahren täglich an. Doch im nächsten Moment brachte Mable eine schwarze Monstrosität hervor, die alles Licht im Raum zu verschlingen drohte. Wie all ihre Haute Couture stammte auch dieses Kleid von Charles Frederick Worth, doch im Gegensatz zu ihrer restlichen Garderobe würde es ihr keine Freude bereiten.

Christine schluckte und ließ sich von Mable das Trauerkostüm anlegen. Für mehrere Monate würden nun Kleider wie dieses ihre Schränke füllen.

Während Mable an der langen Knopfleiste arbeitete, blickte Christine apathisch aus dem Fenster. Diese schreckliche Korrespondenz, die gemacht werden musste und Christine davon abhielt, in Ruhe zu trauern. Der Körper ihres Gatten war kaum erkaltet, da musste sie mit Henrys Kindern zusammensitzen und die Hinterlassenschaft klären. Klären? Wohl eher darüber streiten, denn insbesondere Adrian, Henrys ältester Sohn, hatte seine junge Stiefmutter nie akzeptieren können. Aus Respekt vor seinem Vater hatte er sich mit seinen Einwänden zwar stets bedeckt gehalten, aber aus seiner heimlichen Missgunst hatte er nie einen Hehl gemacht.

Hätten sie damit nicht noch ein paar Tage warten können? Wenigstens bis nach der Einäscherung?

Adrian hatte auf den heutigen Tag bestanden, er sei sehr beschäftigt. Wahrscheinlich aber wollte er sich einfach einer Sache vergewissern: Trauerte Christine Gillard, die nun mit dreißig Jahren zu den reichsten Frauen Londons gehörte, wirklich aufrichtig um den Verlust ihres vierzig Jahre älteren Gatten? Oder lachte sie sich heimlich ins Fäustchen, weil der alte Narr ihr, einer einstigen Hure, einen Ring an den Finger gesteckt hatte? Dieser Ring war der einzige Grund, warum sie noch hier stand. Christine hatte es schon zur Genüge miterlebt: Vermeintlich abgesicherte Kurtisanen, die nach dem Ableben ihrer Gönner von den Angehörigen aus dem Haus gezerrt und verbannt wurden. Das konnte ihr zum Glück nicht passieren. Aber sie musste auf der Hut bleiben. Sie hatte ihren Schutz verloren, war verletzlicher denn je.

»Ich wünschte, ich könnte sie wieder fortschicken, diese Hyänen«, sagte Christine mehr zu sich als zu Mable. »Ich hoffe, Mr. Eaton kommt nicht auf die Idee, sie auch noch zu verköstigen. Sie sollen gleich wieder gehen, sobald wir fertig sind.«

»Warum heißen Sie Mr. Eaton nicht, den Termin zu verschieben, Madame?«, fragte Mable. »Ich finde, Sie haben ein Recht darauf. Es ist noch viel zu früh, um über Geld zu sprechen. Wenn das anständige Menschen sind, würden sie so etwas nicht von Ihnen verlangen.«

»Aber es sind keine anständigen Menschen. Du weißt doch, Mable, dass sie selbst Henry fremdgeworden sind. Dass sie die Kaltherzigkeit ihrer Mutter geerbt haben und dass sie unsere Heirat für sehr ... unklug hielten.«

Schmerzvoll erinnerte sie sich daran, wie sie damals einem Gespräch zwischen Henry und seinem Sohn gelauscht hatte. »Was hat diese Frau für einen Narren aus dir gemacht, Vater! Ein Frauenhaus für gefallenes Gesindel! Du beschmutzt das Andenken unserer Mutter!«

»Ich weiß nicht, Madame«, holte Mable sie aus ihren Gedanken. Die Zofe seufzte. »Das ist alles so schrecklich. Ich wünsche mir doch nur etwas mehr Verständnis Ihnen gegenüber.«

»Ich weiß dein Mitgefühl zu schätzen«, sagte Christine. Sie drehte sich zu ihrer Zofe um und sah sie mit einem müden Lächeln an. Mable Watts hatte blondergraute Locken, ein bleiches, eher langweiliges Gesicht und gütige braune Augen. Der Hausengel gehörte zu Henrys Inventar, genauso wie die Sammlung Fabergé-Eier, die Ming-Vasen oder der Caravaggio. Sie war Henry treu ergeben gewesen und ebenso jenen, die er liebte. Natürlich wollte sie Christine nur schützen und das Beste für sie. Aber das Beste für sie war nicht das Beste für ihren Ruf.

»Verständnis nimmt mir die Last nicht. Verständnis lullt mich nur ein. Aber wir alle wussten, dass dieser Tag einmal kommen würde. Wir waren darauf vorbereitet.«

Als man bei ihrem Mann Krebs diagnostiziert hatte, war für Christine eine Welt zusammengebrochen. Die Ärzte verordneten die haarsträubendsten Therapien, die Henry nur noch mehr erschöpften und anstrengten, als dass sie Heilung versprachen. Schließlich gaben sie ihm nur noch wenige Monate. Henry aber hatte gemerkt, wie sehr ihn seine Frau brauchte, und noch ganze zwei Jahre durchgehalten.

»Wenn ich nur denke, was ich ihm alles zu verdanken habe. Vom ewigen Klassenkampf ermüdet lehnte ich mich mit meinem vollen Gewicht an ihn und ließ mich von ihm tragen. Nur dank ihm konnte ich das Frauenhaus eröffnen. Nun trage ich die Last wieder allein. Er fehlt mir so.«

Ein Schluchzen verriet, dass ihre enge Schnürung nicht wirkte wie beabsichtigt.

Mable unterbrach ihre Arbeit und ging um ihre Herrin herum.

Voll mit Wärme und mit mehr Fürsorge, als ihre eigene Mutter je aufgebracht hatte, legte die Zofe ihre Hände an Christines Wangen und sah sie lange an. »Sie müssen diese Last nicht allein tragen, Madame. Sie haben Freunde, die Ihnen beistehen.«

Christine ergriff ihre Hände und führte sie vor ihre Brust, als würde sie mit ihrer Zofe beten wollen. Im Licht der Reichen und Schönen pflegte Christine Hunderte Freundschaften, doch nur wenige von ihnen waren echt. Sie wollte etwas entgegnen, doch sie fand keine Worte.

Sie wandte sich dem Spiegel zu. Eine kleine, engtaillierte Frau mit wässrigen, blauen Augen und kirschfarbenen Lippen blickte ihr verunsichert entgegen. Ihre blonden, sonst so lebendigen Locken waren zu einem streng geflochtenen Knoten gebunden und ließen ihr Gesicht blass und eingefallen wirken. Wo war diese starke Christine aus Glasgow geblieben, die sich ein halbes Leben lang hatte behaupten müssen? Die einst aus gutem Hause vor die Tür gesetzt wurde und die sich von ganz unten wieder zurück in die feine Gesellschaft hochgearbeitet hatte?

Christine schüttelte den Kopf. »So kann ich unmöglich hinunter.«

»Wir sind auch noch nicht fertig, Madame.« Nun nahm Mable einen Schleier aus schwarzer Spitze hervor und befestigte diesen am Haarknoten. Der dunkle Stoff legte sich über Christine wie die hereinbrechende Finsternis. Das unsichere Gesicht verschwand.

»Besser so, Madame?«

Christine blickte auf das schwarze Gespenst im Spiegel, dann nickte sie. »Sagen Sie Mr. Eaton, er soll die Hyänen in den Salon führen.«

Kurz darauf glitt Christine die Stufen der Galerie herab. Bereits unzählige Male hatte sie Pressemitteilungen verlautbart und vor Menschenmengen gestanden, ohne Nervosität zu verspüren. Doch nun der zerrütteten Familie gegenüberzustehen, lehrte sie das Fürchten. Mit ihnen zu verhandeln, während Henry noch immer oben in seinem Schlafzimmer aufgebahrt lag, verursachte Übelkeit in ihr.

Sie bildete sich ein, ihn zu hören. »Ich sehe, was ihr macht. Ich bin immer noch da.«

Adrian, der neue Stammhalter, dessen schweigsame und eher zu dekorativen Zwecken anwesende Frau Meredith sowie Gordie und Michael, die jüngeren Brüder, warteten im Salon. Allesamt Männer in tadelloser Garderobe, mit edlen Gesichtszügen und blondem Haar, bei Adrian an manchen Stellen schon etwas licht. Auch Mr. Gardener, der Notar, war anwesend.

»Christine, schön, dich zu sehen.« Adrian küsste sie flüchtig auf die Wange und schob ihr den Stuhl zum Tisch. Manieren hatte er, das musste sie ihm lassen, auch wenn eine Kälte von ihm ausging.

Ihr Butler, Mr. Eaton, suchte ihren Blick, als wolle er sich vergewissern, dass sie mit dem Besuch allein zurechtkam. »Wünschen Sie noch etwas, Madame?«

»Nein, Eaton. Sie dürfen gehen.«

Sowie der Butler sich zurückgezogen und die Türen geschlossen hatte, öffnete Mr. Gardener seinen Koffer, und die Testamentseröffnung nahm ihren Lauf.

»Aber sie kann doch nicht als Witwe weiterhin dieses Frauenhaus führen!«, echauffierte sich Adrian zwanzig Minuten später.

»Sir, das Testament ist einwandfrei«, beteuerte Mr. Gardener.

»Es war der letzte Wunsch Ihres Vaters, dass jährlich eine große Summe seines Fonds in das Renfield Eden fließt. Außerdem ließ er den Wohnsitz, auf dem wir uns befinden, auf seine Gattin überschreiben. Ebenso erhält Madame Gillard eine jährliche Rente von fünftausend Pfund. Im Gegenzug zeigt sich Madame Gillard kompromissbereit, was die Übernahme der Firma betrifft. Die steht Ihnen und Ihren Brüdern allein zu, genauso wie das gesamte Erbe und die Landhäuser. Nicht wahr, Madame Gillard?«

Christine neigte den Kopf. »So wollte es Henry, und so ist es gut.«

»Ich nehme an, diese jährliche Rente beschränkt sich auf die Jahre der Witwenschaft?«, hakte Adrian nach. Wie auf Kommando blickten seine Brüder zu ihr. Ihre Augen schienen sie zu durchbohren.

Christine hatte den Wink durchaus verstanden. Für den Fall, sie wäre doch bloß hinter Henrys Geld her, wollte man so verhindern, dass sie sich bald mit einem neuen Ehemann vergnügte und trotzdem von Henrys Geld profitierte. Eine übliche Vorgehensweise. Entweder Geld für Einsamkeit oder Mittellosigkeit für Zweisamkeit. Aber Christine kannte das Testament und schämte sich auch nicht, dazu zu stehen. »Die Rente läuft auf Lebensdauer«, äußerte sie frostig.

Das wurde von Mr. Gardener bestätigt. Zähneknirschend nahmen es die Söhne zur Kenntnis. Zuletzt wurde das Schicksal diverser Kunstgegenstände besiegelt. Christine würde sich von einigen von ihnen trennen müssen. Schließlich packte der Notar zusammen, und Christine läutete nach Eaton, um die Herrschaften zur Tür zu begleiten.

Als Gordie, Michael und Meredith schon draußen standen und Christine hinaufgehen wollte, hielt Adrian sie zurück.

»Du solltest trotzdem darüber nachdenken, das Frauenhaus aufzugeben. Dass du es allein weiterführst, halte ich für sehr problematisch. Eine Witwe erwarten andere Pflichten.«

Die Kraft, um zu streiten, fehlte ihr. Es schien, als habe Christine mit Henrys Tod ihre Schlagfertigkeit verloren. Sprachlos blickte sie ihm nach.

Als sie wenig später in ihre Gemächer zurückkehrte, fühlte sie sich um Jahrzehnte gealtert. Erschöpft läutete sie nach Mable.

Während sie darauf wartete, dass die Zofe kam, ging sie in ihrem Zimmer auf und ab. Die Lethargie war einer Ruhelosigkeit gewichen. Ein Gefühl der Verlorenheit trieb ihren Puls in die Höhe. Sie wollte nicht über Henrys Geld verhandeln, sie wollte Henry zurück! Die Vögel im Vorgarten zwitschern ungeduldig, und das Pendel ihrer Standuhr schwang hektisch hin und her, genau wie ihre Gedanken. Unbewusst fasste sie an ihr Schlüsselbein und die untere Halspartie, um sich zu beruhigen. Kalter Schweiß sammelte sich an ihrem Rücken und erhitzte sich unter den unzähligen Stoffschichten.

Plötzlich bekam sie keine Luft mehr. Sie wollte schreien, aber das Korsett war zu eng. Panisch riss sie sich den Schleier vom Kopf, ungeachtet dessen, dass sie sich dabei einige Haare ausriss und die Frisur ruinierte. Dann hakte sie mit zitternden Händen ihr Kleid auf und schleuderte es weg. Schnell öffnete sie das Korsett und warf es ebenfalls fort.

Zuletzt wollte sie die Verbindungstür zum angrenzenden Schlafzimmer ihres Mannes öffnen, doch sie war verschlossen. Mable war gut damit beraten gewesen, dass sie den Schlüssel verwahrt hatte, denn schon zweimal davor war Christine in blanker Bestürzung in Henrys Zimmer gerannt und hatte an seinem toten Körper gerüttelt und sich schließlich weinend an ihn geklammert.

Jetzt, während sie nur noch im Unterrock an der Klinke rüttelte, erahnte sie langsam das Ausmaß ihres Kontrollverlustes. Verzweifelt und wütend über ihre eigene Dummheit ließ sie den Türgriff los und stieß einen gellenden Schrei aus.

Im nächsten Moment betrat Mable das Zimmer. Schweigend sammelte die Zofe die Kleidungsstücke ein und blieb in der Mitte des Raumes stehen. Ihr Blick richtete sich auf Christines gerötetes Brustbein.

»Oh Mable!« Christine schluchzte, während sie nach einer Entschuldigung suchte.

»Zweifelsohne eine allergische Reaktion auf den Brokat. Ich werde bei Worth Beschwerde einreichen und ein leichteres und luftigeres Exemplar bestellen«, antwortete Mable mit einer solchen Selbstverständlichkeit, dass sich jede Diskussion erübrigte.

Immer noch beschämt, aber wieder ruhiger, nickte Christine ihr zu. Die Loyalität ihrer Zofe war bemerkenswert. »Du hast recht. Leicht und luftig soll es sein.«

Mable lächelte, doch das Lächeln war noch nicht vollkommen von Besorgnis befreit. »Brauchen Sie sonst noch etwas, Madame?«

Zuerst schüttelte Christine den Kopf. Doch je länger sie dies tat, umso mehr wurde es zu einem Nicken. »Ich stehe das nicht allein durch«, flüsterte sie. »Ich glaube, ich brauche Hilfe.«

Mable kam näher und legte ihre knochigen Hände auf ihre

Schultern. »Dann lassen Sie mich nach dieser Hilfe schicken, Madame. Lassen Sie mich Lady O'Donnell kontaktieren.«

Eine Weile sah Christine ihre Zofe stumm an. Sie vermisste ihre Freundin. Ihre Gesellschaft würde ihr bestimmt guttun. Aber ob Emily wirklich den ganzen Weg für sie auf sich nehmen würde? Es lagen mehr als sechshundert Meilen zwischen den beiden Frauen, und Emily war sehr beschäftigt. Sie fragte ihre Zofe dasselbe.

»Das erfahren Sie nur, wenn Sie sie bitten«, antwortete Mable. »Doch bei der Countess of Suthness hege ich keine Zweifel.«

3. Kapitel

London, Juli 1888

Die Baumwolle wirbelte wie Schnee durch die Spinnerei. Sie tanzte durch die stickigen Hallen und setzte sich überall fest: in den Zahnrädern, den Ketten und den Kurbeln der Maschinen, aber auch im Haar, in den Ohren und in der Nase der Arbeiter. Die Flocken verhinderten, dass keiner einen tiefen Atemzug tun konnte.

Der Lärm in der Fabrik hatte Rosalies Gehör nachhaltig beschädigt. Trotzdem dröhnten das Rattern und Klappern auf sie ein, machten sie ganz benommen. Sie bediente eine der Kardiermaschinen, die die Baumwolle kämmten und reinigten. Wie die Webstühle waren sie dampfbetrieben. Die Zufuhrwalze musste ständig mit Baumwollfasern versorgt werden. Von dort aus gelangten sie in den sich schnell drehenden Tambour, eine gefräßige Walze mit scharfen Zähnen. Haare, Finger und Kleidung ließ man lieber nicht in seine Nähe.

Die Sonne knallte durch die Fenster der Sheddächer. Es war so heiß, dass Rosalie glaubte, in der Hölle zu sein.

Sie wischte sich mit der Hand über die feuchte Stirn. Durchgeschwitzte Locken quollen unter ihrer Haube hervor. Ein tiefer Schmerz vom stundenlangen Stehen ging von ihren Füßen aus und strahlte über den Rücken bis in den Nacken. Manchmal kam Rosalie kaum nach. Auf der einen Seite der Maschine musste sie ständig Baumwollfasern nachlegen, auf der anderen entnahm sie das Vlies. Dazwischen eilte sie zu den unterschiedlichen Lagern, buckelte die schweren Rollen auf ihrem Rücken und schleppte neue Säcke voller staubiger Baumwollfasern an.

Wenn sie sich doch nur kurz hinsetzen dürfte! Sie hatte den Punkt längst überschritten, an dem ihre Beine sie noch zuverlässig trugen. Ein gefährliches Stadium, denn man musste bei dieser Arbeit wachsam bleiben. Überall drehten sich Walzen, Spulen und Treibriemen ohne Abdeckung. Die Gänge waren kaum breiter als ein Yard. Unfälle gehörten zur Tagesordnung. Man wusste nie, wen es als Nächstes erwischte.

In Rosalies Kehle bahnte sich ein Gähnen an. Diese Nacht hatte sie schon wieder kaum geschlafen. Mary Jane Kelly, ihre Nachbarin, hatte bis spät einen zahlenden Herrn bei sich gehabt, und Peter, Rosalies kleiner Sohn, litt an Ohrenschmerzen und weinte die ganze Nacht durch. Damit sich Rosalie die Medikamente für ihn leisten konnte, musste sie ihre Schicht in der Fabrik von zwölf Stunden auf vierzehn erhöhen.

Dann geschah es: Ein Moment der Unachtsamkeit, und die Baumwolle verfing sich in den scharfen Zähnen des Tambours.

Schnell stoppte Rosalie die Maschine, was sie in Verzug brachte, und versuchte, die Baumwolle zu entfernen.

Schon erschien Mr. Ferris, der Vorarbeiter. »Was ist hier los?«

Das hilflose Gefühl des Ertapptwerdens klaubte ihr die Worte von der Zunge. »Nichts, ich bringe die Maschine gleich wieder zum Laufen.«

Mr. Ferris' rechtes Augenlid zuckte, sein Kopf nahm eine ungesunde Farbe an. »Gibt es eigentlich irgendeine Arbeit, die Sie können?«, fragte er so laut, dass die Arbeiter rund um sie herum die Köpfe in ihre Richtung drehten. »Dass mein Vorgänger überhaupt auf die Idee kommen konnte, eine Frau für diesen Posten einzustellen, die offensichtlich noch nie zuvor einen Penny in der Senkrechten verdient hat.«

Rosalie schluckte die Beleidigung herunter und versuchte, ihre Tränen zurückzuhalten. Jedwede andere Reaktion, sei es ein vorlautes Rebellieren oder ein demütiges Flehen um Verzeihung, würde nichts bringen. Und in Tränen ausbrechen? Den Gefallen tat sie ihm nicht.

Mr. Ferris schien ihre Demütigung und die Aufmerksamkeit

der anderen zu genießen, und plusterte sich noch eine Weile auf, damit auch der Letzte in der Halle sah, wie er sie tadelte. Der Atem eines schweren Trinkers schlug ihr entgegen. »Bringen Sie die Maschine wieder zum Laufen. Dafür ziehe ich Ihnen eine Stunde vom Lohn ab. Wenn ich in zehn Minuten wiederkomme und Sie hier noch immer alles blockieren, dann ...«

Er musste den Satz nicht beenden, damit Rosalie verstand. Eilig wirbelte sie zurück zur Maschine und hantierte daran herum. Ihr entging dabei nicht, wie zwei Arbeiter sie abschätzend musterten. »Falls sie es versaut, kann sie's ja wieder in der Waagerechten versuchen. Ich wüsste auch schon, wer seine Freude daran hätte«, sagte einer von ihnen nicht gerade leise.

Die Männer lachten und blickten zu Billy, einem jungen Mann mit rotblondem Haar, der die Kardiermaschine direkt neben Rosalie bediente.

»Euren Anstand habt ihr wohl versoffen«, maulte Billy und wünschte ihnen den Teufel an den Hals, ehe sich Mr. Ferris umdrehte und »Maul halten und arbeiten« rief.

Damit war Rosalie gut beraten. Hastig zerrte sie die Baumwolle aus der Maschine. Dabei konnte sie es sich nicht verkneifen, zu Billy hinüberzuschielen. Er erwiderte ihren Blick mit einem schüchternen Lächeln. Die verlorene Stunde war plötzlich nicht mehr ganz so schlimm.

Stunden später konnte Rosalie die Spinnerei endlich verlassen. Gerade als sie aus dem Werkstor trat, entdeckte sie Billy, der an der Backsteinwand der Fabrik lehnte und rauchte.

»Darf ich dich ein Stückchen begleiten?«, fragte er sie.

Verlegen nickte sie. Billy war der Einzige auf der Arbeit, der nett zu ihr war. Dennoch kannte sie ihn kaum, sodass es ihr an Gesprächsstoff mangelte. Sie war froh, dass er das Wort ergriff. »Ich finde es nicht in Ordnung, wie die da drin mit dir umgehen. Du arbeitest ein halbes Jahr hier, und sie behandeln dich wie eine Aussätzige.«

Vielleicht bin ich das ja auch, dachte sie. »Daran habe ich mich längst gewöhnt. Immerhin habe ich Arbeit.« Rosalie versuchte zu lächeln. Wenn sie an ihren kleinen Sohn dachte, dann spürte sie im Herzen eine gewisse Genugtuung. Ein Zeichen dafür, dass es ihm zuliebe die Mühe wert war.

»Daran darfst du dich aber nicht gewöhnen.« Billy nahm die Mütze von seinem Kopf und fuhr sich durch seine Haare. Die Mischung aus Schweiß, Fett und Dreck hatten sie fest wie Beton werden lassen. Abgesehen davon und dass ihm ein Schneidezahn fehlte, sah er nicht übel aus. Er würde jedenfalls nicht einsam sterben.

»Wenn du einen Mann hättest, dann müsstest du auch nicht arbeiten. Oder zumindest weniger. Ein Mann könnte dich versorgen.«

»Das ist ja eine nette Sache, so einen Mann zu haben, aber ich wüsste nicht, wer sich für mich in meiner Lage interessieren sollte«, antwortete Rosalie.

»Doch, ich wüsste einen.« Billy kam näher, und Rosalie stockte der Atem. Hatte er gerade tatsächlich das im Sinn, was sie seit Jahren nicht mehr zu hoffen wagte? Dass sich ein Mann ihr seine Gefühle offenbarte?

Ein Schauer durchfuhr sie, als Peter vor ihrem inneren Auge erschien. Es hatte seine Gründe, warum sie immer wieder wie eine heiße Kartoffel fallengelassen wurde. Es waren dieselben Gründe, warum Mr. Ferris und die anderen Männer ihren täglichen Spott an ihr ausließen.

»Ich möchte, dass du meine Frau wirst, Rosalie«, verkündete Billy.

»Billy ...«

Er musste die Verunsicherung in ihrem Blick erkannt haben, denn er ergriff ihre Hände und drückte sie fest. »Ich weiß, dass ich nicht viel zu bieten habe. Aber ich bin ein ehrlicher und anständiger Kerl. Du musst dich nicht sofort entscheiden. Lass mich deine Antwort wissen, wenn du es dir überlegt hast.«

Rosalie spürte, wie ihr Herz schwer wurde. »Ich würde sofort Ja sagen. Aber es gibt etwas, das du wissen musst. Etwas, das dich dazu veranlassen wird, deine Worte sofort wieder zurückzunehmen.« Ihre Stimme begann zu zittern, doch Billy lächelte sie unbeirrt an.

»Das kann ich mir nicht vorstellen. Du bist eine wunderbare Frau. Ich wüsste nicht, was es geben sollte, was ich...«

»Ich habe einen Sohn.«

Einen Moment lang hatte Billy seine Sprache verloren. Das Erste, was Rosalie sah, waren seine geweiteten Augen. Dann spürte sie, wie sich der Griff um ihre Hände löste. Angewidert wich er zurück. »Das soll wohl ein Scherz sein?«

»Es ist kein Scherz, Billy. Er heißt Peter und ist zwei Jahre alt.«

»Aber du kannst gar kein Kind haben. Du bist doch eine ledige Frau!«

»Das stimmt.«

»Und der Vater?«

Rosalie schwieg. Sie sah in Billys flackernde Augen und erkannte darin, wie für ihn gerade jene Welt zusammenbrach, die für sie schon lange nicht mehr existierte. Das Entsetzen wich in Bedauern und schließlich in Verbitterung.

»Dann stimmt's, was die anderen sagen«, knurrte er. »Du bist 'ne dreckige Hure.«

Resigniert hielt sie seinem Blick stand. Männer wie Billy hatte es schon viele gegeben, und alle waren sie von ihr gewichen, wenn sie von ihrer Schande erfuhren.

Dabei bestand ihr einziger Fehler darin, dass sie sich einmal zu früh einem Mann hingegeben hatte. Und einige andere Male davor. Doch niemand wollte über diesen Fehler hinwegsehen. Weder Mrs. Byford, ihre Vermieterin, noch Mr. Ferris, ihr Vorarbeiter, und allem Anschein nach würde es auch Billy nicht tun.

Abwesend blickte Rosalie auf die Themse, die Kloake Londons. Fabriken leiteten ihr Abwasser in den Fluss, Frachtschiffe ließen verdorbene Waren darin verschwinden, Schlachter ihre Abfälle und Anwohner den Inhalt ihrer Nachttöpfe. Nur wenige Steinwürfe weiter wurde das Wasser abgepumpt und in Umlauf gebracht. Dann gelangte es unterirdisch zu den Pumpen, und die

Leute entnahmen es, um damit zu kochen und zu waschen, und natürlich tranken sie es auch. Es überraschte nicht, dass so viele Bewohner des East Ends Alkoholiker waren, wenn sie vom billigen Brandy und vom Bier weniger krank wurden als vom Trinkwasser. Es gab Tage, da war der Fluss so stark verschmutzt, dass man vor lauter schwimmendem Dreck das Wasser darunter nicht sehen konnte. Heute war so ein Tag.

Billys Worte rissen Rosalie aus ihren Gedanken. »Ich hab mich bei den anderen völlig zum Affen gemacht!«, schimpfte er. »Sprich mich nie wieder an und vergiss, was ich dir vorhin gesagt hab.« Er setzte seine Mütze wieder auf und ging davon, ohne sich noch einmal nach ihr umzudrehen.

Irgendwo zwischen Empörung, Kränkung und völliger Resignation stand Rosalie da und blickte ihm nach. Trotz Juli kroch eine Kälte unter ihre Kleidung. »Keine Sorge Billy«, flüsterte sie. »Ich habe ein sehr schlechtes Gedächtnis.«

4. Kapitel

Nordküste Schottlands, Juli 1888

»Du weißt, ich liebe Christine wie eine Schwester, aber in deinem jetzigen Zustand kannst du sie unmöglich besuchen.« Liams Stimme klang gepresst. Er war es nicht gewohnt, Entscheidungen über den Kopf seiner Frau hinweg zu fällen, und Emily nicht, solche zu akzeptieren. Eine Weile herrschte am Frühstückstisch der O'Donnells eine solche Stille, dass man hätte eine Nadel fallen hören können.

»Das ist ja schön und gut, aber ich entsinne mich nicht, dich um Erlaubnis gefragt zu haben, ob ich gehen darf oder nicht«, entgegnete Emily prompt mit mehr Schärfe in der Stimme, als sie beabsichtigt hatte.

»Und du weißt, dass ich dir niemals vorschreiben würde, was du zu tun oder zu lassen hast. Bisher.« Das Timbre seiner Stimme hallte nach. Seine Lippen pressten sich aufeinander, als flehten sie um Vergebung. Das darauffolgende »Aber« lag nur einen Atemzug entfernt.

»Aber es ist mein Kind, welches du unter deinem Herzen trägst und um dessen Wohlergehen ich besorgt bin. London ist eine große Stadt, die Straßen sind voll und die Luft schmutzig. Und denk an die Kriminalität!«

»Christine wohnt in Belgravia!«, unterbrach Emily ihn gereizt. »Herrgott noch eins, Liam, ich bin schwanger und nicht todkrank. Führten wir ein Arbeiterleben, wie es ja auch beinahe dazu gekommen wäre, müsste ich sogar bis zur Geburt weiterarbeiten. Ich werde nicht eine dieser Frauen, die sich in ihrem Zuhause verstecken. Ich werde nicht nichts tun und nur warten! Ich bin enttäuscht, nein, erschüttert, dass du von mir überhaupt so etwas erwartest. Meine Freundin im Stich zu lassen! Das finde ich unerhört, indiskutabel, unter aller ...«

»Schon gut, schon gut. Du kannst deine schweren Geschütze wieder einfahren«, gab Liam nach. Er sah sie ernst an, aber die Fassade bröckelte zu stark, und er konnte nicht länger an sich halten. »Ein Glück sind diese Stimmungsschwankungen bald vorbei.«

»Liam!«

Ihr war nicht nach den Scherzen ihres Mannes zumute, wenn es Christine so miserabel ging, wie sie im Brief andeutete. Beim Lesen hatten ihr vor Schreck die Knie gezittert.

Ihre Freundin litt sehr unter dem Verlust ihres Mannes. Lange hatte Emily geglaubt, ein zweckreiches Arrangement sei die Triebfeder ihrer Ehe gewesen, nicht Liebe. Doch wie falsch sie mit dieser Annahme gelegen hatte, wurde ihr erst heute bewusst, nachdem sie diese hilflosen Zeilen gelesen hatte. Emilys Entschluss stand fest. Sie musste Christine besuchen.

»Möchtest du, dass ich dich begleite?«, fragte Liam nun einiges beherrschter.

Sein reumütiger Blick und die schwarzen Haarsträhnen, die ihm dabei in die gerunzelte Stirn fielen, sperrten sämtliche Wut aus ihrem Herzen. »Das fände ich schön«, sagte sie. »Aber ich fürchte, jemand von uns sollte in Suthness bleiben und sich um die Geschäfte kümmern. Wir erwarten diesen Monat weitere Pächter, und das Dorf soll an die Grundwasserversorgung angeschlossen werden.«

»Aber du nimmst die Zofe mit. Sie soll deine Koffer tragen.«

»Gewiss.«

»Und Dr. Nelson, falls etwas mit dem Baby ist?«

Emily blinzelte ihren Mann unverwandt an. »Ich soll einem Fünfundachtzigjährigen eine Reise zumuten, die du zunächst mir verwehren wolltest?«

Liam hob beschwichtigend die Hände. »Ich finde nur, dass wir vorsichtig sein müssen.«

»Dir ist bewusst, dass in London mehrere Millionen Menschen leben?« Endlich konnte Emily lachen, weil Liams Besorgnis einfach zu übertrieben war. Sie stand auf und küsste seine Stirn. »Du musst dir keine Sorgen machen. Ich bin mir sicher, dass sich unter all diesen Menschen auch ein Arzt befindet.«

5. Kapitel

London, Juli 1888

Die Beziehung zu Adrian wurde erneut auf die Probe gestellt, als Christine in Henrys Büro in der City of London stand und den Schreibtisch ihres Mannes räumte. Adrian, der wie vereinbart die Geschäfte seines Vaters übernehmen würde, hatte keine zehn Minuten in dieser Unordnung verbracht, dann war es ihm auch schon zu viel geworden. Er sagte, er würde wiederkommen, wenn sie all jene Dinge eingepackt habe, die nicht entsorgt werden sollten.

Natürlich hätte Christine einen Dienstboten damit beauftragen können, aber das brachte sie nicht übers Herz. Zu viel Persönliches steckte hinter jedem Gegenstand. Henrys Habseligkeiten auszusortieren bedeutete, die Vergangenheit Revue passieren zu lassen und sie zu würdigen. Danach brauchte sie nicht mehr in dieses Büro zurückzukehren und konnte von der herzlosen Verwandtschaft endlich etwas Abstand nehmen.

Mit seinen fünfeinhalb Fuß war Henry kaum größer als sie gewesen. »Das kleine Paar, welches Großes bewirkte«, hieß es immer, auch wenn er seine geringe Körpergröße stets mit einem Zylinder kompensierte. Sein goldblondes Haar, das selbst mit siebzig Jahren weder an Glanz noch Farbe nachgelassen hatte, war sein Hauptmerkmal gewesen. Dazu wache, wohlgesinnte braune Augen, die direkt in ihr Herz blicken konnten. Das alles war jetzt vorbei. Nun stand Christine da, schon wieder den Tränen nahe, und wusste nicht, wo sie beginnen sollte.

Ein junger Mann streckte seinen Kopf durch die offene Tür,

wobei ihm das dunkle Haar in die Stirn fiel. Er trug einen olivgrünen Tweed Anzug mit brauner Verstärkung an den Ellenbogen und sah sie hilfsbereit an. Christine erkannte ihn sofort. Es war Jacob Nevis, dem stets ein charmantes Lächeln im Gesicht stand. Als Henrys Sekretär sah sie ihn bei ihren Besuchen entweder geschäftig mit Klemmbrett und Agenda durch die Gänge eilen oder konzentriert hinter seiner Schreibmaschine sitzen. Doch ganz gleich, wann sie sich sahen, nahm er sich sofort Zeit, um ihr Mantel, Handschuhe und Hut abzunehmen und ihr einen Kaffee oder Tee anzubieten. Henry war stets zufrieden mit ihm gewesen. Er ließ einmal die Bemerkung fallen, in seinen Unterlagen noch nie einen Fehler gefunden zu haben.

»Brauchen Sie Hilfe, Madame?«

Christine nickte dankbar. »Das wäre nett.«

Zusammen begannen sie mit dem Aussortieren. Sie musste ihm nicht groß Anweisungen geben, er schien genau zu wissen, wo er sich als nützlich erwies und wo er störte.

Nevis stellte eine Kiste bereit, in die sie alles packten, was Christine mitnehmen würde. Das waren unter anderem Henrys goldene Schreibfedern, die Ersatzbrille, seine Uhr, den Briefbeschwerer aus Kristallglas sowie eine Miniaturstatue des Herkules Farnese. Sie gingen alle Papiere durch, entsorgten, sortierten und legten sie für Adrian auf einen Stapel. Eine langwierige Arbeit, bei der man gar nicht bemerkte, wie schnell die Zeit verging. Dabei ließ sich Christine von Nevis' Geplapper berieseln. Nur Belangloses, aber es war genau das, was sie jetzt brauchte. Die Gespräche bewiesen ihr, dass es auch noch anderes auf dieser Welt gab als Henrys Tod.

»Was geschieht eigentlich mit Ihnen?«, fragte sie ihren Helfer, als sie begriff, dass sie das Büro nach diesem Nachmittag nie mehr betreten würde. Auch ihre Wege würden sich trennen, und obwohl ihre Begegnungen immer nur flüchtiger Natur waren, überkam sie ein beklemmendes Gefühl. »Ist Ihre Anstellung durch den ... Tod meines Mannes gefährdet?«

Er machte ein Gesicht wie jemand, der etwas herunterspielen

wollte. »Ach, Madame Gillard, damit müssen Sie sich nicht befassen. Sie haben doch schon genug zu tun.«

Da schau einer an, dachte sie. Wie konnte sie nur so blind sein? Henrys Tod zog weit mehr Verluste mit sich, als sie zunächst geglaubt hatte. Nur weil Nevis sich nicht darüber beschwerte – was sehr für seinen Anstand sprach – bedeutete das nicht, dass er ohne Sorge lebte.

»Adrian hat Sie doch nicht etwa entlassen?«, fragte sie misstrauisch.

Er neigte nur den Kopf und zog die Mundwinkel an. »Das ist noch ungewiss. Es ist nun einmal so, dass die Arbeit im Büro zunehmend von kostengünstigeren Frauen ausgeübt wird. Und der jüngere Monsieur Gillard verfügt bereits über zwei Sekretärinnen.«

Sein Pragmatismus erstaunte sie. »Wie alt sind Sie?«

»Fünfundzwanzig, Madame.«

Nur fünf Jahre jünger als ich, bemerkte Christine. Dennoch empfand sie es als wichtig, ihm einen Rat zu erteilen. »Sie sind ein tapferer und fleißiger junger Mann, Mr. Nevis. Ich bin mir sicher, selbst wenn Adrian Sie entließe, was ich aber nicht glaube, werden Sie mit Ihrem Können gewiss eine neue Anstellung finden.«

Auf seiner Stirn war kaum eine Regung zu erkennen. Ihre Worte schienen ihn nicht zu beeindrucken. Glaubte er ihr nicht? Hielt sie seine Worte für eine bloße Abfertigung?

»Es ist nur so, Madame, dass ich von Monsieur Gillard kein Arbeitszeugnis erhielt. Und nun, da er verstorben ist ...«

»Du lieber Himmel! Wie konnte er das vergessen?«

»Die Krankheit ist letzten Endes wohl doch zu schnell fortgeschritten, um noch an solche Belanglosigkeiten zu denken«, antwortete er ohne Vorwurf in der Stimme.

»Dann werde ich mich darum kümmern und Ihnen eines als Stellvertretung meines Mannes ausstellen. Bleiben Sie also bitte zuversichtlich, Mr. Nevis. Es soll für Sie gesorgt sein.«

Endlich lächelte er, was auch Christine froh machte. Es spendete ihr Kraft, an diesem traurigen Tag etwas Gutes bewirkt zu haben. Sie hatte einem Mann einen Arbeitsplatz sichergestellt.

Das Wort der Gillards war eines, das in der Geschäftswelt etwas zählte.

»Ich danke Ihnen, Madame Gillard. Sie sind sehr freundlich.« Christine blickte auf ihre goldene Taschenuhr. Bei ihrem Anblick musste sie lächeln. Mit dieser Uhr hatte die ganze Geschichte begonnen.

Sie besaß sie seit vielen Jahren, es war ein teures Andenken ihrer Eltern, das man zu viel Geld hätte machen können. Aber Christine behielt sie nicht ihrer Eltern wegen. Sie war für sie ein Symbol der Rebellion, denn sie hatte sie ihrem Vater damals gestohlen, als sie mit einem damaligen Liebhaber durchbrannte.

In London war Christine jedoch so mittellos gewesen, dass sie sich trotzdem von ihr trennen musste. So versetzte sie die Uhr bei einem Pfandleiher. Dieser verhandelte mit ihr den Preis oder besser gesagt: Sie stritten darum, und zwar so lebhaft, dass Christine gar nicht bemerkte, wie hinter ihr ein älterer Gentleman das Geschäft betrat und sie fasziniert beim Feilschen musterte.

»Warum möchten Sie die Uhr versetzen, wenn Sie Ihnen so viel bedeutet?«, hatte er sich eingeschaltet. Eine überflüssige Frage, wieso sollte man wohl zu einem Pfandleiher gehen? Er hatte bestimmt keine Geldsorgen, dieser geschniegelte, feine Herr. Gewiss war er einer von denen, die sich am Unglück anderer labten und versuchten, ein Schnäppchen zu ergattern bei all den kostbaren Schmuckstücken und Familienerbstücken, die in der Lade vergebens auf die Rückkehr ihrer Besitzer hofften.

»Ich wüsste nicht, was Sie das anginge«, erwiderte Christine schnippisch, womit das erste Gespräch mit ihrem zukünftigen Ehemann eröffnet war.

Henry hatte sie daraufhin in Ruhe gelassen und ihr wortlos bei der Abwicklung des Geschäfts zugesehen. Beim Verlassen des Pfandhauses grüßte er sie noch einmal freundlich, was sie, der Borniertheit ihrer Jugend geschuldet, einfach ignorierte.

Mit dem Geld konnte sich Christine über Wasser halten und eine Arbeit als Journalistin bei Vanity Fair, einem bekannten Gesellschaftsblatt, finden. Sie hatte schließlich eine gute Erziehung und Bildung genossen und konnte nicht nur anständig schreiben, sondern kannte sich mit den gesellschaftlichen Gepflogenheiten und Konventionen bestens aus. So durfte sie an der Seite des berühmten Karikaturisten Leslie Ward, besser bekannt als »Spy«, bald an den gesellschaftlichen Anlässen teilnehmen und einflussreiche Leute kennenlernen.

Bei einer dieser Veranstaltungen begegnete sie auch wieder Henry, und die beiden begannen, nachdem sie ihre anfänglichen Schwierigkeiten begraben hatten, einen lockeren Flirt, aber nichts Unanständiges. Es war schließlich nicht in ihrem Sinne, ihren Ruf erneut zu ruinieren. Damals erfuhr sie auch, dass Henry am gleichen Tag wie sie im Pfandhaus war, weil er für einen verschuldeten Freund dessen versetzten Gegenstand zurückerworben hatte.

Christines Bild über den alten Herrn verbesserte sich schlagartig. Sie arbeitete weiter gewissenhaft und mit Elan. Von jedem verdienten Shilling legte sie einen Drittel zurück, um die goldene Uhr zurückzubekommen. Es hatte mehr als ein Jahr harte Arbeit und den einen oder anderen Wimpernaufschlag erfordert, bis Christine das Geld wieder beisammenhatte. Doch sie kam um genau einen Tag zu spät, und die Uhr war bereits verkauft worden.

Wütender, als es einer Dame erlaubt war, hatte sie den Pfandleiher nach dem Käufer gefragt. Dieser nannte ihr den Namen Henry Gillard. Oh, was für eine Enttäuschung! Wie sehr fühlte sie sich verraten! Sie ärgerte sich maßlos, seinem Charme aufgesessen zu sein.

Da sie nun wusste, wo er arbeitete, rauschte sie in ebendieses Büro, doch Henry war nicht da gewesen, und Christine ließ ihren Ärger am Personal aus und machte eine Szene.

Aber kaum war sie daheim, brachte ein Bote ein Päckchen für sie.

Christine traute ihren Augen nicht. Darin lag die Uhr zusammen mit einem Brief von Henry! Da sie ihr so wichtig schien, hätte es ihn traurig gemacht, wenn jemand anders sie gekauft hätte. Also habe er dem Pfandleiher den Auftrag erteilt, sie am ersten Tag, an dem sie zum Verkauf stünde, für ihn aus dem Sortiment zu nehmen und ihn zu kontaktieren, damit Henry persönlich sicherstellen konnte, dass die Uhr ihre Besitzerin wiederfand. Doch leider hätten sie sich wohl verpasst.

Das schlechte Gewissen konnte nur getilgt werden, wenn Christine ihre Frau stand und sich bei Henry für die Szene im Büro entschuldigte. Sie würde ihn einladen. Ein Dinner im Criterion sollte es sein, nichts Geringeres!

Henry war kein nachtragender Mann, er war sogar entzückt und schaffte es, dass Christine über sich lachen konnte. Losgelöst von all den starren Konventionen geschah, was geschehen musste: Eine tief empfundene Liebe entstand.

Henry gewann nicht nur ihr Herz; er wurde neben Ehemann auch ihr Gönner und Mentor. Ihren Scharfsinn, der bereits bei Vanity Fair zutage gefördert wurde, erhielt von ihm einen letzten Diamantschliff.

All sein Wissen aus der Geschäftswelt, wie sie mit Kaufleuten sprechen, Rechnungen überprüfen und Erstaunen heucheln musste, wie sie Informationen zurückhielt, um sie im richtigen Augenblick auszuspielen, unangenehmen Fragen auswich, klare Forderungen stellte und Verhandlungen führte, ohne pietätlos zu erscheinen – all dies hatte er ihr weitergegeben.

Nach der Hochzeit war es ihr nicht mehr gestattet, im Magazin zu arbeiten, so lautete das Personalreglement. Durfte die Frau eines Gentlemans aus Prestige nicht arbeiten, so vervollkommnete sie sich mit Nächstenliebe und bei Wohltätigkeitsveranstaltungen. Henry kannte ihre Vorgeschichte in Glasgow und sah den Wunsch in ihren Augen, dass sie anderen Frauen ein ähnliches Schicksal ersparen wollte. In der Brushfield Street, gleich neben Spitalfields, errichteten sie das »Renfield Eden«, einen gigantischen Backsteinkomplex für misshandelte Frauen, die aus den ärmsten aller Straßen Londons kamen.

Dort vereinbarte Henry für sie die Pressetermine, verwaltete ihre Post und wickelte Verträge ab, dabei hatte er mit seinen eigenen Geschäften in der Baubranche schon genug zu tun. Er wusste, dass Christine nicht auf ihn verzichten konnte, denn bis vor vier

Jahren galten Frauen vor dem Gesetz als unmündig, sodass sie für alle Dokumente die Erlaubnis des Ehegatten benötigten.

Mit einem bittersüßen Lächeln tauchte Christine aus ihren Erinnerungen auf. Jetzt legte sie die Uhr weg und überblickte das aufgeräumte Büro. »Ich danke Ihnen, Mr. Nevis.«

»Stets zu Diensten«, entgegnete er mit einer angedeuteten Verneigung.

Ein letztes Mal wollte Christine die Schreibtischschubladen überprüfen, da merkte sie, dass die unterste klemmte.

Nevis kam zu ihr und half ihr beim Öffnen. Nach einer Weile hatten sie es geschafft. Zum Vorschein kam ein Stapel geöffneter Briefe.

Verdutzt nahm Christine den obersten an sich, und ihr Magen zog sich zusammen. »Die sind alle an mich adressiert.«

Sie spürte Nevis' besorgten Blick im Rücken, als sie das Schreiben herausnahm und den ersten Satz las:

AN DIESE SCHOTTISCHE METZE, WEGEN DER MICH MEINE FRAU VERLIESS.

Plötzlich fühlte sich Christine, als hätte der Wind umgeschlagen und sie würde statt zum nahen Land wieder aufs offene Meer getrieben werden. Ihre Hand zitterte so sehr, dass sie kaum weiterlesen konnte.

Nevis kam näher und griff nach dem Blatt. »Lesen Sie das nicht, Madame. Monsieur Gillard hatte bestimmt seine Gründe, warum er diesen Brief zurückhielt.«

Gründe? »Natürlich hatte er Gründe, er verwaltete schließlich meine Post«, entgegnete sie aufgebracht.

Sie überflog den Inhalt, dann riss sie den nächsten Brief aus dem Umschlag und den übernächsten. Zum Schluss zählte sie nur noch die Umschläge und vergrub bestürzt ihr Gesicht in ihren Händen.

Schmähbriefe und Beleidigungen obszöner und primitiver Natur, manchmal gar Bedrohungen aus den letzten sechs Jahren, seit der Eröffnung ihres Frauenhauses, lagen vor ihr. Es waren weit mehr als einhundert Briefe.

Warum hatte sie von diesen Briefen nie etwas erfahren? Ihr schwante die Antwort: Henry musste sie aussortiert haben, um sie zu schützen.

»Haben Sie davon irgendetwas gewusst, Mr. Nevis?« Sie hasste sich selbst für die Schwäche in ihrer Stimme.

»Die Korrespondenz des Frauenhauses ging nicht über dieses Büro. Ich sehe diese Post ebenfalls zum ersten Mal.«

Ein Blick auf die Uhr ließ sie aufschrecken. Sie stand hier schon viel zu lange. Und gleich würde Adrian zurückkommen, während sie um Fassung rang. »Ich muss dringend fort. Ich habe wichtige Termine«, log sie und verschluckte dabei die meisten ihrer Worte. Die Briefe raffte sie zusammen. Sie musste sie mitnehmen und lesen. Jeden einzelnen.

Doch da packte sie ein Anflug von Schwäche. Christine wollte sich an einem Stuhl abstützen, verfehlte aber die Kante und taumelte. Die Briefe fielen zu Boden. Nevis reagierte schnell, konnte ihren Sturz aber nur abfedern. Galant lenkte er sie in Henrys Sessel.

»Madame, soll ich einen Arzt rufen?«, fragte er besorgt.

Es kam keine Antwort, nur Kopfschütteln und Tränen der Scham. Hilfesuchend blickte Nevis um sich. Schnell ergriff er eine Wasserkaraffe, schenkte ein Glas ein und reichte es Christine. Dann hockte er sich vor ihren Sessel und reichte ihr ein Taschentuch.

»Adrian Gillard darf mich so nicht sehen. Niemand sollte mich so sehen. Es tut mir so leid.«

»Da gibt es nichts, was Ihnen leidtun müsste, Madame.«

Christine sah in seine braunen Augen, und durch die Wärme, die sie darin fand, fror sie nicht mehr.

»Sie sind eine starke Frau, Madame. Nehmen Sie sich die Zeit, die Sie brauchen, um sich zu sammeln. Ich werde ins Vorzimmer gehen und Ihren Stiefsohn unter einem Vorwand fortschicken, sollte er zu früh erscheinen.«

Nevis sammelte die Briefe vom Boden auf, die sie vorhin verloren hatte. Auf ihren fragenden Blick hin hob er einen in die Höhe und winkte damit. »Die brauchen Sie nicht. Ihr Gatte war ein intelligenter Mann. Er wusste, was gut für Sie und das Geschäft ist. Mit konstruktiver Kritik muss man sich auseinandersetzen, aber nicht mit solchem Schund.«

Mit diesen Worten nahm er auch den letzten Brief an sich und begab sich zur Tür. »Vertrauen Sie ihm, Madame. Vertrauen Sie Henry Gillard. So, wie Sie es immer taten.«

6. Kapitel

London, Juli 1888

Wieder einmal schleppte sich Rosalie abends von der Arbeit nach Hause, ohne zu wissen, woher ihre Füße noch den Antrieb fanden, sie überhaupt zu tragen. Das Rattern der Maschinen hallte immer noch in ihrem Kopf nach. Manchmal kam ein äußerst schmerzhaftes Pfeifen dazu, das ihre Sinne benebelte.

An der Ecke der Commercial Road musste sie mit einem Taschentuch Nase und Mund bedecken, weil ihr der Gestank von Unrat und Verwesung entgegenschlug. Als sie in die Dorset Street einbog, war auch das letzte laue Lüftchen verschwunden. Jemand hatte einmal gesagt, dies sei die schlimmste Straße von ganz England. Wenn London das Herz des Empires sein sollte, dann war diese Straße ein übel riechendes Geschwür im Darmtrakt.

Babys schrien, Frauen in schäbigen Röcken leerten Abwaschwasser und Nachttöpfe vor den Haustüren und klopften in den Hinterhöfen Teppiche aus, lahme Pferde klapperten auf losen Pflastersteinen und schreckten auf, wenn Stichflammen aus den Torbögen der Gießerei loderten und Metall aufeinander donnerte.

Obwohl die Dorset Street nur hundertdreißig Yards lang war, wohnten hier an die tausend Menschen. Oder besser gesagt, sie hurten und hausten in Mietskasernen und Verschlägen. Viele Großfamilien mussten mit nur einem Zimmer auskommen. Oftmals wurde das eigene Bett tagsüber einem Nachtarbeiter vermietet.

Die gutbürgerlichen Leute, die etwas im Leben erreicht hatten, mochten sich bei üppigen Festbanketten und Abendgesellschaften die Wänste vollstopfen und dann versuchen, mit Sport und Abführmitteln schlank zu bleiben oder ihre aufgedunsenen Leiber in Korsagen zu schnüren. Im East End aber kämpften die Bewohner um jedes Gramm Fett, sollte nicht schon die kleinste Erkältung eine Lebensbedrohung darstellen.

Im Durchschnitt musste eine Familie mit zwanzig Schilling, also einem Pfund in der Woche auskommen. Ein Zehntel des Betrags kam allein der Sterbekasse zugute. Dabei hätte jeder Penny auch ein Leben retten können, wenn man stattdessen damit Essen besorgen würde. Konnte die Rechnung nur einmal nicht bezahlt werden, verfiel die Versicherung ungeachtet dessen, wie viel bereits gezahlt wurde. Besonders schlimm traf es Mütter, deren Säuglinge bei der Geburt starben. Denn wenn das Baby noch vor seinem Tod einen Atemzug tat, zählte es als lebender Mensch, der bestattet werden musste, für den aber noch keine Versicherung abgeschlossen wurde. Dann kamen die Eltern ohne Unterstützung für eine Bestattung auf, die mindestens dreißig Schilling kostete.

Wer Geld brauchte, aber keine Arbeit fand oder zu wenig verdiente, versuchte es zuerst bei den Pfandleihern. Aber auch hierfür musste man zuerst etwas besitzen, das man versetzen konnte, und der jährliche Zinssatz lag bei über vierhundert Prozent.

Unter diesen Bedingungen achtbar zu bleiben, stellte eine nahezu unmögliche Aufgabe dar. Die Männer konnten Whitechapel entfliehen, indem sie in die Armee oder zur See gingen, aber was geschah mit den Frauen? Ihnen blieb nur, sowohl ihr Gesicht als auch ihre Tugend zu verlieren. In einer Welt, in der kaum ein Herr unter dreißig Jahren vor den Traualtar schritt und voreheliche Verbindungen einem Skandal gleichkamen, florierte das horizontale Gewerbe wie kein anderes. Eine hübsche junge Frau blieb so zwar nicht lange hübsch, aber sie konnte pro Kunde ein ganzes Pfund verdienen, ehe Syphilis und Gonorrhöe das Kapital ihres Körpers zunichtemachten.

In der Dorset Street wurden Mädchen, kaum älter als zwölf Jahre, in tiefausgeschnittenen Kleidern wie warme Brötchen angepriesen. Zu den einzigen legalen Geschäften gehörten die Post und ein Pub.

Zwischen der Nummer 26 und der Nummer 27 gab es einen Durchgang, der in den Miller's Court führte. Dort wohnte Rosalie im ersten Stock.

Als sie das Treppenhaus betrat, hörte sie Peter weinen. Schon stürmte Mrs. Byford aus ihrer Wohnung und zog Peter am Ohr hinter sich nach. »Hier, nehmen Sie ihn. Ich hab mit meinen eigenen fünf genug zu tun.« Noch bevor Rosalie ihren Sohn trösten konnte, machte Mrs. Byford die hohle Hand.

Rosalie wippte ihren Sohn in den Armen und kaute auf ihrer Unterlippe. »Ich habe das Geld noch nicht. Kann ich Sie morgen bezahlen?«

Mrs. Byford verzog keine Miene. »Dann haben wir ein Problem.« Sie stemmte ihre Hände in die Taille und rümpfte ihre Hakennase. »Wenn ich fürs Aufpassen nich bezahlt werde, dann setz ich den Knirps auf die Straße. Ich meins ernst, meine Teure. Dann nehmen die Behörden ihn mit, wenn die Kinderkuppler ihn nich vorher kriegen.«

»So weit wird es nicht kommen. Ich verspreche es Ihnen«, murmelte Rosalie und ging die Treppe hoch.

Mrs. Byford blickte ihr nach. »Und die Miete is morgen auch fällig!«

Oben in der Wohnung setzte sich Rosalie auf das Bett und nahm Peter auf ihren Schoß. Es war nur ein winziges Zimmer, und Rosalie besaß nicht einmal einen Stuhl, sondern musste im Bett oder stehend essen, aber es war ihr kleines Refugium, das sie sich mit ehrlicher Arbeit geschaffen hatte.

Sie legte ihr Kinn auf Peters Kopf und streichelte seinen platinblonden Schopf, aber der Junge konnte sich nicht beruhigen. Nur Gott wusste, was Mrs. Byford ihm antat, während sie arbeitete.

Leider gab es keine andere Betreuerin für ihn. Einmal hatte sie es mit Mary Jane Kelly versucht, die schräg unter ihr in der Nummer 13 wohnte. Vergeblich, denn mitten am Tag war diese zu einer Sauftour aufgebrochen, während sie Peter dabei zu Hause gelassen hatte.

Dabei war Mary eine bildhübsche, rothaarige junge Frau, die

singen konnte wie ein Engel. Doch wenn sie betrunken war, dann wurde sie zu einer schrecklichen Furie. Wie der Alkohol diese Menschen hier kaputtmachte, dachte Rosalie. Die ansehnlichsten Leute gingen wegen ihm zugrunde und ihre Beziehungen in die Brüche. Und wenn sie ganz unten angekommen waren, dann war er das Einzige, was sie noch aufrechthielt.

Schnell schüttelte Rosalie ihre Gedanken ab. Peter weinte noch immer. »Wollen wir die Sterne suchen?«, fragte sie.

Das Schluchzen verstummte. »Ja, Sterne!«

Also kuschelte sie sich mit ihm ins Bett und zog die Decke über ihre Köpfe. Natürlich hatte Peter noch nie in seinem Leben richtige Sterne gesehen. In Whitechapel standen die Häuser eng aneinander, und die Luft war von Rauch und Nebel geschwängert, sodass es sich schon als Herausforderung erwies, den Vollmond zu finden. Aber hier unter der Decke drangen einzelne Lichtpunkte von der Gaslampe durch die Löcher und bildeten so Peters eigenen Sternenhimmel.

Und manchmal, wenn Rosalie nur fest genug daran glaubte, konnte auch sie sich für einen flüchtigen Moment einbilden, statt in der Dorset Street mitten in den Highlands zu liegen und in den wunderschönen Nachthimmel zu blicken, während das Gras ihre nackten Füße kitzelte.

Peter schien seine Freude daran zu haben. Er quiekte und plapperte, bis sein Magen so mächtig knurrte, dass er beeindruckt aufhorchte.

»Ich glaube, es ist Zeit, das Abendessen zu kochen«, sagte Rosalie mit einem bittersüßen Lächeln, während sie sich insgeheim fragte, wie sie mit etwas Margarine, Kartoffeln und einer Handvoll Bohnen eine möglichst leckere Mahlzeit zubereiten sollte.

Während die Bohnen vor sich hin köchelten, öffnete sie ihren schweren Haarknoten.

»Mami hat Schnee im Haar!« Peter lachte, als einige Baumwollflöckchen aus ihrem Haar flogen.

»Ja, Märchenschnee«, spielte Rosalie mit und ließ die Flöckchen in seine kleinen Hände fallen. »Sieh, er ist nicht einmal kalt.«

Während Peter die Flöckchen durchs Zimmer stieben ließ, schob sie die Gardinen zurück und blickte in den Innenhof. Zwei Männer standen unten vor Marys Fenster.

Schutzgelderpresser. Ohne die hätte Rosalie den waagrechten Berufszweig vielleicht auch längst eingeschlagen. Weil sie unverheiratet war und ein Kind hatte, hielt sie ohnehin jeder für eine Hure.

Doch so war sie ganz dankbar um die Erpresser, die ihr sehr Angst machten, denn dadurch kam sie gar nicht erst in Versuchung und sie behielt ihre Selbstachtung.

Selbstachtung, dachte sie zynisch. Durfte man das in ihrer Lebenslage überhaupt so nennen? Schon viel zu lange fühlte sich Rosalie ausgelaugt. Als wäre sie eine Zitrone, die von einem unnachgiebigen Schraubstock ausgepresst wurde. Sie war erst zwanzig und jetzt schon am Ende ihrer Kräfte. Die Arbeit in der Fabrik machte sie krank.

Hätte sie doch nur jemanden, mit dem sie sprechen könnte. Eine Mutter, die auf Peter aufpasste. Ein Mann, der sie in seine Arme nahm. Doch die gab es nicht.

7. Kapitel

London, Juli 1888

Sir Henry Gillard war ein Mann, der zu Lebzeiten nicht nur Geld, sondern auch Stil gehabt hatte. Daran musste Emily jedes Mal denken, wenn sie vor dem Anwesen der Gillards am Belgravia Square stand. Während sie und Liam auf einem verträumten Landsitz lebten, wohnte Christine in einem puristischen Museum, das eines Imperators würdig war.

Die einheitliche, spätgeorgianische Architektur des Viertels gab den Bewohnern ein Gefühl von Erhabenheit. Stolz präsentierten sich die weißen Stadthäuser mit ihren hohen Eingangssäulen, schmiedeeisernen Zäunen, Erkern und Balkonen in Reih und Glied. Wer hier wohnte, schämte sich nicht für sein Geld. Für ein gutbürgerliches Haus zahlte der Hausherr im Jahr um die hundert Pfund für Miete und Unterhalt. Weitere achtzig kamen hinzu, um einen Hausdiener und eine Köchin einzustellen. Aber diese Häuser in Belgravia waren nicht bürgerlich, sondern elitär, und bekanntlich gab es in diesen Sphären keine Obergrenze.

Christines Haus war eines der wenigen privilegierten, welches nicht in einer Reihe, sondern für sich alleinstand. Neben all den obligatorischen Gesellschaftszimmern gab es genügend Platz, um bis zu zehn Gäste zu beherbergen. Bevor Henry krank wurde, verbrachten Emily und Liam jedes Jahr die Londoner Saison bei dem Paar, doch nun lag der letzte Aufenthalt lange zurück.

Auf den ersten Blick mochte sich seither nichts verändert haben, doch im Hausinnern hatte sich in den letzten Wochen viel Leid zugetragen. Jetzt wohnte hier kein lebensfrohes Ehepaar mehr, sondern eine einsame Frau. Emily konnte es spüren. Als betrachtete sie ein verblichenes Bild, dem es an Farbe fehlte.

Sie zog ihr Cape enger um ihre Schultern und ließ sich von ihrer Zofe aus der Kutsche helfen. Verwirrt blickte sie zum wohlbekannten Eingang. Das Gefühl des Willkommenseins fehlte. Christine fehlte. Nur die Dienstboten standen bereit, um sie in Empfang zu nehmen.

Mr. Eaton begrüßte die Ankömmlinge und führte Emily ins Haus, während die Zofe mit dem restlichen Hauspersonal durch den Dienstboteneingang im Souterrain verschwand.

Kurz darauf fand sich Emily im Salon wieder. Sie setzte sich auf ein Biedermeiersofa aus dunklem Nussbaum und blassblauen Polsterbezügen. Es sah so rein aus, dass Emily es nicht wagte, sich anzulehnen. Verlegen strich sie ihr verknittertes Kleid glatt, das unter der langen Zugfahrt gelitten hatte.

»Madame Gillard wird gleich zu Ihnen kommen. Darf ich Ihnen ein Getränk anbieten? Einen Sherry vielleicht, um sich von der langen Reise zu erholen?«

»Nur Wasser, danke.«

Eaton servierte ihr ein Glas und zog sich danach diskret zurück. Das Schachbrettmuster des Marmorbodens schien sich bis ins Unendliche zu ziehen. Der Raum wirkte riesig ohne all die Menschen, die ihn zu füllen vermochten. Der Ruf der Gillards als Gastgeber war ihnen vorausgeeilt. Ihre Tee- und Abendgesellschaften galten als legendär und dienten nicht nur der Vernetzung der Upperclass, sondern auch dem Prestige.

Aber jetzt, in diesem Ausnahmezustand, fröstelte Emily in der Zugluft der Leere. In den angrenzenden Räumen hörte sie immer wieder Gesprächsfetzen und das Hallen von Schritten, doch sie kamen nie ganz nahe. Christine beschäftigte eine Vielzahl an Dienstboten, die eifrig ihre Arbeit verrichteten. So konnte man in diesem Haus einsam sein, obwohl einem so viele Menschen rund um die Uhr zur Verfügung standen.

Mit jeder Markierung, die der Minutenzeiger der Wanduhr voranschritt, wuchs Emilys Unbehagen. War Christine unpässlich? Ohne das erfrischende Geplapper ihrer Freundin spürte sie die Reisemüdigkeit erst recht.

In den letzten fünf Jahren hatte sie nie auf Christine warten müssen, wenn sie zu Besuch kam. Sonst fiel sie ihr schon am Eingang überschwänglich in die Arme. Dann plauderten, scherzten, lachten und tratschten sie bis tief in die Nacht. Sie besuchten Museen und Galerien, spazierten durch die zahlreichen Parks der Stadt, kehrten in Cafés und eleganten Restaurants ein und gingen abends auf Konzerte, Bälle oder Theateraufführungen. In London konnte man jeden Tag etwas Neues unternehmen, und man hätte in einem Jahr noch immer nicht alles gesehen. Das war, was Emily an dieser Stadt so liebte.

Als die Freundinnen sich vor zwölf Jahren verloren hatten, war dies bei beiden das tristeste Kapitel ihres Lebens gewesen. Doch als sie sich wiedergefunden hatten, genossen sie eine Zeit der Unbeschwertheit, sodass sie mit ihrer dunklen Vergangenheit schnell abschließen konnten.

Nun bestand Emilys größte Sorge darin, dass sie Christine nicht das geben konnte, was sie in dieser dunklen Stunde brauchte. Dass sie ihre Freundin vielleicht nicht trösten könnte, weil ihre tiefe Freundschaft durch die Fröhlichkeit der letzten Jahre zu einer oberflächlichen geworden war.

Die sich öffnende Tür riss Emily aus ihren Gedanken. Ein schwarzes Gespenst betrat den Salon und sagte schleppend: »Hallo Liebes.«

Nur mit Mühe konnte Emily ihren Schock verbergen, der sie regelrecht lähmte. Schnell gab sie sich einen Ruck und eilte Christine entgegen. Als sie ihre Freundin in die Arme schloss, spürte sie sofort, dass sie mehrere Pfund verloren hatte. Sie wirkte fragil und zerbrechlich. Dennoch hielt Christine sie überraschend kräftig fest, ohne Anstalten zu machen, sie wieder loszulassen.

»Du hast mir gefehlt. Es tut mir so leid um Henry«, flüsterte Emily, während sich Christines Kinn in ihre Schulter bohrte. »Du hast abgenommen.«

»Und dir darf man offensichtlich gratulieren.« Christine legte den Kopf zurück, und durch den Schleier erkannte Emily ein schwaches Lächeln. »Was für eine anstrengende Reise das für dich gewesen sein muss. Wenn ich das gewusst hätte, dann hätte ich dich niemals hierhergebeten.«

»Und genau darum wusstest du es nicht«, entgegnete Emily und löste die Umarmung. Sie gab sich einen Ruck und schlug den Schleier der Freundin zurück. Lange sahen sie sich an.

Keine Freudenrufe, kein Lachen und kein Herumwitzeln. Emilys Sorge hatte sich bewahrheitet. Sie wusste tatsächlich nicht, wie sie dieses Schweigen brechen sollte. Doch sie merkte nun, dass dies gar nicht nötig war und dass das Einzige, was Christine brauchte, einfach ihre beste Freundin war.

Denn Trauer konnte nicht mit Lärm übertönt werden. Um Trauer zu bewältigen, brauchte es keine tröstenden Floskeln, sondern Halt. Das hatte nichts mit Oberflächlichkeit zu tun, sondern damit, dass man sich auch ohne Worte verstand. Also stimmte Emily in Christines Schweigen ein, ohne Wunder zu erwarten, und war für ihre Freundin da.

8. Kapitel

London, Juli 1888

»Den Lohn im Voraus erhalten?«, echote Mr. Ferris ihren letzten Satz. Sein Kopf nahm eine ungesunde Farbe an, die verschleierten Augen und die offene Flasche Gin zeugten davon, dass sie ihn nicht nur wütend gemacht, sondern auch beim Trinken gestört hatte.

»Es wäre eine Ausnahme, Mr. Ferris. Die Medizin für meinen Sohn ist teuer.« Rosalie drehte sich verzweifelt im Büro des Vorarbeiters um und blickte durch die offene Tür hinaus in die Fabrikhalle. Einige Arbeiter reckten neugierig ihre Hälse und machten obszöne Gesten. Wenig hilfreiche Ratschläge, wie sie Mr. Ferris überreden könne, ihr das Geld zu geben. Angestachelt wurden sie von Billy, der offensichtlich nur auf diese Weise seinen Ruf bei den anderen retten konnte. Es war wie ein Stich ins Herz.

Mit einem heftigen Ruck schlug Mr. Ferris die Tür zu, damit sie ungestört waren. Jemand in der Halle johlte und stieß einen Pfiff aus. Mr. Ferris aber stand mit verschränkten Armen vor ihr. »Für deinen Sohn. So, so. Hab von den andern schon gehört, dass du 'nen Wechselbalg hast. Einen Bastard. Sag mir, Rosalie, wie kommt so'n anständiges Mädel wie du zu 'nem Bastard? Vielleicht bist ja gar nich so anständig? Wie verdienen denn unanständige Mädchen ihr Geld, wenn sie dringend welches brauchen?«

Sie hatte die Andeutungen richtig verstanden und spürte, wie Angst in ihr aufkeimte. Ganz offensichtlich hatte sie den falschen Moment ausgesucht. »Es war ein Fehler, Sie darum zu bitten. Ich möchte jetzt gehen.«

»So schnell gibst du die Gesundheit des Kleinen auf? Wir werden bestimmt eine Lösung finden. Bekommst dein Geld, wenn du nett zu mir bist. Dann bin ich es auch zu dir.«

Obwohl Rosalie ahnte, dass sie hier nicht mehr sicher war, wurde sie von seiner schnellen Reaktion eiskalt erwischt. Er packte ihren Arm und drehte ihn hinter ihrem Rücken ein. Dann steuerte er sie gewaltvoll auf seinen Arbeitstisch zu und drückte ihren Oberkörper auf die Fläche.

»Nein, nicht!«, schrie sie. Ihr Blick verschwamm unter einer dicken Tränenschicht, während er mit der freien Hand ihren Rock hochzerrte.

»Jetzt stell dich nich so an. Je blöder du tust, desto mehr tut's dir nachher weh«, raunte er erregt.

Obwohl Rosalie um Hilfe schrie, kam niemand herbeigeeilt. Wer sollte sie in dieser lauten Fabrik auch hören? Außerdem wussten die Arbeiter ganz genau, was vor sich ging. Es kümmerte sie schlichtweg nicht. In ihren Augen war sie sowieso eine Hure, und Huren konnte man gar nicht schänden.

Kurz fragte sich Rosalie, ob es nicht besser wäre, mit Mr. Ferris zu kooperieren, der Tatsache ins Auge zu blicken, dass sie keine Chance gegen ihn hatte. Aber das hätte sie zum Freiwild aller Fabrikarbeiter gemacht, wenn sie erst wussten, dass sie so etwas mit sich machen ließ. Ganz zu schweigen von den Konsequenzen einer möglichen Schwangerschaft – und dass sie nicht wollte!

Im richtigen Augenblick gelang es ihr, ihn fest zu treten. Mr. Ferris fluchte und taumelte ein paar Schritte zurück. Wutentbrannt schlug er ihr ins Gesicht. So fest, dass Rosalie rückwärts stürzte und gegen einen Aktenschrank krachte. Betäubender Schmerz erfüllte sie.

Mr. Ferris stürmte erneut auf sie los.

Ängstlich schleuderte Rosalie ihm alles Mögliche entgegen, das sie in die Hände bekam, um ihn aufzuhalten. Er hatte sie bereits erreicht, als sie die Gin Flasche erwischte und ihm kräftig gegen das Ohr schlug. Die Flasche zerbrach auf der Stelle, die Flüssigkeit verteilte sich im Raum und über ihren Arm, und Rosalie, die nur noch den Flaschenhals hielt, besaß nun eine gefährliche Waffe.

»Miststück!«, keifte Mr. Ferris, die rechte Gesichtshälfte blutüberströmt. Dann stieß er einen gellenden Schrei aus und taumelte in ihre Richtung.

Rosalie machte mit der Flasche ebenfalls einen Schritt auf ihn zu, was ihn tatsächlich davon abhielt, sie erneut anzugreifen.

Sein Zögern gab ihr genug Zeit, um die Tür aufzureißen und davonzurennen. Sie ließ den Flaschenhals los und eilte durch die Hallen, an den Maschinen vorbei und zum Ausgang. Niemand hielt sie auf, aber es half ihr auch niemand. Sie rannte immer weiter, auch dann noch, als sie längst begriffen hatte, dass Mr. Ferris ihr nicht folgte.

Doch nun stand sie vor einem ganz anderen Problem: Sie konnte nie wieder zurück. Und das hatte weitaus mehr Konsequenzen, als ihr lieb war.

Bis sie im Miller's Court eintraf, war sie längst ernüchtert. Sie besaß kein Geld, um ihre Schulden zu bezahlen. Mrs. Byford hatte sie oft genug davor gewarnt, was dann passieren würde.

Wie zu erwarten, zog die Vermieterin ihren Schlüssel ein und drückte ihr den weinenden Jungen in den Arm. Es war ihr nicht einmal gestattet, ihre Möbel mitzunehmen. Wohin auch? Alles, was Rosalie tragen konnte, stopfte sie in einen leeren Mehlsack, den sie über die Schulter warf. An Kleidung besaß sie ohnehin nur das, was sie trug.

Das Szenario kam ihr so fremd vor, als ginge es sie gar nichts an. Sie konnte es einfach nicht glauben, dass sie gerade alles verlor. Unten stand ihre Nachbarin Mary Jane Kelly in der Tür und sah sie mitfühlend an.

Wo sollte sie denn nun hingehen? Sie hatte niemanden, keine Freunde und keine Familie. Es dunkelte bereits, und Rosalie trug nicht einen Penny bei sich. Dazu schmerzte ihr Auge, ebenso ihr Arm, den Mr. Ferris eingedreht hatte. Auch Peter wog schwer und zerrte an ihrer Kraft. Sie würde heute Nacht auf der Straße schlafen müssen.

Nachdem Rosalie eine ganze Weile durch ein Labyrinth von Nebengassen herumgestreunt war, lehnte sie sich schließlich gegen eine Hauswand und ließ sich erschöpft zu Boden gleiten.

»Nicht hier, Mami. Ich hab Angst«, quengelte Peter.

»Sch, mein Schatz. Es kann dir nichts passieren.« Im Schneidersitz zog sie ihre Stola über ihren Kopf und schlang die Enden wie Flügelschwingen um ihren Sohn. Er sollte es so warm und sicher wie möglich haben. Hoffentlich wurde er von der Nacht im Freien nicht noch kränker. Er schmiegte sein Köpfchen an ihre Brust, und sie spürte seine unregelmäßigen Atemzüge.

Ihr Herz schnürte sich zusammen, sie fühlte sich wie in einem Albtraum gefangen. Stumme Tränen füllten ihre Augen, während sich die Londoner Nacht auf sie und ihren todgeweihten Sohn legte.

»Was für ein hübsches Bübchen.« Die Stimme einer alten Frau weckte Rosalie, aber sie konnte nichts erkennen. Noch immer herrschte Dunkelheit, ein gespenstischer Nebel lag auf den Straßen. Es dauerte eine Weile, ehe Rosalie begriff, wo sie sich befand, dass das beengende Gefühl auf ihrer Brust nicht von einem bösen Traum kam, sondern von der Realität. Sie fror, ihr Rücken schmerzte von der unbequemen Haltung. Wer hatte sie da eben angesprochen?

»Wirklich ein ausgesprochen hübsches Bübchen. Wie viel willst denn für den?«

Das Herz blieb ihr stehen, als sie nun die Umrisse der hässlichen alten Frau erkannte, die sich vor sie gehockt hatte und ihre langen, dürren Finger nach Peter ausstreckte. Sofort sprang Rosalie auf und presste Peter fest an ihre Brust. Doch die alte Frau umklammerte ihre Fußknöchel, und schlang sich wie verzauberte Wurzeln um ihre Beine.

»Nein, lass mich los!« Rosalie schrie und wand sich. Letztendlich trat sie sogar nach ihr. Kichernd gab die Alte nach und ließ sich auf den Boden fallen.

Rosalies Herz schlug so heftig, dass sie kaum atmen konnte. Peter war nun aufgewacht und wimmerte.

»Es ist alles gut, mein Schatz, schlaf weiter«, flüsterte sie, während sie mit Peter davon stolperte und unter Tränen den Tagesanbruch herbeisehnte.

Sie war nun vollkommen verloren.

9. Kapitel

London, Juli 1888

So allmählich hatte Emily das Gefühl, aus dem Blick des Kellners würde Mitleid sprechen. »Möchten Sie wirklich noch nicht bestellen, Ma'am?«

»Nein danke, ich warte auf meine Begleitung.« Damit wiederholte sie, was sie schon vor zwanzig Minuten gesagt hatte. Mit einem Nicken nahm er es zur Kenntnis und widmete sich den anderen Gästen.

Emily seufzte. Langsam glaubte sie, dass Christine nicht mehr kommen würde. Sie kam nie zu spät. Entweder erschien sie pünktlich oder aber gar nicht, so wie in den letzten Tagen. Dabei hatte sie gestern ganz zuversichtlich geklungen, als Emily vorgeschlagen hatte, den Lunch auswärts zu nehmen und dann gemeinsam die Nationalgalerie zu besuchen.

Mit enger Kehle erduldete Emily die Demütigung, dass sie versetzt worden war. Sie hätte ein Buch oder eine Zeitschrift mitnehmen sollen, denn ohne Unterhaltung fühlte sie sich den Blicken der anderen Gäste ausgesetzt. Obwohl sie nicht in London wohnte, wussten viele Leute, wer sie war. Eine Lady, die noch nicht vollständig die Konventionen der Upperclass überblickte und unbeabsichtigt so mancherorts anstieß.

Der erste Fehltritt war schon beim Eintreten des Lokals passiert, nämlich dass sie es überhaupt betreten hatte. Zwar hatte sie ihren Umstand weitestgehend unter einem Sommermantel kaschiert, doch entging er nicht den Augen derer, die sich genau an solchen Skandalen ergötzen.

Wer in ihren Kreisen ein Kind erwartete, zog sich auf seinen Landsitz zurück. Es bewies schließlich, dass man ein Intimleben führte, und damit wollte niemand konfrontiert werden. In Begleitung einer Freundin wurde das gerade noch so toleriert, aber allein ... Im East End konnte man das vielleicht machen, aber doch nicht hier. Es blieb Emily nichts anderes übrig, als daraus zu lernen.

Resigniert wandte sie ihre Gedanken wieder Christine zu. Seit einer Woche lebte Emily jetzt in London, und Christine schaffte es kaum, das Bett zu verlassen. Sie heulte bis in den Morgengrauen und schlief dann bis nachmittags durch. In einem Haus voller Erinnerungen, das für sie allein viel zu groß war, versank sie in Trauer, Larmoyanz und Elend.

Dabei hatte Emily gehofft, einige Tage mit Christine nach Brighton ans Meer zu fahren. Das hätte ihnen sicherlich gutgetan. Emily wusste, dass sie Christine nach einem solchen Schicksalsschlag nicht zu viel abverlangen durfte. Allerdings gingen ihr allmählich die Ideen aus, wie sie ihre Freundin aus ihrer Lethargie befreien konnte. Nicht einmal im Frauenhaus erschien sie, obwohl dort so viel Arbeit auf sie wartete.

Ein Blick auf ihre Taschenuhr verriet, dass schon wieder eine Viertelstunde vergangen war. Emilys Magen begann zu knurren. Entschlossen klappte sie die Uhr zusammen und winkte den Kellner zu sich. Sie würde sich etwas einfallen lassen, aber dafür brauchten Denkapparat und Nachwuchs zuerst Futter.

Sie lächelte ihn charmant an und deutete auf die Speisekarte. »Ich würde nun doch gerne bestellen.«

Zwei Stunden später stieg Emily mit einem lila Paket aus einer Mietkutsche. Vorsichtig balancierte sie es ins Haus.

»Darf ich Ihnen etwas abnehmen, Ihre Ladyschaft?«, fragte Eaton.

»Danke, es geht. Aber Sie könnten mir die Türen öffnen. Wo ist Madame Gillard?«

In der Bibliothek wurden sie fündig. Christine saß in ihrem

Sessel und blickte apathisch aus dem Fenster. Vorsichtig stellte Emily das Paket auf dem Boden ab und achtete darauf, dass die Schleife die Luftlöcher nicht zudeckte. Dann stemmte sie ihre Hände in die Taille und schenkte Christine einen bedeutsamen Blick.

»Waren wir verabredet?«, fragte diese mit kränklicher Stimme.

»Das waren wir.«

»Tut mir leid. Ich bin noch nicht lange auf.«

»Dafür war ich produktiv.« Emily deutete auf den Karton. »Aufmachen.«

Ihre Freundin seufzte. »Wenn es ein Accessoire ist, dann bring es lieber zurück. Ich darf sowieso nur schwarz tragen.«

»Es ist ein bisschen mehr als ein Accessoire. Und es wird dir gefallen.«

Nun schien Christine doch neugierig. Sie erhob sich von ihrem Sessel und ging vor Emily in die Hocke, um das Päckchen zu öffnen. Sofort sprang ihr ein brauner Cocker Spaniel entgegen, der glücklich mit dem Schwanz wedelte und Christines Hand beschnupperte.

»Das ist Daisy. Sie ist drei Monate alt und wohnt von nun an bei dir.«

Das entzückte Seufzen war den Aufwand wert. Mit einer plötzlichen Wachheit streckte Christine ihre filigranen Finger nach dem Welpen aus und streichelte sein Fell. »Sie ist herzallerliebst!« Dann verfinsterten sich ihre Züge und sie blickte zu Emily hoch. »Henry hat ... hatte eine Haarallergie. Es wäre mir nie in den Sinn gekommen, mir ein Hündchen zuzulegen.«

»Sie wird dir guttun, das weiß ich.«

»Ich glaube, du könntest recht haben.« Plötzlich rümpfte Christine die Nase. »Deine Daisy hat sich gerade auf meinem Perserteppich erleichtert.«

Achselzuckend nahm Emily eine Hundeleine aus ihrer Handtasche und drückte sie Christine in die Hand. »Das ist nun deine Angelegenheit. Du wirst sie mit Mühe und Geduld abrichten und dafür sorgen, dass sie stubenrein wird. Vor allem musst du regelmäßig mit ihr spazieren gehen.«

Einen Moment lang blickte Christine orientierungslos ins Leere, als stünde sie vor einer Abzweigung und könne sich nicht entscheiden, welchen Weg sie nehmen sollte.

»Es kann nur einen Weg geben, Liebes«, sagte Emily sanft. »Und tief in deinem Innern weißt du, welcher es ist.«

Christine nickte. »Also gut. Gehen wir.«

Die Sonne im Hyde Park tat Christine gut. Umgeben von herrlich duftenden Teerosen und frechen Spatzen nahm ihr Gesicht allmählich eine gesunde Farbe an, und in ihren Augen kehrte der Bruchteil jenes Glanzes zurück, der ihre Ausstrahlung ausmachte. Der erste Schritt war getan, das spürte sie.

Heute saß sie mit Emily am Ufer des Serpentines im Außenbereich eines Cafés. Die beiden Frauen ließen es sich gut gehen. Zahlreiche Leute waren unterwegs. Damen mit eleganten Sonnenschirmen spazierten an der Promenade entlang, Herren warfen den Enten Brotkrumen zu und Kinder leckten Eis oder spielten mit Reifen und Stöcken auf der Wiese.

»Das war eine nette Idee«, gestand Christine. Mutig genug, ihren noch nicht stubenreinen Welpen auf den Schoss zu nehmen, kraulte sie Daisys Fell hinter den Ohren. »Danke.«

»Dafür doch nicht.« Emily streichelte über ihr Bäuchlein. In ihrem cremefarbenen Sommerkleid, der buttergelben Weste und dem Strohhut unterschied sie sich von Christine, dem schwarzen Gespenst, wie Tag und Nacht. Emily sprühte nicht nur vor Leben, sie erschuf auch welches.

»Die Schwangerschaft bekommt dir gut«, lobte Christine sie. Doch während sie das sagte, erschien ein harter Zug auf ihrem Gesicht, und eine schmerzhafte Leere breitete sich in ihr aus. Im Gegensatz zu Emily würde sie nie Kinder bekommen. Es war ein Ereignis aus jenem düsteren Kapitel ihres Lebens, welches Christine schon lange hinter sich gelassen hatte.

Damals, in Madame Dorians Bordell hatte sie einmal eines erwartet. Niemals hätte sie erraten können von wem, denn Madame Dorian schonte ihre Mädchen nicht. Für Christine wären die Folgen eine Katastrophe gewesen. Schwanger hätte sie keine Einnahmen mehr generiert, und Madame hätte sie auf die Straße geworfen, wo ihr Schlimmeres als der Tod widerfahren wäre. Doch die Konsequenz nahm dennoch beinahe einen tödlichen Ausgang. Es war Emily gewesen, die Christine gefunden hatte, als sie den Abort selbst herbeiführte und beinahe daran verblutet wäre. Dabei hatte sie ihren Gebärapparat, wie ein Arzt ihren Unterleib später nannte, unwiederbringlich zerstört.

Christine erinnerte sich daran, wie sie damals geschwächt antwortete: »Es soll mir ein Segen für die Zukunft sein.«

Aber Lebenslagen blieben nicht starr, sie veränderten sich. Mit Henry an ihrer Seite verbesserten sich Christines Aussichten schlagartig. Sie musste ihren Körper nicht mehr verkaufen und zählte plötzlich wieder als respektable Frau. Das erste Mal seit langer Zeit war sie wieder Herrin über sich selbst – und aus dem einstigen Segen wurde ein Fluch.

Sie versuchte, ihre Schuldgefühle mit rationalen Argumenten zu vertreiben. »Henry und ich waren eigentlich nie darüber unglücklich, dass ich keine Kinder bekommen konnte. Er hatte zum Glück schon welche und ich eine Figur, die ich nicht ruinieren wollte.«

Die letzten Worte waren ihr zu schnell über die Lippen gerutscht. Sie tätschelte Emilys Arm, der sich in der Tat weicher anfühlte als früher. »Nichts für ungut.«

Emily hob eine Augenbraue und rührte in ihrem Tee.

»Aber jetzt«, fuhr Christine zaghaft fort, »habe ich das Gefühl, dass mir etwas fehlt. Ich fühle mich wie ein ausgetrocknetes Flussbett in der Wüste. Hätte ich ein Kind, dann bliebe mir von Henry ein Andenken. Aber so sind es bloß schmerzhafte Erinnerungen.«

»Ein Kind ist aber keine Reliquie, und die Erinnerungen müssen nicht immer schmerzhaft bleiben. Es sind doch vor allem schöne, oder nicht? Diesen zuliebe musst du zuversichtlich sein. Etwas anderes hätte er nicht gewollt. Außerdem hast du ein Baby.«

»Daisy ist doch kein Baby!«

»Ich meine deine Arbeit.«

»Ich kann nicht schon jetzt ins Frauenhaus zurück«, warf Christine ein, die den Wink sehr wohl verstanden hatte. »Wie sollen diese Frauen an eine formbare Zukunft glauben, wenn ich nicht als gutes Vorbild vorangehen kann?«

»Das mag sein, aber ohne dich haben sie gar nichts.«

Die Frauen sahen sich an.

»Du brauchst dieses Frauenhaus genauso, wie es dich braucht. Du musst ja nicht gleich mit der ganzen Arbeit beginnen. Aber du solltest mal wieder vorbeischauen. Außerdem würde ich es auch gerne sehen.«

»Du hast ja recht«, seufzte Christine. »Lass uns morgen hinfahren.«

»Das ist mir zu riskant. Wir gehen, sobald du deinen Tee ausgetrunken hast.«

Christine unterdrückte ein Brummen und führte die Tasse an ihren Mund. »Es scheint, ich habe einen Mann verloren und einen General bekommen.«

10. Kapitel

London, Juli 1888

Auf der Fahrt nach Spitalfields beobachtete sie Emily ganz genau, während diese aus dem Fenster starrte. Je tiefer sie in das Armenviertel eindrangen, desto düsterer wurde ihr Blick.
Gewieftes Mädchen, dachte Christine. Sie kannte Emily. Der Ausflug in das Armenviertel bereitete ihr keine Freude, sondern stimmte sie traurig. Nach dem Mordanschlag auf ihre Mutter hatte Emily mit Liam unter ganz ähnlichen Umständen leben müssen und war in großer Not zum Äußersten gezwungen worden. Und doch saßen sie in einem Hansom und fuhren durch die Commercial Road. Wegen ihr.
Christine folgte ihrem Blick, und je länger sie das tat, desto mehr wurde sie wachgerüttelt. Natürlich blühte in Whitechapel nicht nur das Laster. Tagsüber sah man ehrliche und hart arbeitende Menschen, die wenig besaßen und oft genug litten, aber vom rechten Weg nie abgekommen waren. Nur gab es für sie keinen Schutz, keinen Puffer, wenn das Schicksal doch zuschlug. Dann streiften sie nachts als gescheiterte Existenzen durch die Straßen, waren davon gezeichnet, dass ihnen das Leben alles abverlangt hatte.
In ihrer gut getünchten Kindheit hatte Christine sich selbstverständlich nicht mit Politik oder Ungerechtigkeit auseinandergesetzt. Das Vermögen floss dank einer natürlichen Ordnung zu ihnen. Es war gottgegeben, und wenn Gott es so wollte, hätten auch die Armen etwas bekommen. Aber für ihre Familie waren das nicht einmal die gleichen Menschen, sondern eine unter-

legene Rasse. Als Christine in ihrer Jugend ein Verhältnis mit dem Küchenjungen einging, hätte sie sich in den Augen der Upperclass auch gleich mit einem Hund paaren können. Ein Schauer erfasste Christine bei diesen Gedanken.

Endlich hielt der Wagen vor dem Frauenhaus an. Der Komplex umfasste mehrere Backsteinhäuser im neugotischen Baustil. Über einen verspielten Torbogen und einer Außentreppe erreichten sie den Haupteingang. Dank Henrys Spende war die Straße nachts besonders gut beleuchtet.

»Das ist ja ein halbes Fort«, staune Emily.

»Sechsundneunzig bewohnte Zimmer und fast vierhundert Betten auf fünf Etagen. Auf jeder Etage ein Speisesaal. Vier Werkstätten. Dazu ein Krankenzimmer, ein Kinderhort, Schulzimmer und eine Kapelle«, zählte Christine auf, während sie hochblickte. Ein wohliges Gefühl breitete sich in ihr wie ein guter Whisky nach einem kalten Wintertag aus. Das war ihr Vermächtnis.

Beim Eintreten kam ihnen gerade eine untersetzte Frau entgegen. Ihr fleischiges Gesicht hatte die Farbe einer Tomate. Bei ihren energischen Schritten fürchtete Christine, von ihr überrannt zu werden.

»Hier ist's nich besser als im Arbeiterhaus. Und was Anständiges zu trinken bekomm ich auch nich.« Sie stemmte sich gegen den Wind und hielt ihren Hut fest, ohne Christine oder Emily eines Blickes zu würdigen.

»Es hat Sie auch niemand gezwungen, hierzubleiben, Sie dumme Person«, rief Mrs. Cunningham, die Empfangssekretärin, ihr hinterher. Ihre runde Brille und das strenge Kostüm passten so zu ihrem Gesichtsausdruck, als könne man alle drei Komponenten nur gemeinsam erwerben.

Christine und Emily sahen sich mit offenen Mündern an. Die Sekretärin hatte sie noch nicht bemerkt. Ihre Aufmerksamkeit galt nun einem hünenhaften Burschen, der mit verschränkten Armen beim Empfang stand. Er hatte mit seinen Schuhen reichlich Dreck verteilt. Beim Anblick seiner schwieligen Hände und den festen, erdigen Leinenhosen war Christine sofort klar, dass dies Luke, der neue Gärtner sein musste. Sie hatte ihn während ihrer Abwesenheit eingestellt.

»Was ist denn das für ein zusammengestoppeltes Zeug?«, herrschte die Sekretärin ihn an und deutete auf sein Werkzeug. »Wie soll man damit arbeiten können?«

»Ich bin Linkshänder, mit gewöhnlichen Scheren kann ich nicht arbeiten. Darum bringe ich mein eigenes Werkzeug mit. Damit geht es.« Luke funkelte Mrs. Cunningham an.

Die Sekretärin tat angewiderten Gesichtsausdrucks einen Schritt zurück, damit sie ihn besser abkanzeln konnte. »Werkzeug für Linkshänder? Was für eine lächerliche Idee. Da hat man in Ihrer Kindheit wohl zu wenig mit einer harten Hand durchgegriffen. Jeder weiß, dass Linkshänder Stumpfsinnige sind.«

»Mrs. Cunningham, ich verbitte mir Ihre Wortwahl«, mischte sich Christine ein. Die Sekretärin fuhr zusammen wie eine verschreckte Schildkröte.

Christine reichte Luke die Hand und stellte sich vor. »Ich habe Bekannte, denen als Kind die linke Hand umerzogen wurde, es ist ein Graus. Ihre Schrift fiel fürchterlich eckig aus, ähnlich muss es einem Handwerker ergehen. Ein Gärtner braucht Werkzeug, mit dem er umgehen kann, nicht umgekehrt.«

Sie glaubte zu hören, wie die Sekretärin hinter ihr den Atem anhielt. Luke hingegen murmelte ein Dankeschön und empfahl sich.

»Madame Gillard, was für eine Überraschung, Sie hier zu sehen«, wartete die alte Cunningham mit einem plötzlich ganz anderen Tonfall auf. Sie lächelte gequält und faltete ihre Hände wie zum Gebet.

Aber Christine blieb hart. »Mrs. Cunningham, ich muss Ihren Umgangston wirklich tadeln. Dies ist ein Haus, in welchem wir respektvoll miteinander umgehen.« Sie setzte eine Kunstpause ein und beobachtete, wie ihre Sekretärin die Lippen schürzte. Dann fuhr sie fort: »Die Frau, die gerade ging. Was war mit ihr los?«

»Martha Tabram, Madame. Sie hat sich zwei Wochen hier aufgehalten und nur für Unruhe gesorgt.« Sie streckte von ihrer Faust Daumen und Kleinfinger aus, um die Trinkergeste zu machen.

»Hat Mrs. Tabram kein Gespräch gesucht?«

»Doch, das hat sie. Aber Sie führen doch für gewöhnlich die Gespräche«, erklärte Mrs. Cunningham zögerlich.

»Und ich war nicht da«, brachte Christine den Satz zu Ende, den ihre Angestellte nicht wagte auszusprechen. Ihr Blick wanderte zu Emily, die sich im Hintergrund aufhielt und Daisy im Arm hielt.

»Wie auch immer, ich bin zurück.« Ihre Bekanntmachung überraschte sie selbst, und sogleich begann sie sich vor ihrer eigenen Courage zu fürchten.

Emily presste die Lippen zusammen und schielte zur Decke. Sie war schon immer miserabel darin gewesen, ihre Gefühle zu verbergen. Gerade musste sie innerlich so sehr triumphieren wie damals Cäsar bei der Eroberung Galliens.

Christine ließ sie gewähren. »Komm, lass uns das Haus besichtigen.« Dann führte sie Emily in die Mitte des Treppenhauses und deutete zum hydraulischen Fahrstuhl.

»Wo sonst in London gibt es ein Armenhaus mit Fahrstuhl?«, fragte Emily amüsiert.

»Komm, steig ein. Wir fahren nur bis in den vierten Stock. Die oberste Etage ist leer. Ein Wasserschaden wegen einer undichten Stelle im Dach hält mich schon seit Wochen auf Trab.«

Während sie hinauffuhren, konnte Christine in den Fluren der einzelnen Stockwerke herumrennende Kinder sehen, deren Lachen durch die Räume hallte und die freudig »Madame, Madame!« riefen. Die Frauen waren mit Woll- und Flanellröcken sowie sauberen Blusen ausgestattet und standen schwatzend in den Gängen oder zogen geschäftig von dannen. Einige zeigten blaue Flecken oder hinkten. Stumme Zeugen der Gewalt, der sie früher ausgesetzt waren. Wie sehr die Seele beschädigt war, konnte keine Wunde zeigen. Aber in diesen Mauern lebten sie in Sicherheit. Christine trug dafür Sorge, dass die Frauen sich in gestärktem Zustand befanden, wenn sie das Haus wieder verließen. Auf dass ihnen nie mehr solch Leid widerfuhr wie in der Vergangenheit.

»Wir haben leider ein enormes Alkoholproblem«, sagte Christine, als sie aus dem Fahrstuhl stiegen. »Unsere Lösung stellt mich noch nicht zufrieden. Im Moment herrscht ein striktes Trinkverbot, aber es ihnen zu verbieten, ist reine Symptombekämpfung. Wir müssen daran arbeiten, warum sie trinken. Die meisten Frauen greifen zur Flasche, um zu vergessen, und weil ihre Körper danach süchtig sind. Doch wir sind keine Klinik.«

Ohne dass es ihr bewusst wurde, tauchte Christine mit ihren Erzählungen immer tiefer in die Arbeit und wurde aufgeweckter. Noch weniger merkte sie, wie ihr Gang allmählich flott, die Haltung gerade und ihr Gesichtsausdruck resolut wurde.

Sie führte Emily den schmalen Flur des vierten Stockwerks entlang, wo Bewohnerinnen sie grüßten und Kinder sie umarmten. »Auf jeder Seite gibt es zwölf Zimmer, die je vier Betten beinhalten«, erklärte sie, während sie dunkle, nummerierte Türen mit vergoldeten Emailleschildern passierten. Bei den Bauplänen hatte sie sich sehr an den Schulinternaten orientiert.

»Und die Waschräume?«, fragte Emily.

»Zwei Stück auf jeder Etage.«

»Mit einem richtigen Klosett!«, staunte Emily, als sie an einem vorbeikamen. »Das ist ja allerhand! Diesen Luxus hatten wir in Glasgow noch nicht. Mit einem zugigen Abtritt im Hinterhof mussten wir uns begnügen!«

»Daran musst du mich nicht erinnern.« Das Lachen tat Christine so gut, dass sie in ihrem Herzen eine aufkommende Seligkeit verspürte.

Nachdem Christine ihr alles gezeigt hatte und Emily in das Innere eines der Zimmer hineinspähen durfte, besichtigten sie den Speisesaal und schließlich die Ateliers.

»Hier sind die Werkstätten?« Emily überblickte eine Handarbeitsstube. Die Frauen saßen darin und nähten, stickten oder webten.

»Es gibt vier verschiedene Bereiche, in denen die Frauen arbeiten können, während die Kinder in einem Hort im Nebentrakt untergebracht sind. Ihre Arbeit wird angemessen bezahlt, ebenso wird in jedem Fall ein Arbeitszeugnis ausgestellt.«

Emily nickte ihr anerkennend zu. »Das ist in der Tat sehr durchdacht von dir.«

Christine schloss die Augen und lauschte dem Surren der Nähmaschinen und dem Geklapper der Webstühle. Emily würde zwar ein richtiges Kind bekommen, aber sie hatte recht. Dieses Frauenhaus war Christines Baby. Die Arbeit erfüllte sie mit Stolz und erinnerte sie an Henry, der ihr in ihrer gemeinsamen Zeit so viel für das Leben mitgegeben hatte.

Als sie die Augen wieder öffnete, erkannte sie in Emilys Blick, dass ihr die Verwandlung nicht entgangen war.

Nach der restlichen Führung folgten einige Wortwechsel mit Vorarbeiterinnen und Bewohnerinnen, und Christine warf einen kurzen Blick auf ihren überfüllten Schreibtisch, von dem sie sich kaum mehr trennen konnte. Schließlich standen die zwei Frauen wieder unten in der Empfangshalle. Aus der Stippvisite war eine fast zweistündige Besichtigung geworden. Jetzt neigte sich der Tag bereits dem Abend zu.

Emily gestand ihrer Freundin, dass ihr das lange Herumstehen trotz der Freude an diesem Ausflug zugesetzt habe und sie nun erschöpft sei. Das müsse wohl von der Schwangerschaft kommen.

Christine wollte ihr gerade vorschlagen zu gehen, da wurden hinter ihnen Stimmen laut.

»Entschuldigen Sie, Miss, aber wir haben Öffnungszeiten, an die Sie sich halten müssen. Für Neueintritte kommen Sie morgen wieder«, sagte Mrs. Cunningham entschieden.

Die junge Frau, zu der sie gesprochen hatte, hielt einen etwa zweijährigen blonden Jungen auf dem Arm und presste das Kind regelrecht an sich. Das freie Handgelenk war übersät mit blauen Flecken, und eines ihrer Augen trug ein Veilchen. Auf ihrem Rücken trug sie ein Bündel. Wahrscheinlich war dies all ihr Besitz.

»Bitte, Ma'am. Ich kann nicht mehr zu meinem Arbeitgeber zurück. Unsere Wohnung in der Dorset Street wurde geräumt. Mein Junge ist krank, und ich fürchte bei der schlechten Umgebung um seine Gesundheit. Die letzte Nacht haben wir auf der Straße verbracht.«

»Dann müssen Sie eben noch eine weitere Nacht dort verbringen. Es ist ja warm genug. Kommen Sie morgen wieder«, entgegnete Mrs. Cunningham.

Was war bloß mit dieser Sekretärin los? Legte sie es darauf an, entlassen zu werden? Christine schüttelte den Kopf. »Danke Mrs. Cunningham, Sie können gehen. Ich übernehme jetzt.«

Die Sekretärin straffte ihre Schultern und streckte die Brust raus. In ihrem Blick zeichnete sich nicht der Hauch von Unrechtsbewusstsein ab. »Wäre das alles, Madame Gillard?«

»Nicht ganz. Ich erwarte Sie morgen früh in meinem Büro.«

Jetzt riss Mrs. Cunningham doch die Augen auf. Ihr durfte Christines Tonfall nicht entgangen sein. »Aber Madame...«

»Danke, Mrs. Cunningham, das wäre alles.«

Der Blick ihrer Arbeitnehmerin schien zu entgleisen, aber Christine befasste sich nicht länger mit ihr. Die junge Frau seufzte erleichtert und wandte sich an sie. »Sind Sie Madame Gillard?« Sie kramte in ihrer Rocktasche einen Zettel hervor, den Christine bereits kannte. Zwei der freiwilligen Helferinnen verteilten sie regelmäßig im Viertel.

»Den haben mir heute früh zwei Frauen gegeben, als ich mich an der Pumpe gewaschen habe. Ich kann ihn zwar nicht lesen, aber man sagte mir, ich würde hier Hilfe finden, wenn ich ihn zeige. Bitte, ich würde alles dafür tun, damit Sie mich aufnehmen. Ich bin fleißig und geschickt, kann arbeiten, trinke nicht. Aber ich habe die Arbeit verloren und kann nicht länger bleiben, wo ich wohne. Die Dorset Street...«

»Ist die schlimmste Straße von ganz London«, beendete Christine wissend den Satz. »Wie heißen Sie?«

»Rosalie Fletcher.«

»Freut mich, Miss Fletcher. Sie werden auf jeden Fall noch heute ein Bett bekommen.«

Die Last, die von Rosalies Schultern fiel, war förmlich greifbar. »Oh Madame, wie soll ich Ihnen nur danken! Sie wissen nicht, wie sehr Sie mir dadurch helfen.«

Doch, das wusste sie, dachte Christine, nachdem sie einen

Blick auf den kränklichen Knaben geworfen hatte. Sie schlug ihren Schleier zurück und strich ihm mit einem Lächeln eine seiner platinblonden Haarsträhnen hinter das Ohr. »Na Kleiner? Wie heißt du?«

»Peter«, antwortete er schüchtern.

»Sag mal Peter, kennst du Daisy schon?« Sie nahm Emily das Hündchen ab, setzte es auf den Boden, und Rosalie ließ Peter ebenfalls herunter. Der kleine Junge streckte sofort glucksend die Hände nach dem Hündchen aus und kicherte, als Daisy an ihnen schnupperte.

Das Bedürfnis, Rosalie und Peter Sicherheit zu gewähren, übermannte Christine. Aber der Eintritt würde Zeit brauchen, und ihre Sekretärin hatte sie gerade fortgeschickt. Unschlüssig blickte sie zu Emily.

»Schon gut, ich steige schon in den Wagen und warte dort auf dich.«

»Danke«, flüsterte Christine. Nun spürte sie, wie sie endgültig Herrin ihrer Sinne wurde. Emily hatte ganze Meisterarbeit geleistet. Sie hatte erreicht, dass Christine ihre Arbeit wiederaufnehmen würde. Sollten noch so viele Schmäh- und Drohbriefe kommen, sie würde sich davon nicht entmutigen lassen. Diesen Gefallen tat sie ihren Gegnern nicht. Ihr Fell war dick.

Und Mrs. Cunningham? Die würde sie ersetzen. Sie wusste auch schon mit wem. »Nun, Miss Fletcher, wenn Sie mir doch bitte folgen würden.«

11. Kapitel

London, August 1888

Mr. Satchell, der Besitzer des Satchell's Lodging House in der George Street Nummer 19, befand sich in einem genauso schäbigen Zustand wie seine Wohnunterkunft. Das Gebäude war ursprünglich eine Schmiede gewesen, nur etwa fünf Yard breit, dafür fünfundzwanzig Yard lang. Auf dem steinernen Fußboden lag Stroh, durch welches Mäuse huschten. Man musste aufpassen, nicht aus Versehen auf eine zu treten, denn der Gang war so schmal, dass nur ein Mann hindurchgehen konnte. Das lag an den unzähligen Etagenbetten, die auf beiden Seiten aufgereiht waren. Wozu für Geld heizen, wenn sich die Menschen selber wärmen konnten, indem man sie nur dicht genug zusammenpferchte?

Der Nachteil davon war eine derart stickige Luft, dass man sie hätte mit einem Messer durchschneiden können, denn Fenster gab es nur am Eingang und ein kleines ganz hinten. Aber das hielt die Leute dennoch nicht ab, hier für ein paar Pennies zu nächtigen. Das Satchell's wurde täglich im Vier-Stunden-Intervall von Hunderten von Gästen gemietet.

Die Betten reichten bis in den hinteren Trakt, wo sich der alte Schmiedeofen und eine notdürftige Küche befanden sowie der Durchgang zum Abtritt im Hinterhof. Hier hinten hatte der Besitzer nicht nur sein eigenes Schlafreich, sondern auch eine Art Notunterkunft innerhalb der Notunterkunft.

Männer und Frauen, so arm, dass sie sich nicht einmal eines der Betten leisten konnten, durften hier ihren Schlaf finden. An der Wand stehend. Damit sie nicht umfielen, hatte der Besitzer sie mit einer Wäscheleine umspannt.

Gerade saß er am Feuer gegenüber der Schlafwand und blickte auf die Uhr. Der heftige Dunst von ungewaschenen Leibern, Alkohol und Urin hätte ihm wohl den Verstand geraubt, wäre sein Riechorgan nicht schon längst dahin.

Er stand auf und löste den Knoten der Wäscheleine. »Zeit ist um«, brummte er, während zwei Dutzend Menschen aus dem Schlaf gerissen wurden, indem sie unsanft zu Boden fielen. Wortlos rappelten sie sich auf und verließen die Unterkunft, während draußen schon die nächste Ansammlung wartete.

Nur eine rieb sich murrend die Augen und blickte ihn mit ihrem aufgedunsenen Gesicht schief an. Noch bevor die Frau den Mund öffnen konnte, verdrehte Mr. Satchell schon die Augen. Ihr Name lautete Martha Tabram, und für ihre nächtelangen Zechtouren war sie berüchtigt. Sogar mit seiner verdorbenen Nase konnte er den Gin in ihrem Atem wahrnehmen.

»Ich bin aber erst später dazugekommen.«

»Keine Sonderbehandlung. Die Zeiten sind für alle gleich.«

Drohend hob Martha die Faust und kniff die Augen zusammen. »Das is Wucher! Ich zahl nich für vier Stunden, wenn ich nur drei geschlafen hab.«

Der Besitzer blieb hart und spie eine braune, zähe Masse Kautabak auf den Boden. »Wenn's dir nicht passt, dann penn auf der Straße oder geh zurück in das Frauenhaus, aus dem du gekommen bist.«

»Ganz bestimmt nich«, antwortete sie, die Arme vor dem üppigen Torso verschränkt. »Ich lass mir doch nich vorschreiben, was ich zu arbeiten und zu trinken hab, aber das hab ich denen auch gesagt. Hab gesagt, dass die mich mal können.«

»Und als was arbeitest du im Moment?«

»Denk gar nicht erst dran!«

Die beiden funkelten sich schweigend an. Dann ließ er sie stehen und kassierte bei der neuen Reihe ab. Nachdem die Leute bezahlt hatten, stellten sie sich an die Wand, und er spannte die Leine über die Stehschläfer.

»Eines Tages wirst du dich vor Gott für dein Geschäft mit den Bedürftigen verantworten«, wetterte Martha hinter ihm weiter.

»Gott begibt sich nicht nach Whitechapel«, folgte seine plumpe Antwort. Er drehte sich wieder zu ihr um. »Soll ich dich nun für die nächste Schlafschicht einschreiben oder nicht?«

Martha warf ihm einen vernichtenden Blick zu.

»Na, was jetzt?«

Für einen Moment sah sie ihn an, als würde sie ihm gleich an die Gurgel springen und ihn zerfetzen wollen, doch gerade noch rechtzeitig erwischte sie den Pfad der Selbstbeherrschung. Mit aufgesetztem Hut quetschte sie ihren Hintern durch den Flur.

»Ja verdammt, halt mir meinen Schlafplatz frei.«

Später an diesem Tag traf sich Martha mit ihrer Freundin Pearly Poll, einer rothaarigen Irin, im Ten Bells. Mit verzerrtem Blick starrte Martha in das mit schalem Bier gefüllte Glas und rülpste.

»Und was gibt es bei dir so Neues?«, fragte Pearly, welche lasziv die Beine übereinandergeschlagen hatte und nach potenziellen Freiern Ausschau hielt. Mit durchgestrecktem Rücken versuchte sie, ihr tiefausgeschnittenes Dekolleté in Szene zu setzen, doch selbst eine frisch gerupfte Hühnerbrust wäre ansehnlicher gewesen. Wenn der Körper kaum noch Kapital schlug, mussten alle Register gezogen werden. Sah ein Mann vielversprechend aus, wippte sie mit ihrem Schuh auf und ab, sodass sie seine Aufmerksamkeit erhaschen konnte und er ihre Schuhsohle bemerkte. Darauf hatte sie nämlich mit Kreide ein Losungswort geschrieben, welches Freiern gemeinhin bekannt war. So konnten sie ihre Absichten zu erkennen geben, ohne dass es ein peinliches Missverständnis gegeben hätte.

»Immer die gleiche Leier«, antwortete Martha abwesend. »Die Kinder wohnen beim Vater und schämen sich für ihre Mutter, und mein Mann will mir nur noch einen Shilling und sechs Pennies Unterhalt zahlen, weil ich ja Turner als Freund hab.«

»Und wie geht's mit ihm?«

»Ach, zum Teufel mit Turner!«

»Ich sehe schon«, meinte Pearly und schob die Zunge hoch zum Zahnfleisch. »Wirklich die alte Leier.«

»Und bei dir?«

Obwohl Pearly ihr antwortete, schweifte ihr Blick über die Männer im Raum. »Hab mir gestern ein schönes Sümmchen verdient und die Nacht in einer warmen Opiumhöhle verbracht.« Sie klang stolz darauf, doch dann tat sie einen schweren Seufzer und verzog das Gesicht. »Aber seit 'n paar Tagen brennt's mir beim Pissen.«

»Also auch alles wie immer.« Die Frauen prosteten sich zu.

Als Martha mit ihrem Bier fertig war, kramte sie in ihrer Rocktasche einige Münzen hervor und zählte zusammen, ob es noch für ein weiteres reichen würde. Wenn sie Glück hatte, konnte sie sich eins vom frischen Fass leisten. Wenn nicht, dann eines vom Sammelfass, wo der Wirt die Reste der stehen gelassenen Gläser seiner Gäste hineinkippte und wiederverwertete.

Sie sah die Münzen an und seufzte. Da sie heute so gar keine Lust auf das Sammelfass hatte, müsste sie wohl auf ihren Schlafplatz später verzichten. Aber wer mit Pearly unterwegs war, brauchte ohnehin nicht ans Schlafen zu denken.

»Verdammt viel los heute«, bemerkte sie, als sie wenig später mit einem neuen Bier zurückkehrte.

»Bank Holiday«, meinte Pearly. »Der letzte Tag der Sommerferien. Im Crystal Palace wird ein Märchenballett aufgeführt und am Alexandra Palace steigt ein Amerikaner in einen Heißluftballon und springt dann mit dem Fallschirm runter.«

»Das ist nichts für mich«, winkte Martha ab. »Sollen sich doch die Reichen mit solchen Späßen abgeben. Ich habe im Hyde Park genauso wenig verloren wie die feinen Pinkel hier im East End.« Unweigerlich musste sie an dieses ach-so-vielversprechende Frauenhaus dieser ach-so-eleganten Madame Gillard denken, in welchem sie es keine zwei Wochen ausgehalten hatte.

Natürlich war es ganz nett gewesen, dass einem dort ein Dach über dem Kopf und ein voller Magen geboten wurde, aber Madames Konzept bewies, wie wenig sie die Armen tatsächlich verstand. Alkoholverbot – was für ein Schwachsinn. Der Alkohol war überhaupt das Einzige, was sie auf den Beinen hielt. Ein Wunderwasser war er! Er heilte sie, betäubte ihre Schmerzen, sowohl die körperlichen als auch die seelischen. Half ihr zu vergessen, dass sie einst ein behütetes Leben und eine glückliche Ehe geführt hatte, aus der zwei gesunde Jungen entsprungen waren. Leider pflegten sie keinen Kontakt zur verunglückten Mutter, und meist scherte sich Martha auch nicht darum. Aber je nach Alkoholpegel dachte sie eben doch an die beiden.

Eine von Reichtum überhäufte Madame konnte das natürlich nicht nachvollziehen. Außerdem war Madame während ihres Aufenthaltes gar nie im Frauenhaus erschienen, um sie zu beraten, wie es ihr versprochen wurde. Erst als sie bereits ihre Koffer gepackt hatte, wurde sie noch einmal eingeladen, und Madame wollte das versäumte Gespräch nachholen und sie zum Bleiben überreden. Aber da hatte Martha mit dieser heuchlerischen Einrichtung abgerechnet. Sie ließ es sich nicht entgehen, eine Szene zu veranstalten. Und der Gärtner hatte auch gleich sein Fett wegbekommen. Hatte ihr dieser Stutzer doch glatt Avancen gemacht!

Nein, die Reichen hatten im East End nichts verloren. Die sollten sich lieber um ihre eigenen Angelegenheiten kümmern und den ganzen Tag auf ihrer Chaiselongue verfaulen, während die Diener sie mit Kaviar und Champagner verköstigten. Aber wenn laut Pearly einige von ihnen heute schon hier waren ... Martha sah sich um und zwinkerte ihrer Freundin zu.

»Vielleicht gabeln wir ja ein, zwei spendierfreudige Soldaten auf. Oder sogar 'nen Gentleman? Was meinst du, Pearly?«

Diese grinste. »Bist wohl auf den Geschmack gekommen, was? Einen Versuch ist's allemal wert.«

Tatsächlich fanden sich Martha und Pearly bald darauf in den Armen zweier Soldaten wieder, mit denen sie später weiterzogen.

Pearly hatte sich einen Corporal angelacht, während Martha sich mit einem rangniederen Private vergnügte, dem schon ordentlich der Säbel juckte. Inzwischen war es zwei Uhr morgens, die Gruppe ziemlich betrunken, und die Frauen saßen den Männern auf den Schößen. Martha entging nicht, wie Pearlys Hand immer wieder in den Schritt des Corporals wanderte. Einmal griff sie sogar recht beherzt zu, sodass sich sein harter Knüppel in der Hose abzeichnete. Für einen Moment spürte Martha Neid in sich aufflammen. Pearly würde es dem Kerl so richtig besorgen und sich dabei eine Summe verdienen, die ihr Private für den gleichen Dienst bestimmt nicht springen ließ.

Aber man musste nehmen, was man kriegte. Auch sie spürte, wie der Private seine Hände zu ihrem Hintern gleiten ließ und wie sich in seinem Schoß etwas reckte, sobald sie die Pobacken rhythmisch an ihn drückte.

Entschlossen wechselte sie mit Pearly einen Blick. Sie verstand und hatte wohl ebenfalls vor, ihr Vorhaben in die Tat umzusetzen. Pearly fragte ihre Begleitung, ob er denn noch ein halbes Stündchen Zeit habe, um sie nach Hause zu begleiten, woraufhin die beiden zügig verschwanden.

»Wollen wir?«, fragte auch Martha ihren Private.

Draußen war es unerwartet kühl und windig für eine Spätsommernacht, sodass Martha wenig Lust darauf hatte, sich in der Kälte rammeln zu lassen. In der George Street wusste sie von einem Innenhof, dessen Eingangstür ins Treppenhaus stets nur angelehnt war.

Sie führte den Private durch ein Labyrinth verwinkelter Nebengassen, enger Höfe und alter Mauern. Ein glitschiger Film aus Moos und Dreck haftete am alten Gemäuer, als sie sich daran abstützte, um weniger zu taumeln. Zum Glück kannte Martha die Gegend wie ihre Westentasche, denn der Nebel war heute Nacht besonders dicht. Er erschwerte ihr nicht nur die Sicht, sondern dämmte die Geräusche um sie herum und kesselte sie ein.

»Das is doch 'n gutes Plätzchen«, lallte der Private schließlich vor dem Wohnblock und zog sie in das Treppenhaus. Gierig begann er sie zu küssen.

»Zzzuerst das Geld.«

Murrend ließ der Private einige Münzen in ihre Hand fallen und drückte sie gegen die Wand.

Kichernd schob Martha ihre Röcke hoch und war bereit, ihren Kunden in Empfang zu nehmen, als sich plötzlich die Eingangstür öffnete und ein Mann in dunkler Kleidung eintrat. »Nur nisch von uns stören lassen, wir sin auch ganzzz schnell wieder weg«, lallte sie.

Da der Mann keine Anstalten machte zu gehen, wandte sich der Private von Martha ab und fixierte ihn. »Gibt's 'n Problem?«

Mit einer Mischung aus Interesse und Besorgnis beobachtete Martha, wie sich die zwei Männer anfunkelten. Sie glichen Raubtieren, die sich um die Beute stritten und durch Aufplustern, Zähneblecken und Knurren aushandelten, wer der Stärkere von ihnen war.

Es war nicht Marthas Private. Ihr Herz begann zu hämmern.

»Raus hier. Sofort«, zischte der Fremde. Seine Stimme klang ruhig und voller Autorität.

Damit wollte Martha nichts zu schaffen haben. Sie konnte zwar zum Raufbold werden, aber wenn ihr sechster Sinn sich meldete und sie warnte, war für sie der Spaß zu Ende. Sie ergriff die Hand ihrer Begleitung und machte Anstalten, mit ihm mitzugehen.

Da schoss ein Arm so dicht an ihr vorbei und versperrte ihr den Weg, dass sie das sündhaft teure Leder der Handschuhe riechen konnte, die der Fremde trug. Sie knirschten, als er die Hand zur Faust ballte. »Du nicht, Weib.«

Verdutzt blieb sie stehen. Doch dann dämmerte ihr, was der Mann wollte. Sie zeigte ihm ein charmantes Lächeln und legte ihre Hand auf seinen Arm. »Nur keine Sorge. Ich kann mich auch um dich kümmern. Um euch beide.«

»Ich war aber zzzuerst an der Reihe«, maulte der Private, der so betrunken war, dass er sich an die Wand lehnen musste.

»Verschwinde«, zischte ihn die dunkle Gestalt an. Der Hass und der Befehlston, die in diesem einen Wort mitschwangen, waren beängstigend.

Martha schluckte einen Schwall von Flüchen herunter, als der Private sich tatsächlich geschlagen gab. Sie sah, wie die Tür sich hinter ihm schloss. Immerhin hatte sie sein Geld. Und einen neuen Freier. Gar nicht so schlecht. Sie war schon mit ganz anderen Kerlen fertig geworden und würde auch noch diesen überstehen. Er würde vielleicht etwas grober zu ihr sein als der andere, aber wenn sie anständig hinhielt, hätte sie nach ein paar Minuten ihre Ruhe und wäre um ein paar Münzen reicher. Außerdem bemerkte sie jetzt, da sie ihn genauer musterte, dass ihre Nase sie nicht getäuscht hatte. Er trug nicht nur teure Handschuhe, sondern auch einen hochwertigen schwarzen Mantel und einen eleganten Zylinder. Dank dem Bank Holiday, ein Gentleman! Da würde sich bestimmt ein guter Preis verhandeln lassen.

»Wenn ich gewusst hätte, wie gut das Gewerbe läuft, wäre ich schon früher wieder eingestiegen«, tat sie amüsiert. Hüftschwingend wollte sie sich an ihn schmiegen.

Aber auf einmal schoss seine Hand an ihren Hals und drückte unerwartet kräftig zu, sodass Martha zu würgen begann. Fassungslos versuchte sie sich zu wehren, doch sie hatte keine Chance.

»Wer im Elend lebt, sollte dankbar sein, wenn ihm geholfen wird«, flüsterte er mit einer Schärfe in der Stimme, die an eine Schlange erinnerte.

Mein Gott, wo bin ich da reingeraten, dachte sie, während ihre Sicht verschwamm. Ihr war plötzlich, als sitze sie wieder an der Bar und würde jeden Moment vom Hocker fallen. Als hätte sie gerade einen Kurzen nach dem anderen hinuntergestürzt, und nun begannen alle auf einen Schlag zu wirken.

Dann, genauso unerwartet, wie der Mann sie gepackt hatte, ließ er sie wieder los, und Martha fiel würgend zu Boden. Unfähig zu sprechen, unfähig wieder aufzustehen.

»Doch wer diese Hilfe verweigert, sollte kein Erbarmen und keinen Frieden finden.« Er griff in seine Manteltasche und zog einen Gegenstand hervor, der im Oberlicht der Tür aufblitzte. Es war ein riesiger, gezackter Dolch.

»Oh weh, zu Hilfe«, krächzte sie mit erstickter Stimme.

Das Letzte, was Martha Tabram sah, war nicht das Messer, welches er immer wieder in ihre Brust stach, sondern es war dieses grausame Grinsen des Mörders. Das Gesicht eines Verrückten.

12. Kapitel

London, August 1888

Während Christine an ihrem Frühstückstisch saß und sich in die Zeitung vertiefte, stand Mr. Eaton wie üblich daneben und verzahnte die Hände hinter dem Rücken, das Kinn mit stolzem Ausdruck nach vorn gereckt. Er wartete, bis Christine die Zeitung beiseitelegte, dann reichte er ihr die Morgenpost.

Es war ein Telegramm aus Suthness dabei. Emily war wohlbehalten in ihrer Grafschaft angekommen. Gestern hatten sie am Bank Holiday einen schönen Tag miteinander verbracht und den Crystal Palace besucht. Um drei Uhr nachmittags hatte Emily schließlich wieder im Zug gesessen und London verlassen. Damit waren vier gemeinsame Wochen zu Ende.

Christine war um jeden einzelnen Tag dankbar gewesen. Das nächste Mal, wenn sie sich wiedersehen wollten, würde Emilys Kind schon auf der Welt sein. Die Zeit rannte und rannte.

Und sie musste mitrennen, wenn sie nicht fallen wollte. Ihr Blick fiel auf das eingerahmte Bild, das vor ihr auf dem langen Esstisch stand. Eine Fotografie, die den Bau des Eiffelturms zeigte. Die erste der drei geplanten Plattformen stand bereit. Weitere Stahlträger, auf der Fotografie kaum dicker als drahtige Spinnenbeine, deuteten an, dass der Bau weiter voranschritt. Henry hatte die Planung des Projekts stets mit großem Interesse verfolgt.

»Ich hätte wohl lieber in Stahl anstatt in Beton investieren sollen«, meinte er immer mit einem Lachen, wenn ein neuer Lagebericht erschienen war.

Als es Henry immer schlechter erging, hatte er ihr dieses Bild geschenkt. Er wollte sie darauf vorbereiten, dass ihr Leben nach seinem Tod weitergehen musste. »Denke groß, mein Schatz. Die menschlichen Grenzen sind unglaublich weit gesteckt. Dieses Konstrukt ist der Beweis dafür. Mach auch du weiter mit deinem Leben. Fordere dich selbst heraus, vervollkommne dich und gib deinem Leben einen Sinn.«

Jetzt fuhr Christine mit den Daumen über das Bild und wischte sich eine stumme Träne fort. Damals hatte sie ihm heftig widersprochen und versichert, nächstes Jahr gemeinsam zur Weltausstellung nach Paris zu fahren, um den Turm aus der Nähe zu bestaunen. Wenn die Grenzen der Menschen tatsächlich unglaublich weit gesteckt wären, dann würde Henry auch den Krebs besiegen.

Sie sah seinen darauffolgenden Blick noch genau vor sich. Es war eine Mischung aus Rührung, Hoffnung, Besorgnis und trauriger Gewissheit gewesen. »Und selbst wenn ich dann nicht mehr bin, musst du trotzdem gehen. Denn in deinem Herzen bleiben wir vereint.«

Hätte sie damals doch nur gewusst, wie Recht er damit haben würde.

»Nein, ich kenne diese Frau nicht. Hab sie noch nie gesehen und hab gestern auch nichts mitbekommen.« Das fleischige Gesicht der Anwohnerin machte deutlich, dass sie Besseres zu tun hatte, als im Flur zu stehen und Fragen zu beantworten.

Inspector Pike zeigte sich unbeeindruckt und fixierte sie mit einem prüfenden Blick. »Sind Sie sicher?«

»Ja doch, Herr Inspector. Haben alle geschlafen. Kommt selten genug vor, dass wir Ruhe finden.« Das war eine klare Aufforderung. Sie fummelte an ihrer rußigen Schürze herum, im hinteren Teil der Wohnung plärrte ein Kind, und ein weiteres spähte hinter der Frau hervor.

Kaum hatte sein Begleiter, Sergeant Thackery, ihre Aussage notiert, schlug sie ihnen die Tür vor der Nase zu.

Thackery sah seinen Vorgesetzten an und bemühte sich um eine akkurate Haltung. »Das war die Letzte, Inspector. Und wieder eine Niete.«

Pike seufzte und strich seinen Tweed Anzug glatt. »Ein Haus mit über dreißig Wohnungen, und keiner will die Tote kennen oder etwas gesehen haben.« Er machte eine Pause und schwieg betreten. »Wir sollten wieder nach unten gehen.«

Dank des Sheddachs war es hell auf der obersten Etage der George Yard Buildings Nummer 37. Das milchige Licht reichte jedoch nur eine Stiege weit. Bald lag das schwindelerregende Treppenhaus in der Finsternis, und die Männer tasteten sich wie zwei blinde Maulwürfe voran.

Unten herrschte nach wie vor reger Trubel. Mehrere Constables untersuchten den Tatort, wobei sie sich im engen Hausflur gehörig auf die Füße traten und sich gegenseitig anherrschten. Dazu gab es Anwohner, die glotzten und scheinbar nichts Besseres zu tun hatten.

Es war neun Uhr morgens, seit dem Leichenfund waren mehr als vier Stunden vergangen, was bei der hiesigen Bevölkerungsdichte bedeutete, dass außer den Säufern und den Langschläfern auch der letzte Anwohner bereits im Bilde war.

Reporter scharten sich wie Tauben auf Brotsuche im Vorhof zusammen. Jedes Mal, wenn die Haustür aufschwang, nutzten sie den Moment und blendeten mit ihren Blitzgeräten die Constables.

Die Tote war bereits abtransportiert. Nur die angespannte Stimmung und die Blutlache bezeugten das Verbrechen. Dass Pike nun ein solch grausamer Fall anvertraut wurde, musste er erst verdauen. Er hatte schon vieles gesehen, aber das hier übertraf alles, was er von den menschlichen Abgründen bisher kannte.

Schon bei der Erinnerung daran, wie die Tote vorgefunden wurde – auf dem Rücken liegend, übersät mit tiefen Stichwunden, hochgeschobenen Röcken und einer schmerzverzerrten Fratze – wurde ihm ganz anders. Dabei arbeitete der gebürtige Schotte seit bald sechs Jahren als Detective Inspector bei der H Division in Whitechapel. Man könnte meinen, in diesen Straßen würden solche Morde zur Tagesordnung gehören. Aber das stimmte nicht.

Die Gewalt suchte die Anwohner von Whitechapel auf andere Weisen heim. Durch Hunger und Armut sowie eine geringe Lebenserwartung. Ein Leben voller Leid und kleineren kriminellen Machenschaften, die dem Zweck des Überlebens dienten.
Ein Constable kam zu ihm geeilt. »Dr. Killeen schickt mich. Er hat den ersten Untersuchungsbericht durch. Sie können ihn im Totenhaus einsehen.«
»In Ordnung. Wir machen uns gleich auf den Weg.«
Thackery klatschte einmal in die Hände und hielt ihm die Tür auf. »Dann wollen wir die Schuhschachtel mal aufsuchen.«
Das Totenhaus galt als Paradebeispiel für die miserable Ausstattung der Polizei in Whitechapel. Es befand sich nicht beim Revier, sondern in der stark befahrenen Old Montague Street. Hier wurden unabhängig von der Todesursache alle Verstorbenen hingebracht und in einem Hinterhof in einem geduckten Schuppen zwischengelagert.
Schon als Pike und Thackery den Hof betraten, schlug ihnen der bestialische Verwesungsgestank entgegen, der im Innern noch einmal ein nicht für möglich gehaltenes Ausmaß annahm. Jetzt im Hochsommer kamen auch noch die ganzen Maden hinzu, die wie Erdnussschalen in einer Bar auf dem Boden lagen und sich wanden.
Während Thackerys Geruchssinn mit seinen fünfzig Jahren schon nachgelassen hatte, war der fünfzehn Jahre jüngere Inspector darum bemüht, wenig Regung zu zeigen und unauffällig durch den Mund zu atmen.
Dr. Killeen hingegen lehnte sich gegen die Tischplatte, auf der die Tote lag und rührte entspannt in seinem Kaffee. Pike fand ihn nicht sonderlich sympathisch. Killeen war ein Schwätzer und Drückeberger, der als Einziger über seine schlechten Scherze lachte und nicht viel von Hygiene hielt, obwohl er Arzt war.
»Was haben Sie herausfinden können?«
Mit einer Grimasse stellte Killeen die Tasse auf eine Kommode, auf der schon das eingelegte Gehirn einer benachbarten Leiche lag. »Ihnen auch einen wunderschönen guten Morgen, Inspector.«

Thackery und Pike sahen sich missmutig an. Sie mussten nicht miteinander sprechen, um sich zu verstehen. Beide wollten schleunigst die Fakten aus Dr. Killeen rausholen und dann diesem Ort entfliehen.

Der schnelle Blick hatte gereicht, dass Killeen verstand. Er winkte die beiden Männer näher zu sich und gab ihnen die Mappe, in der seine losen Notizen lagen.

»Es hieß, Sie hätten schon einen Bericht vorzuweisen?« Verärgert entzifferte Pike die Kritzeleien.

»Dachte, es müsse schnell gehen«, antwortete Killeen schulterzuckend. Er zündete sich eine Zigarette an und zerquetschte mit dem Daumennagel eine Made.

»Das kann ja kein Mensch lesen«, beschwerte sich Thackery. Er kniff die Augen zusammen und las. »Vermutliche Todesursache... Stich ins Herz. Anzahl Wunden...« Er hielt den Zettel weiter von sich weg, als könne er ihn so besser lesen, dann sah er überrascht auf. »Neununddreißig Messerstiche?«

»Davon neun am Hals, fünf im rechten Lungenflügel, zwei im linken, fünf in der Leber, zwei in der Milz, sechs im Magen. Der Rest ist irgendwo verteilt. Dazu eine fast fünf Inch lange Wunde im Unterleib und zuletzt ein tiefer Einstich ins Herz. Dieser war dann auch tödlich.«

Killeen schlug das Laken zurück und zeigte den entblößten Torso der Frau. Thackery zuckte zusammen, weil er auf die nackte Frau nicht vorbereitet gewesen war, was sehr zum Vergnügen des Pathologen beitrug. Dieser griff zu einem Holzstück, ganz offensichtlich ein aus einem Haushalt entwendetes Teigstäbchen. Damit führte er die Tiefe der tödlichen Wunde vor, indem er es eintunkte und wieder herauszog. Das Stäbchen schmatzte geräuschvoll und kam bis zur Hälfte rotgefärbt zutage. Blieb nur zu hoffen, dass das gute Stück nicht wieder in der Küche von Mrs. Killeen landete.

»Muss ein starker Einstich gewesen sein. Hat nämlich das Brustbein durchbrochen.« Pike meinte fast, so etwas wie Anerkennung in Killeens Stimme zu vernehmen.

Mit gerunzelter Stirn betrachtete der Inspector das bleiche und rundliche Gesicht der Toten, das nun im Gegensatz zu heute früh einen friedlichen Eindruck machte. Doch dann stutzte er.

»Sie sagten, dieser letzte Einstich sei tödlich gewesen. Das heißt, sie hat bei den anderen Verletzungen noch gelebt?«

»Bei dem Blutverlust? Ohne jeden Zweifel, Inspector.«

Wieder sahen sich Thackery und Pike an. Einen Moment konnte Pike sogar den Gestank ausblenden. »Sie muss regelrecht abgeschlachtet worden sein. Und trotzdem gab es keine Kampfspuren, keine Tatwaffe, und niemand hörte oder sah etwas.«

»Vielleicht war sie eine Käufliche?«, riet Thackery. Auf den Gedanken war Pike auch schon gekommen. Er erinnerte sich an die hochgeschobenen Röcke, als man sie beide zum Tatort gerufen hatte.

»Dann aber kaum hauptberuflich«, stellte Killeen sofort klar und blickte auf Leiche. »Natürlich ist sie keine Schönheit, aber was denken Sie, wie alt sie ist?« Er gab sich sogleich selbst die Antwort: »Ich vermute, sie ist Ende vierzig. Haben Sie jemals 'ne so alte Hure in Whitechapel gesehen? Die kratzen in der Regel früher ab. Soweit ich beurteilen kann, wurde ihr zudem nicht beigewohnt. Jedoch war sie auch nicht sauber. Franzosenkrankheit. Das wäre wiederum typisch für das Gewerbe.«

»Ich wüsste nicht, was uns das angehen sollte«, entgegnete Thackery. Seine Prüderie konnte manchmal zum Problem werden. Er war von den beiden schon immer derjenige gewesen, der pikiert bei zu intimen Details reagierte. Zwar schätze auch Pike die takt- und respektlose Art des Arztes nicht, aber er musste ihm ausnahmsweise beipflichten.

»Da wir sonst keine Anhaltspunkte über die Identität der Toten haben, ist diese Information sehr wichtig für uns, Sergeant. Wenn sie Syphilis hatte, dann ließ sie sich vielleicht bei einem Arzt oder in einer Apotheke behandeln. Außerdem bedeutet die Tatsache, dass ihr niemand beiwohnte, dass die Röcke nicht aus einem … aus einem Motiv der Wollust hochgeschoben wurden. Wenn sich der Täter an ihr hätte vergehen wollen, dann hätte er das getan. Er schien genügend Zeit gehabt zu haben, denn das war kein rascher

Tod. Ein solches Gemetzel braucht seine Zeit. Die Position der Röcke muss eine andere Bedeutung haben.«

Als er fertig gesprochen hatte, nahm Pike den Bowler vom Kopf und fuhr sich durch sein dichtes, braunes Haar. Dieser Fall war merkwürdig. Er könnte Gift darauf nehmen, dass ihn noch heute ein Telegramm des Londoner Polizeichefs Sir Charles Warren erreichen würde und Pike ihm Rede und Antwort stehen musste.

»Wurde sonst etwas gefunden? In ihren Kleidern etwa? Irgendwelche Wertgegenstände, die etwas über sie aussagen könnten?«

Der Doktor verneinte, und Pike unterdrückte ein Fluchen. Sie mussten schleunigst die Aussagen auswerten und warten, bis Killeen weitere Untersuchungen abgeschlossen hatte.

Es gab noch so viele ungeklärte Fragen. Nur eines wusste Pike ganz genau: Ein kranker Mörder war auf den Straßen unterwegs, und er musste so schnell wie möglich gestoppt werden.

13. Kapitel

London, August 1888

Pike brauchte sein Büro im Erdgeschoss der Leman Street, wie er die Luft zum Atmen brauchte. Er brauchte die Nähe zum täglichen Geschehen, den Puls des Lebens. Er musste nur von seinem dunklen Schreibtisch aufstehen, an einem nicht mehr ganz so aktuellen Gemälde der Königin vorbeischreiten, die Fenster öffnen und die Atmosphäre in sich aufsaugen.

Er atmete tief ein und beobachtete vorbeiziehende Droschken, Lausbuben, die Fangen spielten, und Frauen, die mit beladenen Körben vom Markt zurückkehrten und an Straßenecken miteinander tratschten. Einige Passanten gingen an ihm vorbei, ohne ihn eines Blickes zu würdigen, andere nickten ihm zu und tippten zum Gruß an ihre Hüte.

Während Pike aus dem Fenster sah und nachdachte, berührte er mit dem linken Daumen seinen Ringfinger. Ohne den Ehering fühlte er sich immer noch so nackt an.

»Das soll es sein?«, hörte er seine Frau voller Enttäuschung fragen, als sie vor bald sechs Jahren in ebendieses Büro geblickt hatte. Auch Pike versuchte damals sein Missfallen zu verbergen. Einen solchen Zustand hatte er nicht erwartet. Raus aus dem schönen, georgianischen Edinburgh und rein ins Elend. Hier gab es nichts außer dem täglichen, scheinbar sinnlosen Kampf gegen das Böse. Mit einer miserablen Ausrüstung. Das Präsidium besaß weder eine Pathologie, geschweige denn fließendes Wasser.

Er war damals, im Oktober 1882, in Edinburgh wohnhaft und wesentlich an der Aufklärung eines intriganten Mordkomplotts beteiligt gewesen. Eine junge Frau konnte dank seinen Ermittlungen beweisen, dass ein einflussreicher Lord nicht nur ihr leiblicher Onkel, sondern auch der Auftragsmörder ihrer Mutter gewesen war. Der Fall genoss damals solche Popularität, sodass nahezu jedem die »Kentwood-Affäre« ein Begriff war. Pike brachte der Ermittlungserfolg mit nur neunundzwanzig Jahren die Beförderung vom Sergeant zum Inspector ein. Überhaupt stand sein Leben zu diesem Zeitpunkt unter einem guten Stern. Er war frisch verheiratet und seine Frau Judith in froher Erwartung. Aber in seiner Einheit gab es schon einen Inspector, also fiel bald das Wort »Whitechapel«. Natürlich war der Anfang ein Schock gewesen, doch niemals hätte er das Handtuch geworfen und den steifen Engländern den Hohn gegönnt, dass ein rauer Schotte bei der harten Arbeit im Armenviertel an seine Grenzen stieß. Doch seine Verbissenheit hatte gleichzeitig das Ende seiner Ehe eingeläutet.

Judith ging in London ein wie eine entwurzelte Pflanze ohne Dünger. Sie hatte hier niemanden, keine Freunde, keine Familie, und hochschwanger wagte sie sich nicht aus dem Haus. Dann kam die Niederkunft, die Judith körperlich stark zu schaffen machte. Es dauerte Wochen, bis sie sich davon erholte. Das Baby schrie lange und oft und ließ sich nur schwer beruhigen. Meist hielt es sie die ganze Nacht wach.

Heute war Eddie ein aufgeweckter Junge, doch damals hatte sein Verhalten die Eltern stark belastet. Sie stritten immer öfter miteinander, bis Pike schließlich eines Abends die Wohnung leer vorfand. Klammheimlich hatte Judith ihre Sachen gepackt und war mit Eddie zu ihren Eltern nach Schottland gefahren. Sie wollte für diese Ehe nicht kämpfen, sagte, es sei aussichtslos. Die Scheidung folgte wenig später. Seither sahen sie sich nur wenige Male im Jahr.

Der Verlust tat noch immer weh. Pike vermisste seinen Sohn, und ihm fehlte die Nähe zu einer Frau, sowohl seelisch als auch körperlich. Inzwischen liebte er Judith nicht mehr, das wusste er. Doch noch immer nahm sie einen großen Platz in seinem Leben ein. Sie war die Mutter seines Kindes, und er fühlte sich für sie verantwortlich. Das würde er immer.

1884, im Jahr ihrer Scheidung, wurde ein neues Gesetz verabschiedet, welches die Mündigkeit der Frau als eigenverantwortlicher Mensch anerkannte. Seither stieg die Scheidungsrate zwar kontinuierlich, doch es blieb nach wie vor ein Skandal.

Eine gescheiterte Ehe bedeutete ein gescheitertes Leben. Für einen Mann war es aber weitaus weniger fatal, da sein Wort mehr zählte und es für ihn genügend andere Verpflichtungen gab, bei denen er sich unter Beweis stellen konnte. Bei der Arbeit, im Gentlemen's Club, als Gönner und Mäzen oder auf der Jagd zum Beispiel. Doch die einzige Pflicht der Frau bestand darin, eine Familie zu gründen und ihrem Mann zu gehorchen. In dieser Hinsicht hatte Judith vollends versagt.

Mit einem schweren Seufzer tauchte Pike aus seinen Erinnerungen auf und schloss die Fenster. Wieder zurück an seinem Schreibtisch nahm er seine Unterlagen hervor. In wenigen Minuten würde Constable Thomas Barnett eintreffen. Er war allerdings nicht verwandt mit Inspector Barnett, in dessen Dienst Pike in Edinburgh gestanden hatte. Der Constable war die ganze Nacht auf Streife gewesen und deswegen heute früh als Erster am Tatort eingetroffen. Nun, da Pike die ersten Aussagen ausgewertet hatte, wollte er ihm wichtige Fragen stellen.

Es ging um den Zeitpunkt des Mordes, den Pike anhand der Zeugenaussagen und Killeens Bericht glaubte ermittelt zu haben.

So gab eine Anwohnerin an, mit ihrem Mann ausgegangen zu sein. Als sie gegen zwei Uhr morgens nach Hause zurückkehrten, war ihnen im Treppenhaus noch nichts aufgefallen. Anderthalb Stunden später, um halb vier, kehrte der Droschkenfahrer Alfred George von seiner Spätschicht heim. Nur mit einer kleinen Laterne sei er die Treppen hochgestiegen, dabei habe er am Boden der Eingangshalle ein schemenhaftes »Etwas« liegen sehen, dem er nicht weiter Beachtung schenkte. Nicht selten suchten Obdachlose oder Betrunkene nachts noch irgendwo ein ruhiges Plätzchen, und unverschlossene Hauseingänge erfreuten sich großer Beliebtheit. Zehn vor fünf verließ der Dockarbeiter John Reeves seine Wohnung, um zur Arbeit zu gehen. Dieser war es, der die Leiche fand und sofort die Polizei alarmierte. Barnett rief Dr. Killeen, der um halb sechs das Opfer für tot erklärte.

Ging Pike nun davon aus, dass sich um zwei Uhr morgens noch keine Leiche in den George Yard Buildings befunden hatte, jedoch das schemenhafte »Etwas«, das der Droschkenfahrer beschrieben hatte, bereits die Tote war, dann musste sich der Mord irgendwann in der Zeit dazwischen zugetragen haben. Das deckte sich mit Killeens Einschätzung, dass das Opfer gegen halb drei gestorben sei. Nun galt es herauszufinden, wer um diese Zeit etwas gesehen haben könnte.

Gerade als Pike diese Gedankengänge beendete, kündigte ein Klopfen Constable Barnetts Ankunft an.

»Inspector«, grüßte dieser mit schwacher Stimme.

Der fünfundvierzigjährige Streifenpolizist nahm seine Mütze ab und klemmte sie unter den Arm. Tiefe Augenringe verrieten, dass er unter den Überstunden litt. Schnell blickte Pike auf die Uhr. Fast Mittag. Der Constable musste schon seit zwanzig Stunden unterwegs sein.

»Ich spanne Sie nur kurz auf die Folterbank«, versicherte Pike und bedeutete ihm mit einem Nicken, dass er sich setzen sollte.

»Sie waren die ganze Nacht in diesem Viertel auf Streife. Ist Ihnen beim Rundgang zwischen zwei Uhr und halb vier etwas aufgefallen? Möglicherweise auf der Straße vor dem Tatort?«

Der Constable neigte seinen Kopf zur Seite und kniff die Augen zusammen. »Da war tatsächlich etwas«, entsann er sich. »Als ich gegen zwei Uhr fünfzehn beim Rundgang vor dem Gebäude stand, sah ich, wie ein Private das Gebäude verließ. Schwankte wie ein Schiff bei Wellengang und schien es eilig zu haben. Zu diesem Zeitpunkt habe ich mir natürlich nichts dabei gedacht.«

Pike spürte, wie sich sein Puls beschleunigte. Er beugte sich über den Tisch. »Können Sie sein Aussehen näher beschreiben?«

Die Antwort fiel enttäuschend aus. Junger, uniformierter

Mann, Anfang dreißig, durchschnittliche Größe, sportliche Figur und kurze, dunkle Haare. Das Aussehen, das auf nahezu jeden Soldaten zutraf.

Dennoch fragte Pike nach, ob Barnett den Private bei einer Gegenüberstellung wiedererkennen würde.

»Ich denke schon, Inspector.«

Nachdenklich rieb Pike sein glattrasiertes Kinn. Bei so vielen möglichen Tatverdächtigen musste er systematisch vorgehen. Wenn der Private betrunken gewesen war, dann war er später vielleicht noch negativ aufgefallen oder gar zur Ausnüchterung eingesperrt. Das bedeutete, dass er beim Tower of London als Allererstes suchen musste.

Beim Anblick des übermüdeten Polizisten verspürte er Mitleid, aber kein Nachsehen. »Ist ein kleiner Ausflug für Sie noch zumutbar?« Er stand auf.

Der treue Barnett folgte seinem Beispiel und überwand sich zu einem Lächeln. »Alles, was die Pflicht verlangt, Inspector.«

Mit aller Selbstbeherrschung, die Pike aufbringen konnte, lächelte er den Leutnant an, der ihn und Barnett soeben aus der Kaserne begleitete und in die sengende Nachmittagshitze entließ. Erst als sie sich außer Hörweite befanden, stieß Pike einen Schwall Flüche aus.

»Sie sagten, Sie würden Ihn wiedererkennen!« Mehr als drei Stunden hatten sie im Tower verbracht. Und wofür? Um den Hauptverdächtigen zu übersehen und ihn gleichzeitig vorzuwarnen, dass sie auf der Suche nach ihm waren.

»Es tut mir leid, Sie enttäuscht zu haben, Inspector. Es waren einfach zu viele Soldaten.«

Pike nickte zähneknirschend. Die beiden Männer hatten nicht nur den Tower überprüft, in dem die am Vortag wegen unziemlichen Verhaltens inhaftierten Soldaten einsaßen, sondern auch die Kaserne. Pike vermutete zwar, dass ein Betrunkener nicht zu einer solchen Tat imstande war, aber der Misserfolg in der Kaserne ärgerte ihn.

Da er für den Constable nun keine Verwendung mehr fand, entließ er ihn in seinen längst überfälligen Feierabend.

»Nichts für ungut, Constable. Schlafen Sie sich aus.«

Pike ging von der Kaserne zurück zur Themse. Zu seiner Linken ragten zwei gigantische, jeweils siebzigtausend Tonnen schwere Pfeiler eines riesigen Bauwerks in die Höhe. Die Tower Bridge befand sich seit zwei Jahren mit mehr als vierhundert Arbeitern im Bau. Sie würde nicht nur das Verkehrsproblem auf den anderen Brücken lösen, sondern auch das East End öffnen. Damit trotzdem noch der Hafen vor der London Bridge befahren werden konnte, sollte die Tower Bridge zur Durchfahrt großer Schiffe aufklappbar sein.

Jetzt, als Pike sich die Brücke vorstellte, fragte er sich, wie so ein Plan überhaupt umgesetzt werden sollte. Er müsste es eigentlich besser wissen, denn täglich sah er, dass die Menschen zu nahezu allem fähig waren. Auch dieser Fall bewies es. Dass Morden in der krankhaften Natur des Menschen lag, überraschte Pike schon lange nicht mehr. Aber diese Bösartigkeit, mit der er sich hier konfrontiert sah, erschütterte ihn.

Wer stach neununddreißig Mal auf eine wehrlose Frau ein? Dafür musste sich der Täter eigentlich in einem unkontrollierten Blutrausch befunden haben. Aber das schien nicht der Fall gewesen zu sein. Diese Tat hatte ganz offenkundig Konzentration und Kontrolle erfordert. Und genau das machte Pike Angst. Die Tat musste beim Mörder tiefe, möglicherweise jahrelang unterdrückte Triebe befriedigt und einen Blutdurst gestillt haben. Oder doch eher geweckt?

Die Zeit drängte.

Zweieinhalb Stunden später – inzwischen hatte die Abendausgabe der Times über den Mord berichtet – keimte in Pike wieder ein Fünkchen Hoffnung auf.

Gerade nahm eine ausgemergelte Frau dort Platz, wo am Mittag noch Constable Barnett gesessen hatte.

Sie hatte strähniges rotes Haar und trug fleckige, freizügige

Kleidung. Pike schätzte, dass die Frau jünger war, als ihre verlebten Züge vermuten ließen. In Whitechapel alterten sowohl Häuser als auch Menschen vorzeitig.

»Was wünschen Sie, Ma'am?«, fragte er.

Ein abschätziges Grunzen verriet, dass sie nicht viel von der höflichen Anrede hielt. »Es geht um die Leiche, die Sie heute früh gefunden haben. Ich will sie sehen. Glaube, dass es jemand ist, den ich kenne. Denke, es könnte sich um Martha Tabram handeln. Sie war gestern mit einem Private in die Richtung unterwegs, wenn Sie verstehen, was ich meine.« Ihre Stimme klang so kratzig und brüchig wie eine heruntergekommene Violine mit ausgeleierten Saiten.

Sofort suchte Pike eine Liste nach diesem Namen ab. Alles von Zeugen genannte Vermutungen, wer die Tote möglicherweise sein könnte. Bisher glaubten bereits ein Dutzend Zeugen, die Frau zu kennen. Zwei Constables waren allein darauf angesetzt, diese totgeglaubten Leute aufzusuchen. Einige waren bereits wieder durchgestrichen, weil die besagte Person wohlauf gefunden wurde. Den Namen Martha Tabram konnte Pike nicht auf der Liste finden. Er notierte ihn und sah wieder zu seiner Besucherin.

»Und wer sind Sie?«

»Mein Name ist Pearly Poll.«

Pikes Stirn setzte sich in Bewegung. »Und Ihr richtiger Name?« Auf seine Frage schnalzte sie nur spöttisch mit der Zunge.

»Was soll's«, murmelte Pike und notierte ihren Namen ebenfalls. »Wo wohnen Sie, Pearly?«

»Mal hier, mal dort.«

Warum habe ich auch gefragt, dachte Pike. Er beobachtete, wie Pearlys Hände zu zittern begannen.

»Bekomme ich hier was zu trinken?«

»Natürlich. Ich lasse Ihnen gerne einen Tee bringen.«

Ihr Blick sprach Bände.

Die Standuhr neben dem Gemälde der Königin verriet, dass auch Pike Überstunden machte. Er wollte Pearly zur Leiche bringen und dann Feierabend machen. Falls sie in dem Opfer wirklich ihre Freundin Martha Tabram erkannte, musste als Nächstes ein weiterer Zeuge gefunden werden, der dies ebenfalls bestätigte. Und dann würde man endlich weiter ermitteln können.

»Wie wäre es damit«, lenkte er ein. »Wir schauen uns den Leichnam in der Old Montague Street an, und wenn Sie mir gesagt haben, ob es sich um Mrs. Tabram handelt oder nicht, gebe ich Ihnen einen Gin aus.«

»Ich nehme mal an, den werde ich kaum in Ihrer Gesellschaft trinken?« Sie sah ihn erwartungsvoll an. Versuchte sie tatsächlich, mit ihm ein privates Geschäft zu machen?

»Bedaure, aber das Reglement ...«

»Gewiss doch.« Sie nickte kaum merkbar, dann aber zog sie ihre Stirn in Falten. »Wieso in die Old Montague Street? Habt ihr hier keinen Keller oder so was?«

»Fragen Sie nicht.« Pike seufzte und bedeutete ihr aufzustehen. »Aber es ist nicht weit.« Er stand auf und öffnete die Tür. »Nach Ihnen.«

Eigentlich hatte Pike gehofft, er müsse den Schuppen nicht so schnell wieder betreten, weil andere Constables mit der Aufgabe betraut wurden, die Zeugen hierherzuführen. Aber Pike wollte schnelle Ergebnisse, und diese Pearly machte einen vielversprechenden Eindruck.

Killeen befand sich um diese Uhrzeit bereits daheim, nur die zahlreichen Zigarettenstummel im Innenhof zeugten davon, dass er dagewesen war.

»Ich muss Sie vorwarnen. Der Anblick ist verstörend«, sagte Pike zu seiner Zeugin, als er die Tür zum Schuppen aufschloss.

»Glauben Sie wirklich, ich würde vor Ihnen stehen, wenn ich ein zartbesaitetes Frauchen wäre?«

Seine Schultern zuckten ratlos, und während er gegen den Gestank ein Taschentuch auf seine Nase drückte, zuckte Pearly nicht mit der Wimper, als ihnen der schwüle, süßliche Verwesungsgeruch entgegenschlug.

Pike legte unter dem Laken das Gesicht der Toten frei und beobachtete genauestens Pearlys Reaktion. Eine traurige Gewissheit kroch über ihr Gesicht.

»Oh Martha«, flüsterte sie, als sie ihre Freundin sofort erkannte.

»Sie sind sich also sicher?«, fragte Pike voller Mitgefühl.

»Ohne jeden Zweifel.« Ihre Stimme klang schwach und erschüttert. Zärtlich streichelte sie die Wange der Toten. »Liebes, wie konnte das nur passieren?«

Pike musterte Pearly. Erst jetzt fiel ihm auf, wie dürr sie war. Eine andere Frau wäre in diesem Zustand vielleicht schon längst tot. Pearly dagegen wirkte, obwohl unterernährt und vom Alkohol ausgezehrt, robust. Sie besaß offenbar eine bemerkenswerte Überlebenstaktik, um in diesem Sumpf nicht unterzugehen.

Aus tieftraurigen Augen sah sie zu Pike auf. Dennoch weinte sie nicht. Sie musste schon so viel Trauer erlebt haben, dass sie keine Tränen mehr übrighatte. »Das ist alles meine Schuld. Dass sie mit ihm mitging. Ich hab den Corporal an mich gerissen und ihr den Private überlassen. Wäre es umgekehrt gewesen, dann würd' ich jetzt hier liegen.«

Pike wurde hellhörig. »Sie waren gestern Abend beide mit Soldaten unterwegs?«

Sie nickte. »Haben sie im Ten Bells aufgegabelt, Sir. Es war ein witziger Abend. Hatten Spaß, waren Freunde. Später hat jede von uns einen mitgenommen, wenn Sie verstehen. Jetzt seh'n Sie mich nicht so an, Sie wissen doch, wie so was abläuft. Ist zwar scheußliche Arbeit, aber für Zwischendurch schnellverdientes Geld.«

»Würden Sie den Mann, der mit Mrs. Tabram mitging, wiedererkennen?«

»Glauben Sie, ich hab jeden Tag das Glück, mich von 'nem gut aussehenden Corporal versorgen zu lassen?« Es klang verächtlich, und Pearly winkte ab. »Natürlich würd ich die beiden wiedererkennen. Sogar blind!«

»Dann werden wir morgen sofort in die Kaserne gehen«, rief Pike erregt. Hatte er doch gewusst, dass Barnetts Beobachtung von Bedeutung war. Er glaubte fest an Pearlys Aussage. Dennoch musste er vorher eine weitere Person ausfindig machen, welche die Identität der Leiche ebenfalls bestätigen konnte. Ohne sie könnte der zweite Besuch in der Kaserne durchaus peinlich verlaufen, sollte Pearly sich doch geirrt haben.

»Gibt es sonst noch jemanden, den Mrs. Tabram kannte? Familie oder Vermieter?«

»Mit ihrer Familie hatte sie keinen Kontakt mehr, und ich weiß auch nicht, wo die wohnen. Bei den Vermietern könnte es ebenfalls schwierig werden. Weiß, dass sie manchmal falsche Namen angab, damit sie die Miete prellen konnte.«

Pearly schenkte ihm einen vielsagenden Blick. »Aber da gab es ein Frauenhaus. Dort hat sie bis vor wenigen Wochen gewohnt. Das bei Spitalfields, das von dieser feinen Dame. Madame Gillard.«

Den Namen merkte er sich. Diesem Haus würde er morgen ebenfalls einen Besuch abstatten. Er öffnete die Tür. Sofort strömte ihm die lang ersehnte frische Luft entgegen. »Kommen Sie«, sagte er zu Pearly. »Sie haben großartige Arbeit geleistet. Ich brauche Sie morgen noch einmal.«

Ein letztes Mal drehte sich Pearly zur Toten um. Sie strich durch ihr Haar und gab ihr einen Kuss auf die Stirn. »Wer auch immer dir das angetan hat, er wird dafür büßen«, sagte sie zu ihr.

Gerührt hatte Pike vom Türrahmen aus die Szene verfolgt. Was für ein beschissenes Leben, dachte er. Und doch war es voller Gefühle. Aus einem inneren Impuls heraus griff Pike im Innenhof nach seiner Brieftasche und nahm eine Pfundnote hervor, die er Pearly übergab. »Wie versprochen. Ich gebe Ihnen was aus.«

Großäugig sah sie ihn an. »Haben Sie den Verstand verloren?«

Was Pike ihr gerade hinhielt, würde für Pearly reichen, um sich ein bis zwei Wochen in einer anständigen Unterkunft auszuruhen und sich durch sämtliche Pensionen durchzufressen. Das Geld würde aber auch reichen, damit sie sich endlich von einem anständigen Arzt gegen die Syphilis behandeln lassen konnte, die bereits wie Säure ihr Gesicht wegätzte. Oder aber für sehr viel Alkohol, eine gute Dosis Opium und eine Messerspitze Morphium. Was sie mit dem Geld nun machen würde, oblag nicht mehr seiner Verantwortung.

»Seien Sie morgen pünktlich um elf vor der Kaserne. Sie haben mir sehr geholfen«, antwortete er.

Kurz konnte er in Pearlys Gesicht etwas wie ein dankbares Lächeln erkennen. Dann griff sie mit ihren dreckigen Fingern nach dem Schein und steckte diesen in ihren spärlich ausgestatteten Ausschnitt. Und so, mit einem Vermögen im Busen, ging sie wortlos ihrer Wege.

14. Kapitel

London, August 1888

Die Flasche Rum, die sich Pearly nach dem Besuch beim Inspector gegönnt hatte und mit der sie nun durch das East End schlenderte, war eben erst geöffnet. Dennoch führten die schwüle Hitze und die Bestürzung über Marthas Tod zu einer schnellen Wirkung des Alkohols. Sie hatte ein pelziges Gefühl im Mund, ihre Augen flackerten auf Halbmast.

Sie hörte die Geräusche dumpf und verzögert und sah alles verzerrt, aus schiefen Winkeln und aus der Tiefe, als wäre sie ein kleines Wesen, das von ihrer Umgebung überrannt wurde. Sie sah Dockarbeiter, die aus dem Pub torkelten, sich gegenseitig stützten, und wie sich bei ihrem Lachen das Braun ihrer Zähne zeigte. Eine alte Frau, die vor einem Geschäft auf einem Fass saß und Pfeife rauchte. Das zerfurchte Gesicht einer Hexe, wie es sie anstarrte. In einer Gasse hockte ein barfüßiges Mädchen in einem rußverschmierten Kleid. Ihre Haare waren lang und verfilzt, die Beine bis zu den Knien schmutzig. Ihr Blick verriet, dass sie schon weit mehr in ihrem Leben gesehen hatte, als ein Kind sehen sollte. Ein Säugling nuckelte an ihrer Brust.

Pearly stieß mit jemandem zusammen. »Pass doch auf, du alte Schachtel!«, schimpfte der Passant. Danach wurde ihr Verstand wieder klarer. Seit Stunden irrte sie schon umher. Mit mehr Geld in der Tasche, als sie je besessen hatte. Erfolglos versuchte sie ihre Gedanken zu ordnen, ohne auch nur einen einzigen fassen zu können. Vorhin im Totenhaus hatte sie einen Moment sich selbst auf dem Tisch liegen sehen. Würde sie früher oder später ebenfalls einsam und kalt auf einer Bahre liegen? Gewiss. Und vermutlich eher früher als später.

Am liebsten hätte sie ihr Leben hinter sich gelassen und noch einmal von Neuem angefangen. Aber das war natürlich Schwachsinn. Dazu war ihre körperliche Verfassung zu schlecht, ihre Alkoholsucht zu ausgeprägt und ihr Ehrgeiz zu mäßig. Neuanfänge konnten sich junge, gesunde Menschen leisten, denen das Glück zur Seite stand. Aber Pearly befand sich hier am richtigen Ort, sie gehörte zu Whitechapel, war Teil dieser Gosse.

Gerade als sie einen großen Schluck nehmen wollte, packte sie jemand von hinten und zog sie in eine Nebengasse. Ein eiserner Griff um ihr Genick drückte sie an eine nach Urin stinkende Hauswand. Ihr linker Arm wurde von ihrem Angreifer verdreht und nach oben zwischen ihre Schulterblätter gedrückt, sodass Pearly sich nicht mehr bewegen konnte. Sie hörte, wie die Flasche am Boden zersprang, und dachte, dass ihr letztes Stündlein nun geschlagen hätte und ihre Seele ebenfalls gleich auf dem Pflasterstein zerschellte.

»Was hast du dem Polypen erzählt?«

Pearly konnte sich noch immer nicht bewegen, erkannte aber die Stimme sofort. Es war der Private, der mit Martha heute Nacht fortgegangen und sie umgebracht hatte. Er musste sie mit Pike beobachtet haben und ihr gefolgt sein. In ihrer Brust baute sich ein Druck auf, der verhinderte, dass sie Angst empfand. »Kommst du auch mich abschlachten wie ein Vieh? Aber mach's schnell. Erspar mir die Qual, die Martha widerfahren ist.«

Der Griff löste sich, und der Private wirbelte sie herum, sodass ihre Gesichter nur eine Handbreit voneinander entfernt waren. Bei seinem Anblick stutzte sie. Sie hätte das Gesicht eines Verrückten erwartet. Einer, der gekommen war, um sie zu töten. Doch in seinen Augen erkannte sie dieselbe Fassungslosigkeit, die auch sie so aufwühlte.

»Was sagst du?« Es klang panisch. Schnell fasste er sich wieder und senkte die Stimme. »Hör zu, ich war das nicht. Darum muss ich wissen, was du dem Inspector gesagt hast. Die waren heute in der Kaserne und haben einen Tatverdächtigen gesucht. Die waren hinter mir her, aber ich habe nichts gemacht, das schwöre ich!«

Abwartend sah Pearly ihm in die Augen und versuchte seine Absichten zu deuten. Er machte nicht den Eindruck, als würde er lügen. Wenn er Marthas Mörder wäre, hätte er auch sie ganz einfach umbringen können. Weit und breit war niemand zu sehen. Er hätte alles Mögliche mit ihr tun können und wäre unbeobachtet geblieben. Wozu also das Risiko eingehen, mit ihr zu sprechen?

Sie riss sich los und rieb sich die Handgelenke. »Hab mir schon gedacht, dass etwas nicht stimmt.« Sie schwieg betreten. »Ja, sie suchen dich. Man hat dich am Tatort gesehen.«

»Da war noch ein anderer Mann. Wirklich! Er schickte mich fort.«

Pearly riss ihre Augen auf. »Dann muss er der Mörder sein! Du bist ein wichtiger Zeuge. Weißt du, wie er aussah?«

»Eben nicht. Es war viel zu dunkel und ich nicht mehr auf der Höhe. Ich wäre keine Hilfe.«

»Das wird dir niemand glauben. Und morgen haben der Inspector und ich eine Gegenüberstellung.«

»Darum bin ich dir gefolgt, um dich anzuflehen. Bitte verpfeif mich nicht bei den Polypen. Die sperren mich ein und sind froh, wenn jemand am Galgen hängt und sie sich wieder anderen Dingen widmen können.«

Eine geschlagene Minute betrachtete Pearly den Soldaten. Am liebsten hätte sie ihm eine geklatscht. Was für ein unreifer Bengel. Sich von einem anderen Mann einschüchtern und Martha mit diesem Mörder zurückzulassen. Aber er hatte recht. Es würde ihm niemand glauben. Er wäre rasch zum Tode verurteilt, während der wahre Mörder noch unter ihnen weilte.

»Glaubst du mir, Pearly? Hältst du mir den Rücken frei?«

Trotz einer geballten Ladung Wut nickte sie. »Du ersetzt mir aber die Flasche Rum, du verdammter Narr!«

15. Kapitel

London, August 1888

»Weißt du, was heute für ein Tag ist, Peter?«, fragte Rosalie ihren Sohn. Sogleich gab sie selbst die Antwort: »Der 8. 8. 1888. Eine Schnapszahl! Wenn heute nicht etwas ganz Besonderes passiert, dann weiß ich auch nicht.«
Peter saß auf ihrem Schoß und strahlte seine Mutter an. »Schnaps, Schnaps, Schnaps«, wiederholte er. Als sich Rosalie die unglückliche Wortwahl bewusst wurde, hob sie kichernd den Zeigefinger vor den Mund.
Christine lehnte sich in ihrem Sessel zurück und beobachtete, wie die beiden in ihrem Büro herumalberten. Hinter ihr schlief Daisy im Hundekörbchen. Sie musste etwas Lebhaftes träumen, denn immer wieder zuckten Schwanz und Pfötchen.
Auf dem Beistelltisch lag noch die gestrige Abendausgabe der Times. Auf der aufgeschlagenen Seite klebte der Rand einer Kaffeetasse. In Whitechapel war eine bisher nicht identifizierte Frau ermordet worden. Man suche in der Bevölkerung nach Hinweisen. Christine hoffte, dass der Mörder rasch überführt würde. So dicht, wie die Menschen hier aufeinander lebten, konnte man so eine Tat niemals ungesehen verübt haben. Ein Glück war das Frauenhaus ein sicherer Ort. Hier musste sich niemand fürchten. Sie arbeitete gern hier und war sich der Wichtigkeit ihrer Arbeit bewusst. Das hatte sie neulich auch wieder Adrian zu verstehen gegeben, als er ihr bei der Messe in der St. Martin-in-the-Fields erneut seine Skepsis mitteilte.
Jetzt erfreute sie sich am Gedanken, dass das Glück wenigstens

Rosalie und ihrem Kleinen hold war. An Peters Knochen haftete nach wochenlangem Aufpäppeln endlich etwas Fleisch. Auch seine Mutter wirkte aufgepolstert. Die eingefallenen Wangen und das hervorgetretene Schlüsselbein waren verschwunden, die Gesichtszüge weicher und milder geworden.

Rosalies Schilderungen über ihr bisheriges Leben ließen Christine immer wieder erstaunen, dass die junge Frau überhaupt so lange durchgehalten hatte. Sie fühlte sich verantwortlich für sie und hatte sie tief in ihr Herz geschlossen. Die Probleme der Frauen verschwanden für gewöhnlich nicht, wenn sie die Türschwelle überquerten. Viele waren krank – seelisch und körperlich, alkoholsüchtig oder litten unter ihren Schicksalsschlägen. An keiner von ihnen war das Leben spurlos vorbeigezogen. Scham und Hilflosigkeit, aber auch verletzter Stolz hafteten wie eine zähe Masse an ihnen und ließen viele resignieren. Und so kam es, dass immer wieder Frauen, wie im jüngsten Fall Martha Tabram, die Einrichtung verließen, weil sie hier nicht das fanden, was sie erwartet hatten. Sie waren sich nicht im Klaren darüber, dass sie ihre Probleme mit sich trugen und nicht vor ihnen davonlaufen konnten.

»Wer mag Scones zum Frühstück?«, ertönte eine helle, klare Stimme. Jacob Nevis hatte die Türklinke mit dem Ellenbogen betätigt, weil er beide Hände voll hatte.

Peter sprang ihm entgegen. »Ich!«

»Der Mann der Stunde«, lachte Christine. Dennoch verzichtete sie. Die Linie stand bei ihr schon immer über sämtlichen kulinarischen Gelüsten.

»Das dachte ich mir«, antwortete er und zauberte eine große Tasse Kaffee hervor. »Schwarz, wie Sie ihn mögen, Madame.«

»Wo haben Sie bloß mein ganzes Leben lang gesteckt?«, fragte sie. Der Geruch von stark geröstetem, arabischem Kaffee erfüllte den Raum.

»Das frage ich mich auch«, sagte Rosalie, die strahlend eine ihrer Haarsträhnen zurückstrich und ihren Kopf seitlich in seine Richtung neigte.

Nevis lachte. »Meine Entwicklung ist schon sonderbar. Nach

einem abgebrochenen Medizinstudium, dann einer Ausbildung zum Sekretär und vier Jahren in den Diensten von Monsieur Gillard wurde ich von Madame gerettet.« Er warf Christine einen ernsten Blick zu. »Ich habe Ihnen so viel zu verdanken!«

Dann zog er einen dritten Sessel in die Runde, beschmierte sein Scone mit Clotted Cream und Marmelade und biss hinein. Peter, der seinen Anteil schon verdrückt hatte, kletterte kurzerhand auf seinen Schoß und bettelte nach mehr.

»Peter komm sofort runter. Oh, bitte verzeihen Sie, Mr. Nevis! Er ist doch sonst nicht so vertrauensselig. Peter! Schluss jetzt!«

»Ach Rosalie, wie oft soll ich dir noch sagen, dass du mich Jacob nennen sollst? Dein Junge stört mich ganz und gar nicht. Er hat mein Herz längst erobert.« Er gab Peter die Hälfte ab.

»Was sagt man?«

»Danke!«

Rosalies Wangen färbten sich rosig, während sie selig lächelte. Auch Nevis wirkte sehr angetan. »Das Lächeln betont deine Augen. Und was für eine gesunde Gesichtsfarbe es dir verleiht!«

Christine beobachtete die beiden und schmunzelte. Solche harmlosen Avancen bewiesen, dass das Leben in diesem Frauenhaus weiterging, auch wenn Henry nicht mehr unter ihnen weilte. Ach, wie sehr sie ihn vermisste! Wie oft hatte er sie mit einem unangekündigten Besuch überrascht und mit gezücktem Hut und heiterem Lachen den Kopf ins Zimmer gesteckt. Damit war jetzt Schluss, aber das Leben ging für die Hinterbliebenen weiter. Neue Gesichter prägten jetzt das Haus.

Als sie Jacob Nevis eingestellt hatte, sorgte dies zunächst für Aufregung. Man munkelte, sie hätte es bloß aus Nächstenliebe getan, weil dem armen Tor gekündigt worden war. Aber bald gehörte er zum gewohnten Bild im Renfield Eden, und die Bewohnerinnen merkten, dass er ihnen mehr Verständnis entgegenbrachte als die alte Cunningham. Während sie darüber nachsann, betätigte jemand die Türglocke, und Nevis ging nachsehen. Auch Rosalie und ihr Sohn empfahlen sich, sie wollten Madame nicht länger von ihrer Arbeit aufhalten.

Nevis klopfte wenig später wieder an der Tür und schloss sie hinter sich. »Im Flur steht ein Inspector und bittet um ein Gespräch mit Ihnen. Er wollte nicht sagen, worum es geht.«

»Einen Augenblick.« Christine stand auf und setzte sich hinter ihren Schreibtisch, wie es sich für eine Geschäftsfrau gehörte. Dann schlug sie ihren Trauerschleier vors Gesicht, den sie sonst in ihren Privaträumen oder auf der Arbeit meist hinter ihren Haarschmuck klemmte. Niemand aus der Öffentlichkeit sollte denken, Monsieur Gillards Witwe würde nicht angemessen um ihren Gatten trauern.

»Nun denn, ich lasse bitten.«

Daraufhin öffnete Nevis die Tür und ließ den Besucher mit ihr allein. Ein großgewachsener, etwa fünfunddreißigjähriger Mann mit kastanienbraunem Haar und sauber rasierten Koteletten betrat ihr Büro. Als Erstes fielen ihr sein besorgniserregend gutes Aussehen und seine makellose Garderobe auf. Trotz den sommerlichen Temperaturen trug er einen Bowler und eine graukarierte Tweedweste mit passenden Leinenhosen. Das gefiel ihr. Es gab keine Entschuldigung für schlechten Stil.

»Sie sind Madame Gillard?«, fragte er im selben Akzent, den sie selbst trotz den täglichen Übungen ihres Logopäden nicht loswurde. Ein schottischer Landsmann!

Sie stand auf und reichte ihm die Hand. »Das stimmt. Und Sie sind?«

Sein Blick suchte durch den Schleier nach ihren Augen und verfehlte sie leicht. »Detective Inspector John Pike. H Division.« Er zeigte ihr seine Marke, und Christine bedeutete ihm, sich zu setzen.

»Wie kann ich einem Inspector der H Division behilflich sein?«

»Es geht um einen Mord, der sich gestern in den George Yard Buildings zutrug.«

Das war doch der Mord, über den sie gelesen hatte! Ihre Hände krallten sich an den Armstützen ihres Stuhls fest. Der Inspector wirkte unkonzentriert. Wieder suchte er nach ihrem Blick. »Könnten Sie vielleicht...« Er machte eine Kreisbewegung vor seinem Gesicht.

»Natürlich«, murmelte Christine und schlug den Schleier wieder zurück. Zuerst senkte sie den Blick und spähte auf seine gepflegten Hände, dann hob sie zaghaft das Kinn, sodass sich ihre Augen endlich trafen.

Pike stutzte und wirkte kurz wie aus der Fassung. Das war so weit nicht ungewöhnlich, denn Christine war sich ihrer Schönheit durchaus bewusst. Falsche Bescheidenheit empfand sie als genauso lästig wie Eitelkeit.

Dann räusperte er sich. »Die Identität des Opfers ist noch nicht gänzlich geklärt. Jemand, der sie glaubte erkannt zu haben, meinte, sie habe hier eine Weile gewohnt.«

Christine spürte, wie sich ihr Herz zusammenzog und ihr flau im Magen wurde. Ein Mordopfer unter ihren Schützlingen, das wäre nicht auszudenken. Die dicken Mauern des Renfield Edens sollten doch genau solche Wendungen verhindern.

»Und wie kann ich Ihnen hierbei helfen?«, fragte sie zögerlich.

Gebannt sah sie ihn an, doch er schien wieder nicht ganz bei der Sache zu sein. Hatte er etwa getrunken oder litt er an Konzentrationsschwierigkeiten? »Sie müssen die Tote ansehen und mir sagen, ob sie diejenige ist, für die wir sie halten. Und wenn dies der Fall ist, dann brauche ich alles, was Sie von ihr wissen.« Plötzlich brach er ab und kniff prüfend die Augen zusammen. »Verzeihen Sie, aber kennen wir uns von irgendwoher?«

Christine wusste nicht, was sie mehr überraschen sollte. Dass sie bei einer Mordermittlung benötigt wurde oder dass der Inspector glaubte, sie zu kennen. »Vielleicht ein Missverständnis. Offensichtlich kommen wir beide aus Schottland.«

»Kommen Sie aus Edinburgh?«

»Nein, gar nicht«, antwortete sie wahrheitsgemäß. »Ursprünglich Stirling und später Glasgow. In Edinburgh war ich nur einmal...«

»Die Kentwood-Affäre!«, platze es aus ihm heraus. »Sie sind doch die Frau, die in die Gerichtsverhandlung stürmte, um als entscheidende Zeugin gegen Lord Kentwood auszusagen.«

Jetzt fiel es Christine wie Schuppen von den Augen. »Natürlich! Und Sie waren einer der Ermittler. Damals noch ein Sergeant, wenn ich mich recht entsinne? Sie haben auf dem Scott Monument Lord Kentwood erschossen, als er Emily in die Tiefe stürzen wollte.«

Lebhafte Bilder von jenem Tag vor bald sechs Jahren tauchten vor Christines innerem Auge auf. Nachdem Emilys Onkel, Lord Kentwood, sich bei der Gerichtsverhandlung durch sie in die Enge getrieben fühlte, gelang es ihm, Emily zu entführen. Er hatte sie den Turm hinaufgezerrt und wollte sie dort oben umbringen. Nur dank dem Inspector lebte sie noch.

»Dafür bin ich Ihnen unendlich dankbar«, flüsterte sie jetzt.

Pike winkte ab. »Das hätte jeder getan. Sind Sie noch in Kontakt?«

»Das sind wir in der Tat. Und Sie?«

»Nicht über Weihnachtsgrußkarten hinaus. Wie geht es ihr?«

»Hervorragend. Sie wird demnächst Mutter. Gerade erst hat sie mich in London besucht.«

»Sie ist trotz ihrer Umstände von Suthness aus angereist?«, fragte er mit Erstaunen in der Stimme.

»Nun ja, sie hat mir beigestanden. Die letzten zwei Monate waren nicht die leichtesten für mich.« Sie deutete von ihrem Trauerschleier über ihre dunkle Weste hin zu ihrem pechschwarzen Seidenrock. »Für gewöhnlich ist meine Garderobe etwas farbenfroher.«

Die Gesichtszüge des Inspectors zeigten Bedauern. »Mein Beileid. Ich hörte von Ihrem Mann viel Gutes.«

»Danke«, flüsterte sie. Sie erhob sich rasch und unerwartet, sodass Pike ihr kaum folgen konnte. Den Bowler presste er fest an die Brust.

»Ich will Sie nicht aufhalten, Inspector. Bringen Sie mich zur Toten.«

»Ich muss Sie aber vorwarnen. Das ist starker Tobak«, mahnte er sie, als sie im Innenhof der Old Montague Street standen. Er wirkte um sie besorgt. »Vielleicht war das keine so gute Idee, und Sie schicken lieber jemanden, der sie ebenfalls kannte?«

Schon hier draußen stank es fürchterlich. Gerne hätte sie diesem Vorschlag zugestimmt. Doch wer war sie? Niemand, den man mit Samthandschuhen anfassen musste.

»Bringen wir es hinter uns.« Sicherheitshalber zückte sie ein Taschentuch und wartete, bis Pike die Tür aufschloss. »Großer Gott!« Sie stöhnte. Schon nach einem schnellen Blick wandte sie sich ab und krallte sich an Pikes Arm fest.

»Atmen Sie ruhig und gleichmäßig durch das Taschentuch«, riet er ihr, während er sie stützte. »Ich bitte tausendmal um Entschuldigung.«

Mit angehaltenem Atem ließ sie ihren Blick durch das Leichenschauhaus schweifen. Überall lagen tote Körper, die mit Tüchern bedeckt waren. Mal spähte ein einzelner Zeh hervor, mal ein ganzer Arm. Und überall surrten Fliegen. Als sie den klebrigen Boden unter den Seziertischen bemerkte, raffte sie ihren Rock. »Was ist das für eine Flüssigkeit?«

»Glauben Sie mir, das wollen Sie nicht wissen.«

Christine schloss die Augen und sammelte sich. Dann folgte sie Pike schnurgerade zu einem Tisch und bereitete sich auf das Schlimmste vor. Pike legte das Gesicht der Toten frei und ließ es auf Christine wirken. »Kennen Sie die Frau?«

»Aber das ist doch ...«, sie spürte, wie die Angst sie wie eine Klaue packte und ihre Kehle zuschnürte. »Martha Tabram.«

Pike klatschte einmal triumphal in die Hände, was Christine zusammenzucken ließ. Dann beförderte er sie so schnell wie möglich nach draußen. Sie war erschüttert. Tausend Gedanken schossen ihr durch den Kopf. Vorwurf hieß der lauteste unter ihnen. Hätte Christine bei Martha nicht versagt, wäre sie jetzt vielleicht noch am Leben. Aber Christine hatte sie nicht überzeugen können, war zu sehr mit sich selbst beschäftigt gewesen. Es gab keine Patentlösung für all die Tragödien und deren Komplexität, das wusste sie. Aber Versagen und Bedauern erstickten ihre rationale Stimme.

»Alles in Ordnung?«, hörte sie den Inspector fragen.

Wo blieb nur ihre Contenance? »Ja, alles in Ordnung«, bestätigte sie rasch. Die nächsten Worte wählte sie bedachtsam, und sie bemühte sich um eine klare Stimme. »Sie haben vorhin gesagt, dass Sie weitere Fragen haben?«

Daraufhin setzten sich die beiden auf eine Bank im Innenhof und Pike notierte ihre Antworten. Es war nicht viel. Christine konnte weder Angaben zu Marthas Familie, ihren Freunden oder möglichen Feinden machen. Im Grunde genommen war ihr diese Frau völlig fremd.

»Ich bedaure, dass ich Ihnen keine größere Hilfe bin«, entschuldigte sie sich, als Pike seine Befragung abschloss.

»Nein, mir tut es leid, dass Sie diese Tortur über sich ergehen lassen mussten. Dieses Leichenschauhaus ist unentschuldbar. Aber Sie haben das gut gemacht. Dank Ihrer Bestätigung haben wir die Gewissheit, dass die Tote Martha Tabram ist. Sie wissen ja gar nicht, wie viele Fehlmeldungen wir erhielten. Da verwechselten vermeintliche Zeugen die Frau mit ihrer eigenen Mutter und sind in Tränen ausgebrochen und dergleichen.«

»Ich hoffe, Sie finden den Täter.«

Pike bedankte sich und versprach, das Beste zu geben, dann aber zeigte er sich verlegen, entschuldigte sich nochmals für die Zumutung und hoffte, dass sie heute Nacht noch würde schlafen können. Christine versicherte ihm dies und fand, er solle sich keine Sorgen machen. Sie tauschten noch einige Höflichkeiten aus und schwiegen zwischen den Übergängen immer länger. Sie hätten eigentlich längst aufstehen und sich verabschieden sollen, aber beide klebten auf ihren Plätzen fest und spürten die Faszination, die vom anderen ausging.

Es war paradox. Sie saßen auf einer Bank am vielleicht ungemütlichsten Ort Londons. Zu ihrer Linken das Leichenhaus, dessen Gestank bis zu ihnen hinüberwehte, zur Rechten die Hofeinfahrt und dahinter die stark frequentierte Straße. Am frühen Morgen hatte Christine noch eine Jacke benötigt, aber jetzt brach die Augustsonne durch die Wolken und spendete Wärme. Zweifelsohne würde es einen sonnig warmen Nachmittag geben.

Hier war sie nun: Verschreckt und in tiefer Trauer um ihren Ehemann, mit der Last der hiesigen Konventionen auf ihren Schultern. Doch gleichzeitig wähnte sie sich beim Inspector in zwangloser, angenehmer Gesellschaft. Mehr noch, in Geborgenheit. Sie genoss es, wie seine Jungenhaftigkeit immer wieder durch sein kontrolliertes Auftreten sickerte und seine braungrünen Augen sie aufmerksam, aber nicht aufdringlich musterten. Sie hatte nach vielen Jahren einen alten Bekannten getroffen. Sie hätten sich noch so vieles erzählen können, doch dazu würde es nicht kommen. Es schickte sich nicht, ihn wiederzusehen. Christine hatte mehr als einmal lernen müssen, dass unerfüllte Sehnsucht einen manchmal seliger machte, als wenn immer alles zur Verfügung stand und die Realität einem die Illusionen eines schönen Zusammenlebens raubte. Dennoch empfand sie tiefes Bedauern, als der Abschied unvermeidlich wurde.

Ob der Inspector es ebenfalls spürte? Ja, es musste so sein! Denn sie sah nun viel deutlicher den Jungen als den Inspector in ihm. Er blickte ihr immer wieder in die Augen, wich ihnen wieder aus und neigte seinen Kopf, als lege er seine kommenden Worte mit größter Sorgfalt zurecht.

»Ich mache mir noch immer Vorwürfe wegen der Zumutung von vorhin und würde das gerne wiedergutmachen. Darf ich Sie heute Abend ausführen? Wie wäre es mit einem Pub?«

»Einem Pub?«, wiederholte sie verblüfft. Als Dame vermied sie solche Spelunken wie der Teufel das Weihwasser.

»Gewiss entspräche ein Dinner mehr Ihren Ansprüchen, aber um ein solches zu bitten wäre wohl anmaßend.«

»Sehr anmaßend«, murmelte sie. Sie spürte ein eigenartiges Kribbeln und musterte ihn. »Dürfen Sie das überhaupt? Gibt es da kein Reglement?«

»Nein, wie kommen Sie denn darauf?«, fragte er mit einem erstaunten Blick. »Wir kennen uns ja von früher.«

»Stimmt. Wir sind alte Bekannte.«

Oh, war das verwegen! Mag sein, dass sie bei der Arbeit im Armen- und Arbeiterviertel über die eine oder andere Obszönität hinwegsehen mochte, aber privat war Christine schon lange eine Dame und benahm sich auch wie eine solche. Kein Mensch in ihrem Umfeld ging in einen Pub, höchstens Liam ab und an. Meistens traf man sich auf einer Soirée oder einem endlos langen, siebengängigen Dinner, und natürlich während der Londoner Saison auf Bällen oder im Herbst auf der Jagd – aber in einen Pub? Sie strich ihren Rock glatt und spürte den edlen Stoff zwischen ihren Fingern. Er wirkte wie ein Beruhigungsmittel.

Mit einem Räuspern zog Pike ihre Aufmerksamkeit wieder auf sich. Seine Augen flehten um Verzeihung. Er gestand ein, dass er sie in Verlegenheit gebracht hatte. Er würde eine Zurückweisung verstehen und sie bitten, seine Frage zu vergessen, die nahezu einer Beleidigung gleichkam.

Aber wie brachte Christine bei diesen Augen ein Nein über die Lippen? Sie war es doch, die die Zeit hatte verstreichen lassen, ohne sich von der Bank zu erheben.

Ihr Schweigen schien den armen Inspector zu überfordern. »Ich dachte nur ... es wäre vielleicht unterhaltsam, weil wir ja offensichtlich gemeinsame Bekannte haben ... Und nett ... und ja. Ich meine nur, Sie ...«

»Ja!«, erlöste sie ihn endlich.

»Ja?«

»Ja, es wäre nett, heute Abend etwas zu trinken«, antwortete sie entschieden. »Wann machen Sie Feierabend?«

Pike, der offensichtlich nicht mehr mit einer Zusage gerechnet hatte, teilte ihr freudestrahlend mit, dass er bis sechs Uhr arbeite. Daraufhin nannte er die Adresse des Pubs, und Christine versprach, da zu sein.

Schließlich standen beide auf.

»Dann bis heute Abend?«

»Ja, bis heute Abend.« Sie gab ihm zum Abschied die Hand und lächelte. Es war ein aufrichtiges Lächeln.

16. Kapitel

London, August 1888

Punkt Feierabend fuhr sich Pike nervös durch die Haare. Auf der Herrentoilette benetzte er sein Gesicht mit Wasser und betrachtete sich ungläubig im Spiegel. Hatte er heute Vormittag eigentlich den Verstand verloren? Wie konnte er auf die wahnwitzige Idee kommen, Madame Gillard zu einem Besuch im Pub zu überreden?

Sie ist eine Nummer zu groß für dich, John, redete er sich ein. Eine wirkliche Dame, noch dazu in Trauer – sie musste zugesagt haben, weil sie nicht unhöflich sein wollte.

Verunsichert von seiner eigenen Courage begann sein Selbstbewusstsein zu bröckeln. Das lag nicht nur an ihr, sondern auch daran, wie sich der heutige Tag entwickelt hatte.

Zunächst erschien Pearly Poll nicht zu ihrem vereinbarten Treffen bei der Kaserne. Sie war einfach nicht dagewesen. Dabei hatte er gestern so viel Hoffnung in sie gesetzt, dass er sich persönlich hintergangen fühlte. Sie musste sich mit dem Geld aus dem Staub gemacht haben. Er hätte nicht so gutgläubig sein dürfen.

Dann, kaum dass bekannt wurde, dass es sich beim Opfer um Martha Tabram handelte, begannen die Ermittlungen in alle Richtungen. Journalisten rannten ihm auf der Suche nach einer packenden Story die Bude ein. Die Nerven lagen blank, und die Gerüchteküche brodelte. Wer war Martha Tabram? Warum gab es keine Spur des Mörders? Wie konnte es sein, dass niemand etwas gesehen hatte? Es lebten doch so viele Menschen in diesen Straßen. Man fragte sich, wer bei der Gerichtsuntersuchung das höchste

Amt ausüben würde, da der Richter im Urlaub sei. Hinzu kam Kritik an der Polizei. Wegen ihrer Laschheit fühle man sich in den eigenen Straßen nicht mehr sicher. Dazu trügen die vielen Ausländer bei, davor hätten die Konservativen ja schon vor Jahren gewarnt. Vor lauter fremden Menschen kenne man seinen eigenen Nachbarn nicht mehr, und unschuldigen Frauen würde dies zum Verhängnis werden.

Pike glaubte nicht, dass den Konservativen das Wohlergehen dieser Frauen wirklich am Herzen lag, vielmehr nutzten sie den Mord als Steilvorlage, um sich als prophetische Mahner aufzuspielen. Es waren immer die gleichen Parolen.

Und dann war da auch noch Sir Charles Warren, der ihm persönlich Druck machte. »Sie wurden nach Whitechapel versetzt, weil mein Vorgänger Ihrem Geschick vertraute. Also setzen Sie es gefälligst ein, um den Mörder zu fassen. Die Leute sind unruhig«, lautete seine wenig informative Anweisung.

Jetzt schüttelte Pike den Ärger des heutigen Tages ab und wartete auf Madame Gillard. Es wäre ihr nicht zu verübeln, wenn sie nicht kam. Doch ehe er weitergrübeln konnte, tippte ihm jemand auf die Schulter.

»Da sind Sie ja! Ich dachte schon, ich hätte Sie verwechselt, weil ich vorhin gerufen und Sie nicht geantwortet haben.« Hinter ihrem Schleier, der etwas dünner war als der, den sie tagsüber getragen hatte, konnte Pike ein Lächeln ausfindig machen.

»Bedaure, ich war in Gedanken. Wollen wir?«

Sie hakte sich bei ihm unter und betrat mit ihm den Pub. Ihn beschlich das Gefühl, dass Christines Präsenz sofort den ganzen Raum erfüllte. Selbst unter ihrem Trauerschleier, als Gesichtslose, blieb ihre bemerkenswerte Persönlichkeit greifbar. Pike spürte das befremdliche und doch recht unpassende Gefühl von Stolz, als sich sämtliche Gesichter dieser geheimnisvollen Witwe und deren Begleitung zuwandten. Christine taxierte einen freien Tisch am Fenster und ging zielstrebig darauf zu.

Etwas verunsichert folgte Pike ihr, aber als sie sich setzten und er den Stuhl richten wollte, öffnete er doch den Mund. »Wir müssen zuerst an die Bar gehen. Oder wissen Sie schon, was Sie wollen? Dann bestelle ich gleich für uns beide.«

Ihre blauen Augen blinzelten voller Verwunderung. »Wie? Wir werden hier nicht bedient?«

»Nur an der Bar.« Pike deutete mit dem Daumen hinter seine Schulter. »Waren Sie noch nie in einem Pub?«

»Natürlich war ich schon in einem Pub«, antwortete sie vehement. An der Bar blickte sie ratlos die vielen Flaschen an. »Wo finde ich denn die Weinkarte?«, flüsterte sie ihm zu.

Er schmunzelte. Von wegen schon einmal in einem Pub gewesen, dachte er. »Wein finden Sie hier leider nicht, dafür aber über hundert verschiedene Biersorten.«

»Bier«, echote sie entgeistert.

Nun fühlte sich Pike befangen. Er hatte sie in ein fremdes Territorium gebracht, und das könnte ein Fehler gewesen sein. »Wenn Sie Bier nicht mögen, gibt es natürlich auch Wasser, Limonade oder Saft.«

»Nein, Bier ist ganz gut. Dann nehme ich das dahinten. Das Etikett sieht hübsch aus.«

Pike presste die Lippen zusammen und schloss die Augen, als habe er Kopfschmerzen. Christine hatte ausgerechnet auf ein bitteres Pale Ale gezeigt.

»Wenn ich eine Empfehlung aussprechen darf: Das Brown Ale ist hervorragend.«

Das Zucken in ihrem Auge verriet, dass sie den Wink verstanden hatte, und sie huldigte seiner Rettung mit einem respektvollen Nicken. »Dann nehme ich das.«

Am Tisch schlug Christine den Schleier von ihrem engelsgleichen Gesicht zurück. Pike war felsenfest davon überzeugt, dass irgendwo weiter hinten ein Raunen zu vernehmen war.

Dann nippte sie an ihrem Ale. Sogleich spannten sich sämtliche Muskeln in ihrem Gesicht zu einer Grimasse an. Das Eis war gebrochen, Pike konnte nicht länger an sich halten und prustete los.

»Ja, lachen Sie nur«, spielte sie die Beleidigte. »Aber immerhin habe ich mitgespielt und mich in fremde Gefilde gewagt. Jetzt weiß ich wenigstens, woraus der Urin der Arbeiterklasse gemacht ist.«

Er fand ihre Selbstironie herrlich. »Und, wie schmeckt es Ihnen?« Sie nickte anerkennend. »Ich könnte es als Alternative zum Tod in Erwägung ziehen, bevor ich verdurste.« Sie mussten beide lachen. Madame Gillard hatte ein wunderschönes Lachen. Obschon sie eine gestandene Frau war, verlieh es ihr etwas Mädchenhaftes. Aus einem Bedürfnis heraus hätte er am liebsten nach ihrer Hand gegriffen, doch das gehörte sich natürlich nicht.

Was war bloß los mit ihm? Er erkannte sich selbst nicht mehr. Auch sie erlaubte sich, den Augenkontakt länger als gewöhnlich aufrechtzuerhalten, bis sie sich selbst zu ermahnen schien und sich in ihren Stuhl zurücklehnte.

Dann schob sie ihr Glas beiseite und meinte, er solle sich ruhig bedienen. »Hatten Sie noch einen aufschlussreichen Arbeitstag?«, wollte sie wissen.

»Wie man's nimmt.« Er seufzte und erzählte ihr die Kurzfassung seines Tages, ohne Ermittlungsdetails zu verraten, von denen ohnehin kaum welche existierten.

Madame entpuppte sich als aufmerksame und interessierte Zuhörerin und wünschte ihm bei der Weitersuche viel Erfolg. Als er dann die Rüge von Sir Charles Warren erwähnte, hob sie ihre Augenbrauen. »Charlie ist Ihr Vorgesetzter?«

Pike, der seine Kinnlade gerade noch geschlossen halten konnte, erklärte ihr, dass »Charlie« nicht sein Vorgesetzter, sondern der oberste Polizeichef Londons war, was Christine mit einem »das meinte ich ja« bestätigte.

»Und woher kennen Sie ihn?«

»Wir haben gemeinsame Bekannte und treffen uns jeden vierten Mittwoch im Savoy zum Brunch.«

Darauf konnte Pike wirklich nichts mehr erwidern, denn ihm blieben die Worte im Hals stecken. Wieder einmal beschlich ihn der Gedanke, dass Madame Gillard eine Nummer zu groß für ihn war. Mehr als nur eine.

Später beschlossen sie, ein Stück die Themse entlang zu spazieren. Mehrere Male gingen sie über die Brücken. Zu dieser Jahreszeit ging Pike sehr oft zu Fuß nach Hause. Er liebte diese Abendstimmung, wenn es erst spät dunkel wurde und die Menschen ihr Leben nach draußen verlagerten.

Auch jetzt ließ die Abendsonne die Dächer der Fabriken golden glänzen, während aus der Themse der typische Flussgeruch zu ihnen herüberwehte und sich die Oberfläche im Licht spiegelte. Glücklicherweise war gerade Flut, und der stinkende Schlick war gnädig überspült. Zahlreiche Fußgänger waren mit ihren Hunden unterwegs oder tollten mit ihren Kindern herum.

Hinter ihnen war der Bau der Tower Bridge gerade noch zu erkennen, vor ihnen reihten sich zu beiden Seiten kleine Häfen und Anlegestationen, wo selbst zu dieser Stunde noch Dockarbeiter Schiffe entluden, die Waren aus dem gesamten Empire löschten.

So schlenderten sie dahin, lachend und scherzend, als hätten sie beschlossen, für einen Abend dem Ernst des Lebens den Rücken zu kehren. Sie redeten über ihren Beruf, ihre Familien, über Emily und die Kentwood-Affäre, über ihre alte Heimat, stritten darüber, welche Destillerie den besten schottischen Whisky herstellte und welcher Politiker ein Banause und welcher ein begnadeter Schauspieler war.

Madame erwies sich als die angenehmste Gesprächspartnerin, der Pike jemals begegnet war. Aus ihren blauen Augen sprach eine tiefe Erfahrung, die bis ins Unergründliche zu reichen schien. Manchmal aber mussten sie auch gar nicht sprechen, denn sie schienen ähnliche Ansichten zu haben oder akzeptierten die Meinung des anderen – und dann empfand er die Redepause keineswegs als unangenehm, sondern deutete sie als Zeichen der stillen Übereinkunft.

Je länger sie zusammen waren, umso mehr beschlich Pike das Gefühl, sie schon viel länger zu kennen. Es wäre schade gewesen, hätten sich ihre Wege nicht mehr gekreuzt. Obwohl Madame einen hohen Stand hatte, erkannte er, dass sie eine ganz normale Frau war, die träumte und lachte und liebte.

Und trauerte, ergänzte er im Stillen, als ein Windstoß ihr Trauerkostüm aufbauschte und sie mit einem leeren Blick in die Ferne sah.

»Vermissen Sie ihn?«, fragte er spontan, wofür er sich sogleich hätte ohrfeigen können.

»Jeden Tag«, antwortete sie, ohne zu zögern, und urplötzlich nahmen ihre Gespräche eine ganz neue, viel bedeutendere Form an.

»Wie halten Sie das nur aus?«

»Indem ich mein Leben fortführe. Das Leben, in dem er einen ganz prägenden Platz hatte und immer haben wird.«

Pike verstand, was sie meinte. »Sphären und Dimensionen hindern Liebe nicht an ihrer Beständigkeit.« Er dachte an Eddie, der zwar lebte, aber von dem er Hunderte von Meilen entfernt war.

»Spricht die Erfahrung aus Ihnen?«, fragte sie.

»Nicht annähernd die Erfahrung, die Sie durchleiden mussten. Aber eine, die ebenfalls schmerzt.« So begann Pike von seiner gescheiterten Ehe und von Eddie zu erzählen und wie sehr er seinen Sohn vermisste. Vor einer Stunde noch wäre ihm nicht im Traum in den Sinn gekommen, sich ihr so zu offenbaren. Nun kannte sie seine schlimmste Schande und würde ihn verurteilen.

Christine zeigte sich sehr betroffen und schwieg, während sie die Promenade verließen und die Westminster Bridge betraten.

»Nun sagen Sie's schon. Ich weiß, was Sie denken«, forderte er sie auf. »Eine Scheidung, und das als Inspector. Das ist alles andere als respektabel.«

Nun blieb sie mitten auf der Brücke stehen und sah ihn mit den prüfenden Augen einer Geschäftsfrau an, während sie sich mit der Zunge über die Lippen fuhr. »Sind Sie mit den Gerüchten um mich herum vertraut, Inspector?«

Er wollte verneinen, hatte aber zu langsam reagiert, als dass die Lüge nicht aufgefallen wäre. Er wusste, dass sie zwar aus gutem Hause stammte, aber einst eine Unselige, eine Prostituierte war. Wenn er an Frauen wie Pearly Poll oder Martha Tabram dachte, fuhr ihm beim Gedanken daran ein eiskalter Schauer über den Rücken. Zweifelsohne das Werk von bösen Zungen.

»Es ist mehr an ihnen dran, als Sie vielleicht denken«, ergänzte sie scharf. »Und wissen Sie was? Ich erhalte wöchentlich Drohbriefe und anderes verrücktes Zeug.«

Der Schock, den ihn angesichts ihrer Enthüllung hätte treffen sollen, blieb aus. Stattdessen hegte er nur ein Gefühl für sie: Bewunderung. Wie war es möglich, dass eine Frau so tief fallen und wieder aufsteigen konnte? Wie war es möglich, dass sie durch all die Schande und zermürbende Arbeit so unverbraucht und rein blieb? Pike fühlte nichts außer Bewunderung. Und Verwunderung. Oh nein, sie war nicht von dieser Welt, diese Madame Gillard. Sie arbeitete in den Sümpfen des Elends und doch entfaltete sie sich zur vollkommenen Schönheit. Eine Rose in der Finsternis. Die Rose von Whitechapel.

»Wenn ich mir anmaßen darf, Ihnen einen Rat zu erteilen, Inspector, dann folgenden: Was die Leute über einen denken, spielt nicht die geringste Rolle. Was wir von uns denken, bestimmt unser Tun. Und unser Tun wiederum bestimmt, wer wir sind.«

Damit hatte sie etwas in ihm getroffen, einen Schmerz, der seit Jahren in ihm schlummerte und ihn nachts zerfraß. Das Gefühl, keiner Bestimmung nachzugehen. Unnütze Arbeit zu leisten. So wenig Erfolg bei so viel Elend. Und wofür? Er hatte seine Ex-Frau nicht ausreichend umsorgen können, und als Konsequenz davon lebte sein Sohn nun fern von ihm.

»Und wer sind wir?«, fragte Pike, der sich plötzlich von seinen ewig nagenden Zweifeln übermannt fühlte. »Was treibt zwei Menschen dazu, diesen Schmelztiegel des Elends kühlen zu wollen? Etwas zu schaffen, das nicht mehr ist als ein paar Tropfen auf einem heißen Stein? Warum tun wir das?«

Kurz zitterte ihre Stimme. »Weil wir uns von unserem Herzen führen lassen. Dass Henry und ich nicht gemeinsam alt werden, war mir von Anfang an bewusst. Ich wusste, dass ich eines Tages wieder allein sein würde. Aber so habe mich nun mal entschieden.«

Gefasster fuhr sie fort: »Meist tun wir das, was der Verstand uns diktiert. Aber manchmal ist dieser etwas schwerhörig oder gar nicht anwesend. Und dann hören wir darauf.« Sie trat zu ihm und berührte seine Brust direkt über seinem Herzen.

Pike sah sie an und fand keine Worte mehr. Sanft legte er seine Hand auf ihre und spürte, wie sich sein Herz beruhigte. Er wusste nicht, wie lange sie so dastanden, und es kümmerte ihn auch nicht, dass vorbeigehende Passanten sich verwundert zu ihnen umblickten. Wahrscheinlich vergingen nur wenige Sekunden, doch in dieser Zeit war in ihm eine grundlegende Wandlung vorgegangen. Ihm war, als hätte sich gerade eine ganze Klippe vom Festland gelöst und wäre tosend ins Meer gestürzt. Die Klippe der Selbstzweifel. Und sie machten für etwas Neues Platz, das ihn schier überwältigte. Liebe. Liebe für die Frau, in welcher er eine Seelenverwandte gefunden hatte.

»Ich danke Ihnen«, flüsterte er. Sie war ihm nun so nahe, dass er die Wärme ihres Körpers durch den Stoff ihres Kleides spüren konnte. Er roch ihren Duft, hörte sie erregt atmen, als sehnte sie sich nach einem Kuss. Aber Haltung und Selbstbeherrschung lagen wie Gefängnisgitterstäbe zwischen ihnen und bewahrten sie vor Dummheiten. Die Zeit verstrich, ohne dass jemand etwas tat, und schließlich entfernte sie ihre Hand von seiner Brust. Beim Verlust ihrer Nähe zog sich sein Herz zusammen.

Den Rest des Weges legten sie schweigend zurück. Wo die Stille ihm vorhin nichts ausgemacht hatte, mischte sie sich nun mit Befangenheit. Vorhin hatten sie eine Grenze überschritten, und er war auf eine Achterbahn der Gefühle geraten. Aber sie zu wollen war einfach nur falsch und verrückt.

Pike hatte während des Spaziergangs gar nicht gemerkt, wie sie allmählich das East End hinter sich gelassen hatten und nun in Christines Welt der Elite eintauchten. Mit jedem Schritt, den er sich tiefer in das feine London wagte, fielen ihm die extremen Unterschiede zu Whitechapel auf. Hier gab es keine rissigen Fassaden und löchrigen Dächer. Keine Mädchen, die barfuß Streichhölzer verkauften oder syphilisverseuchte Huren, die ihre Körper für ein paar Münzen verramschten, sondern Damen von Christines Herkunft in engtaillierter Haute Couture. Die pfeiferauchenden Dock- und Fabrikarbeiter waren von eleganten Gentlemen abgelöst worden, die nicht nur einen Gehstock mit goldenem Griff benutzten, sondern auch so gingen, als würde ihnen selbiger im Hinterteil stecken.

Als sie vor Christines Villa am Belgravia Square standen und er einen Blick darauf warf, wurde es ihm noch einmal bewusst. Ihr London war nicht sein London.

Christine war die Erste, die die Worte wiederfand. »Ich danke Ihnen für diesen schönen Abend. Es war mir eine große Freude.« Ihre Stimme klang aufrichtig und wehmütig zugleich.

»Dem kann ich nur zustimmen.«

Sie gaben sich die Hand. Doch statt einem schnellen Händeschütteln hielten sie einander schweigend fest und blickten zu Boden. Es war unaufhaltbar. Wenn Christine ihm wirklich so ähnlich war, musste auch sie sich verliebt haben. Pike atmete tief durch. Er durfte es nicht unversucht lassen.

»Vorhin, da hatte ich das Gefühl, in Ihnen eine Seelenverwandte gefunden zu haben. Ich wünschte, wir könnten das noch einmal erleben. Noch viele Male. Sie sind so anders als jede Frau, die mir jemals begegnet ist.«

Ihr Seufzen verriet alles. Der Zauber war gebrochen.

»Es hat keinen Zweck, darüber zu diskutieren. Ich bin nicht die, nach der Sie suchen«, flüsterte sie.

Er wollte ihr widersprechen, wollte sie fragen, ob sie auf der Westminster Bridge eben nicht dasselbe gespürt hatte wie er. Ob sie nicht gemerkt hatte, als sie sein Herz in ihrer Hand hielt, dass es von nun an für sie schlug. Doch er schwieg.

Christine hatte ihn auch so verstanden. »Da, wo in Ihnen etwas schlägt, befindet sich bei mir nur ein schwarzes Gefäß voller Trauer. In einem anderen Leben hätte mich Ihr Angebot sehr geschmeichelt.« Sie führte ihrer beider Hände an ihr Gesicht und hielt ihre Wange daran. Pike spürte die Nässe ihrer Tränen.

Er wusste, dass sich so etwas wie heute nicht wiederholen würde. Die Tatsache, dass sie überhaupt miteinander ausgegangen waren, konnte nichts anderes als ein Fehler in den Gesetzmäßigkeiten des Universums sein. Ein Riss in der göttlichen Ordnung. Vielleicht lag es an diesem ungewöhnlichen Datum. 8. 8. 1888. Fünf Mal Achterbahn. Fünf Mal die Unendlichkeit. Der Gedanke schmerzte ihn, dass ab morgen wieder andere Kräfte walteten. Er hatte heute ein einzigartiges Geschenk bekommen, doch es war keines, das zum Behalten gedacht war. Wehleidig sah er, wie sie in ihrem hell beleuchteten Zuhause verschwand, während er in der Dunkelheit zurückblieb.

Erschöpft lehnte sich Christine von innen gegen ihre Haustür und schloss die Augen. Sie sah sein Gesicht vor sich, als sie auf der Westminster Bridge so nahe beieinander gestanden hatten. Im Licht der Abendsonne hatten seine Augen ein grünes Leuchten angenommen. Zum ersten Mal nach Henry hatte ein Mann bei ihr solche Gefühle verursacht. Was für ein eindrücklicher und wunderschöner Mann er doch war. Und was für ein Frevel, so etwas zu denken.

Im Nebenzimmer hörte sie Geräusche. Ein beruhigendes Gefühl, dass sie nicht allein war, auch wenn sie sich gerade einsamer denn je fühlte. »Guten Abend, Mr. Eaton.« Mit niedergeschlagener Miene ließ sie sich vom Butler Jacke und Schleier abnehmen und schlüpfte aus ihren Schuhen.

»Guten Abend Madame. Mable ist noch auf. Möchten Sie, dass ich sie zu Ihnen hochschicke?«

Christine sah auf die Standuhr in der Eingangshalle. Du meine Güte! Es war halb elf! »Schon gut. Schicken Sie die gute Seele ins Bett. Ich sollte es gerade noch selbst aus meinen Kleidern schaffen.«

Der Butler nickte und ging einen Schritt zurück zur Wand, wo er in akkurater Haltung weilen würde, bis Christine den Raum verließ.

Abwesend kehrte Christine ihm den Rücken zu. Ihre Gedanken kreisten um den Inspector. Noch nie hatte ihr ein Mann solch geschmackvolle Avancen gemacht. Mutig, aber zurückhaltend. Sie fühlte sich so zu ihm hingezogen, dass es ihr Angst machte.

Dabei liebe ich Henry und werde das immer tun, dachte sie jetzt. Aber Henry war tot und würde nicht mehr zurückkommen. Doch hatte Pike ihr nicht gesagt, dass die Liebe Sphären und Dimensionen als Grenzen nicht akzeptiere? Bedeutete dies nicht, dass sie auf ewig mit Henry verbunden war?

Dieser Gedanke verfolgte sie, bis sie in einen tiefen, traumlosen Schlaf fiel.

Teil 2

17. Kapitel

London, 1. September 1888

Er sollte die Schlafzimmerdecke wieder einmal streichen, fiel Pike auf. Seine Haushälterin hatte ein paar Spinnweben in den Ecken übersehen. Auch könnte er das schiefhängende Stillleben wieder richten. Pike fiel noch einiges auf, was er in seinem Zimmer verbessern könnte. Und um jede Entdeckung war er dankbar, denn sie verhinderte, dass er die Person ansehen musste, die neben ihm lag: seine Ex-Frau.

Judith, von seinem Schweigen offensichtlich gelangweilt, drehte sich zum Bettrand und kramte in ihrer Tasche nach ihren Zigaretten. Früher hatte sie nicht geraucht. Sie hätte es für viel zu unschicklich gehalten. Aber Judith war nicht mehr wie früher, sondern eine komplett andere Frau. Mit einem Ausmaß an Selbstbewusstsein, dass es Pike beinahe schon Angst machte.

Während sie in seinem Bett rauchte, umspielten ihre braunen Locken ihre vollen Brüste. Na also! Jetzt hatte er doch hinübergeschielt, wofür er sich sogleich hätte ohrfeigen können. Dafür und für das, was in der letzten Dreiviertelstunde vorgefallen war.

Sie war plötzlich dagewesen. Ehe Pike eine Begründung für ihren unangekündigten Besuch erfuhr, hatte eines zum anderen geführt, und wie wilde Straßenköter waren sie übereinander hergefallen.

»Du heiratest also wieder?«, brach er jetzt endlich das Schweigen.

Sie nickte bloß und zog an ihrer Zigarette. »Noch diesen Herbst.«

»Das ist bald.«

»Bald muss es auch sein«, antwortete Judith nahezu in stoischer Gelassenheit. Sie schnappte sich eine alte Teetasse, die er letzte Nacht noch nicht in die Küche geräumt hatte, und aschte hinein. »Ich weiß seit einer Woche, dass ich wieder schwanger bin.« Gerade noch konnte er sich auf die Lippen beißen. Das tat weh! Er hatte nicht nur mit seiner Ex-Frau geschlafen, sondern mit seiner Ex-Frau, die ein Kind von ihrem Verlobten erwartete.

»Ich erwarte nicht, dass du gratulierst, aber du wirst es akzeptieren müssen.«

»Gewiss.« Er vermied Augenkontakt. »Wo ist Eddie?«

»Noch bei meinen Eltern in Schottland. Aber er sollte schon bald nachreisen. Das macht es einfacher bis zur Hochzeit. Herbert hat hier noch ein paar geschäftliche Dinge zu erledigen, ehe wir ... nun ja.«

Pike schnaubte. Herbert! Das klang nach jemandem, bei dem der Name Programm war.

»Und was gibt es bei dir Neues?«, fragte Judith.

»Die Arbeit hält mich auf Trab«, antwortete er. Dann sprang er aus dem Bett und schlüpfte in seine Hose, während er ihren Blick wie einen Dolch im Rücken spürte.

Desinteressiertes Seufzen hinter ihm. »Das meinte ich nicht. Ich wollte vielmehr wissen, ob du jemanden hast.«

Pike schloss seine Hose und drehte sich nach ihr um. »Wenn ich jemanden hätte, dann wäre das hier wohl kaum passiert«, antwortete er ruhig, während er auf ihren Verlobungsring schielte. Seine filigrane Anfertigung verriet, dass Herbert wohl um einiges mehr verdiente als er.

»Lass das mein Problem sein«, stellte Judith klar, die den Wink verstanden hatte. Sie beobachtete eine Weile, wie Pike ungeschickt an seiner Krawatte zupfte. Dann drückte sie ihre Zigarette aus und erhob sich graziös aus seinem Bett. Nackt stolzierte sie zu ihm, sodass Pike seinen Blick abwandte, während sie seine Krawatte richtete.

»Seit fast vier Jahren geschieden, und trotzdem brauchst du

noch immer meine Hilfe.« Zielsicher wanderte ihre Hand in seinen Schritt. »In allen Belangen, wie es scheint.«

»Judith, lass das.« Die Vertrautheit in ihrer Geste jagte ihm einen eiskalten Schauer über den Rücken.

Amüsiert zog sie ihre Hand zurück. »Ich meine es ernst, John. Du brauchst jemanden. Nur die Arbeit allein, das ist doch kein Leben.«

Nein, das war es wirklich nicht. Aber so ist es nun mal, dachte er. Tatsächlich hatte er es nicht einmal beim Akt geschafft, die eine Frau zu vergessen, welche er nie würde haben können.

Nach der Verabredung im Pub und ihrer nachvollziehbaren Zurückweisung hatte er Christine nicht wiedergesehen. Es gab keinen Anlass dazu, und Pike, der kein Draufgänger war, akzeptierte ihre Entscheidung. Doch kein Tag verging, an dem er nicht an diese faszinierende Frau dachte, die so tief in seine Seele vorgedrungen war.

Pike gab sich einen Ruck. Er hatte keine Zeit für Gehirnschmalz, denn die Arbeit forderte seine volle Aufmerksamkeit. Die Ermittlungen rund um die Ermordung Martha Tabrams hatten bisher nichts Brauchbares ans Licht gebracht. Nachdem Pearly Poll, seine wichtigste Zeugin, für mehrere Tage untergetaucht war, hatte Sergeant Thackery sie bei einer Cousine gefunden.

Auf die Frage, warum sie nicht zu ihrer Verabredung erschienen sei, hatte sie sehr ausweichend reagiert. Etwas mit ihrer Brust habe nicht gestimmt. Pike hatte ihr keine Sekunde lang geglaubt und vermutet, dass sie diese Ausrede vorgebracht hatte, weil ein anständiger Mann bei Frauenangelegenheiten nicht weiter nachfragte. Bei der folgenden Gegenüberstellung in der Kaserne mochte sie sich nicht festlegen. Es sei wohl doch schon zu lange her. Pike gelangte zu der Einsicht, dass sie den Tatverdächtigen nicht erkennen konnte oder wollte. Man musste sie weiterziehen lassen. Die Ermittlungen verliefen im Sande, und Richter George Collier hatte die Untersuchung mit den Worten »vorsätzlicher Mord, verübt von einer oder mehreren unbekannten Personen« geschlossen.

Nun würde der Richter bei der heutigen Anhörung seine letzte

Aussage relativieren müssen: Gestern früh war es zu einem weiteren Mord im East End gekommen. Vermutlich der gleiche Mörder hatte dem Leben der zweiundvierzigjährigen Mary Ann Nichols, genannt Polly, ein jähes Ende bereitet. Allerdings hatte sich seine Brutalität drastisch erhöht. Die arme Frau war regelrecht ausgeweidet worden und ihr Hals so tief aufgeschnitten, dass die Klinge Luftröhre, Speiseröhre und das Rückenmark durchtrennt hatte. Eine riesige Wunde führte von ihrer rechten Hüfte über das Becken bis zum Magen. Ebenso war in ihre Geschlechtsteile und in ihr Bauchfell mehrfach eingestochen worden. Dagegen wirkte der Mord an Martha Tabram einfallslos. Wieder gab es keine Zeugen und keinen Tatverdächtigen. Niemand hatte etwas gesehen oder gehört, doch das Misstrauen gegenüber der Polizei wuchs stündlich.

»Bist du nervös wegen der Anhörung?«, riss ihn Judith aus seinen Gedanken.

»Nervös dürfte eine Untertreibung sein. Die ganze Welt wird heute Zeuge davon, wie beschämend die Ermittlungen verlaufen.«

»Aber eines verstehe ich nicht«, begann Judith, während sie nachdenklich an seinem Hemd zupfte. »Täglich werden Leute umgebracht. Warum bekommen diese beiden Mordfälle eine solch große Aufmerksamkeit?«

»Weil sie völlig sinnlos sind. Es gibt keine Erklärung dafür, kein Motiv. Sie scheinen einerseits durchdacht und gleichzeitig so willkürlich, dass es jeden treffen könnte. Es macht den Menschen Angst, dass sich ein Monster unter ihnen befindet, das in einer schlaflosen und schnelllebigen Stadt unsichtbar bleibt und zuschlägt, während sie friedlich in ihren Betten schlafen. Nur drei Yards vom ersten Leichenfundort entfernt schlief eine Familie mit kleinen Kindern, während das Opfer brutal aus dem Leben gerissen wurde.«

Sie hörte zu, ohne ihn wissen zu lassen, ob es sie interessierte. Elegant schlüpfte sie in ihre Unterwäsche und schnürte ihre Korsage. Wie sie das anstellte, faszinierte ihn. Pike bekam kaum seine Manschettenknöpfe zu. Ein zarter Fuß stellte sich vor ihm auf die Bettkante, und ein ansehnliches Dekolleté kam in sein Sichtfeld,

als sie sich vornüberbeugte und die Strümpfe bis zu ihren Oberschenkeln hochrollte.
»Sonst noch was?«, fragte sie kritischen Blickes.
»Ja«, sagte er. »Bitte verlass abends nicht mehr allein das Haus. Nicht so lange dieser Frauenmörder frei herumläuft.« Als Antwort verabschiedete sich das Dekolleté unter einer Bluse, und Judith verdrehte die Augen. »Wenn du meinst.«
»Wo gehst du eigentlich hin?«, fragte er sie.
Mit einem festen Ruck schnürte sie ihre Schuhe zu. »Ich komme natürlich mit!«

Eine Stunde später saß Pike im Gerichtssaal und schwitzte. Unauffällig versuchte er, den Knoten seiner Krawatte zu lockern. Der Raum war zum Bersten mit Menschen gefüllt. Er musste sich nicht umdrehen, um Judiths Blick aus der Zuschauerreihe in seinem Rücken zu spüren. Sie hatte unbedingt dabei sein wollen und konnte durch nichts davon abgehalten werden. In was für eine Lage hatte er sich da bloß gebracht?

Obwohl die Untersuchung schon vor einer Viertelstunde hätte beginnen sollen, füllte sich der Raum noch immer mit Menschen. Halb London schien anwesend zu sein. Neben Zuschauern, die aus reinem Interesse oder zur Unterhaltung anwesend waren, befanden sich auch die Presse, die gesamte H Division, halb Scotland Yard und natürlich Sir Charles Warren im Saal. Fast genauso viele Menschen waren in diesem Fall involviert. Pike war nicht der einzige Inspector und jeder von ihnen beanspruchte für sich, der leitende Ermittler zu sein. Das machte einen Überblick nahezu unmöglich. Der mangelhafte Informationsaustausch trug seinen Rest dazu bei. Als Pike gestern vor der Post-mortem-Untersuchung in den Leichenschuppen geeilt war, hatten zwei Assistenten die Tote gerade entkleidet und gewaschen. Angeblich auf richterliches Geheiß, was aber nicht stimmte. Tobend hatte Pike sie dazu angehalten, dies sofort zu unterlassen, doch es war schon zu spät. Falls es an der Leiche von Mary Ann Nichols noch irgendwelche Spuren gegeben haben sollte, dann waren diese nun vernichtet.

So viele Fehler, die sich niemand leisten konnte, und das vor so vielen Augen, die das nicht sehen sollten, dachte Pike. Außerdem war er schlecht vorbereitet. Er kannte nicht einmal die Namen aller Zeugen, die heute aussagen würden. Innerlich fluchte er darüber, dass die Anhörungen nicht vor Ausschluss der Öffentlichkeit abgehalten wurden, aber das war gängiger Usus. Der Mord lag noch keine zweiunddreißig Stunden zurück, und weil Dr. Killeen letzte Woche die Kündigung eingereicht hatte, arbeiteten sie nun mit einem neuen Pathologen, Dr. Llewellyn, zusammen, den niemand näher kannte. Selbst Richter Collier aus der Verhandlung von Martha Tabram war nur eine Ferienvertretung gewesen. Mr. Baxter, der eigentliche Richter, hatte sich letzten Monat auf einer Reise durch Skandinavien befunden und musste sich erst noch mit dem Fall vertraut machen.

Gerade betrat er den Saal, und die Menge erhob sich.

Nachdem Baxter die Untersuchung eröffnet und sich alle wieder gesetzt hatten, las ein Anwalt die Einzelheiten zum jüngsten Mordfall vor: »Am frühen Morgen des 31. August gegen drei Uhr zwanzig entdeckte Charles Cross auf dem Weg zur Arbeit in der Buck's Row die Leiche von Mary Ann Nichols. Er und ein weiterer Arbeiter eilten daraufhin weiter, um Hilfe zu holen. In den darauffolgenden Minuten erschienen die Constables Neil, Mizen und Thain am Tatort und ließen nach einem Doktor schicken. Dieser konnte nur noch den Tod besagter Frau feststellen, bemerkte jedoch, dass die Leiche noch warm gewesen sei.«

Das Schluchzen eines Mannes hallte durch den Saal. Pike drehte sich in seine Richtung. Edward Walker, ein fünfundsechzigjähriger Schmied mit groben Händen und gebrochenen Augen, saß auf der Zeugenbank und trauerte um seine Tochter.

Ungerührt las der Anwalt einen detaillierten Bericht über die Verstümmelung der Leiche vor und versäumte nicht zu betonen, mit welcher Brutalität dabei vorgegangen war. »Trotz der beträchtlichen Summe an Verletzungen sind diese gemäß Dr. Llewellyn in weniger als fünf Minuten zustande gekommen. Da alle lebenswichtigen Organe getroffen wurden, muss der Täter mindestens über grobe anatomische Kenntnisse verfügen. Außerdem scheint er Linkshänder zu sein, da der Schnitt an der Kehle von rechts nach links beigefügt wurde und von der Anordnung der Blutspitzer her zu erkennen ist, dass der Täter das Opfer von vorne angriff.«

»Damit ist der Bericht soweit abgeschlossen«, moderierte Baxter. »Es muss jedoch erwähnt werden, dass der Wahrheitsgehalt dieser Untersuchung wegen eines Zwischenfalls umstritten ist.«

Pike presste die Lippen aufeinander und blickte zu Boden. Er wusste, was nun kommen würde. Im nächsten Moment sah der Richter direkt zu ihm. »Inspector John Pike, erheben Sie sich.«

Er tat es und atmete tief durch. Noch bevor Baxter etwas sagen konnte, spähte Pike zu Judith hinüber. Gerade drängelte sich ein Mann zu ihr, gab ihr einen flüchtigen Kuss auf die Wange und nahm dort Platz, wo sie für ihn reserviert hatte. Herbert trug einen schwarzen Anzug mit goldenen Manschettenknöpfen und goldgelber Fliege. Er schien etwa zehn Jahre älter als er, hatte schwarze, zurückgegelte Haare, markante dunkle Augenbrauen und eine scharfe Nase.

Judith sah zu Pike nach vorn, ihre Lippen zuckten vergnügt. Miststück, dachte er. Sie hatte es bewusst arrangiert, dass Herbert ihn in einem peinlichen Moment kennenlernte. Eine eiskalte Kalkulation, damit Pike von Anfang an wusste, wo sich sein Platz befand.

»Der Zwischenfall, den ich meine, fand gestern Morgen kurz vor der Post-mortem-Untersuchung statt«, erinnerte Baxter ihn an die Befragung. »Können Sie uns dazu mehr erzählen, Inspector?«

Mit aufrechter Haltung gab sich Pike die Blöße. »Als ich gestern kurz vor sieben Uhr morgens bei der Leiche in der Old Montague Street vorbeischaute, wurde die Tote gerade entkleidet und gewaschen. Ich bat die Assistenten, dies zu unterlassen, weil noch keine Untersuchung vorgenommen wurde.«

Baxter sah ihn scharf an. »Auf wessen Anordnung wurde eine solch törichte Maßnahme vorgenommen?«

»Das weiß ich nicht, Euer Ehren. Es muss sich um ein fürchterliches Missverständnis handeln.«

»Welches Sie glücklicherweise berichtigten«, fügte der Richter im sarkastischen Tonfall hinzu. »Doch war es noch rechtzeitig?«
Pike hielt die Luft an. »Ich fürchte nicht, Euer Ehren.«
»Was bedeutet dies für die Untersuchung?«
Verdammt, was sollte dieses Spiel? Baxter kannte doch die Details. War es nötig, die Polizei so bloßzustellen? Musste wirklich noch mehr Öl ins Feuer gegossen werden? Pike spürte den Schweiß zwischen seinen Fingern, spreizte sie und strich seine Weste glatt. »Es bedeutet, dass einige Spuren möglicherweise verloren gingen.«
»Beim zurzeit bedeutendsten Mordfall der jüngsten Polizeigeschichte«, bemerkte Baxter.
»Ja, Euer Ehren.«
Ein Raunen machte die Runde, einige brummten oder seufzten abschätzig, und Journalisten zückten ihre Stifte für Erinnerungsnotizen, damit sie abends ihre Federn in Gift und Galle tauchen konnten.
Pike durfte sich wieder setzen, und der nächste Zeuge wurde angehört. Der Aufseher des White House, einer Schlafunterkunft, war einer der letzten Menschen, der Mary Ann Nichols lebend sah. Sie hatte ihn versucht zu überreden, ihr einen Schlafplatz umsonst zu überlassen, aber er weigerte sich.
»Sie drehte sich nur lachend zu mir um und sagte: ›Ich werde mein Übernachtungsgeld bald zusammen haben. Schau, was ich jetzt für eine schöne Haube habe.‹ Dabei zeigte sie mir ihre Kopfbedeckung, ein dunkles Häubchen, mit welchem ich sie noch nie zuvor sah. Sie muss sie gefunden oder von jemandem geschenkt bekommen haben, denn Geld hatte sie keines.«
Um halb zwei Uhr morgens traf sie Emily Holland, eine ehemalige Zimmergenossin und Bekannte des Opfers. Auch sie wurde vorgerufen: »Ich traf sie an der Ecke Osborn Street und Whitechapel High Street. Sie war fürchterlich betrunken und sogar hingefallen. Ich half ihr auf, und wir unterhielten uns ein paar Minuten. Natürlich bot ich an, mit ihr in die Unterkunft zu gehen, aber sie sagte mir, dass sie ihr Übernachtungsgeld schon

drei Mal verdient, aber jedes Mal wieder ausgegeben habe, worauf sich unsere Wege wieder trennten.«

Weil es keine weiteren Zeugen zur Tatnacht gab, wurde als nächstes Mary Anns Leben beleuchtet. Dafür wurde der Vater aufgerufen. Als Pike sah, wie sich der traurige alte Schatten von vorhin erhob, schnürte es ihm das Herz zu. Er beobachtete, wie die glasigen Augen des Alten über den Saal schweiften. Pike fragte sich, ob Mr. Walker wohl gerade dasselbe dachte wie er. Das endlose Mitgefühl in den Gesichtern der Zuschauer – war es wirklich aufrichtig? Täglich kämpften Gestalten wie Mary Ann Nichols oder Martha Tabram ums Überleben. Es waren nicht nur gefallene, sondern auch gebrochene Frauen. Und Pike hätte seine eigene Mutter darauf verwettet, dass es keine Seele dieser Versammlung scherte, was diese Menschen durchmachten, an denen sie täglich auf den Straßen von Whitechapel vorbeigingen, wenn in den Kellereingängen die Kinder wie die Ratten übereinanderschliefen, um sich gegenseitig zu wärmen, oder ein Betrunkener in seiner eigenen Urinlache schnarchte. Sie wandten den Blick ab, während sich der Griff um ihre Geldbeutel festigte. Nun aber schnieften sie und riefen: »Gott vergebe ihr!« Morgen wäre alles wieder vergessen.

»Sie hatte es nie leicht«, begann Mr. Walker mit schwacher Stimme. »Ihre Mutter starb, da war sie erst sieben. Als einziges Mädchen im Haus kümmerte sie sich um den Haushalt und ihre zwei Brüder, während ich arbeiten musste. Mit neunzehn haben sie und Bill Nichols geheiratet. Fünf Kindern hat sie das Leben geschenkt. Und was tat Bill? Betrog sie mit der Hebamme.«

»Das stimmt nicht!«, brüllte Bill von seinem Platz aus. »Dein liebes Töchterlein war eine elende Säuferin. Sie war es, die mich und die Kinder vier oder fünf Mal, wenn nicht sogar sechs Mal verlassen hat.« Sein Dazwischenfunken hatte die Menschen im Saal unruhig werden lassen.

»Ruhe bitte!« Richter Baxter schwenkte seinen Hammer und beugte sich nach vorn. »Mr. Walker, erzählen Sie uns, wie es mit Ihrer Tochter weiterging.«

Mit der Zunge befeuchtete Mr. Walker seine spröden Lippen. »Sie ist dann mehr oder weniger von Arbeiterhaus zu Arbeiterhaus gezogen. Eine Zeit lang wohnte sie auch wieder bei mir, aber wegen ... Differenzen hielten wir es für besser, dass sich unsere Wege wieder trennten.«
Sein Adamsapfel wanderte einmal seinen Hals hinab und wieder hoch. »Es ist wahr, sie hatte ein Trinkproblem, aber ich glaube nicht, dass sie Feinde hatte. Dafür war sie ein viel zu guter Mensch. Nach einigen Streitereien zog sie wieder aus. Ich sah sie nicht mehr so oft, aber doch ab und zu, und bei der Beerdigung ihres Bruders vor zwei Jahren erschien sie anständig gekleidet.«
Mr. Walkers Stimme brach für einen Moment ab. »Wissen Sie, Euer Ehren, sie hat nie aufgegeben. Im Sommer konnte sie das Arbeiterhaus verlassen, weil sie einen besseren Ort fand. Ein Frauenhaus in Spitalfields. Sie schrieb mir diesen Brief. Er ist das letzte Lebenszeichen, das ich von ihr erhielt.«
Zitternd griff er in seine Brusttasche und faltete ein Blatt Papier auf. »*Lieber Pa*«, begann er zu lesen. »*Ich schreibe dir nur, um dich wissen zu lassen, dass du froh sein wirst zu hören, dass ich mich in meinem neuen Heim gut eingelebt habe und es mir gut geht. Es ist ein großes Anwesen, mit Bäumen und Gärten, vor und hinter dem Haus. Alles wurde erst vor Kurzem neu gebaut. Ich bin umgeben von netten Menschen und muss nicht sehr viel arbeiten. Ich hoffe, dass es dir gut geht. Für den Moment auf Wiedersehen. Deine Polly.*«
Die letzten Sätze waren nur noch ein heiseres Flüstern gewesen. Mr. Walker kämpfte so sehr mit sich, dass er mehrere Anläufe brauchte, um den Brief wieder zu verwahren. Er wirkte um Jahrzehnte gealtert. »Ich konnte ihr nicht mehr antworten«, sagte er gedämpft. Im nächsten Moment verlor er seine Selbstbeherrschung und brach schluchzend zusammen. »Ich konnte ihr nicht mehr antworten!«, wiederholte er, dieses Mal schreiend.
Zwei Aufseher mussten ihn stützen, als sie ihn zurück zur Zeugenbank begleiteten. Niemand wagte zu sprechen. Auch Pikes Kehle wurde eng. Das Wehklagen des trauernden Vaters hallte wie ein Echo durch den Raum. Ein letztes Mal blickte Mr. Walker

zum Richter. »Ich bin mir sicher, dass sie es geschafft hätte, wieder zu einem anständigen Leben zurückzufinden. Aber es blieb ihr verwehrt. Man wollte sie nicht.«

Pike erkannte, wie die Trauer und die Ohnmacht zunehmend vom Alten wichen. Stattdessen pressten sich seine Kiefer zusammen, sein Blick wurde kalt und seine Stimme scharf. »Ein Verrückter mag sie ermordet und das Messer geführt haben, aber es war jemand anderes, der sie schon zuvor um ihre letzte Lebenskraft beraubte.«

Hasserfüllt zeigte er auf eine Frau, die sich ebenfalls unter den Zeugen befand. Pike konnte sie erst jetzt sehen, denn als die Aufseher zuvor noch auf ihrem Posten standen, hatten sie sie verdeckt.

Und Pike erschrak, denn die Frau, die Mr. Walker da beschuldigte, war niemand Geringeres als Christine Gillard.

18. Kapitel

London, September 1888

Christine versuchte Ruhe zu bewahren, während die gesamte Gerichtsversammlung auf sie starrte und tuschelte. Schmerzlich vermisste sie ihren Trauerschleier, hinter welchem sie sich die letzten Wochen versteckt hatte. Erst seit wenigen Tagen trug sie ihn nicht mehr, seit die unkontrollierbaren Heulkrämpfe nachgelassen hatten.
Nun weinten andere. Obwohl Mr. Walkers Anschuldigungen schwer wogen, sprach aus ihrem Herzen tiefstes Mitgefühl. Vielleicht hatte Mr. Walker sogar recht. Es stimmte, dass sie in gewisser Weise Mitschuld an dieser Tragödie trug.
Nun entdeckte sie endlich Inspector Pike, nach dem sie schon während der ganzen Verhandlung Ausschau gehalten hatte. Ihr Herz tat einen Satz, er sah sogar besser aus als in ihren Erinnerungen. Vielleicht lag es am leidenden Ausdruck, der latenten Angst in seinen Augen oder an ihrer Bewunderung für ihn. Seine beherrschte Standhaftigkeit, als der Richter ihn öffentlich blamierte, war bemerkenswert. Nun stand ihr die gleiche Pein bevor.
Hätte sie bloß mit ihrem Anliegen zu ihm gehen können, dann würde sie sich jetzt sicherer fühlen. Aber als sie ihn gestern aufsuchen wollte, war sie in der Leman Street von einem anderen Inspector in Empfang genommen worden, weil sich Pike im Außendienst befunden hatte.
»Madame Gillard, Sie befinden sich ebenfalls im Zeugenstand der Untersuchung am Mord von Mrs. Nichols. Darf ich Sie fragen, in welcher Beziehung Sie zu dem Opfer standen?«, wollte Baxter wissen, als sie sich gesetzt hatte.

Christine faltete ihre Hände auf dem Tisch. »Ich bin die Besitzerin des Frauenhauses, in welchem Mrs. Nichols für kurze Zeit wohnte.«

Baxter wühlte in seinen Papieren. »*Renfield Eden*«, las er ab. Dann richtete er seine Aufmerksamkeit wieder ihr zu. »Der Vater des Opfers deutete vorhin an, dass sie von dort wieder weggeschickt wurde. Was war passiert?«

Trotz der Rückenlehne ihres Stuhles wagte Christine es nicht, sich anzulehnen. Selbst das Atmen fiel ihr unter dem wachsamen Auge des Gesetzes schwer.

Angespannt beugte sie sich nach vorn. Man sollte nicht schlecht über Tote sprechen, aber Christine würde es tun müssen, wenn sie bei der Wahrheit bleiben sollte. »Diebstahl, Euer Ehren. Mrs. Nichols stahl Gegenstände im Wert von fast vier Pfund aus dem Frauenhaus und verkaufte diese.«

»Haben Sie Mrs. Nichols angezeigt?«

»Davon sah ich ab. Sie hatte das Geld bereits ausgegeben und wäre bei einer Anzeige dafür ins Gefängnis gekommen. Der Schaden, den sie davongetragen hätte, stand in keinem Verhältnis zu meinem Verlust. Doch es stand außer Diskussion, dass sich unsere Wege trennen mussten.«

»Warum konnten Sie ihr keine zweite Chance geben?« Mr. Walker schluchzte. »Sie haben sie auf die Straße gesetzt. Das war ihr Untergang.«

Christine drehte sich zu ihm um. In ihr erwachte die eiskalte Geschäftsfrau. Sie wusste, wenn sie in ihrer Position eine Entscheidung öffentlich bedauerte, wäre sie nie wieder glaubwürdig. »Bei allem Respekt, Mr. Walker, aber jede Frau, die bei uns lebt, erhielt bereits ihre zweite Chance. Ich habe für meine Frauen stets ein offenes Ohr. Aber ich lasse mich nicht an der Nase herumführen.«

Ihre eigene Härte schmerzte sie, sie konnte sich jedoch nicht erlauben, Schwäche zu zeigen. Sie war es nicht, die Polly Nichols umgebracht hatte. Dennoch musste sie sich eingestehen, möglicherweise mehr mit dem Fall zu tun zu haben, als ihr lieb war. Selbst Baxter entging dieser Zusammenhang nicht.

»Sie wurden schon beim Mord an Martha Tabram vor drei Wochen von einem Inspector befragt. Können Sie uns den näheren Sachverhalt erläutern?«

»Martha Tabram war ebenfalls eine ehemalige Bewohnerin des Frauenhauses«, gestand Christine.

Baxter sah sie prüfend an. »Madame Gillard, meinen Sie, dass dieser Zusammenhang ein Zufall ist?«

Damit traf er einen Nerv, der sie seit zwei Tagen so sehr plagte, dass er ihr nachts den Schlaf raubte. Sie durfte sich dieser Frage nicht charmant entziehen, wie sie es gelegentlich bei den Reporten zu tun pflegte. Mit vollem Bemühen versuchte sie, ihrer Stimme Klarheit zu geben: »Offen gestanden weiß ich das nicht, Euer Ehren.«

Unsicherheit. Wie Christine sie hasste. Sie senkte den Blick und ließ geschehen, wie ihre Aussage auf ewig festgehalten wurde.

Nach der Verhandlung brauchte Christine erst einmal wie viele andere Besucher einen Drink. Dafür musste sie nicht weit gehen. Das Queen Anne's Head befand sich auf der gegenüberliegenden Seite des Gerichts. Viele Leute, die Christine schon in der Verhandlung gesehen hatte, tummelten sich hier.

An der Bar bedauerte sie, gegen die großgewachsenen Herren keine Chance zu haben. Während sie von zwei Männern in dunklen Herbstmänteln beinahe erdrückt wurde, spürte sie plötzlich hinter sich einen Schatten im Nacken, und jemand riss sie unsanft am Ellenbogen zurück.

»Adrian!«, zischte sie, als sie den Störenfried erkannte. »Was willst du hier?«

»Was ich hier will? Dich von hier fortbringen, damit du dich nicht noch mehr zum Gespött machst.«

Empört wollte Christine etwas entgegnen, aber ihr Stiefsohn ließ ihr keine Gelegenheit. »Ein Skandal ist das, Christine. Wie konntest du dich nur zu dieser Aussage hinreißen lassen? Zuerst die Ungehörigkeit, dass du überhaupt ein solches Haus führst, aber dann auch noch eingestehen, dass darin gemordet wird? Du hättest jemand anderen schicken sollen.«

»Und mich verstecken und die Tatsachen verschleiern?«, fragte sie aufgebracht und riss sich los. »Bedaure, aber das entspricht nicht meinem Esprit.«

Adrian mäßigte seinen Tonfall, nicht aber seinen Zorn. »Ich sagte dir mehrmals deutlich, dass du das Haus aufgeben sollst. Nun ist dein Name beschmutzt. Nicht nur deiner, sondern auch der meines Vaters. Warum bist du nur so stur?«

»Weil es eine ernste Angelegenheit ist. Und ich verbitte mir, dass du so mit mir sprichst.«

»Das reicht. Du kommst mit mir mit. Und wage es nicht, eine Szene zu machen!« Seine Stimme glich dem Knurren eines Wolfes, doch seiner Haltung war nichts anzumerken. Er schnappte Christines Arm erneut und lächelte, als seien sie vertraut miteinander.

Doch jemand stellte sich vor sie. »Gibt es ein Problem?« Pike sah die beiden ernst an, sein Blick verriet tiefe Entschlossenheit, sich nicht abwimmeln zu lassen.

Schnell fasste sich Christine. Sie konnte von Adrian halten, was sie wollte, aber einen Streit durfte sie hier auf keinen Fall vom Zaun brechen. Charmant und selbstbewusst lächelte sie. »Ganz und gar nicht, Inspector Pike. Mein Stiefsohn und ich haben nur kurz etwas Geschäftliches besprochen.« Kurz stellte sie die Herren einander vor, und notgedrungen reichten sie sich die Hände. »Leider muss er sich aber bereits verabschieden, da er fürchterlich eingespannt ist. Ich hingegen wollte mir gerade einen Drink genehmigen. Begleiten Sie mich?«

Erst später, als die Luft rein und Adrian fort war, flüsterte sie ein Dankeschön.

»Ist wirklich alles in Ordnung?«, hakte Pike nach.

»Sein Vater wäre von diesem Verhalten entsetzt«, murmelte Christine und formte die Lippen zu seinem Schmollmund. Aber das war ihre Baustelle, nicht Pikes, also folgte sie ihm ohne weitere Auslassungen zur Bar. »So sehen wir uns also wieder, Inspector.«

»Ich wünschte, der Umstand wäre weniger bedauerlich.« Der

Barkeeper, der Pike sofort entdeckte, fragte, was sie zu trinken wünschten.

»Schottischen Whisky«, bestellte Christine.

»Für mich dasselbe.«

Nachdem sie ihre Getränke erhalten hatten, platzierten sie sich an einem Stehtisch zu Füßen eines riesigen Wandgemäldes aus dem Rokoko.

Ihr Brustkorb litt noch immer unter dem seelischen Druck, und der Magen fühlte sich flau an. Whisky zu bestellen war vielleicht nicht die klügste Entscheidung gewesen. Sie würde die Hälfte stehen lassen müssen, wenn er ihr nicht zu Kopf steigen sollte.

Genauso wie sie Pike vor drei Wochen kennengelernt hatte, wirkte er höflich und aufmerksam, doch in seinem Blick fand sie dieselbe Befangenheit, die auch sie unruhig von einem Fuß auf den anderen treten ließ.

»Ich wusste nicht, dass Sie wieder eine Zeugin sein würden, und hätte Ihnen natürlich gerne persönlich geholfen. Dieses Chaos ist unentschuldbar«, sagte er. »Wie geht es Ihnen?«

»Schrecklich«, antwortete sie. »Der Schock sitzt noch tief in den Knochen. Im Frauenhaus ist die Stimmung sehr getrübt. Und Ihnen?«

»Ich bin Ihr Leidensgenosse.«

»Dann leiden wir wenigstens in guter Gesellschaft.«

Es hätte witzig sein sollen, aber der Schuss ging nach hinten los. Beide schienen sich an den letzten Abschied zu erinnern, an Pikes Gesellschaft, die Christine abgewiesen hatte. Und so lachten sie nicht, sondern schwiegen verlegen.

»Sie haben mir gefehlt«, begann er plötzlich. Die Härte in seinen Zügen war verschwunden, und die Augen wirkten sanft und verloren, als flehten sie um erwiderte Liebe.

Christines Atem stockte. Sein Blick machte sie noch ganz schwach! Schnell nahm sie einen großen Schluck, setzte eine geschäftliche Miene auf und ignorierte seine Worte. »Wie gedenken Sie denn, in diesem Ermittlungschaos wieder Ordnung zu schaffen?«

Er zuckte zusammen, ehe er seinen Rücken durchdrückte und sich räusperte. »Das müssen Sie ehrlich gesagt ihren Freund Charlie fragen. Er ist zurzeit so undurchsichtig wie die Themse bei Nacht.«

Die Gerüchte um den Freund ihres verstorbenen Mannes waren Christine nicht entgangen, und sie kannte Warren auch gut genug, um ihnen Glauben zu schenken. Der Ruf des achtundvierzigjährigen Polizeichefs galt als durchwachsen. Sein Lebenslauf entsprach dem eines reichen Weltenbummlers, der voller Elan zu viele Dinge auf einmal durchprobierte, sich schnell langweilte und schließlich nur halbherzig bei der Sache war. Archäologe in Palästina, Oberstleutnant in Südafrika, Kommandant im Sudan, nebenbei Commissioner in London und stets um einen Platz als unabhängiger Liberaler im House of Commons bemüht, stellte er für viele seiner Zeitgenossen ein Rätsel dar. Obwohl er wegen den Morden unter Druck stehen sollte, verzettelte er sich lieber in unwichtige Details. Sein Temperament ließ ihn gern zum Opfer von Intrigen werden und war eines der Lieblingsthemen der Presse. Am meisten umstritten war jedoch seine Unterstützung von Bürgerwehren. Das selbst ernannte »Vigilance Committee« bestand aus siebzig Anwohnern, von denen jede Nacht ein Dutzend durch die ganz üblen Straßen von Whitechapel patrouillierten, damit sich die Menschen sicherer fühlten. Ihr Vorsteher, Thomas Hancock Nunn, spielte sich so zum Kontrahenten der Polizei auf, der sich nicht scheute, öffentlich mit Selbstjustiz zu drohen, sollten sie den Mörder vor der Polizei finden. Weil Warren sie dennoch gewähren ließ, wurde darüber getuschelt, er sei mit der Koordinierung der vierzehntausend Polizisten, die ihm unterstanden, überfordert – und er würde ihnen nicht vertrauen.

Christine seufzte. »Das sind keine guten Aussichten. Und der Mörder lacht sich ins Fäustchen.«

Sie sahen einander so verstehend an, dass es schmerzte. Stimmte es, dass sie Seelenverwandte waren, wie Pike es gesagt hatte? War dies der Grund, warum sie ihn seither nicht hatte vergessen können und mit sich selbst über ihre widersprüchlichen Empfindungen stritt? Was würde Henry bloß denken, wenn er wüsste, dass sie nur drei Monate nach seinem Tod für einen anderen Mann Gefühle hegte?

Überhaupt war da noch eine ganz andere Sache, die sie weitaus mehr beschäftigte; die Morde und in welchem Zusammenhang sie mit dem Frauenhaus standen. Von all diesen Gedanken erneut übermannt, ergriff sie Pikes Armbeuge. »Vorhin bei der Anhörung fühlte ich mich ganz ohnmächtig. Was denken Sie bezüglich Baxters Frage? Ist es ein Zufall, dass dieses arme Geschöpf ebenfalls aus meinem Frauenhaus stammte, so wie Mrs. Tabram?«

»Uns allen werden unangenehme Fragen gestellt in dieser schweren Zeit, Madame. Und ich finde, dass diese durchaus ihre Berechtigung hatte«, sagte er sanft. »Aber ich muss mich Ihrer Antwort anschließen. Ich weiß es nicht. Wir werden in diese Richtung ermitteln müssen.«

»Selbstverständlich.« Beklommen ließ sie seinen Arm los. Wenn Adrian davon hörte, würde er ihr noch mehr Druck machen.

Im nächsten Augenblick starrte Pike an ihr vorbei, als habe er gerade eine unheimliche Erscheinung erspäht. Eilig machte er einen Schritt zur Seite und schirmte sich von der Versammlung ab.

»Verzeihen Sie, aber befinden wir uns auf der Flucht?«, fragte Christine ihn.

»Wenn es nur so wäre. Meine Ex-Frau ist hier. Mit ihrem Verlobten.«

Unauffällig blickte Christine in die Richtung, zu der er deutete. Sie entdeckte eine junge Frau in einem cremefarbenen Kleid mit dunklen Locken und vollen Lippen, die Christine vor Neid erblassen ließen. Und sie erkannte ihren Verlobten. »Aber das ist ja Herbert Breckinstone«, flüsterte sie.

»Sie kennen ihn?«, fragte Pike angespannt.

Christine nickte, ohne den Blick von Herbert zu wenden. »Ein Neureicher, der in eine Eisenader investiert. Mein Mann hat ihn ein paarmal bezüglich seiner Geschäfte beraten.«

»Mein Gott, Sie kennen ganz London.«

Sie musterte Pike, der plötzlich wie ein Schuljunge dastand, der sich davor fürchtete, zum Rektor zitiert zu werden. »Warum bringt Sie ihre Anwesenheit aus der Fassung? Sie sagten doch, dass Sie sich Ihrer Frau entfremdet haben.«

Peinlich berührt rieb sich Pike den Nacken. »Offensichtlich doch nicht so sehr entfremdet, wie ich dachte. Sie ... sie war ...« Er winkte ab. »Nicht so wichtig.«

»Sie meinen, sie war bei Ihnen und es ist zu einer Intimität gekommen?«, fragte Christine schockiert über ihre eigene Neugier, sodass sie augenblicklich die Hand auf den Mund schlug.

»Grundgütiger, an Ihnen ist eine Ermittlerin verloren gegangen.« Zu spät schien er zu bemerken, dass er mit seiner Reaktion zu viel verraten hatte – und kapitulierte. »Ich meine, wieso tut man so was? Ist das die übliche Weise, um den Ex-Mann über eine Schwangerschaft und Wiederheirat zu unterrichten?« Er senkte den Blick und starrte auf seine polierten Schuhspitzen.

»Ist das denn die übliche Vorgehensweise, wenn man jemand anderen vermisst?«, fragte sie stattdessen. Sofort schalt sie sich ein Zankweib. War sie tatsächlich gekränkt? Sie war es doch gewesen, die Pike zurückgewiesen hatte.

Weil ihr ihre eigene Konfrontation peinlich war, wandte sie den Blick ebenfalls ab, doch Pike suchte nach ihm, beugte sich zu ihr vor und fing ihn wieder ein. »Sie machen mir Angst, Madame. An Ihnen ist etwas, das mich dazu verleitet, mich dauernd in Verlegenheit zu bringen und Ihnen meine Seele zu offenbaren.« Dieses Mal war er es, der ihren Arm ergriff. »Ich muss es einfach wissen. Geht es nur mir so?«

Sie sah ihn lange an und spürte die Wärme seiner Hand um ihren Arm. Innerlich rang sie fürchterlich mit sich selbst. Sie wollte ihm die Wahrheit sagen. Dass sie Angst hatte. Wahnsinnige Angst. Vor diesem Mörder, vor Adrian, vor sich selbst und ihren Gefühlen.

»Christine!«

Der Griff löste sich, und sie wirbelte herum. Vor ihr stand

Herbert mit seiner Verlobten, und Christine fühlte sich ertappt. Nur eine Sekunde später fand sie wieder in ihre Rolle hinein und reichte ihrem Bekannten die Hand.

»Herbie, welch Überraschung. Was führt Sie denn hierher, mein Lieber?«

»Die Familie, wie ich mir sagen ließ.« Er küsste ihren Handrücken und zeigte auf seine Begleitung. »Darf ich Ihnen meine reizende, baldig Angetraute vorstellen? Das ist Judith.«

Pikes Ex-Frau musterte sie mit einem resoluten, kühnen Blick und scharfen Augen, dann lächelte sie und reichte ihr flüchtig die Hand. »Freut mich, Madame. Und was für ein Zufall, Sie scheinen mit meinem Ex-Mann bekannt zu sein.«

»Sie sind also der berüchtigte Inspector. Der Vater des kleinen Eddie. Ein reizender Knabe«, begann Herbert. »Meine Verlobte erzählte mir schon viel von Ihnen.«

»Ich hoffe, nur Gutes«, antwortete Pike gepresst.

»Zweifelsohne eine Frage der Interpretation«, gab Herbert frostig zurück. Wie ein Jagdhund, dessen Innehalten einzig dem Warte-Befehl seines Herrchens zuzuschreiben war, fixierte er Pike und reichte ihm schließlich ebenfalls die Hand.

Der Inspector erwiderte die Begrüßung höchst angespannt, aber passabel.

»Diese Morde sind ja fürchterlich«, fuhr Herbert fort. »Und Sie müssen sich mit diesem grausigen Werk auch noch befassen? Das stellte ich mir undankbar vor.«

»Wenn ich Dankbarkeit erhalten wollen würde, hätte ich mir einen anderen Beruf ausgesucht«, antwortete Pike. Er sagte es nicht unfreundlich, aber Christine spürte, wie sehr er mit seiner Beherrschung zu kämpfen hatte. »Sie erwähnten meinen Sohn. Wann kann ich ihn sehen?«

Daher also die Anspannung! Wie erniedrigend es für einen liebenden Vater sein musste, um sein Kind zu betteln. Ein Gefühl, das Christine besser nachempfinden konnte, als sie dachte.

»Am Mittwoch wird er ankommen. Bestimmt können Sie sich dann bald für ihn freinehmen. Kommen Sie uns ungeniert besuchen. Nicht, dass der kleine Eddie seinen eigenen Vater nicht mehr wiedererkennt. Das wäre schade.«

»Das, denke ich, wird nicht so schnell passieren«, gab Pike grimmig zurück. »Dennoch vielen Dank für die Einladung.«

Er ist geschickt, dachte Christine.

»Da fällt mir ein, dass wir ohnehin gedenken, nächstes Wochenende eine Festivität bei uns abzuhalten«, fuhr Herbert fort.

Sie wollten als Unverheiratete doch nicht die Schwangerschaft, von der Pike soeben erzählt hatte, verkünden? »Gibt es denn neben der Verlobung einen weiteren Grund zum Feiern?«

»Den gibt es. Ich expandiere. Gerade weil ich mir mein Marktwissen bei Henry angeeignet habe, wäre es besonders nett, Sie würden kommen, Christine.«

»Ich werde es meinen Assistenten wissen lassen, dass er die Termine überprüfen soll«, antwortete Christine mit einem charmanten Lächeln.

»Die Freude wäre wirklich außerordentlich.«

»Bestimmt.«

Während Herbert bereits weiterplauderte, spürte sie Judiths Katzenaugen auf sich. Sie hatte kaum ein Wort gesprochen, aber alles scharf beobachtet. Ob sie wohl ahnte, dass Christine über sie und Pike Bescheid wusste?

»Nun müssen wir aber dringend weiter. Wenn Sie uns bitte entschuldigen«, verabschiedete sich Herbert. Er tippte an seinen Hut und reichte Judith den Arm. Auch sie verabschiedete sich, nicht ohne sowohl Pike als auch Christine einen wissenden Blick zu schenken.

»Ich werde es meinen Assistenten wissen lassen, dass er die Termine überprüfen soll?«, äffte Pike Christine nach, sobald das Paar außer Hörweite war. Natürlich hatte er sie ertappt. »Was für Termine haben Sie denn sonst an einem Sonnabend, die ihr Assistent besser weiß als Sie?« Die Frage war unangebracht, aber sie sah ihn schmunzeln.

»Ich hatte nur nicht vor, in ein Wespennest zu stechen. Es schien mir, dass gewisse ... Spannungen vorliegen.«

»Wie kommen Sie denn darauf?«, fragte er in gespielter Überraschung.

Sie lächelten sich an. »Nun ja, es hätte ja sein können, dass Sie mich dort nicht dabeihaben wollen. Solche Familienangelegenheiten können sich als sehr ermüdend erweisen.«

»Tut mir leid, Madame. Aber bei der Polizei pflegen wir zu sagen: Mitgegangen, mitgefangen, mitgehangen.«

19. Kapitel

London, September 1888

Unter dem Fenster, welches Rosalie aufgeschoben hatte, presste sich ein kleiner Windstoß hindurch, wie ein flüsterndes Heulen. Rosalie fröstelte und schlang ihre Strickjacke enger um sich. Obwohl sich der Sommer erst in drei Wochen dem Ende zuneigte, hallten bereits jetzt die Rufe des Kohlenmannes durch die Straßen. Erste Herbstblätter flogen im Wind und kratzten nach ihrer Landung am Boden entlang. Nun, da einige Haushalte zumindest abends wieder heizten und die Tage kürzer wurden, betrat auch der Nebel wieder seine gewohnte Bühne und hüllte alles in ein graues Nichts.

Aber Rosalie fror nicht, weil ihr kalt war, denn eine wohlige Wärme strömte durch das Renfield Eden. Nebenan war das Geklapper der Webstühle zu hören, genauso wie das vertraute Klirren von Geschirr aus der Küche, wo einige Frauen gerade den Abwasch tätigten. Im Flur hörte sie das Herumspringen und Lachen der Kinder. Peter hatte feste Freunde gefunden und tollte mit ihnen herum.

Doch das Lachen der Kinder wirkte gedrückt, so als wüssten sie von den Sorgen ihrer Mütter, ohne sie genauer zu verstehen. Auch war das fröhliche Geschnatter in der Küche unsicherem Getuschel gewichen, und wo in der Nähstube sonst immer eine Frau ihren Stuhl auf den Tisch stellen durfte, um allen aus der Zeitung vorzulesen, wurde aus Angst davor, was in den Nachrichten stehen könnte, die Stille bevorzugt.

Rosalie wischte ihre stummen Tränen weg, wandte sich vom Fenster ab und blickte in eines der offenen Zimmer. Eine Bewohnerin mit eingefallenen Wangen und tiefen Furchen im Gesicht saß auf ihrem Bett und faltete ihre Wäsche zusammen. Unter dem Bettgestell befand sich ein Mehlsack, der verdächtig klirrte, als sie mit ihrem Fuß aus Versehen dagegen stieß. Sofort horchte die Bewohnerin auf und starrte zu Rosalie herüber, als wolle sie sichergehen, dass sie es nicht bemerkt hatte.

Nevis kam mit seiner Mappe durch den Gang gehuscht und blieb bei Rosalie stehen. »Hast du Madame gesehen?« Erst jetzt bemerkte er ihr verquollenes Gesicht. »Rosie, Liebes. Was plagt dich?« Er legte die Mappe auf die Fensterbank und bettete ihren Kopf zwischen seinen Händen.

Sie zuckte durch die Berührung zusammen, ließ sie aber geschehen. »Ich habe Angst. Die erste Frau kannte ich ja nicht, aber Polly...«

»Schsch«, machte er und nahm sie in die Arme. »Du brauchst dich nicht zu fürchten. Du und dein Junge, ihr seid in sicheren Händen.«

Ein eiskalter Schauer durchfuhr sie. »Ist dem wirklich so?«

»Dafür sorge ich«, versicherte er und gab ihr einen Kuss auf die Stirn. »Vertrau mir.«

Rosalie erwiderte nichts mehr. Was ihr auf der Zunge lag, wagte sie nicht auszusprechen. Nicht, solange sie nicht wusste, ob sie sich jemandem anvertrauen sollte.

Die Klinge lag auf dem Beistelltisch neben ihm, bereit für den Einsatz. Nach einem wachsamen Blick ergriff er sie und führte sie an die Haut. Erst gestern Abend hatte er sie frisch geschliffen, nun war sie rasiermesserscharf. Das Geräusch, wie sie an der Haut entlangschabte, verursachte ein kaltes Prickeln in seinem Nacken. Er zitterte vor Nervosität und verstärkte seinen Griff. Die Klinge stieß auf mehr Widerstand, als er erwartet hatte, und bedurfte einer ruhigen Hand. Tief atmete er durch und verstärkte den Druck.

Da passierte es. Er glitt ab, und sofort spritzte Blut auf sein frisches Hemd.

Pike fluchte und drückte sein Handtuch auf den Schnitt.

Warum musste er sich ausgerechnet heute beim Rasieren schneiden? Zum Glück war der Schnitt nicht tief, und Pike konnte seine Rasur ohne weitere Zwischenfälle beenden.

Danach betrachtete er sein Spiegelbild und seufzte. Die Überstunden der letzten Tage machten sich bemerkbar. Solche Augenringe hatte er zuletzt bei Eddies Geburt gehabt, als Judith mehr als zwanzig Stunden in den Wehen gelegen hatte und ihm der Zutritt zu ihr verwehrt blieb.

Heute war sein erster freier Tag seit zehn Tagen. In der Leman Street warteten Verdächtige im zweistelligen Bereich auf ihre Verhöre, und sie alle mussten nicht nur überprüft und später wieder freigelassen, sondern auch vom Mob beschützt und deshalb eskortiert werden.

Dann stand er seit Kurzem auch noch unter einem neuen Vorgesetzten. Frederick Abberline war aus Scotland Yard in die Leman Street gesandt worden. Dort hatte er selbst vor vielen Jahren seine Karriere als niedriger Sergeant begonnen, weshalb Warren ihn für besonders geeignet hielt. Nun war er als leitender Ermittler für die Morde an den beiden Frauen zuständig und führte das Kommando im Präsidium.

Abberline nahm sich seiner Aufgabe sehr verbissen an. Er ermittelte in jede Richtung und drehte jeden noch so kleinen Stein um. Seine Arbeitshaltung duldete keine Fehler und keine Schlampigkeit. Es war genau das, was die Polizei nun brauchte, denn vom wahren Mörder fehlte nach wie vor jede Spur.

Aber jetzt keine weiteren Gedanken mehr an die Arbeit, ermahnte er sich. Heute durfte er sein Privatleben pflegen. Und darum war Pike auch so zappelig, denn diesen besonderen Tag würde er mit dem wichtigsten Menschen in seinem Leben verbringen.

Als er in Mayfair vor einem der hohen, roten Reihenhäuser eintraf, stand Judith bereits mit verschränkten Armen in der offenen Eingangstür und lehnte sich gegen den Rahmen.

»Das wird also dein neues Zuhause?« Er staunte nicht schlecht über ihren sozialen Aufstieg.

Sie nickte. »Morgen Abend können wir eine Hausbesichtigung machen, wenn du magst.«

Ehe er etwas erwidern konnte, schoss ein kleiner, kastanienbrauner Lockenschopf hinter ihr vorbei und stürmte ihm entgegen.

»Papa!«

Sofort ging Pike in die Hocke und ließ Eddie mit voller Wucht in seine Arme rennen. Eddie schmiegte sich fest an ihn.

Der lang verdrängte Schmerz, ihn nur noch so selten zu sehen, kam ohne Gnade und gleichzeitig mit der Freude, seinen kleinen Jungen endlich in den Armen zu halten.

Judith kam zu ihm nach vorn und gab Eddie einen Kuss auf die Wange. »Hab einen schönen Tag mit deinem Vater, mein Schatz. Ich bin gespannt, was du mir heute Abend alles zu erzählen hast.«

Eddie ließ seinen Blick freudestrahlend zwischen seine Eltern hin und her schweifen und gab Pike die Hand.

»Hast du denn einen Vorschlag, was wir heute unternehmen wollen?«, fragte Pike seinen Sohn.

Der Fünfjährige grinste. »Zug fahren!«

»Zug fahren, wirklich?«, fragte er in übertriebenem Erstaunen. »Aber du bist doch gerade erst ganz lange Zug gefahren.«

»Ja, aber ich liiiebe Züge«, antwortete Eddie.

»Und was noch?«

»Hmm, Schiffe!«

»Schiffe und Züge also?«, Pike tat so, als würde er schwer nachdenken. »Dann habe ich eine Idee. Wir fahren mit dem Zug zu den Docks und gehen dort die Schiffe angucken. Und wenn du brav bist, dann fahren wir vielleicht sogar auf einem umher und essen ein Eis. Was meinst du?«

»Jaaa!«

Lachend zerwühlte Pike seinem Sohn das Haar und ging mit ihm fort.

Judith blieb noch eine ganze Weile im Türrahmen stehen und beobachtete die beiden, bis sie um eine Straßenecke bogen und aus ihrem Sichtfeld verschwanden.

Hinter ihr ertönten Herberts Schritte. »Du bist zu spät«, sagte sie ungnädig. »Jetzt hast du ihn verpasst.«

»Und das soll etwas Bedauerliches sein?« Ohne auf eine Antwort zu warten, umarmte er sie von hinten und legte die Hände auf ihre minimale Bauchwölbung. So blickten sie gemeinsam in die Ferne.

»Hast du es ihm jetzt endlich gesagt?«, fragte er.

Sie seufzte bloß und schüttelte den Kopf. »Ich habe noch nicht den passenden Moment gefunden.«

»Nun, früher oder später muss er es erfahren.«

»Gewiss«, pflichtete sie bei. »Und mir graut jetzt schon davor. Er hat ja nicht die geringste Ahnung.«

20. Kapitel

London, September 1888

»Nein, nicht! Lasst mich los, lasst mich sofort los! Ich will zu meinen Kindern!« Annie Chapman zitterte am ganzen Leib und schlug um sich wie eine Furie. Ihre Augen waren nur zur Hälfte geöffnet und fürchterlich geschwollen.

Rosalie und zwei weitere Frauen versuchten sie festzuhalten, was nur schwer gelang. »Annie, beruhige dich«, redete Rosalie auf sie ein, ehe Annie gegen ihr Gesicht schlug und ihr ein Haarbüschel vom Kopf riss.

Ein Schmerzensschrei entwich ihrer Kehle, doch Annie merkte es gar nicht und sackte zusammen. Wie ein büßender Sünder kniete sie und warf ihren Kopf wild umher, während die anderen sie festhielten. Ihr Gesicht verzerrte sich. »Wo sind meine Töchter? Wo ist mein kleiner John?« Gerötete Flecken und Pusteln krochen von ihrer Brust hinauf über den Hals und bis in das Gesicht. Sie schlotterte und würgte, als drohe sie zu ersticken.

So etwas hatte Rosalie noch nie gesehen. Sie versuchte Annies Hände festzuhalten, die ihr jedes Mal aufs Neue wie glitschige Fische entglitten.

Eine vierte Frau erschien und starrte eine Weile teilnahmslos zu ihnen. Es war Long Liz, eine schwedische Hünin und ehemalige Prostituierte mit schwarzen, hochgesteckten Locken und einem grün karierten Wollkleid. »Das sind die Entzugserscheinungen. Ihr Kreislauf kollabiert«, sagte sie mit einer bemerkenswerten Ruhe.

Diese Beherrschung konnte Rosalie nicht aufbringen. »Heißt das, sie stirbt?« fragte sie panisch.

Liz nickte. »Schon möglich.« Sie gesellte sich zu ihnen und klemmte Annies Kopf in ihre Armbeuge.

Abermals sprach Rosalie beruhigend auf Annie ein.

»Mit Worten kannst du da nichts mehr bewirken«, brummte Liz. Mit einem bedeutungsvollen Blick griff sie unter ihr Mieder und nahm einen Flachmann hervor.

Wortlos beobachtete Rosalie, wie Liz ihn öffnete. Der scharfe Geruch brannte ihr sofort in den Augen, dann rammte Liz die Öffnung in Annies Mund und stellte die Flasche kopfüber. Als ob es sich nicht um Schnaps, sondern um Medizin handelte.

Das Um-sich-Schlagen hörte sofort auf. Annie trank gierig, bis zum letzten Tropfen, und hustete anschließend heftig. »Ist ja gut, Annie«, flüsterte Liz. Tatsächlich beruhigte sich Annie allmählich und schloss die Augen.

»Wir bringen sie ins Bett«, kündigte Liz an. Sie steckte ihren Flachmann wieder ein, und zu viert hievten sie Annie hoch und brachten sie in ihr Zimmer. Dort streichelte Liz ihre Wange. »Schlaf etwas, liebe Annie«, sagte sie zu ihr, ehe sie sich wieder den Frauen zuwandte. Niemand wagte zu sprechen, die meisten sahen zu Boden, während die wachsamen Augen der Schwedin über sie streiften. »Kein Wort zu jemandem. Ist das klar?« Sie wartete, bis die Frauen sich mit einem stummen Nicken verbrüderten. »Geht zurück in eure Betten. Es ist noch viel zu früh fürs Tagewerk.«

Erst jetzt, da Annie ruhiggestellt war und sich auch Rosalie allmählich vom Schreck erholte, spürte sie, wie müde sie war. Annies Geschrei hatte sie alle aus dem Schlaf gerissen, und es dämmerte noch nicht einmal. Doch als Rosalie nach den anderen Helferinnen den Flur betrat und in ihr Zimmer gehen wollte, ergriff Liz plötzlich ihren Arm.

»Überleg es dir gut, mich anzuschwärzen.«

Verächtlich blickte Rosalie auf die Hand in ihrer Armbeuge. Auch sie beherrschte dieses Spiel und plusterte sich auf, sodass der Griff sich löste. »Und warum sollte ich nicht? Deinetwegen sind all ihre Fortschritte dahin.«

»Fortschritte«, wiederholte Liz kopfschüttelnd. »Fortschritte für wen? Für sie oder das Frauenhaus? Hast du gesehen, wie krank sie ist? Lange macht sie's nicht mehr. Aber jetzt lebt Annie noch. Wozu sie für ihre letzten Monate quälen? Du wirst einsehen, dass Frieden wichtiger ist, als trocken zu sein.« Sie hielt inne und tat einen schweren Seufzer.

»Ich weiß, dass du zu Madames Favoriten gehörst und dass du hier nicht nur bloß herumsitzen, sondern helfen willst. Aber ich sag' dir jetzt eines: Du denkst, du hast nach zwei, drei Jahren in der Gosse alles gesehen. Aber in Wirklichkeit weißt du gar nichts. Du bist gesund, dir ist nie etwas derart Schlimmes widerfahren, dass du nur noch die Wahl zwischen dem Strick und der Flasche hattest. Dein Kind lebt und ist gesund. Du hast zwar in der Dorset Street gelebt, aber hattest dein eigenes Bett und dein eigenes Zimmer. Du bist noch nie ausgeraubt und gegen deinen Willen gevögelt worden, hast noch nie die Beine für einen ungewaschenen Hund breitgemacht, um die Nacht im Trockenen zu verbringen. Dein hartverdientes Geld wurde dir noch nie von einem Schutzgelderpresser abgeknüpft, der dir mit dem Messer die Fingernägel wegschnippt, wenn du nicht folgsam bist. Du hast noch nicht auf der Straße gelebt, als die Cholera ausgebrochen ist und sich die Leute zu Tode kotzten und schissen, sodass du dem Trinkwasser nicht mehr trauen konntest. Wir schon. Wir überleben diesen Katzenjammer seit Jahrzehnten. Also halt die Klappe bei Angelegenheiten, die du nicht verstehst, und hüte deine Zunge davor, bei einer Frau von Rückschritt zu sprechen, die sich in solch schlechter körperlicher Verfassung befindet, dass sie das Zittern nicht überleben würde.«

Mit jedem Satz hatte Liz' Stimme an Schärfe zugenommen, bis sie wie ein Messer durch Rosalie hindurchschnitt. Rosalie fühlte sich fürchterlich vor den Kopf gestoßen. Obwohl sie doch nur Gutes bewirken wollte, fühlte sie sich wie eine Täterin. Tränen sammelten sich in ihren Augen. Noch immer brannte die Stelle, wo Annie ihr so viele Haare ausgerissen hatte, aber es war nichts im Vergleich zum Schmerz der Handlungsohnmacht. »Dann hilf mir, es zu verstehen, Liz. Ich will nicht länger tatenlos zusehen.«

Liz schüttelte den Kopf, doch ihre Gesichtszüge wurden allmählich milder. »Du willst Annie verstehen? Was meinst du, warum sie mit dem Trinken begonnen hat?«

»Um zu vergessen?«

»Und was?« Liz wartete die Antwort nicht ab, sondern legte die Karten gleich auf den Tisch. »Um zu vergessen, dass sie einst eine Frau aus Madames Kreisen war.«

»Was?«, stieß Rosalie hervor. »Aber wie ist das möglich?«

»Man muss nicht unbedingt in der Gosse geboren sein, das weißt du sicherlich. Bei Annie begann alles damit, dass ihre älteste Tochter, die sie über alles liebte, an einer Gehirnhautentzündung starb. Dann ertrank ihr Sohn im knietiefen Teich seiner Großeltern. Er konnte zwar gerettet werden, aber sein Körper und Geist sind nicht mehr dieselben wie davor. Er ist nun ein Stumpfsinniger, kann nicht mehr sprechen, nicht mehr ohne Hilfe essen oder scheißen. Der lebt jetzt in einer Anstalt.«

Sie gab Rosalie keine Gelegenheit, ihre tief empfundene Anteilnahme zu bekunden. »Aber das war erst der Anfang. Annie gab ihr ganzes Vermögen für seine Therapie aus – ihr Mann war dagegen, er meinte, es würde sowieso nichts nützen. Sie lud die besten Ärzte vor, in der Hoffnung, man könne den Jungen heilen. Doch letztlich brachte man ihn von ihr fort. In ihrer Trauer um ihre Tochter und der Hingabe für ihren Sohn versäumte sie die Aufsicht ihrer Jüngsten. Diese lief von zu Hause weg und reist seither mit einem Zirkus durch Frankreich. In nur einem Jahr verlor Annie ihre drei Kinder und ihren ganzen Lebenssinn. Daraufhin ging die Ehe kaputt.«

Rosalie fühlte sich vollkommen zerschlagen, so sehr setzte ihr die Geschichte zu. Sie sank an der Wand neben Annies Tür auf den Boden.

»Es geht noch weiter«, kündigte Liz an und setzte sich zu ihr. »Vor zwei Jahren starb auch ihr Mann. Doch weil sie zu diesem Zeitpunkt bereits unter einem schweren Alkoholproblem litt und sich nicht wehren konnte, wurde sie von seiner Familie von ihrem Erbe ausgeschlossen. Und so sank Annie immer weiter in die tie-

fen Abgründe des East Ends. Ich sag dir jetzt etwas, Rosalie. Der Alkohol kuriert nicht, er verdrängt. Und wenn er wegfällt, dann ist man wieder in seiner Vergangenheit gefangen. Dann steckt Annie wieder in der Zeit, in der sie ihre Kinder verlor.«
»Also trinkt sie weiter.«
»Das würde ich jedenfalls tun«, bemerkte Liz. »Ich würde trinken, bis ich keinen klaren Gedanken mehr fassen kann.«
»Woher weißt du das alles?«, fragte Rosalie.
Darauf konnte Liz nur lachen. Sie breitete ihre Arme aus und zog die Augenbrauen hoch. »Sieh mich doch an. Von uns trägt fast jede eine solche Geschichte mit sich mit. Die meisten hier sind Annies. Und hiermit wünsche ich Gute Nacht! Gehab dich wohl, du feine Rosalie.« Liz rappelte sich auf und entfernte sich mit großen Schritten.

Mit bebender Brust blieb Rosalie zurück. Nie wieder würde sie Annie mit den gleichen Augen sehen wie davor. Oh, was war sie nur für eine dumme Person! Sie schämte sich, weil sie Annie zu wenig respektiert hatte, und fühlte sich nach diesen Erkenntnissen für sie verantwortlich.

Noch immer saß sie neben ihrer Zimmertür, kein Geräusch drang nach draußen. Sie stand auf und klopfte vorsichtig an. »Annie, darf ich reinkommen?«

Keine Antwort.

Kurzerhand öffnete sie die Tür. Der Lichtstrahl aus dem Flur vergrößerte sich, bis er auf Annies Bett stehen blieb. Doch es war leer, und das Fenster stand offen.

»Annie!«, kreischte Rosalie. Sie wirbelte durch den Raum und starrte aus dem Fenster. Es führte gut drei Yards in die Tiefe, aber unten befand sich niemand.

Sofort rannte Rosalie zurück durch den Raum, stürmte die Treppe hinunter und riss sich ihren Mantel von der Garderobe. »Annie ist weg«, rief sie immer wieder. Sie musste sie unbedingt wiederfinden. Nur einen Augenblick später stand Rosalie auf der Straße, und ihre Umrisse verschwanden im Nebel.

21. Kapitel

London, September 1888

Dezentes Klavierspiel erfüllte einen Salon, dem es an Prunk nicht mangelte. Hohe Räume galten zur kalten Jahreszeit als ungemütlich, weil es nie richtig warm wurde, doch bei Herbert Breckinstone hätte man selbst im Negligé nicht frieren müssen. Der Kronleuchter reflektierte das dämmrige Gaslicht unzähliger Lampen. Wie er schimmerten auch die Perlen und Diamanten der prächtig gekleideten Damen. Sie trugen aufwendig verarbeitete Spitze und Stickereien, Seide, Damast und Brokat. Dazu die reich dekorierten Hüte und Accessoires. Jede einzelne Aufmachung ein Meisterwerk für sich, wofür Schneider Hunderte von Arbeitsstunden investierten.

Im Kamin knisterte ein Feuer. Wer eine sensible Nase besaß, konnte schon das Rotkraut und das Wild zum Dinner riechen, und erahnen, dass man die Gäste bald zu Tisch bitten würde.

Hoffentlich nicht zu bald, dachte Christine, während sie an ihrem Champagnerglas nippte und höflich-kühle Konversationen mit anderen Gästen betrieb. Sie hielt Ausschau nach dem Inspector, aber er war noch nicht da.

Im Hintergrund klirrten Kristallgläser, als einige Gäste Herbert zu seiner Geschäftserweiterung gratulierten. Auch Christine hatte bereits erfüllt, was man von ihr erwartete, und mit reichlich Lobgesang aufgewartet. Solche Anlässe waren für sie nichts Neues. Sie hatte sie schon zu Tausenden besucht und war der Feierlichkeit überdrüssig geworden. Seit Henrys Tod erfüllten sie solche Festivitäten nicht mehr. Die Dekadenz stieß sie ab, die Oberflächlichkeit ermüdete sie. Eine Zeit lang war Christine gern diesen Weg mitgegangen. Es hatte sie erfüllt, Henry zu begleiten. Vielleicht würde sie eines Tages wieder Freude an solchen Abenden finden, doch jetzt fiel es ihr schwer, daran zu glauben.

Hatte die Trauer sie bodenständiger gemacht? Ihr Kummer sie ernst, ihre widersprüchlichen Gefühle sie zynisch werden lassen? Selbst Daisy wirkte gelangweilt. Sie hatte sich unter einen Biedermeiersessel verkrochen und beobachtete die Szenerie. Ihre Augen ruhten auf der Verlobten des Gastgebers.

Christine folgte ihrem Blick. An Herberts Arm gab Judith ein ausgezeichnetes Anhängsel ab, welches sich bestens in ihrer neuen Klasse eingelebt zu haben schien. Gerade redete sie mit einer Freundin über die bevorstehende Hochzeit. Sie kicherte, als ihre Freundin meinte, dass die Zeit ja offensichtlich drängte.

Christine war so elend zumute, dass sie sich schon eine Entschuldigung zurechtlegte, um nach Hause gehen zu können, als endlich Pike erschien.

Die Erleichterung ließen Müdigkeit und Verdruss augenblicklich verstummen. »Mitgegangen, mitgefangen, mitgehangen, sagten Sie bei der Anhörung. Und dann lassen Sie mich auf dem Schafott allein«, begrüßte sie ihn.

»Sie sehen diesen Anlass als Hinrichtung? Dann sind Sie ja noch zynischer als ich«, antwortete er mit einem Lächeln, welches Christine wie eine Spieluhr aufzog.

Judith, noch immer in bester Unterhaltung, lachte wegen irgendetwas Witzigem schallend auf, und Pike sah Christine leidend an. »Ist es die ganze Zeit schon so ... amüsant hier?«

»In der Tat.«

Bald darauf wurde zum Essen gerufen. An einem langen, prächtig gedeckten Tisch aus Kirschbaumholz nahmen die rund dreißig Gäste Platz. Wie Christine richtig vermutet hatte, gab es Wild mit Kartoffeln, lasierten Maronen, Rotkraut und gekochten Birnen. Dazu einen schweren Rotwein.

»Ein ausgezeichnetes Gericht, mein Schatz«, schwärmte Herbert am oberen Tischende.

»Das musst du nicht mir sagen, sondern der Köchin«, antwortete sie vergnügt.

»Neureiche«, flüsterte Christine in Pikes Ohr. »Sie sind ja so stolz auf ihr eigenes Personal, dass es zu keiner Gelegenheit unerwähnt bleiben darf.«

Für Pike musste es eine Zumutung sein, hier als einziges Mitglied der bürgerlichen Unterschicht zu sitzen, im Hause des neuen Mannes an Judiths Seite. Natürlich hatte Herbert das bewusst arrangiert. Ein Machtspiel, weil er wusste, dass Pike die Einladung nicht ablehnen konnte.

Als die Hausdiener in ihren schwarzen Livreen die ersten Teller abräumten und aus dem Speisesaal balancierten, öffnete sich plötzlich die Tür, und eine grau melierte Gouvernante betrat mit einem kleinen Jungen an der Hand den Raum. »Master Eddie wünscht Gute Nacht zu sagen.«

Der Junge ging zu seiner Mutter und seinem künftigen Stiefvater und verabschiedete sich von beiden. Danach wünschte er jedem einzelnen Gast einen schönen Abend. Die Leute waren entzückt. Christine sah Pike an, wie stolz er auf seinen Jungen war. Der Kleine war unverkennbar sein Kind. Er hatte Judiths braune Locken, aber Pikes braungrüne Augen. Wenn er lächelte, dann kniff er sie genauso zusammen wie sein Vater.

Als Eddie bei ihr ankam, schielte er sofort zu Daisy. »Du kannst sie ruhig streicheln. Sie ist an Kinder gewöhnt.«

»Haben Sie denn Kinder, Ma'am?«, fragte er.

»Nein, aber ich arbeite an einem Ort, an dem ganz viele Kinder wohnen«, antwortete sie. »Sie spielen manchmal mit ihr. Daisy ist gewissermaßen auch noch ein Kind. Siehst du, wie weich ihr Fell ist?«

Während Eddie den Hund streichelte, vernahm Christine, wie der eine oder andere Gast schnaubte, als er das Wort »Arbeit« aus dem Munde einer Frau vernommen hatte. Adrians verletzende Worte nach der Anhörung kamen ihr in den Sinn. So war wohl nicht nur Pike ein Außenseiter, sondern auch sie.

»Hast du noch einen Wunsch, Liebling?«, wollte seine Mutter wissen.

»Eine Gutenachtgeschichte wäre schön«, sagte er spontan.
»Das sollte sich einrichten lassen. Wer soll sie dir vorlesen?«
Eddie, der an Daisy sofort einen Narren gefressen hatte, ließ nicht lange auf eine Antwort warten. »Die Dame mit dem Hündchen!«
Perplex schaute Christine zwischen Eddie, Pike und Judith hin und her. »Wirklich?«, fragte sie Eddie. »Ich habe das noch nie gemacht.«
»Aber ja doch! Nehmen Sie das Hündchen mit, Ma'am?«
Fragend blickte Christine zu Judith, diese nickte, wenn auch wenig überzeugt. »Dann wünsche ich euch viel Vergnügen. Aber lass sie nachher wieder gehen, Eddie!«
Christine stand mit Daisy auf und folgte Eddie in sein Gastzimmer. Judith und er schliefen offenbar schon öfter hier, wenn auch in eigenen Räumlichkeiten. Solch einen Affront gegen die Konventionen leisteten sich auch nur Neureiche. Aber Christine lag es fern, sich darüber zu echauffieren. Wenigstens konnte sie so diesem ganzen Zirkus kurz entfliehen.
Auf Eddies Bett lag das Buch bereits aufgeschlagen.
»Er ist seit Wochen ganz vernarrt in *Alice im Wunderland*«, erklärte seine Gouvernante und zog sich zurück.
Während es sich Eddie in seinem Bett gemütlich machte und Daisy ihm sofort auf den Schoß sprang, setzte sich Christine auf den Bettrand und begann zu lesen.
»Das machen Sie falsch, Ma'am«, unterbrach Eddie sie sofort. Auf ihren fragenden Blick erklärte er: »Sie müssen die Stimmen verändern, wenn die Wesen sprechen.«
»So?«, fragte Christine und ahmte eine Stimme nach.
»Nein, die Grinsekatze hat eine viel tiefere Stimme. Wie Papa.«
»Warum denn wie Papa?«
»Na, weil er auch immer grinst, wenn wir uns sehen.«
»Also gut.« Sie versuchte, Pike nachzuahmen, und kam sich dabei gehörig albern vor. Eddie hingegen amüsierte sich köstlich. Doch dann wirkte er plötzlich bedrückt. »Ich hoffe nur, dass die Grinsekatze dann nicht traurig ist.«

»Warum sollte die Grinsekatze traurig sein?«

Er sah sie lange an. »Sind Sie eine Freundin von Papa?«

»Ich denke schon.« Christine errötete.

»Wissen Sie ...« Er kratze sich am Hinterkopf. Es schien, als würde er Teile der Komplexität des Menschen zwar spüren, aber noch nicht verstehen. »Mama heiratet Herbert. Wir sind dann eine richtige Familie. Das sagen sie immer. Sind wir das denn jetzt noch nicht?«

»Doch, gewiss seid ihr das. Es ist nur ...« Oje, wie sollte sie einem Kind die komplizierten Verhältnisse eines geschiedenen Elternpaars erklären?

»Ich weiß«, unterbrach Eddie sie überraschenderweise. »Erst wenn wir fort sind, sind wir eine richtige Familie. Passen Sie dann auf Papa auf, wenn es so weit ist?«

»Aber Eddie, du bist doch eben erst angekommen. Wohin soll es denn gehen?«

»Papa weiß es noch nicht.« Er führte den Zeigefinger vor den Mund. Dann erzählte er von seinem Geheimnis, und plötzlich fiel es Christine wie Schuppen von den Augen. Ihr Herz begann zu schmerzen. Warum tat Judith Pike das bloß an?

»Versprechen Sie, dass Sie ein bisschen auf Papa aufpassen?«

Tausend Dinge gingen ihr durch den Kopf. Aber damit wollte sie den Kleinen nicht belasten. Benommen nickte sie.

»Schwören Sie!«

»Auf was soll ich denn schwören?«, fragte sie.

»Auf Daisy.«

»Na schön.« Christine hob die Schwurhand und streichelte mit der anderen ihren Hund. Sie bewunderte Eddie für seine Resolutheit und Beherrschtheit. Ganz der Vater. »Jetzt ist aber Schlafenszeit.«

»Ja, Ma'am.«

Sie lächelte und deckte Eddie zu. Dann hob sie Daisy vom Bett und kehrte mit ihr zurück in den Speisesaal. Eine Riesenwut brannte in ihr, und sie musste sich mächtig beherrschen, Haltung zu bewahren.

»Wie war es?«, fragte Pike, als sie sich wieder neben ihn gesetzt hatte. Seine Augen glänzten. Er hatte ja wirklich keine Ahnung.

»Er ist bezaubernd«, sagte sie, während sich ihr vor Schmerz die Eingeweide zusammenzogen.

Ein Klirren erweckte ihre Aufmerksamkeit. Herbert war aufgestanden und hatte mit dem Messer gegen sein Glas getippt. Sein Kopf war gerötet vom vielen Alkohol. »Nun, da wir unser Kindermädchen zurückhaben«, er zwinkerte Christine zu, »lasst mich einen Toast aussprechen. Die meisten von hier kennen mich noch nicht sehr lange. Ich bin das, was man in der Geschäftswelt einen ›Selfmademan‹ nennt. Wenn sich Talent, Fleiß und Glück zum richtigen Zeitpunkt treffen, dann kann in diesem Land selbst der kleine Bauer zum Baron aufsteigen. In meinem Fall zum Eisenbaron. So jedenfalls nennt mich die Zeitung nun. Nicht wahr, Roger?« Er nickte dem Chefredakteur der Times zu. »Ich habe England viel zu verdanken. Und nun, auf die Zukunft.«

Die anderen wiederholten seine Parole und tranken.

Christine drehte ihr volles Glas im Uhrzeigersinn. »Verzeih mir, etwas ist mir nicht klar. Du sprachst von einer Geschäftserweiterung. Wie expandiert jemand, dem eine Eisenmine gehört?«

»Eine gute Frage! Nun ja, ich werde nicht mehr nur Eisen liefern, sondern auch in der Produktion mitwirken.«

»Doch in der Produktion wovon?«, fühlte sie ihm in gespielter Unwissenheit auf den Zahn.

»Eisenbahnlinien. Und wir werden direkt vor Ort sein, wenn sie verlegt werden. Nicht wahr, Judith?« Herbert strahlte.

Sie hingegen verkrampfte sich und setzte sich aufrecht hin.

Pike wurde hellhörig. »Wo wollen Sie in England noch Eisenbahnen anlegen? So viel ich weiß, ist Großbritannien ausgezeichnet ans Verkehrsnetz angeschlossen.«

»Das mag für Großbritannien vielleicht stimmen, aber das Reich unserer Königin und Kaiserin reicht noch sehr viel weiter«, erklärte Herbert.

»Von welchem Kaiserreich reden wir da?«, fragte Pike scharf.

Christine hielt die Luft an. Jetzt gab es kein Zurück mehr.

Herbert, der nicht mitbekommen hatte, wie er in die Falle tappte und wie Judith kreidebleich wurde, gab die Antwort: »Der indische Subkontinent.«

Pike war so abrupt aufgestanden, dass sein Stuhl umflog. »Ihr wandert nach Indien aus?«

Judith nickte beklommen. »Nach der Hochzeit. Ich wollte es dir sagen, wenn der richtige Augenblick ...«

»Der richtige Augenblick wofür? Um mir zu sagen, dass du mir meinen Sohn wegnimmst?«, unterbrach er sie.

Im Saal wurde es mucksmäuschenstill. Keiner traute sich, das Wort zu ergreifen, und die Damen fächelten sich Luft zu.

»Du ziehst doch nicht allen Ernstes in Erwägung, dass er in London bleibt? Er braucht seine Mutter, er braucht mich«, versuchte sich Judith zu erklären.

Pike schenkte ihr einen vernichtenden Blick, während ihre Augen darum flehten, er möge ihr jetzt hier, vor den feinen Leuten, keine Szene machen.

»Das müssen wir jetzt wirklich nicht hier besprechen, John«, begann Herbert. »Setzen Sie sich doch bitte wieder.«

Christine brauchte Pike nicht einmal anzusehen, um zu wissen, dass er dieser Aufforderung nicht nachkommen würde. »Was ist nur los, Judith? Ich kann nicht glauben, dass das wahr ist!« Er starrte sie nieder, dann wandte er sich ab. »Entschuldigt mich.« Ohne sich auch nur umzudrehen, verließ er den Saal.

»Was für ein ungehöriges Benehmen!«, tuschelten die Leute.

»Das kommt davon, wenn man sich zuerst auf den Falschen einlässt und dann den Scherbenhaufen wegräumen muss.«

»Ich sagte doch, diese Familie ist skandalös. Und mit ihr alle, die auf irgendeine Weise dazugehören«, ließ sich Christines Sitznachbarin vernehmen, wobei ihr violettes Federhütchen wippte.

»Ach behalten Sie Ihre Gedanken doch für sich«, zischte Christine ihr zu. Dann tupfte sie mit der Serviette den Mund sauber, murmelte eine Entschuldigung und eilte Pike hinterher.

Im Flur fand sie ihn. Er war gerade im Begriff, das Haus zu

verlassen. »Inspector, bitte warten Sie doch«, rief sie ihm zu. Erst als sie seinen Arm packte, drehte er sich zu ihr um.

»Bei allem Respekt, ich bin jetzt nicht für Ihre Späße zu haben, Madame. Sie wussten es, nicht wahr? Habe ich Ihnen irgendein Unrecht getan, dass Sie mich vor dieser ganzen Versammlung ins Messer laufen lassen und mich kränken?«

»Ich war nur Ihnen zuliebe da«, entgegnete sie verletzt. »Ich wollte Sie nicht blamieren.«

»Mag sein. Aber ich habe die Beherrschung verloren, und ich will nicht, dass Sie oder sonst jemand mich so sehen. Haben Sie einen schönen Abend.«

Mechanisch nickte sie. »Ich kann verstehen, dass ...«

»Nein, Sie verstehen es nicht. Sie haben keine Kinder. Herbert hat keine Kinder. Das geht nur Judith und mich etwas an.« Türknallend verließ er das Haus.

22. Kapitel

London, September 1888

War sie vorhin noch einigen Nachtschwärmern und Betrunkenen begegnet, die ihr unsittliche Angebote gemacht hatten, befand sich Rosalie jetzt zu später Stunde auf einer Nebenstraße, in der kein Leben zu existieren schien. Die Gaslaternen, die hier Licht spenden sollten, waren alle zerschlagen. Aus weiter Ferne hörte sie einige vereinzelte Droschken über das feuchte Pflaster klappern. Es war fünf Uhr morgens, die ersten Arbeiter hatten mit dem Tagewerk begonnen.

Vorhin hatte sie geglaubt, Annie in der Dämmerung erspäht zu haben, wie sie von der Brick Lane in die Hanbury Street taumelte. Rosalie schluckte, als sie vor dem zehn Yard langen Durchgang stand, der in die Hinterhöfe führte. Eine unheimliche Kälte ging von diesem Durchgang aus. Sie wusste zwar, dass der Weg dort weiterführen musste, aber sie blickte in ein schwarzes Loch. Der aufkommende Nebel verschluckte alle Geräusche.

Sie tastete sich die feuchten Wände entlang, die Finger froren. Vorsichtig stieg sie über Fässer, Holzkisten und Planen. »Annie, bist du hier?«, rief sie in die Finsternis. In der Ferne ertönte das Winseln einer Frau. Das klang nach Annie! Vorsichtig tat Rosalie einige Schritte vorwärts. Bei jedem Geräusch zuckte sie zusammen, drehte sich um. Das gelöste Haar flog ihr mit einem Windstoß in den Mund, und die Kälte kroch unter ihre Kleidung. Folgte ihr jemand? Nein, es schien niemand hier zu sein.

Sie schrie auf, als sie auf eine Ratte trat. Rosalie fasste sich ans Herz und atmete heftig. Als Rosalie sich wieder beruhigt hatte, horchte sie auf. Eine Tür öffnete sich, und ein Arbeiter ging an ihr vorbei. »Morgen, Ma'am«, sagte er und fragte teilnahmsvoll, ob ihr etwas zugestoßen sei.

»Nur eine Ratte. Es geht mir gut.« Der Mann zuckte mit den Schultern und beachtete sie nicht weiter. Bald saß er auf seinem Fuhrwerk und verschwand im Nebel. Diese alltägliche Begegnung nahm Rosalie die Angst. Das ist eine ganz gewöhnliche Gegend, in der Menschen leben, sagte sie zu sich. Kein Grund, Angst zu haben. Jetzt, als sie weiterging, konnte sie auch die Backsteine der nächsten Häuserfassade erkennen. Vor ihr wurde es hell, als sich eine weitere Haustür öffnete.

»Charlie, bring Wasser von der Pumpe«, befahl eine Mutter ihrem Kind. Der Junge balancierte ein Tragjoch auf seinen Schultern und verließ den Durchgang. Auch er verschwand bald wieder im Nebel. Nur die blechernen Eimer ratterten gegen die engen Hauswände.

»Mach nich so 'n Krach!«, schrie die Mutter hinterher. Sie stand in der Tür und wartete auf ihren Sohn, während Rosalie weiterging.

Annie saß im letzten Hinterhof mit dem Rücken an einem Baum gelehnt und weinte. Ihr Gesicht war ganz angeschwollen, die Haare zerzaust, und ihr Kleid hatte die Nässe des Nebels aufgesogen.

»Annie, Gott sei Dank, da bist du ja. Ich habe dich schon überall gesucht.« Rosalie hockte sich neben sie.

»Lass mich«, murmelte Annie. »Ich komm nich mehr zurück. Hat ja alles keinen Sinn.« Sie hustete und schüttelte sich. War das wegen der Kälte oder schon wieder wegen dem Entzug?

»Annie, hast du wieder getrunken?«, fragte Rosalie. Dann fühlte sie ihre Hand und erschrak. Eiskalt. Sie zitterte, weil sie fror.

»Stocknüchtern bin ich. Keinen Schluck mehr hab ich angerührt. Ich schwör's!«, antwortete sie. »Das Zeug macht mich kaputt.«

»Ja, ich weiß«, sagte Rosalie und seufzte verständnisvoll.

»Komm mit mir. Wir gehen zurück nach Hause. Hier holst du dir eine Erkältung.«

»Das hab ich ja ohnehin schon.« Die Pupillen ihrer Augen weiteten sich, als sie Rosalie anstarrte. »Ich bin alt und schwach und war sogar in der Krankenstube. Ich hab nich nur die Syph, sondern auch Tuberkulose und 'ne Gehirnhautentzündung. Genau wie meine Tochter. Gott sei ihrer Seele gnädig. Lang mach ich's nich mehr.«

»So was darfst du nicht sagen«, entgegnete Rosalie. »Daheim pflegen wir dich und sorgen dafür, dass du noch ein wenig unter uns weilst. Wir halten doch zusammen, nicht wahr?«

»Wirklich? Das hat die letzte Zeit nich so den Anschein gemacht. Ich weiß doch, dass du uns verurteilst. Denkst, dass wir schwach und schlecht sind, weil wir trinken.«

»Das ist wahr, so hab ich mal gedacht. Aber ich musste noch viel lernen. Jetzt hab ich meine Meinung geändert. Niemand von euch ist schwach oder schlecht. Euch hat das Schicksal so viel härter getroffen, dass ich mir nicht erklären kann, wie ein gerechter Gott so etwas zulässt.«

Annie schwieg.

Da ihre Worte nicht auf Gehör stießen, fuhr Rosalie härtere Geschütze auf. »Denk doch auch an deinen Sohn. Er hat nur noch dich. Und er liebt dich. Was sollen die Pflegeschwestern ihm sagen, wenn sie erfahren, dass seine Mutter erfroren ist, weil sie keine Kraft mehr hatte aufzustehen?«

»So kalt ist es gar nich«, murmelte Annie.

Die Bemerkung ignorierend schwieg Rosalie und betete, dass Annie zur Vernunft kam.

»Also gut«, sagte sie tatsächlich. »Für meinen Sohn komm ich wieder mit.« Sie streckte die Hand aus, damit Rosalie ihr hochhelfen konnte. »Danke«, flüsterte sie.

Rosalie lächelte sie an und griff der Geschwächten unter den Arm, um sie zu stützen. Aber da stöhnte Annie und verzog das Gesicht. »Meine Blase platzt. Muss echt dringend pissen.«

»Kann das nicht warten?« Rosalie ärgerte sich. Sie wollte endlich wieder ins Warme. »Wir sind nur ein paar Minuten von zu Hause entfernt.«

Aber da hatte Annie beim Lattenzaun bereits ein loses Holzbrett beiseitegeschoben, um den Innenhof des nachbarlichen Grundstücks zu betreten. »Dauert nur 'ne Sekunde. Bin gleich wieder da«, rief sie.

Fröstelnd zog Rosalie ihre Jacke enger und verschränkte die Arme. Drüben hörte sie Stimmen. Ein Anwohner musste Annie beim Pinkeln erwischt haben und schien nicht erfreut zu sein.

»Tut mir leid, Meister. Bin gleich wieder weg«, hörte sie Annie sagen. »He, Moment mal. Na hallo? Lassen Sie das!«

»Alles in Ordnung, Annie?«, rief Rosalie hinüber.

Doch als Antwort erhielt sie nur einen halb unterdrückten Schrei. Starr vor Schreck hörte Rosalie merkwürdig schmatzende Geräusche und wie dann etwas gegen den Lattenzaun knallte.

Eine eiskalte Erkenntnis nahm von ihr Besitz. Um nicht zu schreien, presste Rosalie beide Hände auf ihren Mund. Sie zitterte am ganzen Körper. Annie war verstummt. Rosalies Herz schlug dagegen so laut, dass es auch die Person hören musste, die im Garten nebenan gerade etwas Schreckliches getan hatte. Sie würgte und schluchzte gleichzeitig, während ihre Beine wie festgefroren waren und sie daran hinderten zu fliehen.

Dann bewegte sich etwas. Das lose Brett im Lattenzaun wurde beiseitegeschoben. Doch es war nicht Annie, die zurückkehrte, sondern ein langes, nahezu spinnenartiges Bein, gefolgt von einem schmalen, sportlichen Körper, der geduckt durch die Zaunöffnung glitt, ohne auch nur etwas zu berühren. Auf Rosalies Seite angekommen, richtete sich die Gestalt zu ihrer vollen Größe auf, und ein dunkler Schattenmann mit Zylinder sah ihr direkt in die Augen.

Bedrohlich näherte er sich ihr, einem Panther gleich, der wachsam nach seiner nächsten Beute Ausschau hielt und sie in ihr fand.

Rosalies Blick fiel auf ein enormes Messer. Es war voller Blut, welches wie ein dickflüssiger Himbeersirup in schweren Tropfen auf die Erde fiel.

Ohne sie zu beachten, nahm er ein Taschentuch hervor, rieb damit die Klinge sauber und ließ die Tatwaffe in seinem Mantel verschwinden.

Rosalie, die noch immer nicht wegrennen und erst recht nicht schreien konnte, kniff ihre Augen zusammen und stieß ein Stoßgebet in den Himmel. Er stand ihr nun so nahe, dass sie sein scharfes, metallisches Rasierwasser riechen konnte. Nach einem weiteren Schritt legte er seine Lippen direkt an ihr Ohr.

»Wir hatten eine Abmachung«, flüsterte er mit stählender Stimme. »Wag es noch einmal, mich zu hintergehen, dann schwöre ich dir, du bist die Nächste.«

23. Kapitel

London, September 1888

»Nun gehen Sie schon aus dem Weg. Es gibt Menschen, die ihre Arbeit tun müssen.« Pike schob einen schaulustigen Anwohner unsanft zur Seite und betrat den Innenhof der Hanbury Street Nummer 29. Der quadratische Hof maß kaum eine Kantenlänge von fünf Yards.

»Morgen, Inspector«, grüßte Thackery mit derselben Gewittermiene wie Pike. »Auch noch keinen Kaffee gehabt?«

Etwa zehn Polizisten standen umher, sodass Pike die Leiche, wegen der ihn ein Laufbursche vor einer halben Stunde aus dem Bett gescheucht hatte, zunächst gar nicht sehen konnte. Als er sie dann entdeckte, musste er erst einmal schlucken.

Die Verstorbene lag auf dem Rücken, die Arme weit ausgestreckt, die Beine mit nach außen gedrehten Knien angewinkelt, die Füße auf dem Boden. Der Rock war hochgerafft und ihre Blöße mit einem provisorischen Lappen bedeckt. Ihre Kehle war nicht nur aufgeschlitzt, sondern ihr Hals komplett durchtrennt. Nur noch das Genick schien den Kopf an ihrem Körper zu halten. In einem Radius von mindestens zwei Yards klebten Blutspritzer an der Häuserfassade und am Lattenzaun. Was Pike aber am meisten schockierte und was er zuvor noch nie gesehen hatte, war ein langer blutiger Schlauch, der aus ihrem offenen Bauch herausragte und auf ihrer rechten Schulter lag.

»Großer Gott, ist das ihr Darm?« Er kam näher und kniete sich neben die Tote hin. Ein süßlicher Verwesungsgeruch dünstete aus ihrem Körper. Weitere Organe lagen lose auf der Leiche verteilt.

Etwas, das Pike für ihre Leber hielt, hing an ihrer Taille. Zaghaft berührte er ihre Hand. Trotz ihrer Kälte wirkte ihr Körper geschwollen, als wäre er Hitze ausgesetzt gewesen.

Pikes Wut und Ohnmacht, die er angesichts dieses weiteren Mordes verspürte, rückten plötzlich weit in den Hintergrund. »So etwas Groteskes habe ich noch nie gesehen.« Er blickte auf und sah, dass aus nahezu jedem Fenster mit freier Sicht auf den Tatort Menschen hinausstarrten. Nicht alle von ihnen wohnten hier. Gerissene Bewohner witterten ein Geschäft und verlangten auf der Straße Geld, damit Neugierige aus ihren Fenstern einen Blick auf die Leiche erhaschen konnten.

»Schon der dritte Mord, alle keinen Steinwurf voneinander entfernt. Die Londoner Polizei muss die dümmste Polizei der Welt sein!«, schimpfte jemand.

Pike kniete noch immer neben der Leiche und verdrehte die Augen. Vielleicht wäre die Polizei ja erfolgreicher, wenn man sie ihre Arbeit machen ließe. Er stand auf und winkte einen Constable zu sich. »Decken Sie die Leiche zu.«

»Nicht nötig, Inspector. Der Arzt ist gerade angekommen«, antwortete Sergeant Thackery stattdessen. Er machte einem blonden Jüngling mit kurzgestutztem Bart und Brille Platz.

Wie, noch ein neuer Pathologe?, dachte Pike perplex. Diese Fluktuation in diesem Betrieb war ja nicht auszuhalten. Der junge Mediziner konnte kaum älter als zwanzig Jahre sein. In einer Mischung aus stoischer Gelassenheit und arrogantem Desinteresse blickte er um sich. »Wer hat hier das Sagen?«

Pike reichte ihm die Hand. »Ich, solange Chiefinspector Abberline noch nicht hier ist. Detective Inspector John Pike. Und Sie sind?«

»Dr. Phillips. Ich wurde von Scotland Yard hierherbestellt.«

Pike stutzte. »Was ist mit Dr. Llewellyn, der den letzten Mordfall untersuchte?«

»Nicht mehr im Dienst, Sir.«

Seine Unzufriedenheit bekam nun der Neue zu spüren. »Verzeihen Sie, aber haben Sie Ihr Studium überhaupt schon abgeschlossen?«

Der Jüngling wirkte empört und zog eine Schnute, ehe er seine Brust herausdrückte und sich auf das Platzhirschgehabe einließ. »Ja, gerade diesen Spätsommer. Mit Summa cum laude, falls es Sie interessiert.«

»Schon gut, Inspector. Lassen Sie den Mann seine Arbeit machen«, ertönte die tiefe, kratzige Stimme des Chefs. Soeben betrat Abberline den Hof.

Widerwillig führte Pike den Arzt zur Leiche. Doch ehe sich Dr. Phillips hinkniete, um die Leiche zu untersuchen, zog er eine der teuren handlichen Warnerke-Kameras aus seiner großen Arzttasche und machte ohne Stativ ein Foto von der Toten. Dann begann er mit der Untersuchung, während Pike und Abberline ihm über die Schultern spähten.

»Dieser verdammte Verkehr«, knurrte Abberline. »Von Westminster bis hierher war es eine Weltreise. Selbst um diese Uhrzeit sind die Straßen so vollgestopft wie eine Mastgans zur Weihnachtszeit. Das nächste Mal nehme ich die Underground.«

»Die U-Bahn.« Pike keuchte. Eisenbahn, der indische Subkontinent. Widerwillig dachte er an Herbert und fluchte innerlich. »Sie müssen sich wohl hier in einem Zimmer einquartieren, bis der Spuk vorbei ist.«

»In Whitechapel?«, stieß Abberline aus. »Kommt nicht infrage!«

Dr. Phillips räusperte sich. »Meine Herren, können Sie Ihre Diskussion vielleicht an einem anderen Ort fortsetzen? Ich muss mich hier konzentrieren.«

»Er muss sich hier konzentrieren«, äffte Pike flüsternd den jungen Mann nach, dann aber räusperte er sich. »Entschuldigen Sie. Wir schweigen ja schon. Und Sie sagen uns, was Sie sehen.«

»Geronnenes Blut, tiefer, gezackter Einschnitt im Hals. Geht beinahe komplett um ihn herum. Der Dünndarm wurde ihr herausgerissen und um die Schulter gelegt.« Er hob den Lappen über dem Unterleib der Frau an und hielt unerwartet inne. Sein Gesicht verlor schlagartig an Farbe.

»Wird dem Doktor etwa schlecht? Soll ich Riechsalz bringen lassen?« Abberline zwinkerte Pike zu.

Schnell hatte sich der Arzt wieder gefasst. »Der Uterus liegt frei. Da liegen ... Organe auf ihrem ... auf ihrem Apparat.«

»Ihrem Apparat?«, echote Pike stirnrunzelnd.

»Nun ja, sie wissen schon ...«, druckste Phillips herum, ehe eine neue Entdeckung ihn aus dem Konzept riss. »Ist das ein Eierstock?« Er hob etwas Kleines, Rosarotes in die Höhe und rückte seine Brille zurecht. »Ja, es ist ein Eierstock.«

Pike und Abberline sahen sich entsetzt an.

»Die Blase fehlt«, fuhr Dr. Phillips fort, der jetzt wieder Herr seiner Sinne schien. »Ebenso weitere Teile ihres beschädigten ... Apparates.«

»Was zum Teufel ist ein Apparat?«, fragte Abberline, der noch immer auf dem Schlauch stand.

»Er meint die Vagina«, klärte Pike ihn auf.

»Grundgütiger!«

»Alles in allem saubere Schnitte. Mehr werde ich sagen können, wenn ich die Leiche in der Pathologie untersucht habe.«

»Ob saubere Schnitte oder nicht, das interessiert mich nicht. Was ich wissen will, ist, ob dies das Werk des gleichen Mörders ist wie bei den vorherigen zwei«, fuhr Abberline ihn an. Seine Anspannung konnte man kaum überhören. Pike wusste warum. Er dachte an den einen Häftling, der vor wenigen Tagen von Abberline zum Hauptverdächtigen auserkoren wurde und der in der Leman Street in seiner Zelle saß. Sollte sich sein Verdacht bewahrheiten, standen sie mit ihren Ermittlungen wieder am Anfang.

»Das ist schwer zu sagen. Von den anderen Opfern kenne ich nur die Akten, und ein Ausweiden dieser Art ist mir ...«

»Phillips! Nun aber raus mit der Sprache!«, brüllte der Chiefinspector. Jetzt hatte Pike schon fast Mitleid mit dem Jungen. Wenn er das bestätigte, was Pike schon die ganze Zeit über vermutete, dann würde Abberline ihm gleich den Kopf abreißen. So oder so ein beschissener erster Arbeitstag für den Neuen. Er konnte nur verlieren.

Aber der Junge besaß mehr Contenance, als Pike ihm zugetraut hätte. »Ich kann Ihnen noch keinen endgültigen Befund geben, aber ich schätze, dass Ihre Befürchtungen zutreffen.«

»Scheiße!« Abberline wandte sich fluchend ab und trat gegen einen alten Eimer. Es schien ganz so, als habe der Chef seine Wortwahl bemerkenswert rasch an seine Umgebung adaptiert. Pike folgte ihm. »Chef, ich bitte Sie. Bewahren Sie die Fassung. Wir sind nicht unbeobachtet.«

»Wir waren so nah dran. Gestern noch hätte ich schwören können, dass der Inhaftierte unser Mann sei.«

»Offengestanden Sir, ich hatte da ...«

Ein älterer Constable tippte Pike auf die Schulter, ehe er eine Dummheit begehen und seinen gereizten Chef mit seinen Zweifeln konfrontieren konnte. Er hielt eine triefend nasse Lederschürze in der Hand. »Die haben wir neben der Leiche gefunden.«

»Eine Lederschürze?«, brachte sich Thackery ein. Er wirkte plötzlich sehr wach und blickte blinzelnd wie ein Erdmännchen um sich. Das kannte Pike schon aus früheren Ermittlungen. Der Sergeant hatte ein extrem gutes Gedächtnis. So ein Gesicht machte er immer, wenn er etwas daraus abrief.

»Wenn ich etwas sehe oder lese, dann macht mein Gehirn einen farbigen Abdruck davon, und ich vergesse es nie mehr«, hatte er einmal gesagt.

»Gab es nicht letzten Monat eine Beschwerde, weil sich ein paar Prostituierte von einem Mann mit Lederschürze bedrängt fühlten? Eine wurde sogar bedroht.«

»Das könnte eine Spur sein«, rief Abberline erregt. »Sie werden der Sache mit diesem Schürzenmann sofort nachgehen, Thackery. Und Sie, Inspector Pike«, er drückte seinen Zeigefinger auf Pikes Brust und sah ihn scharf an, »Sie wissen ebenfalls, was zu tun ist.«

Pike nickte, wandte sich zurück zur Leiche und deutete reihum auf ein paar herumstehende Constables. »Schafft sie von hier weg und bringt sie in die Old Montague Street.«

»Die Old Montague Street? Was ist dort?«, fragte Dr. Phillips.

Pike zwang sich zu einem Lächeln. »Ihr neuer Arbeitsort, Herr Doktor.«

Der Schlüsselbund für die Zellen klirrte mit jedem Schritt. Die Schlüssel wogen schwer in seiner Hand, genauso schwer wie die Betrübtheit auf sein Haupt drückte.

Pike fühlte sich wie die Mordopfer dieses Serienmörders. Ausgeweidet und zur Schau gestellt. Genauso sahen ihn jetzt nämlich die Untersuchungshäftlinge an, als er sich mit dem Schlüsselbund an jeder einzelnen Zelle zu schaffen machte.

»Glaubt man uns also jetzt, dass wir die Huren nicht getötet haben? Womit haben wir denn diese Ehre verdient?«, fragte einer der Verdächtigen.

»Das liegt wohl auf der Hand«, antwortete ein anderer. »Es muss sich wieder ein Mord zugetragen haben. Und da wir alle hier eingebuchtet waren, können wir es nicht gewesen sein.«

»Ich sehe nur, wie Männer entlassen werden, aber keine, die unsere Zellen wieder füllen«, ergänzte ein dritter, dessen Tür Pike soeben aufschloss.

»Hände in den Nacken.«

Der Gefangene tat wie geheißen und grinste dabei. »Das kann nur eines bedeuten. Die Polizei hat noch immer keine Spur. Sie tappen im Dunkeln wie ein Haufen blinder Lemminge.«

Pike packte ihn absichtlich gröber und beförderte ihn nach draußen. »Maul halten und abtreten.«

»Bekommen wir eine Entschädigung?«, fragte der Erste. Er deutete auf seine aufgeplatzte Lippe. »Euer ›Fleischer‹ ist nicht gerade zimperlich mit uns umgegangen.«

Morris, der »Fleischer«, war der gefürchtetste Verhörspezialist der H Division. Er hatte schon so manchen Mörder mürbe gemacht.

Pike dachte daran, dass trotz der nicht gerade zimperlichen Verhörtechniken des »Fleischers« alle Männer in Untersuchungshaft wahrscheinlich besser gelebt hatten als in Freiheit – täglich genug zu essen und einen trockenen und sauberen Platz zum Schlafen.

»Seid froh, dass wir euch vor der Bürgerwehr gefasst haben. Die hätten euch gelyncht, und das wäre dann eben euer Pech gewesen. Leid getan hätte es keinem«, knurrte er. »Und jetzt Abmarsch.«

Später begleitete Pike den Pathologen in die Old Montague Street.

»Das soll mein Arbeitsort sein?« Dr. Phillips konnte seinen Schock nicht verbergen. »Ein Holzschuppen?«

»So ist es nun mal in Whitechapel.« Pikes Mitgefühl für den Jüngling hielt sich in Grenzen. So schlecht war er schon lange nicht mehr gelaunt.

Die Männer betraten den Schuppen, ein Vorgehen, das für Pike auf beklemmende Weise zur Routine geworden war. Drinnen traute er seinen Augen nicht. Die zwei Männer, die schon Mary Ann Nichols trotz einem ausdrücklichen Verbot entkleidet und gewaschen hatten, machten sich bei der jetzigen Leiche wieder zu schaffen.

»Was zum Henker fällt Ihnen ein!«, herrschte Pike sie an. »Sie vernichten Beweise, Sie unfähige Kreaturen!« Er riss dem einen Assistenten ein feuchtes Handtuch aus der Hand und schlug damit nach ihm.

»Wir sind gottesfürchtige Männer und ...«, begann der eine der beiden eine Verteidigungsrede, aber er kam nicht weiter.

»Sie sind beide mit sofortiger Wirkung entlassen. Wenn ich Sie noch einmal in der Nähe einer Leiche erwische, dann inhaftiere ich sie wegen Unterschlagung von Beweisen, haben Sie mich verstanden, meine Herren?«

Er scheuchte die Männer mit einer wilden Armbewegung fort, als wolle er sie wegfegen. Dr. Phillips hinter ihm blies kopfschüttelnd die Wangen auf. »Also so eine Dummheit ist mir noch nie unter die Augen gekommen. Wie kann man sich an einer Leiche zu schaffen machen, ehe der Pathologe eingetroffen ist?« Suchend blickte er um sich. »Gibt es hier wenigstens fließendes Wasser und elektrisches Licht? An der Uni, da haben wir ...«

»Wir sind aber nicht mehr an der Universität, falls Ihnen das noch nicht aufgefallen ist, Dr. Phillips. Das hier ist das wahre Leben. Das hier ist Whitechapel. Wenn es Ihnen nicht passt, dann gehen Sie nach Mayfair oder Belgravia und verschreiben dort einer alten Lady irgendwelche Abführmittel. Und jetzt an die Arbeit.

Hopp, hopp!« Pike hatte einen roten Kopf bekommen und beim Schreien sogar gespien, so in Rage war er. Fast schämte er sich dafür, aber die Wut in ihm brodelte zu sehr.

»Sie haben die Assistenten gerade entlassen, Inspector«, sagte Dr. Phillips bemerkenswert ruhig. Nun sah er ihn bedeutungsvoll an. Seine Lippen umspielten ein siegessicheres Lächeln. Er hatte ihn festgenagelt. »Ich brauche eine helfende Hand.«
Pike schluckte, fühlte sich aber zu sehr in seinem Stolz gekränkt, um jetzt die Biege zu machen. Also griff er nach einer Schürze und funkelte den Jüngling an. »Na schön! Dann sagen Sie mir, was ich tun soll.«

»Halten Sie ihren Kopf an der Schädeldecke fest. Ich öffne nun das Cranium«, verkündete Dr. Phillips drei Stunden später.
»Wozu soll das gut sein?«, fragte Pike. Er blickte auf den Seziertisch nebenan, auf dem bereits sämtliche Organe sowie eine volle Flasche Mageninhalt standen.
»Die Untersuchung soll doch möglichst umfangreich ausfallen, Inspector. Damit uns ja kein Detail entgeht. Denn zurzeit sind diese Ergebnisse das Einzige, was die Polizei vorzuweisen hat.« Während er das sagte, setzte Dr. Phillips die Knochensäge an. Winzige Knochensplitter, die Kalk ähnelten, rieselten zu Boden. Das Zertrennen von Knochen gab ein grässliches Geräusch ab.
Pike, dessen Magen längst resistent war, sah fasziniert zu. »Ich wünschte, eine solche Operation ließe sich bei Herbert vornehmen.« Irgendwo zwischen den entfernten Gallensteinen und der Entleerung des Magens hatten sich die Männer miteinander vertragen und Pike dem Doktor sein Herz ausgeschüttet. Er hätte nicht gedacht, dass ein junger Pathologe ein solch aufmerksamer Zuhörer sein konnte.
»Ach, lassen Sie den Kerl«, antwortete Dr. Phillips. »Natürlich ist es bitter wegen des Jungen, aber seien Sie mal ehrlich, es könnte Sie auch schlimmer treffen. Wenn Herbert Sie zum Beispiel nicht ausstehen könnte oder seiner Frau jedweden Kontakt zu Ihnen verbieten würde.« Er sah auf. »Lassen Sie sich doch ebenfalls nach

Indien versetzen. Dann wären Sie weg von alldem hier.« Während er weiter sägte, deutete er mit dem Kopf auf den ungepflegten Raum, in dem sie standen. »Und Sie wären bei Eddie. Halten Sie den Schädel? Ich bin gleich durch.«

Nur einen Augenblick später hielt Pike die abgetrennte Schädeldecke mitsamt Haarschopf in die Höhe und war beeindruckt. Die Faszination verschwand jedoch schlagartig, als die restliche Gehirnflüssigkeit auf seine Schuhe tropfte.

An diesem Körperklumpen erinnerte kaum noch etwas daran, dass er vor wenigen Stunden eine lebende Person darstellte. Dabei hatte Pike vor der Leicheneröffnung noch erkannt, dass sie für eine Frau aus Whitechapel ganz hübsch aussah. Braune Haare und blaue Augen, gepflegte Erscheinung. Und jetzt? Ach, wie vergänglich doch das Leben war.

»Da stimmt etwas nicht«, murmelte Dr. Phillips. »Sehen sie hier?« Er drückte mit beiden Daumen in das Gehirn und schob die äußeren Scheitellappen auseinander. »Entzündete Häutchen. Die Frau litt an einer schweren Meningitis.«

»Was bedeutet das?«

»Dass die Frau, wäre sie nicht ermordet worden, höchstens noch ein paar Wochen gelebt hätte, ehe sie dieser Krankheit erlegen wäre.«

»Das dürfte es einfacher machen, sie zu identifizieren. Wir haben die Post-mortem-Fotografie und wir kennen ihre körperlichen Gebrechen. Hirnhautentzündung, Tuberkulose und eine fortgeschrittene Leberzirrhose.«

»Und wir wissen, was sie zuletzt gegessen hatte.« Dr. Phillips tunkte seinen Finger in den Mageninhalt und schnupperte daran. »Kartoffeln mit Lauch und Fleischpastete.«

»Was haben wir zum Todeszeitpunkt?«

»Gar nicht so einfach, den festzustellen. Erstens erlitt sie einen enormen Blutverlust und zweitens war es diese Nacht recht frisch, da ist sie möglicherweise schneller ausgekühlt, als üblich wäre. Aber ich schätze zwischen halb fünf und sechs Uhr.«

»Das deckt sich mit der Aussage des Nachbarn John Richardson. Er betrat um Viertel vor fünf den Hof, um den Abtritt zu benutzen. Da lag die Leiche noch nicht da. Der Nächste, der auf das Toilettenhäuschen musste, war exakt eine Stunde später John Davis, und der entdeckte sie.«

»Lassen Sie uns noch einen Blick auf ihre Kleider und ihre persönlichen Gegenstände werfen«, schlug Dr. Phillips vor. Er platzierte das Gehirn in ein Einmachglas, füllte das Glas mit Alkohol auf, und zog seine schwarzen Lederhandschuhe aus.

In einem Metallkorb lagen die Utensilien der Toten. »Bloß ein Kamm und eine Pillendose, aber vielleicht erkennt sie ja jemand«, sagte Pike und steckte sie ein. »Bei den Kleidern bin ich mir nicht so sicher. Sie scheinen mir ganz typisch für eine Bewohnerin aus der Unterschicht in Whitechapel zu sein.«

»Jedenfalls trug sie keine Zwiebelschichten, sondern nur einen Rock«, bemerkte Dr. Phillips, der in den Kleidern herumwühlte. »Das bedeutet zumindest, dass sie ein festes Zuhause hatte. Daraus können wir schließen, dass sie vermutlich von jemandem vermisst wird. Moment, was ist das?« Er hob einen Rocksaum hoch, dort war ein Etikett eingenäht. »Da steht etwas. *Chapman. Renfield Eden.* Ich denke, die Hinweise dürften eine Spur geben.«

Vor Schreck war Pike der Metallkorb aus den Händen gefallen, der nun scheppernd auf dem Boden aufschlug. »Das ist mehr der Fall, als mir lieb ist«, flüsterte er. Er schnitt das Etikett ab und steckte es in seine Manteltasche. Dann riss er sich die Schürze herunter. »Entschuldigen Sie, Dr. Phillips. War nett mit Ihnen, aber jetzt muss ich an die Arbeit.«

»Na dann, viel Glück!«, rief ihm der Arzt nach.

Ja, das konnte er jetzt gebrauchen.

24. Kapitel

London, September 1888

So schnell hatte sie nicht mit ihm gerechnet. Eigentlich ging sie sogar davon aus, dass sich nach dem gestrigen Ereignis ihre Wege für immer trennen würden. Er hatte sie stehen lassen wie ein Händler seine gelieferte Ware, mit der er nicht zufrieden war. Gewiss, Christine hatte sich ihm gegenüber ebenfalls taktlos verhalten und Pike unbeabsichtigt bloßgestellt, als sie Herbert über seine Geschäftserweiterung ausquetschte.

Der Inspector hätte nicht auf diesen Weg erfahren sollen, dass sein Kind ans andere Ende der Welt verschifft wurde. Aber Christine erkannte sich selbst nicht mehr. Sie hatte sich in etwas reingesteigert, ihre Gefühle sich gegen sie verschworen. Ohne danach gefragt worden zu sein, war sie in das Privatleben eines ihr doch eigentlich fremden Mannes hineingeschlittert. Ja, sie war verliebt! Sie spürte die Schmetterlinge in ihrem Bauch, wann immer sie an ihn dachte. Spürte das Leben aufkeimen, das sich seinen Platz in ihrem Alltag zurückerkämpfte. Und sie hatte eingesehen, dass diese Liebe zwecklos war. Also hatte sie sich erlaubt, sie eine halbe Nacht lang zu beweinen, um dann heute früh einen Schlussstrich zu ziehen. Und jetzt stand er schon wieder hier in ihrem Büro. Als mache sich das Schicksal lustig über sie.

Sie war sich ihrer Augenringe von der gefühlsstürmischen Nacht bewusst. Aber sie sah auch seine und spürte wieder diese Verbundenheit. Irgendwie fühlte es sich gut an zu wissen, dass auch sie nicht spurlos an ihm vorbeigegangen war.

»Inspector Pike, was führt Sie hierher?«, fragte sie, um eine reservierte Stimme bemüht. Tatsächlich aber spürte sie ihr Herz gegen die Eisenstäbe ihres Korsetts schlagen. Oh, wie sah er verletzt aus! Sie hatte ihm gestern bei Herbert wohl mehr zugesetzt, als sie dachte. Christine wusste, wann sie ihre Frau stehen musste. Eine Entschuldigung war angebracht.

»Wegen gestern ...«, begann sie zögerlich.

»Bedaure, aber ich bin beruflich hier«, entgegnete er nicht weniger kühl als sie. Seine Stimme versetzte ihr einen Stich ins Herz. Aber Christine kämpfte ihren seelischen Schmerz nieder und bedeutete ihm mit einem Nicken, Platz zu nehmen.

Pike lehnte ab und bevorzugte es zu stehen. Bitteschön! Konnte er haben! Aber er sollte nicht glauben, sie würde von so weit unten zu ihm aufblicken. Also stand sie ebenfalls auf. Ihre Absicht tarnte sie damit, dass sie zu Ihrer Bar stiefelte und sich einen Whisky einschenkte.

»Da Sie im Dienst sind, brauche ich ja nicht zu fragen, ob Sie auch einen wollen«, meinte sie schnippisch. Sie trank einen Schluck und drehte sich langsam zu ihm um.

Er ignorierte ihr Spiel und griff in seine Jackentasche, aus der er einen Kamm und ein Etikett zutage förderte. Christine konnte sich kaum auf die Gegenstände konzentrieren. Sie sah nur seine Hände. Sie waren groß und kräftig. Nicht zu grob, aber auch nicht so weich und manikürt wie bei einem Bankier. Bestimmt konnte er bei einem Zugriff gut anpacken. Oder bei anderen Dingen ...

»... ob Sie diesen Namen kennen?«

Perplex kehrte sie in die Gegenwart zurück. »Verzeihen Sie, ich war in Gedanken.« Sie errötete. »Was haben Sie gerade gefragt?«

Er hob die Augenbrauen, blieb aber geduldig. »Ich habe hier ein Etikett mit dem Namen Chapman und will wissen, ob Sie diesen Namen kennen.«

Sie blieb noch einen Moment begriffsstutzig, dann hatte sie sich gefasst. »Ja, wir haben eine Bewohnerin namens Annie Chapman.« Ihr wurde flau im Magen. Heute Morgen hatte Rosalie ihr unter Tränen erzählt, dass sie in der Nacht fortgelaufen und nicht mehr zurückgekehrt sei. Sie hätte sie gesucht, aber nicht finden können. Das Mädchen hatte einen ganz verstörten Eindruck gemacht und schien krank vor Sorge.

Pike war Mordermittler, und seine steinerne Miene sorgte dafür, dass ihr schlechtes Gefühl in Panik wich. Sie klammerte sich an ihr Whiskyglas und schüttelte den Kopf. »Nein, bitte. Das ist nicht wahr!«

Erneut griff Pike in die Jackentasche. »Wir haben eine Post-mortem-Fotografie anfertigen lassen.« Jetzt kam er näher und zeigte sie ihr. »Ist das Ihre Annie Chapman?«

Sie musste ihn voller Entsetzen angestarrt haben und spürte förmlich, wie die Farbe aus ihrem Gesicht wich. Ihre Knie zitterten, und das Glas wäre ihr beinahe aus der Hand gefallen. Ihre Finger berührten sich, als er es ihr abnahm und auf den Schreibtisch abstellte. Seine Stimme klang wieder ruhig und nahe. So nahe! »Kommen Sie. Setzen Sie sich.« Zusammen nahmen sie auf dem Sofa Platz.

Ihr war schwindelig, das Atmen fiel ihr unsäglich schwer. Ihre Gedanken kreisten ununterbrochen um ihre eigene Achse, während der Verstand sich aus Selbstschutz weigerte, die Zusammenhänge zu begreifen. Aber die Schlussfolgerung kam so sicher wie das Amen in der Kirche. Zwei Leichen hätten noch als Zufall durchgehen können, aber nicht drei. Damit herrschte Gewissheit: Jemand räumte in ihrem Frauenhaus auf! Der Mörder sah es auf ihre entlaufenen Schützlinge ab, und sie besaß keine Kontrolle darüber.

»Beruhigen Sie sich. Atmen Sie tief durch.«

Sie wollte ihm sagen, dass er sich seine ruhige Atmung sonst wo hinstecken könnte, aber sie brachte keinen einzigen Ton über die Lippen. Die Erkenntnis packte sie wie eine eisige Klaue und hinderte sie am Atmen. Die Luft, die sie gebraucht hätte, erhielt sie nicht. Als laste ein Gewicht auf ihr, das ihre Lunge daran hinderte, sich auszudehnen. Sie erstickte. Ihre Haut unter dem Kleid begann zu brennen. Sie spürte regelrecht, wie sich ein Ausschlag von ihrem Rumpf beginnend ausbreitete und ihren Hals hochwanderte.

Pike schüttelte sie und sagte irgendetwas, aber ihr war, als würde jemand ihren Kopf zwischen zwei Kissen einklemmen, sodass sie nur noch ein Rauschen hörte.

Was der Inspector jetzt tat, betraf sie nicht mehr. Ihr Körper war taub. So intensiv sie vorhin noch die sanfte Berührung seiner Hände wahrgenommen hatte, spürte sie jetzt kaum noch, wie heftig er an ihr herumzerrte. Er befummelte sie! Zog ihre Bluse aus ihrem Rockbund heraus und riss sie auf! Christine wäre empört gewesen, hätte sie noch einen klaren Gedanken fassen können.

Da gab es einen heftigen Ruck. Pike fiel regelrecht zurück in das Sofa. In den Händen hielt er ihr Korsett. In diesem Moment füllten sich ihre Lungen wieder mit Sauerstoff. Wie eine Ertrinkende gelangte sie heftig keuchend zurück zur Wasseroberfläche.

Sie tat fünf, sechs tiefe Atemzüge und blickte ihrem Retter dankbar in die Augen. Für formelle Worte ging ihr Atem aber noch zu heftig. Ihr rasender Puls kam nur langsam zur Ruhe.

Pike war der Erste, der seine Sprache wiederfand. Auch er hatte einen heftigen Schweißausbruch erlitten. »Herrgott, ich dachte, Sie sterben mir weg! Diese Dinger sind ein Teufelswerk!«, schimpfte er mit ehrlicher Anteilnahme.

Einen Augenblick noch sahen sie sich ernst an, dann musste sie einfach lachen. Und er lachte mit! Ein bezauberndes Gesicht hatte er, wenn er fröhlich war. Mit kleinen Krähenfüßen um die Augen. Sie fand, dass ihm dies sehr viel besser stand als die Miene des ernsten Inspectors.

Die eisige Stimmung von vorhin war weggeschmolzen. Aber dann blickte sie ungläubig an sich herab. Während eine gewöhnliche Dame vor Scham am liebsten im Erdboden versunken wäre, versuchte Christine die Peinlichkeit mit Charme wegzulächeln. »Meine Güte! Das sind deutlich tiefere Einblicke, als eine respektable Dame einem Herrn zumuten darf.« Sie trug nur noch Rock, ihr Leibchen und ihre aufgerissene Bluse, während Pike noch immer ihr Korsett in den Händen hielt und sie anstarrte.

Wie eine Kanone schnellte er in die Höhe und warf dabei beinahe ihren Beistelltisch um. Ein Glas fiel um, glücklicherweise leer, und die Bonbonschale, aus der sich Peter immer bediente, kippte um. Er versuchte zu retten, was zu retten war, und reichte ihr dann die Korsage. »Oh bitte, verzeihen Sie.« Dann wandte er seinen Blick ab und ging zum Fenster, damit sie sich in Ruhe zurechtmachen konnte. Braver Junge.

»Wie ich mich gestern von Ihnen verabschiedet habe, tut mir sehr leid«, sagte er, während er ihr immer noch den Rücken zudrehte. »Das war nicht angebracht.«

»So hätte jeder reagiert. Sie haben einen großartigen Sohn.« Wieder hergerichtet, kam Christine zu ihm und berührte seine Schulter. »Danke.«

»Wofür?«, fragte er verdutzt.

»Für vorhin.« Sie lächelte. »Und weil Sie mir nicht böse sind wegen gestern.« Sie ahnte, dass das Thema Eddie und Indien noch nicht abgeschlossen war, aber fürs Erste sollte es gut sein.

»Ich könnte Ihnen niemals böse sein, Madame Gillard.«

»Bitte. Nennen Sie mich Christine. Ich finde, das ist langsam angebracht.« Sie drückte seine Hand und spürte einen angenehmen Händedruck, den sie gar nicht mehr missen wollte und den beide länger als angebracht hielten.

»Und ich bin John.«

»Ich weiß«, lächelte sie selig. »Hallo John.«

»Hallo Christine.«

Während sie in seine grünbraun funkelnden Augen blickte, vergaß sie beinahe, warum er hier war. »Aber nun erzählen Sie. Was ist Mrs. Chapman zugestoßen?«

Auf seinem Gesicht erschien wieder ein harter Zug. »Um genau das herauszufinden, bin ich hier.« Er bedeutete ihr, sich wieder zu setzen. »Ich will Ihnen keine Angst einjagen, aber wenn wir nicht bald einen vernünftigen Handlungsvorschlag bringen, könnte Abberline anordnen, das Frauenhaus zu schließen und hier alles auf den Kopf zu stellen.«

»Du lieber Himmel. Das wäre eine Katastrophe!« Christine presste ihre Hände auf den Mund. »Was geschähe dann mit all den Frauen?«

»Darum müssen wir jetzt gut nachdenken, welche Schritte wir als Nächstes einleiten, bevor wir die H Division hierher einladen.«

»Wir?«, fragte sie. »Sie beziehen mich also in die Ermittlungen mit ein?«

»Natürlich wir«, sagte er mit einem verschwörerischen Lächeln. »Wir sind ein Team.«

25. Kapitel

London, September 1888

»Ich mag es nicht, vor vollendete Tatsachen gestellt zu werden«, sagte Abberline zu Pike, während sich die Versammlung im Frauenhaus soeben auflöste.

Gerade hatte Christine eine Ansprache vor allen Bewohnerinnen und Mitarbeitenden gehalten. Abberline und der Inspector hatten wie Wachhunde hinter ihr gestanden und ernste Gesichter gemacht. Es waren so viele anwesend gewesen, dass einige auf der Treppe stehen bleiben oder aus den angrenzenden Räumen lauschen mussten. Die verängstigten Gesichter taten Pike in der Seele weh. Da hatten die Frauen in ihrer Vergangenheit schon so viel Schreckliches erlebt und geglaubt, endlich in Sicherheit zu sein, da mussten sie erfahren, dass in diesem Haus die Fäden aller drei Mordfälle zusammenliefen.

Christine hatte sie wie eine Pressesprecherin über die Polizeiarbeit aufgeklärt und forderte die Bewohnerinnen dazu auf, mit ihnen, aber auf keinen Fall mit der Presse zu kooperieren. So würde die Polizei jede einzelne Bewohnerin befragen. Es galt herauszufinden, ob bei den Opfern noch mehr Gemeinsamkeiten vorlagen und eventuell Namen gemeinsamer Feinde auftauchten. Auch vom Lederschürzenmann erzählte sie und dass sich die Frauen bitte bei den Polizisten melden sollten, wenn sie von ihm schon einmal bedroht worden waren. Des Weiteren hatte sie verkündet, dass die Frauen das Haus nur noch zu zweit und nicht mehr nach Einbruch der Dunkelheit verlassen sollten. Um zweiundzwanzig Uhr würden die Eingänge geschlossen werden. Ferner stand das Frauenhaus bis auf Weiteres unter Polizeischutz. Dies bedeutete, dass von nun an zwei Constables das Haus bei Tag und Nacht von außen bewachen würden. Letzteres stieß bei einigen sauer auf. Viele von ihnen kamen aus einem Milieu, in dem die Polizei nicht den besten Ruf genoss.

»Wir können froh sein, Chiefinspector«, sagte Pike jetzt. »Madame Gillard kooperiert mit uns persönlich. Es ist nicht auszuschließen, dass der Mörder mit diesem Frauenhaus in Verbindung steht. Noch dazu sucht Thackery nach dem Mann mit dem Lederschurz. So weit waren wir noch nie.« Er machte einigen Constables Platz, die sich gerade daranmachten, die Frauen in ihren Wohngruppen zu befragen.

Sie ist einfach wundervoll, dachte Pike, während er Christine beobachtete. In seinen Armen bei ihrem Schwächeanfall vorhin hatte sie sich so zerbrechlich angefühlt, doch nun war sie resoluter als je zuvor. Sie gehörte zu den Frauen, die bei einer Katastrophe ihren Gefühlen fünf Minuten freien Lauf ließen und dann den Stier bei den Hörnern packten. Er sehnte sich nach ihr, wollte sie um sich wissen. Aber wohin er nur blickte, fand er Hindernisse. Zuerst galt es, diesen Mörder zu schnappen, danach musste er sich mit Eddies Wegzug nach Indien auseinandersetzen. Zeit, eine Liebschaft aufzubauen, hatte er gar nicht. Seine Zuneigung zu Christine musste er zurückstellen. Nur im Verborgenen durfte sie weitergedeihen.

Zurück in der Leman Street wollte er nur noch die heutigen Ereignisse protokollieren. Draußen war es schon dunkel. Die meisten Ermittler seiner Abteilung hatten längst Feierabend, aber durch das Milchglasfenster seines Büros erkannte Pike, dass sich jemand darin aufhielt.

Der Sekretär am Empfang, ebenfalls schon damit beschäftigt, sein Pult zu räumen, bestätige seine Annahme. »Da ist ein Gentleman, der in Ihrem Büro auf Sie wartet.«

Ein Gentleman? Solche konnte man in der Leman Street an einer Hand abzählen. »Worum geht es?«

»Hat er nicht gesagt, Inspector.«

Als Pike die Tür öffnete, blickte er in ein Gesicht, das er hier nicht vermutet hätte. Herbert saß auf dem Stuhl gegenüber seinem Schreibtisch und blätterte schamlos im Obduktionsbericht von Mrs. Chapman herum.

Wie dumm! Dr. Phillips hatte ihn offensichtlich heute Nachmittag hierhergebracht und auf den Schreibtisch gelegt. Nun war Herbert bestens über den Fall informiert. Dieser zuckte nicht einmal zusammen, als Pike ihn in flagranti beim Schnüffeln erwischte.

Zorn keimte in ihm auf, doch er beherrschte sich. »Spannende Lektüre?«, fragte er beiläufig.

»Irgendwie muss man sich ja beschäftigen, wenn Sie außer Haus sind.« Er lächelte gequält. »Jedenfalls ganz unterhaltsam, was sich das Proletariat selbst zufügt, wenn man es aus den Augen lässt.« Herbert legte die Mappe beiseite und musterte ihn. In lässiger Eleganz saß er auf seinem Stuhl, mit einem Grinsen, so abschätzig, dass Pike es ihm am liebsten aus der Visage geprügelt hätte. Der Gentleman trug einen karamellfarbenen Anzug, und seine Schuhe waren so poliert, dass man auf ihnen sein eigenes Spiegelbild hätte sehen können. Da wurde Pike bewusst, dass die seinen noch immer mit Gehirnflüssigkeit verschmutzt waren. Was für ein Tag!

Er schielte auf die Uhr. »Halb acht. Haben Sie Judith beim Dinner versetzt?« Pike verhielt sich aalglatt, während in seinem Innern der Zorn loderte. »Was verschafft mir die Ehre?«

»Um es gleich auf den Punkt zu bringen, ich bin wegen gestern hier.«

Das hatte Pike gerade noch gefehlt. Da er offiziell bereits Feierabend hatte, schnappte er sich einen Whisky.

»Was ist wegen gestern?« Die Flüssigkeit brannte angenehm im Magen.

Herbert musterte ihn schweigend und zündete sich eine Zigarre an. Pike hasste Zigarren. »Ich bin bereit, mit Ihnen über einen Deal zu verhandeln.« Er pausierte bewusst, wohl um seinen Worten mehr Wirkung zu verleihen.

»Fahren Sie fort.«

»Nun, ich finde ebenso wie Sie, dass ein Kind seinen Vater braucht. Natürlich könnte ich mich in Indien dieser Aufgabe annehmen, aber seien wir ehrlich, das ist nicht mein Metier.«

Pike hätte wetten können, dass Judith nichts von diesem Besuch wusste. Er schwieg.

»Nachdem ich gestern sah, wie mitgenommen Sie waren, frage ich mich, ob der kleine Eddie nicht lieber bei seinem richtigen Vater bleiben sollte.«

Pike schwieg noch immer. Manchmal erzielte man damit die besseren Ergebnisse. Das verunsicherte die meisten. Auch Herbert.

»Nun sagen Sie doch schon etwas, Herr Inspector!«

Jetzt lag es an ihm, abschätzend zu grinsen. Er hatte Herbert aus seinem sicheren Bau gelockt. Der dürfte sich schön darüber ärgern, dass die lässige Arroganz ihn in Stich gelassen hatte.

»Sie wollen kein Stiefkind«, sagte er endlich.

»Nicht doch. Ich will bloß nicht eine Familie auseinanderreißen.«

»Wenn Ihnen daran läge, würden Sie in London bleiben.«

»Machen Sie sich nicht lächerlich.« Herbert aschte seine Zigarre ab.

»Was wollen Sie dann?«

»Keine Verluste.«

Pike zuckte mit den Schultern, als verstünde er nicht.

»Keine Steuerverluste«, präzisierte Herbert. »Die Zollgebühren für den Fernen Osten sind von groteskem Ausmaß. Insbesondere wenn wir von einer Frachtmenge sprechen, die sich ein Laie gar nicht vorstellen kann.«

»Das ist bestimmt ärgerlich. Doch mir ist nicht klar, was das mich angeht. Ich bin Inspector in Whitechapel und arbeite nicht beim Zoll.« Er sagte es so freundlich, als wären sie zwei alte, gute Freunde.

Herbert stöhnte genervt auf. Offensichtlich ärgerte er sich darüber, dass Pike bewusst so tat, als würde er nichts verstehen. »Ich muss Ihnen wohl nicht Ihren eigenen Job erklären, Inspector. Meinen Sie, ich habe mir keine Informationen über Sie eingeholt? Mir ist durchaus bekannt, dass Ihr Einzugsgebiet bis nach Wapping hinunterreicht. Zu den Docks.«

»Ist dem so?«

»Ja, dem ist so«, bestätigte Herbert gereizt. Dann fasste er sich wieder. »Zufälligerweise plane ich, mein Eisen dort aufzuladen.«

»Lassen Sie mich raten: Sie wollen die Ware nicht verzollen.«

»Was ich will, ist ein Inspector, der dafür sorgt, dass am Tag, an dem ich mein Schiff beladen lasse, kein Zöllner meine Ware kontrolliert.«

»Und wie soll ich das anstellen?«

»Lassen Sie sich was einfallen. Nutzen Sie die Gunst der Stunde und spannen Sie die Behörden ein, damit sie in der Themse nach toten Huren fischen, anstatt nach Frachtgütern. Als Gegenzug werde ich bei Judith für Sie ein gutes Wort einlegen und alles in meiner Macht stehende tun, damit Eddie in London bleiben kann.«

Wieder hatte er so lange geschwiegen, bis Herbert die Geduld verlor. Doch der lernte schnell und blieb ebenfalls freundlich. »Was halten Sie von diesem Deal?«

Nun war es Zeit, die Maske fallenzulassen. Was Herbert da gerade bei ihm versuchte, war Beamtenbestechung. Aber er lächelte noch immer und entwendete Herberts Zigarre, zog sie ihm einfach aus dem Mund. Er betrachte sie, als galt es, ihr ein Geheimnis zu entlocken, dann drückte er sie aus.

»Sie schieben mein Kind für Ihre eigenen Interessen wie einen Spielball umher, wagen es, einen Inspector zu bestechen, und fragen mich noch allen Ernstes, was ich davon halte?« Er musste sich bemühen, nicht laut zu werden. »Sind Sie sich darüber im Klaren, dass ich Sie allein dafür inhaftieren könnte?«

Unbeeindruckt blickte Herbert auf die ruinierte Zigarre. »Das bin ich mir. Aber ich weiß auch, dass Sie nichts dergleichen tun werden. Aus Liebe zu Judith.«

»Ich liebe Judith nicht mehr.«

»Dann nennen Sie es Pflichtgefühl. Sie sind ein anständiger

Bursche. Haben während Ihrer Scheidung und auch danach schlaflose Nächte damit verbracht, weil Sie sich für sie verantwortlich fühlten. Das tun Sie immer noch. Sie wollen es vielleicht nicht zugeben, aber insgeheim sind Sie mir dankbar, dass ich Sie von dieser Last befreie. Angenommen, Sie inhaftierten mich. Was geschähe dann mit ihr? Sie wäre schwanger, noch unverheiratet und auf sich allein gestellt. Würden Sie das zulassen? Ich bezweifle das sehr. Ihr Pflichtbewusstsein würde Sie dazu zwingen, Sie zu versorgen. Und das können und wollen Sie nicht. Sie wollen eine Andere.«

Mit diesen Worten stand er auf und deutete auf den Obduktionsbericht. »Bevor Sie in Erwägung ziehen, sich mir in den Weg zu stellen, sollten Sie sich bewusst sein, dass ich nur ein kleiner Fisch bin. Ihre Energie brauchen Sie, um diese Serienmorde aufzuklären. Überlegen Sie es sich daher gut, wie Sie Ihre Schachfiguren positionieren. Überlegen Sie sich, was ich Ihnen über Wapping gesagt habe.«

»Hiergeblieben! Hinsetzen!« Den polizeilichen Befehlston hatte Herbert wohl als Letztes erwartet. Sein Abgang wäre so wunderbar dramatisch gewesen. Wie schade, dass Pike ihm einen Strich durch die Rechnung machte.

Herbert drehte sich genervt um. »Was ist denn noch?«

»Ihnen ist ein Denkfehler in Ihrer Rechnung unterlaufen, Mr. Breckinstone.«

Seine Nasenflügel blähten sich auf. »Und der wäre?«

»Sie sind es, der Eddie nicht haben will. Also tun Sie nicht so, als erweisen Sie mir einen Gefallen und könnten auch noch Forderungen stellen. Vergessen Sie das mit Wapping lieber ganz schnell wieder.«

Er lehnte sich in seinem Stuhl zurück und trank seinen Whisky aus.

»Wenn die Familie Breckinstone in Indien ankommt, wird es die Menschen verblüffen, dass bei einem frisch verheirateten Paar ein kleiner Junge zugegen ist. Was werden Sie denen, die Fragen stellen, antworten? Dass Sie der Vater von Eddie sind? Oder würden Sie eher zugeben, dass ...« Der nächste Satz brauchte Überwindung. Er tat Judith gewaltig unrecht.»... dass Sie sich auf eine gefallene Frau eingelassen haben? Auf eine Hure?«

In Herbert ging eine Wandlung vor. Er kniff die Augen zusammen, seine Brust blähte sich auf und ein mahnender Finger wanderte in die Höhe.»Sie tragen zu dick auf, mein lieber Freund. Judith ist eine respektable, wundervolle Frau. Sie ist keine Hure.«

»Behaupte ja nicht ich.« Beschwichtigend hob Pike die Hände und schürzte die Lippen.»Aber Sie dürfen sich sicher sein, dass es manch anderer dort so sehen wird.«

»Diesem Gerede sind wir auch hier in London ausgesetzt«, meinte Herbert emotionslos.

»Mag sein, aber muss es sich deswegen in Indien genauso abspielen? Sie haben ein Recht darauf, sich ganz auf das Geschäft zu konzentrieren. Sie müssen sich nicht auch noch mit dem familiären Ballast Ihrer Frau beschäftigen.« Pike hatte die übelste aller Karten ausgespielt. Genau das, was er vier Jahre lang tunlichst vermeiden wollte – nämlich Judith zu verleumden – hatte er hiermit getan. Aber wenn es um seinen Sohn ging, konnte er zu einem Mistkerl werden. Judith hatte ebenfalls unfair gespielt. Das war die Retourkutsche. Es war zu spät für einen Rückzieher. Er hatte nun sein Netz ausgeworfen und musste es nur noch zusammenziehen. Ein dicker Fang wartete darin. Herbert hatte angebissen, das spürte er.

»Kein Kind, keine Fragen. Lassen Sie Eddie in London bei mir.« Und dann schlug er ihn mit seinen eigenen Worten.»Weil seien wir ehrlich, das ist nicht Ihr Metier.«

Am darauffolgenden Tag zog die Polizei unter Thackery so stolz in die Leman Street ein wie nach einem siegreichen Eroberungsfeldzug. Sie hatten den Lederschürzenmann gefasst. Der Mörder von Martha Tabram, Mary Ann Nichols und Annie Chapman saß hinter Gittern.

26. Kapitel

London, September 1888

Dass die Polizeiarbeit auch aus Leerläufen bestand, gehörte zu den weniger interessanten Aspekten von Pikes Beruf. Und dennoch dominierten sie. Auch der Besuch bei Mrs. Miller würde ein solcher werden, dem war Pike sich sicher. Sie hatte früher einmal über kurze Zeit mit Mary Ann Nichols, dem zweiten Mordopfer, zusammengewohnt. Er war allein unterwegs, denn in der Leman Street fand ein Gelage statt, als handelte es sich um Ostern und Weihnachten zusammen. Die Festnahme des Frauenmörders war in aller Munde. Praktischerweise ein Jude, denn viele Zeitgenossen waren der Meinung, dass ein Engländer nicht zu einer solchen Gräueltat imstande sei. Nur Pike zweifelte, weswegen sich seine Kollegen hinter seinem Rücken über ihn lustig machten.

Mrs. Miller wohnte in einer dieser klaustrophobischen Mietskasernen, die eigentlich abgerissen werden sollten, weil Typhus und Keuchhusten in der feuchten Luft grassierten. Bei der Wohnungsknappheit war es üblich, dass einst gutbürgerliche Wohnungen aufgeteilt wurden. So ließen sich mehr Menschen auf die gleiche Fläche pferchen. Dann öffnete man die Flure und vermietete die einzelnen Zimmer als ganze Wohnung oder teilte selbst diese noch mit provisorischen Trennwänden und Vorhängen auf. Selbst Alteingesessene verloren in diesem Labyrinth den Überblick darüber, wer im Haus wohnte und wer nicht. Hier gab es keine Hausbesitzerin, die penibel darauf achtete, dass kein Damenbesuch empfangen wurde, und sollte es sie dennoch geben, dann würde auch sie ihr Haushaltsgeld mit der einen oder anderen Untugend aufbessern.

Ein fürchterlicher Gestank schlug ihm beim Betreten der Wohnung von Mrs. Miller entgegen. Süßlich und abgestanden, als läge irgendwo ein totes Tier. Pike bemühte sich, den Ekel zu verschleiern, während ihn ein abgekämpftes Gesicht mit tiefen Furchen ansah. Mrs. Millers dunkles Haar stand so wirr ab, als bestünde es aus Draht. Sie bat ihn an einen vollgeramschten Esstisch und schaufelte ihnen eine Fläche frei. Einen Tee lehnte er dankend ab.

»Ich habe Mary-Ann schon so lange nicht mehr gesehen, Inspector. Ich wüsste nicht, wie ich Ihnen helfen könnte«, sagte sie.

»Können Sie sich an Feinde erinnern, die Mrs. Nichols mal erwähnte?«, fragte er.

Noch während Mrs. Miller antwortete, wurde Pike klar, dass er auch hier nicht weiterkommen würde. Die Frauen hatten sich seit Jahren nicht mehr gesehen, an Feinde erinnerte sie sich nicht. Also ließ er seinen Blick durchs Zimmer gleiten.

Zunächst fiel ihm die enorme Menge an Streichholzschachteln auf. Sie lagen überall verteilt. Auf dem Tisch, dem Fußboden und den wenigen Möbeln. Eine undankbare Arbeit, sie alle zusammenzukleben und dann zu verkaufen. Oft trennten nur eine Handvoll Schwefelhölzer die Menschen vom Betteln. Viele standen hierfür stundenlang vor Pups oder Bahnhöfen und hofften, dass sich einer ihrer erbarmte und ihnen eine Schachtel abkaufte.

Auf dem Bettgestell lag eine durchgelegene Matratze, aus deren Loch schon die Federung ragte. Direkt neben dem Kissen befand sich ein Stoffhase. Er trug ein Kleidchen, das aussah, als handelte es sich um die Stoffreste einer alten Gardine. Neben dem Eingang lag Straßenkreide auf einem Regal sowie Kreisel und ein Jo-Jo. Mrs. Miller musste ein Kind haben, das hier irgendwo herumlungerte, denn eine Schule konnte sie sich gewiss nicht leisten.

Aber wo war das Kind, wenn es eines gab? Und dann entdeckte er es. Dicht neben seinen Schuhspitzen ragte ein kleines Füßchen unter einer Pferdecke heraus. Ihm wurde plötzlich so kalt im Magen, dass er glaubte, innerlich zu erfrieren. Der unangenehme Geruch – er kam nicht von einem toten Tier. »Großer Gott, bewahre«, flüsterte er.

In diesem Augenblick nahm Mrs. Miller von seiner Entdeckung Notiz, und als wagte sie erst jetzt zu trauern, legte sie ihren Kopf in die Hände und begann hemmungslos zu schluchzen. »Sie ist einfach nicht mehr aufgewacht, Inspector! Und ich weiß nicht, wohin mit ihr.«

Pike hatte schon vieles gesehen, aber das setzte selbst ihm zu. Er lehnte sich über den Tisch und griff nach ihrem Ellenbogen. »Oh Mrs. Miller, Sie haben mein tiefstes Mitgefühl.«

Die trauernde Mutter wischte sich eine Mischung aus Schweiß, Rotz und Tränen vom Gesicht, nur um von einem nächsten Schwall überschwemmt zu werden.

»Aber warum beerdigen Sie sie nicht?«, fragte er, obwohl er die Antwort bereits ahnte.

»Ich konnte mir die letzten Monate die Versicherungskosten nicht mehr leisten. Jetzt zahlen sie nichts.«

»Aber Mrs. Miller, Sie können sie nicht einfach hierlassen. Das wissen Sie doch«, flüsterte er sanft. Er wusste nicht, ob er traurig oder wütend sein sollte. Ständig sprach man von Fortschritt, von Innovation und Modernität, davon, dass England eine Weltmacht sei. Und was fand man im Zentrum dieses Empires vor? Schicksalsschläge, die einem das Herz entzweiten.

»Geben Sie sie mir. Ich werde mich darum kümmern.«

Ihre Augen verengten sich, ansonsten reagierte sie nicht. Wie paralysiert sah sie ihn an. Zu schwach, um ein »Danke« zu flüstern.

In tiefer Anteilnahme beugte sich Pike unter den Tisch und umfasste das Bündel mitsamt der Decke. Dasselbe dunkle Haar wie das ihrer Mutter hing über dem kleinen Gesicht.

Als er sich mit ihr aufrichtete, schien Mrs. Miller aus ihrer Lethargie erwacht, Tränen rannen abermals ihre Wangen hinab. »Gott vergib!«, schluchzte sie und hauchte dem Kind einen letzten Kuss auf den Scheitel.

Whitechapel brauchte keinen Mörder, um grausam zu sein. Im Polizeiprotokoll würde für heute nur eine kleine Notiz stehen. »Keine hilfreichen Erkenntnisse.« Man würde den Besuch schnell vergessen. Aber das Wehklagen der Mutter, als Pike mit dem toten Kind die Tür hinter sich schloss – das würde ihn auf ewig verfolgen.

27. Kapitel

London, September 1888

Ihren Hund ließ sie am Empfang der Leman Street. Collin, ein höchstens zwanzigjähriger Constable, hatte Daisy eine Schüssel Wasser hingestellt, ehe er Christine bat, ihm zu folgen. Er führte sie durch einen dunkel vertäfelten Korridor, an dessen Seiten sich Türen mit Milchglasfenstern reihten. Sie gingen zu schnell an ihnen vorbei, als dass Christine die Namen auf den Emailleschildern hätte lesen können. Sie wollte zu Pike, hatte sein Büro aber verschlossen vorgefunden. Aus diesem Grund führte der Constable sie nun in den Keller.

Christine fragte sich, was Pike dort wohl zu tun hatte, als sie plötzlich Schüsse hörte und sich vor Schreck am Treppengeländer festkrallte.

Der Constable drehte sich mit einem Lächeln zu ihr um. »Keine Sorge, Madame, das ist nur eine Übung. Unten befindet sich der Schießstand.«

Sie atmete auf, folgte dem Constable weiter und vergewisserte sich im Vorbeigehen an einer verspiegelten Doppeltür, ob sie auch gut aussah.

Sie fühlte sich endlich besser. Langfristig besser. Es war der erste Tag, an dem sie nur noch Halbtrauer trug. Das verhasste Tiefschwarz durfte nun mit weißen, cremefarbenen und grauen Tönen kombiniert werden. Heute trug sie ein graues Herbstkleid mit schwarzgesticktem Muster und einer hellen Garnitur. Dazu Perlenohrringe.

Wieder fielen Schüsse, und obwohl sie die Ursache dafür nun

kannte, erschreckte sie sich erneut. Schnell lächelte sie den Constable an, der sich bereits wieder nach ihr umgedreht hatte, um sie für den Fall der Fälle zu beruhigen.

»Man gewöhnt sich mit der Zeit dran, Madame. Wissen Sie, jeder Constable, der dazu befugt ist, eine Dienstwaffe zu besitzen, muss sich wöchentlich einer Schießübung unterziehen.«

»Das scheint mir aufregend zu sein.«

»Ist es auch, Madame«, versicherte der Constable, während er eine Tür öffnete. Ein ohrenbetäubender Lärm kam ihr entgegen. Er schnappte sich gleich beim Eingang einen Gehörschutz und half ihr dienstbeflissen, diesen anzulegen, ehe er sich selbst bediente. Na toll, jetzt war die Frisur ruiniert. Auch die Perlenohrringe würden nicht mehr zur Geltung kommen. Aber das sollte ihr lieber sein, als bereits mit dreißig Jahren unter Schwerhörigkeit zu leiden.

Etwa ein Dutzend Männer standen mit derselben Modesünde ausgestattet im Raum verteilt. Christine erkannte einige aus den Ermittlungen in ihrem Frauenhaus. Sie alle blickten auf den Mann mit dem Colt: John Pike stand mit dem Rücken zu ihr und entleerte sein gesamtes Magazin. Kein einziger Schuss traf daneben. Als die Trommel leer war, öffnete er sie blitzschnell, drückte neue Patronen hinein und schoss erneut. Der ganze Vorgang dauerte nur wenige Sekunden.

Wärme durchströmte sie, während sich gleichzeitig die Härchen auf ihren Armen aufstellten. Christine war beeindruckt.

Soeben senkte Pike seine Waffe und nahm den Gehörschutz ab, so wie alle anderen. Auch Christine entfernte ihren rasch und richtete ihr Haar. Dann musterte er die Zielscheiben. Er war inzwischen der Einzige, der sie noch nicht bemerkt hatte. Als sie applaudierte, drehte er sich irritiert um. Sein Blick erhellte sich sofort, als er sie erkannte. »Chris...« Er räusperte sich. In Anwesenheit der anderen war sie noch immer Madame Gillard. »Was verschafft mir die Ehre?«

Einige Constables warfen sich bedeutungsvolle Blicke zu, ihnen schien der Versprecher nicht entgangen zu sein.

»Sie sind ein guter Schütze«, bemerkte sie.

Er drehte sich zu den Zielscheiben und tat einen schweren Seufzer. »Wenn ich ausgeschlafen wäre, ginge es sicherlich besser. So ist es passabel.«

Christine schüttelte den Kopf. »Falsche Bescheidenheit ist eine Tugend.«

»Wie recht Sie haben!«, mischte sich Thackery ein. »Aber seien Sie sich im Klaren darüber, Madame: Einen besseren Schützen gibt es in ganz Whitechapel nicht.«

Sie nickte dem Sergeant anerkennend zu. »Und ich hörte, Sie haben den Schürzenmann gefasst. Meine Glückwünsche.«

Thackery deutete eine Verneigung an. »Er streitet natürlich alles ab, aber die Indizien gegen ihn wiegen schwer.«

»So hoffe ich doch. Ich bete, dass er niemandem mehr ein Haar krümmen wird.«

»Dafür werden wir sorgen«, antwortete Thackery mit Stolz in der Stimme.

Dass der Mörder hinter Gittern saß, war einer der Gründe, warum Christine sich bester Laune erfreute. Endlich war der Spuk vorbei, und Adrian, der sich die ganze Zeit über als prophetischer Mahner im Nachhinein aufgespielt hatte, würde jetzt auch nichts mehr zu melden haben. Die letzten Tage waren zeit- und nervenraubend gewesen, die Verhöre im Frauenhaus hatten vielen Bewohnerinnen zugesetzt.

»Ist es schwierig, eine solche Waffe zu bedienen?«

»Nun ja, es erfordert eine ruhige, feste Hand und Zielsicherheit«, wich Pike elegant aus.

»Das heißt wohl Ja«, sagte Christine.

Die Männer grinsten. Auch ihnen sah man an, dass eine schwere Last von ihnen gefallen war. Nur Pike war ernst geblieben, als sie über den Verdächtigen gesprochen hatten. Der ernste Inspector, so nannte man ihn hinter hervorgehaltener Hand. Stets skeptisch, stets auf das Schlimmste vorbereitet, stets etwas miesepetrig. Sollte er in Feierlaune sein, sah man es ihm jedenfalls nicht an.

»Probieren Sie es doch, Madame«, schlug einer der Constables vor.«Mit dem Inspector als Lehrer können Sie nichts falsch machen.«

Sie zögerte, doch die Männer nickten ihr aufmunternd zu. »So eine Gelegenheit ergibt sich so schnell nich wieder.«

Sie gab sich einen Ruck. »Na gut. Aber ich warne Sie. Bei Schäden werde ich nicht haften.«

Pike nickte und lud die Waffe. Dann reichte er sie ihr und zeigte, wie sie stehen musste. »Füße fest auf den Boden, die Arme angespannt und ausgestreckt. Halten Sie den Colt mit beiden Händen fest.«

»Den Colt? Ich dachte, das sei eine Pistole.«

»Und Sie tragen Haute Couture? Ich dachte es wäre Kleidung«, scherzte er. Doch das Lächeln gelangte nicht bis zu seinen Augen. Nicht weil er es nicht ernst meinte, das sah sie. Vielmehr wirkte er erschöpft und ausgelaugt, sodass er seinen Kollegen Sorglosigkeit vorspielen mochte, aber nicht ihr. Er wirkte, als hätte er schon lange nicht mehr richtig geschlafen.

»Oh.« Sie schenkte ihm ihr charmantestes Lächeln und hob die Waffe, so wie Pike es ihr gesagt hatte.

Doch so schnell durfte sie den Abzug trotzdem nicht betätigen. Pike probte mit ihr die Haltung der Arme und Finger und ließ sie zunächst einige Trockenübungen machen.

»Tasten Sie vorsichtig den Druckpunkt.«

»Wo ist der?«

Himmel, stellte sie sich an! Aber der Inspector erwies sich als geduldiger Lehrer und blieb bei seiner Instruktion gründlich. Zuletzt klärte er sie über den Rückstoß auf.

»Da dürfen Sie sich nicht erschrecken. Halten Sie einfach die Waffe ruhig. Achten Sie nur auf das Ziel. Blenden Sie alles um Sie herum aus.« Er wartete eine Weile. »Bereit?«

»Ich glaube ja«, antwortete sie, während ihr Blick hoch konzentriert nach vorn zeigte.

»Haben Sie nicht etwas vergessen?«

»Oh!«, entfuhr es ihr, und sie lächelte charmant in die Runde. »Bitte alle den Ohrenschutz anlegen!«

Als sie auch ihren aufhatte, gab Pike ihr ein Zeichen. Der Abzug stieß auf mehr Widerstand, als sie angenommen hätte. Als sie abdrückte, stieß die Waffe in ihren Händen heftig zurück. Christine wusste nicht, ob sie darum oder vor Aufregung schrie. Etwa zwei Schritte vom Ziel entfernt erkannte sie das Einschussloch.

»War das ich?«, fragte sie, nachdem sie den Gehörschutz abgenommen hatte.

»Sie haben alles gut gemacht, Madame. Auch wenn man auf den Rückstoß vorbereitet ist, erschreckt man sich dennoch. Man lernt ihn erst mit ein wenig Übung auszugleichen.«

»Ich rühre dieses Ding nicht mehr an. Ich hätte mir die Hand brechen können.«

»Ach, kommen Sie. Wir versuchen es gleich noch einmal. Zusammen.« Er schob ihre Arme wieder hoch und trat direkt hinter sie. Seine Hände ruhten auf ihren und hielten mit ihr die Waffe fest.

Sie spürte seinen Oberkörper, an ihrem Rücken, seine Wärme und seinen Atem in ihrem Nacken. »Konzentrieren Sie sich. Wir schaffen das«, flüsterte er ganz nahe an ihrem Ohr. Seine Nähe trug nicht gerade zu ihrer Konzentration bei, bemerkte Christine. Und gleichzeitig spürte sie diese unbeschreibliche Anziehungskraft und das Gefühl von Macht in den Händen.

»Stellen Sie sich vor, das Ziel wäre jemand, den Sie nicht mögen. Haben Sie eine böse Schwiegermutter oder Ähnliches?«

»John!« Dann flüsterte sie: »Na schön. Ich denke an den Frauenmörder.«

»Das ist löblich, ich denke immer an Herbert«, flüsterte er zurück.

»Wie können Sie nur? Das ist aber sehr unanständig«, tat Christine entsetzt.

»Jetzt Fokus, Madame. Blasen Sie dem Mörder die Rübe weg«, sagte Pike nun wieder laut.

Sie setzte den Gehörschutz wieder auf, atmete tief durch und schoss. Dieses Mal traf sie immerhin die Zielscheibe. Die Constables hinter ihr jubelten ihr zu.

Pike nahm ihr Waffe und Gehörschutz ab, ging um sie herum und berührte ihre Schultern. »Sehen Sie? Sie können es.«
»Ganz passabel«, entgegnete sie mit einem koketten Blick.
»Jetzt verraten Sie mir aber, warum Sie hier sind.«
»Ich würde gern etwas mit Ihnen besprechen«, begann sie.
»Natürlich. Folgen Sie mir bitte in mein Büro.«
Sie verabschiedete sich von den Constables und verließ mit Pike den Keller. Bei Collin holte sie das Hündchen wieder ab. Schwanzwedelnd folgte Daisy ihnen ins Büro.

Als sie es betraten, erschrak Christine. Sie war nun schon einige Male hier gewesen, aber so hatte sie das Zimmer noch nie vorgefunden. Wie sah es denn hier aus? Überall lagen Papierstapel und offene Mappen, benutztes Geschirr und von Kaffeeflecken übersäte Zeitungen. Nicht die aktuelle, sondern die Ausgaben von gestern und vorgestern. Hier war seit Tagen nicht mehr aufgeräumt worden. Über einer Stuhllehne lag ein gebrauchtes Hemd, auf dem Sofa gegenüber dem Schreibtisch waren die Kissen nicht aufgeschüttelt, und eine zerknüllte Decke steckte zwischen dem Polster. Hatte er hier übernachtet?

Die meiste Aufmerksamkeit zog aber die Wand auf sich. Das Porträt der strengen Königin fehlte. Stattdessen prangte ein wuchtiger Stadtplan von Whitechapel an der Wand, bespickt mit Nadeln, Notizen und Fotografien. Manche hätte Christine lieber nicht gesehen. Sie zeigten Tatortfotos, Nahaufnahmen der verstümmelten Leichen und vorgefundene Gegenstände. Die Leichenfundorte waren rot eingekringelt – und ebenso das Frauenhaus. Da war er. Dieser eine rote Kreis, der sie daran erinnerte, woher die Opfer kamen. Dass die Fäden im Frauenhaus zusammenliefen. Ein unglücklicher Zufall, den sie schnellstmöglich vergessen wollte. Schließlich hatte Thackery den Mörder geschnappt. Aber warum schien Pike dann weiterzuermitteln? Oje, er machte seinem Namen wirklich alle Ehre. Der ewig skeptische Inspector. Der ungläubige Thomas unter den Polizisten.

»Ich entschuldige mich für das Chaos. Ich habe nicht damit gerechnet, heute jemanden hier zu empfangen«, sagte Pike. Er

wirkte plötzlich nervös. Jetzt, da sie unter sich waren und er nicht mehr vor seinen Dienstkollegen stand, schien er in sich zusammenzusacken. Als hätte er sein Rückgrat gleich mit dem Mantel mit an den Nagel gehängt. Seine Augen wurden schmal und glasig.
»Wo haben Sie denn Ihre Majestät gelassen?«
»Momentan in der Asservatenkammer. Ich fand auf die Schnelle keinen geeigneten Platz, um sie zu lagern.« Er meinte das wirklich ernst! Zählte das nicht schon als Majestätsbeleidigung?
»Aber ich nehme an, sie darf bald wieder zurück an ihren Platz? Und das hier«, sie machte mit dem Zeigefinger kreisförmige Bewegungen Richtung Stadtplan, »das kommt doch bald weg?«

Sein Schweigen schlug ihr auf den Magen. »John, was haben Sie?« Und dann gab sie sich selbst die Antwort. »Sie glauben nicht, dass er es ist. Nicht wahr?«

Er neigte den Kopf, als müsse er seine Worte vorsichtig abwägen. Kurz schien es, als würde er zu einer längeren Ansprache ansetzen, aber letztendlich kamen ihm nur vier Worte über die Lippen. »Nein, glaube ich nicht.«

Fassungslos sah sie ihn an. Das durfte nicht sein! Sie wollte doch so gern glauben, dass sie den Täter hatten. Es war ein schönes Gefühl. Ein Gefühl, das sie brauchte. Eines, das sie alle – sie, der Inspector, die Bevölkerung und die Constables – sich verdient hatten. Sie könnte sich selbst ohrfeigen, weil sein Zweifeln die mahnende Stimme in ihrem Hinterkopf wiedererweckte, welche die ganze Zeit nie richtig verstummt war. Diese fiese Stimme, so penetrant wie ein Moskito bei Nacht im Zimmer, die immer nur fragte. »Was, wenn er es nicht ist? Was, wenn der Mörder noch frei herumläuft?«

Genau diese Frage schien sich Pike zu stellen, und es zerfraß ihn, weil in der Euphorie keiner mehr empfänglich für seine Zweifel war.

»Die Tatsache ist, es passt nicht. Drei Opfer aus dem gleichen Haus, und dann ein Mörder, der noch nie etwas vom Renfield Eden gehört hatte? Dessen Gesicht weder Ihnen etwas sagte noch umgekehrt? Ich fürchte, dass wir etwas übersehen haben. Ich bin

Realist, Christine. Ich zweifle, bis ich vom Gegenteil überzeugt bin. Ein großer Schatten übermannt uns, erstickt unser wahres Leben im Keim. Der Mörder...«

»Jetzt sprechen Sie nicht dauernd von ihm!«, sagte sie aufgewühlt.

»Aber das muss ich, Christine. Er beherrscht mich und mein Tun. Jeder Atemzug ist ihm gewidmet, um ihn zu fassen und um ihn zur Strecke zu bringen. Bis es getan ist.«

Und wenn der Mörder gefasst ist, wird es etwas anderes sein, das ihn beherrscht, dachte sie. Nicht der Mörder hielt ihn auf Trab, sondern die Verbrechen. Er war verbissen, sein Pflichtbewusstsein wirkte wie eine Droge, von der er immer mehr brauchte. Er war süchtig nach dieser Arbeit. Süchtig nach rätseln, grübeln, ermitteln und forschen. Danach, in diesen Straßen für Gerechtigkeit zu sorgen. Nach dem Frauenmörder würden neue Verbrecher kommen. Und sie alle würden ihn besitzen. Das hatte ihn seine Ehe gekostet, sein Kind.

»Aber falls er es doch ist«, flüsterte sie.

»Falls er es tatsächlich ist, dann bin ich glücklich.« Aus müden Augen lächelte er sie an. Sie flehten regelrecht darum, dass sie von einem anderen Thema sprachen.

»Und damit wollen wir es fürs Erste gut sein lassen«, meinte sie versöhnlich. Sie entschloss sich, ihre Beobachtungen für sich zu behalten, und erinnerte sich daran, was der eigentliche Grund für ihren Besuch war.

»Jedenfalls wollte ich mich erkenntlich zeigen für Ihre Unterstützung im Frauenhaus und Ihren respektvollen und einfühlsamen Umgang mit meinen Bewohnerinnen.«

»Dafür müssen Sie sich doch nicht erkenntlich zeigen. Wir haben unsere Arbeit nach bestem Wissen und Gewissen getan und mehr oder weniger Erfolg gehabt.«

Da waren sie wieder! Diese verdammten Zweifel. Aber es musste mehr dahinterstecken. Diese Unglückseligkeit konnte niemals nur von den Ermittlungen stammen.

»Ich möchte zur Sicherheit in dieser Stadt beitragen. Sie wissen ja, wie es im Finanzwesen so ist. Überall muss gespart werden. Heute Morgen habe ich mich mit dem Bürgermeister getroffen. Ich finanziere eine bessere Straßenbeleuchtung in Spitalfields. Genauer gesagt in der Dorset Street, der Wentworth Street, der Flower and Dean Street, der Quaker Street, der Thrawl Street, im Vine Court und auf dem Worship Square.«

»Du bist einfach wundervoll«, rutschte es ihm raus. Sofort nahm er die Hand vor den Mund. Dieses Kompliment schien aus einer tieferen Gegend der Herzregion gekommen zu sein, als er ihr weismachen wollte. Ach, manchmal ärgerte sich Christine über die Kreise, in denen sie sich bewegten. Wie lächerlich sich doch immer alles um Contenance und Zurückhaltung drehte. Darum, nicht aufdringlich zu sein, weil man sonst hinter netten Worten falsche Absichten vermuten könnte. Sie strich das Kompliment jedenfalls ein, als wäre es sämiger Honig.

»Das ist aber nicht alles«, fuhr sie fort. »Ich habe noch immer Albträume von diesem Leichenschuppen in der Old Montague Street. Und ich hörte, dass Sie endlich über einen kompetenten Arzt verfügen. Dr. Phillips' Zeugnis ist einwandfrei, aber er braucht die passende Ausstattung. Darum will ich in eine vernünftige Pathologie investieren.«

Er riss seine Augen auf. »Das kann ich nicht annehmen«, sagte er.

»Das habe ich mir schon gedacht. Glücklicherweise bedarf es dafür nicht Ihrer Zustimmung. Es läuft alles über Charlie, und der nimmt dicke Schecks gerne an.«

Seine Reaktion kam etwas verzögert. Er schien heute wirklich nicht ganz bei der Sache zu sein. Umso erstaunlicher vorhin die gemeinsame Schießübung. »Ich weiß gar nicht, wie ich Ihnen danken soll ...«

»Jedenfalls gehen wir nicht mehr in ein Pub.«

»Na schön, dann sagen Sie mir, wie mögen Sie Ihren Kaffee?«

»Am liebsten kannenweise.«

»Welch ein Zufall«, tat er überrascht. »Solche Mengen könnte ich jetzt auch vertragen.«

»Ja, so sehen Sie auch aus!«

28. Kapitel

London, September 1888

An keinem Ort der Welt weilte Christine lieber als in London, ganz gleich in welchem Viertel. Die Stadt strotzte vor Inspiration und Geschichte, Schnelllebigkeit und Tradition. Sie liebte die Architektur, die Atmosphäre auf den Straßen, die Rufe der Verkäufer und das Klappern der Pferdedroschken. Die Leute waren anständig und zielstrebig. London war eine Arbeiterstadt. Doch die Arbeit betraf nicht nur das Proletariat. Ein adliges Geschlecht allein genügte schon lange nicht mehr, um reich zu sein. Unternehmerisch mussten die Leute denken! Fabrikbesitzer in der zehnten Generation genauso wie frisch aufgestiegene Selfmade-Männer.

Wenn Christine sich auf dem Piccadilly bewegte oder forschen Ganges durch die Oxfordstreet stiefelte, dann gab ihr das ein Gefühl von Fortschritt und Wachstum. Und das brauchte sie, denn Stillstand bedeutete Tod.

Auch im East End herrschte heute ausnahmsweise Idylle. Sie hatte sich bei Pike eingehakt und spazierte mit ihm durch die Swedenborg Gardens. Unter einigen Bäumen hatten Gärtner erste Haufen aus herabgefallenem Laub zusammengefegt. Daisy jagte durch einen hindurch und verursachte ein Chaos.

Der Duft von frischgerösteten Maronen machte Appetit auf einen Imbiss. Als Pike für sie beide eine Portion bestellte, tauchten die kohlschwarzen Hände des Verkäufers in die heißen Kastanien, als könne ihnen die Hitze nichts ausmachen.

Auf der Wiese rannten Kinder und spielten mit Stöcken und Reifen, während ihre Mütter oder Großmütter in einem schmiedeeisernen, neugotischen Pavillon saßen und lasen. Einige Dockarbeiter machten Pause, aßen ihr Sandwich auf der Parkbank und verfütterten die Krumen an die Krähen. Andere nutzten ihre Auszeit im Grünen, um Zeitung zu lesen.

Es war einer jener Septembertage, an denen es nachmittags noch einmal so richtig sommerlich warm wurde, im Wind aber schon der Hauch von Frische mitschwang.

Sie setzten sich auf eine Bank, und Christine schloss die Augen, um die Sonne zu genießen. »Ich liebe den Herbst. Er weckt die Lebensgeister.« Es war ein Versuch, Pike aufzuheitern. Im Café vorhin war er nicht sonderlich redselig gewesen. Etwas belastete ihn sehr.

Pike konnte sich nicht für ihre Worte begeistern. »Heute mag der Herbst farbenfroh sein, aber bald zieht der Nebel wieder auf und hüllt alles in ein weißes Laken, während Krähen über den sich schnell verfinsternden Himmel ihre Bahnen ziehen.«

Plötzlich wandte er sein Gesicht von ihr ab. Sie sah nur seinen Rücken, der zu zucken begann, und verstand gar nichts mehr. »Meine Güte, John!« Sie wollte ihn nicht bloßstellen und fragen, ob er weinte, doch es sah ganz danach aus.

»Das ist mir sehr unangenehm. Bitte entschuldigen Sie mich«, flüsterte er mit heiserer Stimme. Er wollte gehen, aber Christine hielt ihn an der Hand zurück. Du lieber Himmel, er fiel ihr fast von der Bank. Hingebungsvoll umschloss sie seinen Arm und hielt seine Hand, streichelte den Handrücken. Dann legte sie ihr Kinn auf seine Schulter. Und so verharrte sie und wartete in aller Ruhe seinen Gefühlsausbruch ab. »Sie sind bloß schrecklich übermüdet von den letzten Tagen. Das ist in Ordnung, John. Ich bin da«, beteuerte sie.

Nach einer Weile brach er endlich das Schweigen.

»Es geht nicht um die Arbeit. Das ist tägliches Brot.« Er hielt inne.

»Nun sagen Sie schon, John!«

»Es widerstrebt mir, larmoyant zu wirken, denn das steht im Gegensatz zu all dem, was mein Tun und Handeln prägt. Gestern, da beerdigte ich ein Kind, dessen Mutter sich kein Grab leisten konnte. Ein kleines Mädchen, das sonst in ihrer Wohnung verwest wäre. Und als ich dieses Geschöpf in meinen Armen hielt, dessen ganzes Leben eigentlich noch vor ihm lag, da war ich so traurig, dass ich glaubte, daran zu ersticken. Dann musste ich an Eddie denken. Dass Whitechapel nicht der richtige Ort für ihn ist. Dass er eine Zukunft verdient, von der er profitiert. Doch es bricht mir das Herz, dass er mir weggenommen wird. Kein Schmerz reicht tiefer, als wenn man sein Kind verliert.«

Verständnisvoll nickte sie. Sie spürte seinen Schmerz, als wäre sie ebenfalls eine Leidtragende. »Das mit dem Mädchen ist wirklich unendlich traurig, John. Und auch, was Sie über Eddie erzählen. Ich sehe doch, wie sehr Sie ihn lieben. Wäre es denn eine Möglichkeit…« Erschrocken hielt sie inne. Wollte sie ihm das überhaupt vorschlagen oder würde sie es bitter bereuen? Doch sie wollte fair bleiben, auch wenn ihr dabei die Kehle eng wurde. »Wäre es denn eine Möglichkeit, ebenfalls nach Indien überzusiedeln?«

»Daran habe ich auch schon gedacht.« Er wischte sich mit der Hand über das gerötete Gesicht. »Aber das wäre nicht das Richtige. Ich gehöre nach London. Nach Whitechapel. Ich habe einen Schwur geleistet, als ich das Grab für dieses Mädchen aushob. Ich habe der Armut in diesen Straßen den Kampf angesagt.«

Er schnäuzte in sein Taschentuch und steckte es wieder in die Hosentasche. »Ich habe alles versucht. Ich habe Judith angefleht, aber sie ist natürlich dagegen. Ich habe mir sogar überlegt, Herbert zu verhaften – es gäbe Anlass dazu – und die Hochzeit aufzuhalten. Aber welchen Zweck hätte dies? Es würde den Zeitpunkt ihrer Abreise nur verzögern, nicht verhindern. Und zuletzt habe ich mit unentschuldbar fiesen Mitteln gespielt.«

»Was ist passiert?«

»Wissen Sie noch, als Sie mir beinahe in Ohnmacht gefallen sind?«, fragte er mit einem aufgekratzten Lachen. »An diesem Abend kam Herbert in mein Büro.« Er erzählte ihr von der Begegnung und schüttelte anschließend den Kopf. »Judith ist mir wichtig. Ich achte sie trotz allem, was war, und ich bin stolz darauf, wie sie den Skandal unserer gescheiterten Ehe bewältigte. Wie konnte ich sie dann ausgerechnet bei ihrem Verlobten verleumden? Was denken Sie nun von mir, liebe Christine? Was sagt das über mich?«

»Was ich darüber denke, ist nicht von Belang«, sagte Christine sanft. Sie berührte sein Kinn und drehte es in ihre Richtung, tauchte in seinen ausweichenden Blick und suchte darin seine Seele. Seine Augäpfel waren so glasig, dass sie darin ihr Spiegelbild sah.

»Aber Sie haben recht, das hätten Sie über Judith nicht sagen dürfen. Sie müssen sich bei ihr und auch bei Herbert entschuldigen.« Ihr Blick tauchte noch eine Ebene tiefer ein. »Aber nicht mehr heute. Kommen Sie. Ich bringe Sie nach Hause.«

Er war zu aufgelöst, um Widerstand zu leisten. Auch unten bei der Eingangstür nicht. Christine folgte ihm die Treppe hoch und kam mit in die Wohnung, obwohl die Vermieterin Damenbesuch strengstens untersagte.

»Geben Sie mir Mantel und Hut. Ich hänge das für Sie auf.«

Während er sich im Schlafzimmer entkleidete, hantierte sie in der Küche herum, darum bemüht, ihm einen Tee zu machen. Aber als sie mit der Kanne in sein Zimmer kam, war er schon eingeschlafen.

29. Kapitel

London, September 1888

Am nächsten Morgen saß Christine in ihrem Büro und rieb sich die Knie. Sie arbeitete schon seit zwei Stunden, konnte sich aber nur schwer konzentrieren. Immer wieder schweiften ihre Gedanken ab. Gestern, als Pike im Bett lag, hatte sie es nicht über das Herz gebracht, ihn so allein zu lassen. Sie hatte eigentlich nur eine Weile an seinem Bett sitzen und über ihn wachen wollen, als ihr selbst die Augen zufielen. Die ganze Nacht hatte sie bei ihm gesessen. Jetzt taten ihr die Glieder weh, aber dennoch musste sie lächeln. Im Schlaf hatten sie einander die Hände gehalten, und beim Aufwachen spürte sie diese wunderbare Nähe. Es war, als wäre über Nacht ein Netz um sie gewoben worden, welches sie auf noch tieferer Ebene miteinander verband. Sie hatten dann gemeinsam gefrühstückt, was schön und zugleich befremdlich war, zumal sich Christine wie ein Casanova aus der Wohnung schleichen musste, damit die Haushälterin sie nicht bemerkte.

Das Klopfen an der Tür versetzte sie zurück in die Gegenwart. Nevis steckte seinen Kopf in die Tür. »Der Kutscher ist da, Madame Gillard.«

Sie nickte. »Danke.« Als Mitglied der Fabian Society engagierte sich Christine auch außerhalb des Frauenhauses für wohltätige Zwecke. Im Criterion stand heute ein Lunch an, bei dem lauter Damen aus gutem Hause sich trafen und die nächste Spendengala planten. Christine wusste schon, welchem Projekt sie sich neu widmen wollte: zumutbarem Wohnraum.

Sie leinte Daisy an, schloss das Büro hinter sich ab und ging den Flur entlang, als sie plötzlich laute Stimmen hörte.

»Himmel, was ist denn hier los?«, fragte sie ihren Sekretär. Auch er zeigte sich verwundert. Sie folgten dem Lärm bis zur Eingangshalle und entdeckten seinen Ursprung. Der Gärtner gestikulierte wild, sein Gesicht war gerötet. Seine Wut wälzte er auf eine blonde Anwohnerin ab.

»Ich habe den ganzen Vormittag das Laub zusammengekehrt. Dann kommen deine Kinder zehn Minuten in den Garten, und es sieht hinterher aus, als wäre ein Wirbelsturm durchgezogen!«, bellte er.

Die Frau stammelte eine Entschuldigung. Neben ihm wirkte sie so klein und zerbrechlich, dass Christines Beschützerinstinkt geweckt wurde. Selbst wenn der Vorwurf gerechtfertigt sein sollte, duldete sie keinen Umgangston dieser Art. Sie wollte dazwischengehen, aber sie durfte ihren Termin nicht versäumen.

Nevis deutete ihr Zögern richtig. »Kümmern Sie sich nicht darum, Madame. Ich werde das gern für Sie schlichten.«

»Danke, Sie sind ein Schatz.«

Feierlich klatschte er in die Hände und irritierte den Streithahn mit seiner freundschaftlichen Stimme. »Luke, alter Knabe, was kann ich tun, damit es Ihnen besser geht?«

Schmunzelnd wandte sich Christine zum Eingang. Seit der Frauenmörder gefasst war, standen die Constables nicht mehr dort und schoben Wache. Sie hatten die ganze Zeit ohnehin eher wie Portiere gewirkt, so ruhig war es im Frauenhaus in den letzten Wochen gewesen.

Der Kutscher half ihr in den Hansom und kletterte dann auf seinen Sitz. Sie wollten schon losfahren, als sich die Eingangstür noch einmal öffnete und Rosalie hinausstürmte.

»Madame! Auf ein Wort!«

»Was ist denn?«

»Ich muss dringend mit Ihnen sprechen Madame. Es ist eine private Angelegenheit.«

Hätte die junge Frau damit nicht früher zu ihr kommen können? Sie wusste schließlich, dass sie vorhin die ganze Zeit über im Büro gesessen hatte. Ohne dass Christine ihre Taschenuhr herauszunehmen brauchte, wusste sie, dass dafür jetzt keine Zeit blieb. »Ich habe einen wichtigen Termin.«

Rosalies Augen schimmerten wie wässrige Glasperlen. »Kommen Sie denn heute zurück?«, fragte sie zögerlich.

»Das habe ich nicht vorgesehen. Bei dringenden Angelegenheiten darfst du dich sonst auch an Mr. Nevis wenden.«

»Nein«, sie schüttelte den Kopf. »Ich muss Ihnen etwas beichten. Etwas, das nur Sie etwas angeht.« Sie schnappte nach Luft, als ob sie noch etwas sagen wollte. Dann gab sie sich einen Ruck. »Sie und die Polizei.«

Das ließ sie aufhorchen. »Die Polizei?« Sie wollte nachfragen, aber der Kutscher kam ihr zuvor. »Madame, Sie müssen in zwanzig Minuten im Criterion sein.«

»Wir machen es folgendermaßen. Ich bin heute um acht Uhr abends zu Hause. Fahr zu mir raus nach Belgravia. Dann können wir reden. Die Fahrtkosten erstatte ich dir selbstverständlich.«

Etwas in Rosalies Blick beunruhigte sie so, dass sie am liebsten doch dageblieben wäre, aber da hatte der Kutscher das Pferd bereits angetrieben.

An diesem Abend war Rosalie endlich bereit, sich jemandem anzuvertrauen. Viel zu lange hatte sie damit gewartet und deswegen schlaflose Nächte verbracht. Aber es würde nicht besser werden, wenn sie schwieg, auch wenn sie sich dann selbst belastete. Das war sie den Opfern schuldig. Sie musste Madame Gillard sagen, was sie wusste. Sie musste ihr sagen, dass sie wusste, wer der Frauenmörder war. Und niemand im Haus durfte bemerken, dass sie fort war.

Sie huschte die Treppe von ihrem Zimmer hinunter und kam so schnell um die Ecke, dass sie prompt in jemanden hineinrannte und vor Schreck beinahe geschrien hätte. Vor ihr stand Luke. Sein heutiger Zornausbruch war nicht spurlos an ihm vorbeigegangen. In seiner Hand hielt er eine Flasche Schnaps.

»So spät noch unterwegs?«, brummte er.

»Das ist meine Angelegenheit«, sagte sie, überrascht von ihrer eigenen Courage.

Einen Moment machte es den Anschein, als wolle er sie nicht durchlassen. Er kam ihr näher, taumelnd und nach Alkohol riechend. Rosalie wich zurück. Die Erinnerungen an Mr. Ferris kehrten zurück. Sie hasste Betrunkene nicht nur, sie fürchtete sie. Aber Luke schien nicht weiter an ihr interessiert zu sein und ließ sie schließlich gehen.

»Dann pass mal lieber auf dich auf, Püppchen. Draußen ist es gefährlich.«

Wenig später eilte sie die Commercial Road entlang bis zur Aldgate East Station. Dort nahm sie die Untergrundbahn, die nach Victoria führte. Rosalie spürte einen kühlen Windstoß im Nacken, als sie in den Zug stieg und mit diesem in der Dunkelheit verschwand. So musste sich Jona im Wal gefühlt haben. Verschluckt. Eingeengt im Nichts, fern von jeglicher Zivilisation. Dabei befand sich diese nur wenige Yards über Rosalie. Die Vorstellung befremdete sie, unter ihr durchzurasen und keine Kontrolle über die Fahrtrichtung zu haben, während das Echo der Bahn durch den Tunnel hallte. Dann wurde es wieder hell, der Zug hielt bei der nächsten Station. Das Gefühl von Normalität kehrte zurück. Menschen stiegen aus und neue kamen hinzu, ihre Gesichter in die Leere gerichtet oder hinter einer Zeitung verborgen.

Wie sehr sich das Leben in der ein und derselben Stadt unterschied, war Rosalie schon lange bewusst, aber die Übergänge auf den Straßen waren fließend und bereiteten sie auf den Wandel vor. Doch unter der Erde gab es keine Vorwarnung, nur ein Wechselspiel aus Hell und Dunkel. Ein magisches Karussell, mit dem man von der einen Welt in die andere gelangte. Gerade eben noch saßen Menschen in rußbefleckten Arbeitsschürzen über Baumwollhosen in ihrem Waggon, nun raschelte glänzende Seide an Brokat. Der Zug füllte sich zunehmend. Ein Hinweis auf die nahende Victoria Station. Und dann kam sie, und der Wal spuckte sie alle aus.

Ein kunterbuntes Durcheinander aus Mänteln, Regenschirmen, Koffern und Taschen bedrängte Rosalie von allen Seiten. Wie eine träge Lawine schob sich die Menge im grellen, künstlichen Licht voran. In der Haupthalle erwartete Rosalie ein Sammelsurium an Gerüchen und Eindrücken. Sie roch die Kohle der Züge, das Eisen der Waggons, den Dunst der Menschen in all seinen parfümierten und verschwitzten Variationen und die fettigen Dämpfe der Imbissbuden. Zeitungsverkäufer bewarben die Abendausgabe, in der Ferne ertönte ein Glockenschlag. Acht Uhr abends. Madame Gillard würde nun zu Hause sein. Rosalie sollte sich beeilen.

Sie ließ die Victoria Station und die ganzen Droschkenfahrer hinter sich und legte die letzte halbe Meile zu Fuß zurück. Dann stand sie auch schon vor dem Haus, sie musste nur noch die Straße überqueren. Im ersten Stock brannte Licht. Sie schluckte und spürte ihr Herz rasen. Die Nervosität hatte ihr die so sorgsam zurechtgelegten Worte wieder von der Zunge geklaubt. Rosalie verschränkte die Arme, weil sie fröstelte.

Aber sie würde dort jetzt reingehen! Sie würde bei Madame reinen Tisch machen und sich selbst von dieser Last befreien, die sie schon viel zu lange mit sich herumtrug. Dann würde sie zur Polizei gehen. Sie würde sich stellen und mit ihnen aushandeln, dass Peter bei ihr sein durfte. Zumindest bis zur Hinrichtung, denn zu dieser würde es zweifelsohne kommen. Aber bis dahin konnten Jahre im Gefängnis vergehen. Und erst dort würde sie sich vor ihm sicher fühlen.

Hinter ihr knirschten Steine unter schweren Schritten. Rosalie wirbelte herum. Vor Schreck wäre ihr beinahe das Herz stehen geblieben.

Er sah genau gleich aus wie in der Hanbury Street vor drei Wochen. Lange Spinnenbeine, die sich anpirschten, das Gesicht verborgen im Schatten eines tief sitzenden Zylinders. In seinen Händen hielt er etwas, das im Laternenlicht aufblitzte. Stahlblau. Rosalie erkannte den Gegenstand sofort. Es war derselbe Dolch, mit dem er Martha Tabram, Mary Ann Nichols und Annie Chapman verstümmelt hatte.

»Ich habe dich gewarnt«, zischte er. Dann holte er nach ihr aus. Rosalie fehlte die Zeit, um zu schreien.

30. Kapitel

London, September 1888

»Schau mal, Papa! Was für ein riesiger, toter Wurm!« Eddie lag bäuchlings in Herberts Garten, die Arme so angewinkelt, dass sein Kinn auf seinen übereinandergelegten Händen ruhte.

Pike kniete sich neben seinem Sohn ins Gras und versuchte nachzuvollziehen, was dieser so faszinierend fand. Er hatte sich den Morgen freigenommen, um Zeit mit seinem Sohn zu verbringen, und würde erst am Mittag mit der Arbeit beginnen. Nun begutachtete er die Stelle, auf die Eddie so vehement deutete. »Das ist wirklich ein imposanter Wurm«, bestätigte er ihm.

»Er sieht ziemlich hässlich aus. Und schau Papa, da kommen die Ameisen und nehmen ihn mit. Die sind wirklich kräftig.«

»Ich frage mich, was die mit einem derart hässlichen Wurm anstellen wollen«, spielte Pike mit.

Eddie hob den Kopf und blickte ihn aus kugelrunden Augen an. »Ihn essen natürlich. Der wird ihr Festmahl. Wir finden ihn hässlich, aber die Ameisen finden ihn köstlich.«

Verliebt sah Pike seinen Jungen an und fuhr durch seine dunklen Locken. In wenigen Tagen würde Judith heiraten, und die Trennung mit seinem Sohn stand bevor. Sie schmerzte schlimmer als alles andere dieser Welt. Und doch war er heute bewusst hier, denn er wollte sich beim Brautpaar für seine Worte entschuldigen.

Traurig spürte er die Kühle auf Eddies Wangen. »Komm, wir sollten reingehen. Es frischt auf, und ich muss bald zur Arbeit.«

»Mama hat gesagt, in Indien ist es niemals kalt. Stimmt das?«

»Da wird sie wohl recht haben. Freust du dich auf Indien?«

»Ich mag es lieber, wenn es auch mal kalt ist«, gab Eddie bloß zur Antwort. Doch plötzlich wurde sein Blick trüb. »Ich will nicht von dir weg, Papa.«

Ehe Pike etwas erwidern konnte, erschien Herbert am Eingang. »Wie siehst du denn aus?« Er musterte seinen künftigen Stiefsohn, dessen Hose von der Abenteuerexkursion im Garten zeugte. »Dein Vater muss zur Arbeit. Verabschiede dich von ihm.« Etwas in seiner Stimme gefiel Pike nicht. Sie klang seinem Sohn gegenüber wenig wertschätzend.

Eddie umarmte seinen Vater und winkte ihm an der Eingangstür noch einmal grinsend zu. Als müsse der Junge sich selbst und ihm beweisen, dass alles in Ordnung war. Doch sein Lächeln erstarb, sowie er das Haus betrat. Er versuchte, seine Trauer zu verschleiern, aber Pike hatte sie gesehen. Der Junge war noch klein und gottlob ein ungeübter Schwindler.

Fast vergaß er, dass Herbert noch vor ihm stand, die Nase wie immer etwas zu hoch, das Lächeln nach wie vor so, als wollte es mit einer Faust verziert werden.

»Ich nehme an, Sie haben sich wegen Wapping nicht umentschieden?« Besaß der doch tatsächlich die Impertinenz, ihn noch einmal bestechen zu wollen!

»Und Sie, Herbert? Geben Sie in Indien meinen Sohn als den Ihren aus, um sich dem Gespött zu entziehen?« Die Männer sahen sich aus funkelnden Augen an, plusterten sich auf und visierten sich wie zwei Platzhirsche. Hass lag in beider Miene. Aber Pike würde bestimmt nicht der Erste von ihnen sein, der den Blick abwandte. Wenn er wollte, konnte er ein Mistkerl sein. Die Entschuldigung war vergessen.

Da war es! Ein Räuspern, ein Schlucken! Herbert zog seine Stirn in Falten. Er dachte tatsächlich über seine Worte nach! Voller Genugtuung tippte Pike zum Gruß an seinen Bowler und schickte sich zum Gehen an. »Guten Tag.«

»Inspector, Sie kommen keine Minute zu früh!«, begrüßte Abberline ihn auf dem Revier. »Stellen Sie sich mal vor, in diesem Frauenhaus gab es schon wieder Probleme!«

»Das darf doch nicht wahr sein!« Erst jetzt bemerkte er den jungen Mann, der in seinen Armen einen etwa zweijährigen blonden Jungen hielt, der unerbittlich weinte. Pike glaubte, beide schon einmal gesehen zu haben.

»Eine Bewohnerin ist weggelaufen«, erklärte sein Vorgesetzter.

»Und dieser junge Herr, Mr. ...?«

»Nevis, Jacob Nevis.« Er wirkte aufgekratzt und müde, die Augen glasig und das Gesicht gerötet, als habe er weder die Nacht geschlafen noch sie trockenen Auges verbracht.

»Mr. Nevis ist sehr besorgt um sie.«

»Nicht nur ich, Chiefinspector. Auch Madame Gillard ist krank vor Sorge. Sie ist ebenfalls auf dem Weg hierher. Wir glauben, dass Rosalie ganz bestimmt nicht weggelaufen ist.«

»Da können wir vorerst leider auch nichts tun«, entgegnete Abberline barsch.

»Würden Sie uns einen Augenblick entschuldigen?« Pike schnappte seinen Chef am Arm und zog ihn in sein Büro. Er konnte sich schon denken, warum Abberline diese Neuigkeit nicht passte. Erstens durfte keine Frau aus dem Renfield Eden verschwinden, denn der Mörder galt ja als gefasst. Zweitens fiel eine Vermisstenmeldung üblicherweise nicht in den Arbeitsbereich seiner Mordkommission. Wenn sie aber im direkten Zusammenhang mit den schweren Verbrechen stand, dann schon. Pike würde diesen jungen Mann jedenfalls nicht wegschicken. Das gab er dem Chiefinspector unter vier Augen auch deutlich zu verstehen.

Abberline malmte auf seinem angespannten Kieferknochen. »Inspector Pike, Sie wissen doch, wie viele Männer es Ihren Frauen nicht zutrauen, dass sie sie verlassen könnten. Aber das kommt in den besten Familien vor. Uns sind die Hände gebunden, solange kein Verbrechen vorliegt, und eine Vermisstenmeldung geben wir erst nach achtundvierzig Stunden raus. Würde die Vermisste irgendwo ermordet in einer Gasse liegen, dann hätte man sie bestimmt gefunden. Tat man aber nicht, weil der Mörder in unserem Gewahrsam ist.«

»Und wenn sie entführt wurde?«

»Wer sollte eine arme Bettelmaus entführen? Zu welchem Zweck?«

»Wenn Ihnen diese Aufgabe so zuwider ist, dann werde ich mich eben drum kümmern«, knurrte Pike.

»Meinetwegen. Aber verschleudern Sie nicht zu viele Ressourcen dafür.«

»Ich brauche Thackery fürs Protokoll«, forderte er unbeeindruckt.

Abberlines Augenlid zuckte. »Na schön!«

»Inspector Pike!«, Die Erleichterung in Nevis' Stimme war nicht zu überhören, als Pike mit Thackery zu ihm zurückkehrte und sich dazu bereit erklärte, die Vermisstensuche unverzüglich einzuleiten.

»Mr. Nevis, darf ich Ihnen Sergeant Thackery vorstellen? Er wird sich Ihren Fall ebenfalls anhören.« Der Sergeant kam hinzu, und die Männer reichten sich die Hände.

»Ich danke Ihnen beiden!«, sagte Nevis. »Ich weiß doch, dass Rosalie niemals einfach so weglaufen würde ohne ihren Peter.«

Als wäre dies das Stichwort, begann das Kind zu weinen.

Pike betrachtete den verängstigten Jungen, in dessen blauen Augen die Tränen nur so schwammen. »Keine Angst, Kleiner. Mr. Nevis passt gut auf dich auf. Wir suchen nach deiner Mami.«

Zu viert gingen sie in Pikes Büro. Seit er Christine unerwartet bei sich gehabt hatte, hielt er das Zimmer ordentlich. Nur die Fotos musste er schnell von der Stadtkarte nehmen, ehe das Kind sie sah. Sie hätten das arme Wesen bloß verstört. Selbst Christine war schockiert gewesen. Christine ... Er erwischte sich dabei, dass er bedauerte, dass sie nicht hier war. Er vermisste sie. Manchmal so sehr, dass er sich hundeelend fühlte. Er sehnte sich abends nach ihrer Gesellschaft, dass sie bei ihm wäre, so wie letztens. Wünschte, sie würden gemeinsam am Kamin auf einem Sofa sitzen, und er ihr von seinem Tag erzählen und sie von ihrem. Er sehnte sich nach ihren Lippen, nach ihrer Nähe. Wollte sie berühren, sie erforschen, nicht nur die Tage, sondern auch die Nächte mit ihr verbringen. Und er wollte ihr so gern sagen, dass er sie liebte.

Die Eröffnung der Befragung holte Pike aus seinen Gedanken. »Hat Rosalie Familie, zu der sie gegangen sein könnte?«, fragte Sergeant Thackery.

»Nein, sie ist eine Vollwaise und ein Einzelkind. Sie lebte vor dem Frauenhaus im Millers Court in der Dorset Street.«

»Wer hat sie wann und wo zuletzt gesehen?«

»Das war eine Bewohnerin kurz nach sieben Uhr abends, die sah, wie Rosalie das Haus verließ. Aber sie ist nicht mehr zurückgekehrt. Ihr muss etwas passiert sein, und ich war nicht da, um sie zu beschützen.«

Nach der Befragung versprach Pike sofortige Hilfe und erteilte einem Constable den Befehl, den Sekretär und das Kind ins Frauenhaus zu fahren. Dann ließ er einen Suchtrupp formieren.

»Ich danke Ihnen«, krächzte Nevis, der schon ganz heiser war. Nun, da Hilfe nahte, schien die Erschöpfung ihn zu überwältigen. Mit Peter und dem ihm zugewiesenen Constable verließ er das Präsidium.

Unterdessen dirigierte Pike die Constables umher. Einige würden Nevis folgen und im Frauenhaus ermitteln, andere wies er der Dorset Street zu, wieder andere patrouillierten durch die anliegenden Straßen und eine letzte Gruppe schickte er zur Themse. Der Fluss bot einen beliebten Ort des Verbrechens und sollte ein solches unabhängig vom Whitechapel-Mörder stattgefunden haben, dann fiel die Wahrscheinlichkeit nicht gering aus, im Wasser oder an den Ufern eine Leiche zu finden.

Auf sein Geheiß schwärmten die Constables in alle Windrichtungen aus. In diesem ganzen Getümmel entging ihm völlig, wie jemand soeben ankam, im Türrahmen stand und ihn schweigend ansah. Erst, als sich Pike selbst aufmachen wollte und sich zur Eingangstür drehte, entdeckte er sie.

Christine sah ihn wie ein waidwundes Tier an. »Hallo John.«

Sie hakte sich bei Pike schwerer ein als sonst, während sie einige Schritte die Brick Lane entlang zurücklegten. Sie wollte nicht mehr. Sie war einfach nur noch müde und hatte die Nase voll von den ganzen Tragödien in ihrem Refugium. Sie kam sich so ohnmächtig und verloren vor. Gestern Abend hatte sie vergeblich auf Rosalie gewartet, ging aber letztendlich davon aus, die junge Frau habe den Termin versäumt oder es sich anders überlegt. Erst am nächsten Morgen erfuhr sie, dass sie vermisst wurde. Es folgte ein grauenvoller Vormittag des vergeblichen Suchens. Tränen flossen, Verzweiflungsschreie erschollen. Rosalies Sohn Peter zeigte sich verängstigt, und Nevis konnte keine einzige diktierte Zeile fehlerfrei schreiben.

Niemand verstand, warum ausgerechnet Madames Liebling verschwunden war. Wie es Christine hasste, nichts tun zu können! Noch nicht einmal jemandem anvertrauen konnte sie sich. Rosalies geheimnisvollen Worte ließen bei ihr alle Alarmglocken läuten. Noch wusste niemand, dass sie Christine etwas Wichtiges erzählen wollte, das den Mörder betraf. Nur der Inspector, ihr wahrer Vertrauter, sollte davon erfahren. Es schien, als wisse Rosalie als Einzige mehr über den Fall. Das erhob sie über Nacht zu einer wichtigen Zeugin und machte sie gleichzeitig zu einem erheblichen Risiko für den Frauenmörder. Wenn er sie jetzt aus diesem Grund aufgespürt und aus dem Weg geschafft hatte ...

Mitten auf der Straße blieb sie stehen und sah Pike verunsichert an. »Rosalie wollte gestern Abend um acht zu mir kommen, um mir etwas Wichtiges zu sagen. Sie muss verschwunden sein, während sie auf dem Weg zu mir war.«

Pike zog seine Stirn in Falten.

»Verstehen Sie, was ich meine, John? Ich mache mir schreckliche Vorwürfe. Ich glaube, dass sie entführt wurde. Nur wieso? Hätte ich darauf beharrt, dass wir uns woanders treffen oder hätte ich mir früher Zeit für sie genommen ...« Ihre Stimme versagte.

»Christine.« Pike ergriff diskret ihre Hand und strich mit dem Daumen über den Satin ihrer Handschuhe. »Christine«, sagte er wieder. »Wenn das stimmt, dann danke ich Gott, dass Sie sich verpasst haben. Vielleicht müssten wir sonst nach zwei Frauen suchen.«

Ihre Augen wurden feucht, und ihr Atem stockte. »Das halte ich für einen sehr unangebrachten Gedanken.«

»Manche Gefühle sind nicht angebracht. Manche Gefühle kann man nicht kontrollieren.« Er sah aus, als würde er mit sich kämpfen. Die Doppelbedeutung seiner Worte schlug bei ihr eine Saite voller Sehnsüchte an. Wie lange wollte sie noch gegen ihre innerlichsten Wünsche ankämpfen? Doch das durfte jetzt kein Thema sein. Es ging um Rosalie und darum, sie möglichst schnell wiederzufinden.

»Hat sie Feinde?«

»Ich würde meine Hand dafür ins Feuer legen, dass dem nicht so ist.«

Nachdenklich führten sie ihren Spaziergang fort. »Ich kann nicht mehr als versprechen, dass ich meine besten Männer nach ihr suchen lassen werde und dass wir im Frauenhaus noch einmal jeden Stein umdrehen. Ich bedaure übrigens, dass Abberline den Polizeischutz abbestellt hat.« Es war ihm sichtlich unangenehm.

»Nun ja, dafür helfen die gleichen Polizisten nun bei der Suche nach Rosalie«, versuchte sie ihn aus seiner Beklemmnis zu befreien.

Doch an Pikes Gesichtsausdruck änderte sich nichts. Besorgt sah er sie an. »An Ihrer Stelle rate ich Ihnen, die Türen im Renfield Eden nach zweiundzwanzig Uhr zu verriegeln. Und bitte: Auch Sie sollten nach Einbruch der Dunkelheit das Haus nicht mehr verlassen.«

Sie nickte bloß.

Pike bot ihr wieder den Arm an. »Soll ich Sie nach Hause begleiten?«

Sie lehnte dankend ab. »Das ist nicht nötig. Ich habe noch Arbeit auf dem Schreibtisch, zu der ich heute Vormittag nicht gekommen bin. Es wird wohl wieder ein langer Abend werden.«

Es schien, als wollte er noch etwas anderes sagen. In seinen Augen glaubte sie abzulesen, dass er ihr wirklich aufrichtig zur

Seite stehen wollte. Auch mehr als angebracht. Christine senkte den Blick. Denn wenn er sie jetzt ansehen würde, dann hätte er in ihren Augen das Gleiche gesehen.

31. Kapitel

London, September 1888

»Madame, hier bräuchte ich noch Unterschriften«, sagte Nevis. Ein Stapel Papiere glitt über ihren Arbeitstisch. »Und das sind Ihre morgigen Termine.«
Christine hörte kaum hin, stattdessen beobachtete sie Nevis, während er vorlas. Auch er bemühte sich, im Berufsalltag weiterzumachen, als wäre nichts geschehen. Aber die geröteten Augen und die tropfende Nase verrieten ihn. Es tat weh, ihn so zu sehen. Genauso wie es wehtat, nichts tun zu können.
Nachdem Pike sie heute am frühen Nachmittag zum Frauenhaus zurückbegleitet hatte, zog der Minutenzeiger nur langsam voran. Ständig erwischte sie sich dabei, wie ihre Gedanken abschweiften und sich um Rosalie drehten. Lebte sie noch oder wurde sie gequält und gefoltert? Oder hatte sie sich selbst umgebracht, und man wusste nur nicht wo? Doch sie musste ihre Grübeleien hintanstellen. Es galt, ein Wohnheim zu führen und mit der Polizei zu kooperieren, die Rosalies Zimmer durchwühlte und Fragen stellte.
Und vor ihr stand ein junger Mann, der wohl mehr als alle anderen in diesem Haus durch die Hölle ging. Christine könnte schwören, dass Nevis Rosalie liebte. Und er war genauso hilflos wie sie. Er krallte sich an seiner Mappe so fest, dass seine Knöchel weiß herausstachen. Ihr Assistent konnte sich nicht länger fassen. Ein Schluchzen fand seinen Weg aus seiner Brust und brachte Christines Herz beinahe zum Stillstand.
»Schon gut, Jacob, lassen Sie es raus.« Sie stand auf und bedeu-

tete ihm, dass er sich auf ihren Stuhl setzen sollte. Nevis stützte die Ellenbogen auf den Tisch und vergrub sein Gesicht in seinen Händen. »Entschuldigen Sie, Madame. Es geht gleich wieder.« Sie lächelte und strich über seinen Rücken. »Ihnen muss nichts leidtun. Ich weiß doch, was Sie fühlen.«
Auch sie fühlte heute mehr, als sie fühlen sollte. Es schien, als hätte dieser Schrecken einen ganzen Damm gebrochen und als strömte nun alles Unterdrückte auf sie ein. Besonders was ihre Gefühle für Inspector John Pike betrafen.

Die Suche nach Rosalie blieb erfolglos. Somit lag es vierundzwanzig Stunden zurück, als sie das letzte Mal gesehen wurde. Erschöpft von diesem langen Tag suchte Pike seine Hausschlüssel. Ein kühler Wind wehte ihm entgegen und zog dann leichtfüßig von dannen, während der Nebel im trägen Müßiggang von allem und jedem in seiner Umgebung Besitz ergriff.

Nun war in London wirklich der Herbst eingezogen, und obwohl er noch jung war, ahnte Pike, dass es ein Herbst der Furcht und des Schreckens sein würde.

Weil er damit beschäftigt war, den Schlüssel in der Dunkelheit in das Schloss zu bekommen, fiel ihm nicht auf, wie hinter ihm jemand aus einer Droschke stieg und sich Schritte ihm näherten. Erst als die Person unmittelbar hinter ihm stand, drehte er sich verwundert um.

»Christine, was machen Sie denn hier?«

Sie sagte nichts, sondern stürzte ihm ohne eine Vorwarnung in die Arme. Die Wucht kam anhand ihrer zierlichen Größe unerwartet. So viele Emotionen waren in dieser Umarmung verborgen, und sie beförderten auch Pikes Gefühle vom tiefsten Meeresboden zur Oberfläche. Oh, welch wunderbares Gefühl, dass sie sich von ihm halten ließ. Sie war ein gutes Stück kleiner als er, sodass sie ihren Kopf an seine Brust lehnte und dort so heilend auf ihn wirkte wie eine Reliquie. Wie perfekt sie sich seinem Körper anschmiegte, als gehörten sie schon immer zusammen. Er konnte nicht anders, als die Umarmung zu erwidern. Mit einem tiefen Atemzug vergrub er sein Gesicht in ihrem Haar. Sie roch so wunderbar, seine Rose von Whitechapel. Endlich fanden sich seine Lippen auf ihren. Zunächst küssten sie sich vorsichtig und schüchtern. So viel Zärtlichkeit lag in diesen Berührungen, so viel Zerbrechlichkeit, obwohl es in ihnen stürmte.

Beide bewegten sich auf neuem Terrain, beide fürchteten sich vor den neuen Türen, die sich hiermit öffneten und nie wieder schließen lassen würden. Aber alles, was sie taten, fühlte sich richtig an und gab ihnen Sicherheit. Bald wurden sie fordernder, und ihre Sehnsüchte wollten auf einen Schlag gestillt werden.

Das war alles, was er jemals wollte. Einfach nur ihr nahe sein, mit ihr zusammen sein. Seine Zunge tastete nach ihrer, sie seufzte sinnlich, und Pikes Brust weitete sich vor Stolz. Wonne und Wohlgefühl strömten gleichermaßen auf ihn ein. Als Christine ihre Arme gänzlich um ihn schlang und er sie fest an sich zog, konnte er kaum noch an sich halten.

Es lag erst sieben Wochen zurück, da hatte er sich auf der Westminster Bridge in sie verliebt und sich ein Herz gefasst. Sieben Wochen brauchte sie, um für ihn bereit zu sein. Sieben Wochen voller zwiegespaltener Gefühle und Sehnsüchte.

Sie schafften es kaum nach oben und fielen schon im Flur übereinander her. Diese Frau war so ganz anders als die anderen. Sie wusste, was sie wollte, zeigte es ungehemmt. Ein Knopf sprang ab, als sie ihm das Jackett auszog und sein Hemd aus der Hose zerrte. Ihre Hände waren ebenso filigran wie geschickt. Es dauerte nicht lange, und sie hielt sein Glied fest.

Pike keuchte und ließ sich ganz von ihr in Besitz nehmen. Er liebte diesen seligen Moment, in dem er Christine noch näher kennenlernen durfte. Er packte sie und hob sie hoch. Ihre Beine schwangen sich um seine Hüfte. So drückte er sie gegen die Wand und wühlte sich unter ihre Röcke, bereit, endlich mit ihr zu schlafen.

Doch da polterte es gewaltig gegen die Tür, als würde ein Rammbock dagegenstoßen. »Mach sofort die Tür auf, John!«, ertönte Judiths Stimme. Sie klang schrill und aufgebracht.

So ein Mist!

Pike hatte sich bereits bis unter Christines Unterrock hochgearbeitet, und die samtig glatte Haut ihrer Oberschenkel über den Strumpfhaltern berührt, da war es auf einen Schlag vorbei mit den romantischen Gefühlen. Die Verliebten sahen sich einen Moment wehleidig an und lösten schweren Herzens ihre Umarmung. Befangenheit nahm den Platz der Erregung ein. Ohne sich anzusehen, halfen sie sich gegenseitig, ihre Kleidung zu richten.

Kaum hatte er die Tür geöffnet, schoss Judith an ihm vorbei. Die Diamanten an ihrer Kette erzitterten, als sie die Tür hinter sich zuschlug.

Sie fixierte ihn mit einem Blick voller Abscheu, der sich auch in ihrer Stimme wiederfand: »Herbert versucht mir schmackhaft zu machen, ich solle mich von meinem Sohn lösen und ihn in England lassen. Das hast du in die Wege geleitet, nicht wahr? Wie kannst du es wagen!«

Ihr Blick fiel auf Christine. »Haben Sie das mitgeplant? Mich bei Herbert anzuschwärzen?«

Pike hatte noch immer mit seiner Erektion zu kämpfen und sprang für Christine in die Bresche. »Nein Judith, das ist nicht wahr. Sie hat nichts damit zu tun.«

Doch Judith hörte gar nicht erst hin und ging vorwurfsvoll auf Christine los. »Ich kenne die Gerüchte. Sie können keine Kinder bekommen. Dem ist doch so, nicht wahr? Darum wollen Sie jetzt eine fremde Familie zu Ihrer eigenen machen. Damit Sie nicht einsam sind, jetzt wo Ihr Mann dahingerafft ist.«

»Judith!«, schrie Pike voller Entsetzen. »Ich erlaube dir nicht, so mit Madame Gillard zu sprechen. In diesem Ton bist du mir nicht willkommen. Wenn sich Herbert dir gegenüber ungalant verhält, dann klär das mit ihm.«

»Er sagte, ich sei ihm zu Gehorsam verpflichtet. Er hat Eddie vor seinen Augen einen Bastard genannt!«, kreischte sie zurück. Ihre Augen füllten sich mit tief verletzten Tränen. Sie ging auf ihn los und schlug nach ihm.

Pike federte ihre Schläge ab und stellte sie mit einem kontrollierten Griff ruhig. Nichts davon schmerzte, doch ihre Worte erschlugen ihn wie ein herabfallender Fels, den er im nebelverhangenen Gebirge nicht hatte fallen sehen. Dass Herbert so respektlos mit ihr und seinem Sohn umging, musste er allein auf sein Konto verbuchen. Warum hatte er sich nur nicht entschuldigt? Dieser Mistkerl! Und wie beschämend, dass Christine das alles mitansehen musste!

»Er hat ihn einen Bastard genannt!«, wiederholte Judith, dieses Mal schluchzend.

»Ich weiß, Judith«, sagte Pike ruhig.

»Er hat ihn einen ...« Die Tränen erstickten ihre Stimme. Pikes Griff wandelte sich zur tröstenden Umarmung.

»Ich weiß, Judith. Es tut mir leid.«

»Es tut dir leid! Du hast einen Schatten über uns gebracht! Dinge ans Tageslicht befördert, die dort nicht hingehörten. Ohne dein Zutun hätte Herbert nie ...«

Ein Schmerzensschrei reduzierte alles Gesagte auf eine Lappalie. Ihr Oberkörper kippte vornüber, und Judith umklammerte wehklagend ihren Unterleib. Perplex sah Pike sie an. Was war geschehen?

»Sie hat sich zu stark aufgeregt. Das ist schlecht für's Kind«, schaltete sich Christine sofort ein. Sie nahm Pike die Schwangere ab und stützte sie. Trotz Judiths harten Worten, die sie gegen sie gerichtet hatte, lagen in Christines Gesichtszügen weder Kränkung noch verletzter Stolz. Das Wohlergehen von Mutter und Kind war an die erste Stelle gerückt.

»Mein Kutscher wartet unten. Ich fahre mit ihr ins Krankenhaus. Sie verliert es vielleicht ohne medizinische Hilfe.«

Pike erstarrte. Bei solchen Angelegenheiten kannte er sich kaum aus. Trotzdem machte er Anstalten mitzukommen, doch Christine schüttelte den Kopf. »Das ist jetzt Frauensache.«

Es blieb ihm nichts anderes übrig, als ein »Danke« zu stammeln und ihnen die Tür aufzuhalten.

Die goldene Taschenuhr zeigte eine Stunde vor Mitternacht. Wie unbequem sich die Wartebank im schwach beleuchteten Flur des Krankenhauses anfühlte, hatte Christine längst verdrängt. Wärme und Müdigkeit hatten sie eingelullt, die turbulenten Ereignisse des Tages sie aufgekratzt. Ihre Wangen glühten, und ihre Kehle fühlte sich trocken an. Sie hielt eine vorbeieilende Schwester an und bat um ein Glas Wasser. Als sie das geleerte Glas abstellte, kam der Oberarzt zu ihr.

»Sie hatte Glück, es war nur eine leichte Überanstrengung. Der Fötus ist wohlauf. Sie können nun zu ihr, wenn Sie möchten.«

Eigentlich wollte Christine nicht. Sie wäre am liebsten nie aus Pikes Wohnung fortgegangen und hätte all die wunderbaren Dinge mit ihm getan, nach denen sie sich schon so lange sehnte. Aber sie war nun einmal hier, und es hätte einen eigenartigen Eindruck hinterlassen, wenn Christine nur im Krankenhaus gewartet und dann wieder gegangen wäre. Also stand sie auf und betrat das Zimmer.

Judith lag ausgestreckt in der Mitte ihres Bettes, die Decke so akkurat über ihren Körper gelegt, dass sich keine einzige Falte bildete. Ihre dunklen Haare umspielten ein Gesicht, dessen Blässe sich kaum von der Bettwäsche unterschied. Beschämt sah Judith sie an.

»Eine Entschuldigung ist wohl angebracht. So wie vorhin hätte ich mich nicht aufführen dürfen. Ich war nur unendlich verletzt.«

»Genau wie John, als er erfuhr, dass Sie mit Eddie nach Indien auswandern wollen.«

»Ich weiß. Und darum hasst er mich.«

»Judith, er hasst Sie nicht«, entgegnete Christine sanft.

»Ach ja?« Eine von Judiths Augenbrauen wanderte in die Höhe. »Ich würde mich an seiner Stelle hassen.«

Wieder schüttelte Christine den Kopf. »Er liebt Ihren Sohn über alles. Etwas, das Sie zusammen erschaffen haben, und das ein Teil von Ihnen beiden ist. Er liebt Eddie sogar so sehr, dass er sich zugegebenermaßen hinreißen ließ und Sie verletzte. Aber wie könnte er die Person hassen, die jenem Wesen das Leben schenkte, dem all seine Liebe gilt?«

»Nicht all seine Liebe.« Sie sprach im vielsagenden Tonfall und sah Christine lange an. »Aber ich gebe zu, dass die familiären Strukturen eine Herausforderung darstellen. John ist wirklich zur Gänze in Eddie vernarrt, aber selbstverständlich liebe ich mein Kind genauso. Wie hätten Sie sich denn an meiner Stelle entschieden?«

»Eine solche Entscheidung möchte ich mir nicht anmaßen«, wich Christine aus.

»Ich würde sie aber gerne wissen. Sie sind eine kluge Frau.«

»Die im Umgang mit Kindern keine Ahnung hat, wie Sie ja feststellten.«

»Sie sind immer noch verletzt deswegen«, bemerkte Judith.

Ja! Und sie ärgerte sich selbst darüber. Wie sehr es ihr widerstrebte, darauf reduziert zu werden. War es nicht so, dass Christine ein Leben lang darum gekämpft hatte, als mehr zu gelten, als bloß ein Geschöpf, in dem der Mann Befriedigung fand? Das ihm bedingungslos folgte und gehorchte und seine Kinder erzog? Nicht einfach nur das schwächere Geschlecht zu sein, das in den feineren Kreisen zwar eine gute Bildung durchlief, die aber nur darauf ausgerichtet war, Konversationen zu führen, die nicht in einer Blamage endeten?

Judith schluckte. »Ich kann nicht mehr als mich entschuldigen. Bitte vergessen Sie meine Worte.« Sie schwieg und betrachtete sie eingehend. »Sie sind so wunderschön. So vollkommen und klug. Es fällt mir schwer, nicht eifersüchtig zu sein. Und dann haben Sie auch noch John.«

»Ich habe ihn nicht.«

»Ich sehe ja, wie er Sie ansieht. Anders als mich zu meiner Zeit. John konnte mich nicht glücklich machen.«

»Bei allem Respekt, aber mich glücklich zu machen ist niemandes Aufgabe«, versetzte Christine. »Wir machen es uns sehr einfach, wenn wir unser Glück von anderen Personen abhängig machen. Dann drücken wir uns vor unserer eigenen Aufgabe. Glück müssen wir uns selbst verschaffen.«

Judith blinzelte, als würde ihr plötzlich etwas dämmern. »Du meine Güte. Sie lieben ihn!«

Und als Christine die Gelegenheit gehabt hätte, zu verneinen, zu verleugnen und vehement zu betonen, dass dem nicht so sei und dass diese Schwärmerei sowieso ins Nichts führen würde, da legte sie endlich ihre eiserne Rüstung ab und sagte: »Ja, das tue ich. Mit jeder Faser meines Herzens.«

Eine Weile sah Judith sie sprachlos an. »Ich habe Sie unterschätzt, Madame. Sie sind voller Weisheit und Güte. Darum bitte ich Sie ein letztes Mal um Rat. Beantworten Sie meine Frage, der sie so elegant ausgewichen waren.« Ihr Blick verhärtete sich. »Wie hätten Sie sich bei Eddie entschieden?«

Christine zupfte an den Häutchen ihres Nagelbetts herum. Eine törichte Angewohnheit. Schnell hakte sie ihre Finger ineinander. »Nun, möglicherweise würde ich Eddie selbst fragen, was er möchte. Wohin er gehen will.«

»Daran dachte ich auch schon. Doch ich fürchte mich vor seiner Antwort.«

Das Klopfen an der Tür kündigte einen Besucher an. Herbert trug einen olivgrünen Mantel, den er gleich am Eingang auszog. »Darling, ich war ja so in Sorge!« Theatralisch kniete er sich an Judiths Bett, nahm ihre Hand und küsste sie. »Wie geht es dir und dem Kleinen?«

»Ich hatte dank Christine großes Glück.«

»Ihr wart zusammen unterwegs? Davon wusste ich gar nichts.« Mit einer Mischung aus Verwunderung und Misstrauen blickte er zwischen den Frauen hin und her.

»Sie bat mich um einen Ratschlag für das Hochzeitskleid«, antwortete Christine rasch.

»Um diese Uhrzeit? Das muss ein sehr wichtiger Ratschlag gewesen sein!«

»Du weißt doch, wie Frauen sein können«, zirpte Christine. »Stets nach Perfektion und dem Wohlgefallen des Mannes bemüht.«

Herbert lachte. Worte, die einem Mann wie ihm zweifellos

gefielen. »Wie wahr, wie wahr, liebste Christine. Mit Ihrem Modegeschmack wären Sie auch meine erste Anlaufstelle. Allein dieser wunderbar bestickte Plisseekragen, den Sie heute tragen, scheint ein Meisterwerk zu sein. Und erst die efeugrüne Borte an Ihren Gamaschen!«

Er säuselte noch ein wenig weiter, und ein bescheidenes Lächeln erschien auf Christines Lippen, während Judith ihr dankbar für die Notlüge zunickte. »Ich lasse euch jetzt allein.«

Es folgten einige Floskeln, dann wandte Herbert sich seiner Zukünftigen zu. »Welch Segen, dass dir nichts zugestoßen ist. Hoffentlich genest du schnell. Ich kann es kaum erwarten, dich zu ehelichen und dann nach Indien zu reisen.«

»Wenn ich ehrlich sein soll, Liebster: Die Ärzte raten mir, in diesem Zustand keine größere Reise anzutreten. Ich fürchte, sie muss bis nach der Niederkunft warten.«

In Gedanken zog Christine vor Judith den Hut. Von einem Reiseverbot hatte der Oberarzt nichts gesagt. Das war ihr Entgegenkommen an ihren Ex-Mann. Pike sollte mehr Zeit mit Eddie vergönnt sein, sodass er seine Gedanken besser sortieren konnte.

»Natürlich. Das Wohl unseres Kindes ist wichtiger«, sah Herbert ein, doch seine Gesichtszüge verfinsterten sich. Ganz der Geschäftsmann, dem es nicht passte, wenn ihm ein Strich durch die Rechnung gemacht wurde.

Christine, die bereits in ihren Mantel geschlüpft war, hielt inne und schielte zu Judith. Die erwiderte ihren Blick. Auch sie hatte es bemerkt: In Herberts Zukunft fand Eddie keine Erwähnung. Judiths Augenlid zuckte nur minimal, doch Christine erkannte darin einen mütterlichen Schmerz.

32. Kapitel

London, September 1888

Long Liz torkelte mit ihrer Saufkumpanin durch die nebligen Straßen. Obwohl es still war, hallte in ihren Ohren noch immer das lärmige Geschehen der Pubs und Spelunken nach, durch die sie gezogen waren. In ihren Wollkleidern hatte sich der Geruch von fettigem Essen und Zigarrenrauch festgesetzt.

Ihre Freundin Catherine griff lachend nach einem Laternenpfahl und schwang sich drumherum.

»Bist du besoffen«, lallte Liz. Sie wollte Catherine am Arm packen und weiterziehen, aber da sie selbst genauso betrunken war, verfehlte sie ihr Ziel und stürzte mit dem Gesicht voran aufs Pflaster. Sie stieß einen Schwall Flüche in ihrer Muttersprache aus, während sie sich aufsetzte und schmerzerfüllt die Schramme an ihrem Kinn abtastete. Catherine hingegen lachte sie aus.

Liz schmeckte ihr eigenes Blut, und augenblicklich ließ der Alkohol in seiner Wirkung nach. Schon wieder hatte sie es mit dem Trinken übertrieben und ihre Grenze überschritten. Schon wieder hatte sie die Kontrolle über sich verloren. Sie, die ewig Suchende nach einem vernünftigen Leben, die es zwar wirklich besser machen wollte, der aber das Werkzeug dazu fehlte. Deren eigener Geist das größte aller Hindernisse darstellte, als würde sie, ganz gleich in welche Richtung sie sich bewegte, gegen sich selbst kämpfen. Und wie immer hatte sie im Alkohol Halt gesucht. Dabei hielt er sie überhaupt nicht, wie der eisenhaltige Geschmack des Blutes in ihrem Mund deutlich machte.

Liz wollte nur noch nach Hause und in ihr Bett. »Komm jetzt,

Catherine. Wir ham genug.« Sie rappelte sich auf und griff nach Catherines Arm.

»Meine Flasche is aber noch nich leer.« Wie ein Seekranker, der in den Seilen hing, lehnte Catherine sich nach hinten, sodass auch der letzte Tropfen Gin den Weg in ihren Rachen fand. Natürlich verlor sie prompt das Gleichgewicht, und Liz fing sie fluchend auf.

»Kannst du dich nich wenigstens ein einziges Mal zusammenreißen?«, maulte Liz.

Catherine verging das Lachen. »Was is denn plötzlich in dich gefahren?« Dann zeichnete sich wieder ein Lächeln auf ihren Lippen. »Jedenfalls nicht der Meister, den ich vorhin abbekommen hab.« Triumphierend schnippte sie ihren zuvor verdienten Shilling in die Luft. Bemerkenswerterweise fing sie ihn auch wieder auf und ließ ihn in ihrem Ärmel verschwinden.

Long Liz schnaubte, sagte aber nichts mehr. Zusammen bogen sie bei der Christ Church in die Brushfield Street und blieben vor dem Frauenhaus stehen.

Kaum sah Liz die verschlossene Tür, stöhnte sie auf. Sie hatte vergessen, dass das Frauenhaus nicht mehr von Constables bewacht wurde. Chiefinspector Abberline hatte sie wieder abgezogen. Nicht, dass Liz dies gestört hätte. Sie mochte keine Polizei. Doch dies bedeutete auch etwas anderes: Die Tür war seit Einbruch der Dunkelheit verriegelt.

Catherine schien von alldem nichts mitbekommen zu haben und rüttelte am Türknopf. Als dieser sich nicht rührte, betätigte sie den Türklopfer, der im Maul eines Löwen hing. »He, was solln das? Aufmachen!« Mit beiden Händen polterte sie gegen die Tür.

Liz legte den Kopf in den Nacken und atmete geräuschvoll aus. »Scheiße.«

Catherine polterte weiter.

»Die hörn uns nich bis in ersten Stock.« Liz stöhnte.

»Dann müssn wir Steine an die Fenster werfen.«

»Siehst du hier welche?«, maulte Liz, die den Arm in die Dunkelheit ausstreckte.

»Oder wir brechn in Garten ein und schlafen im Hof«, überlegte Catherine.
Liz rollte nur mit den Augen. »Nein danke, da frier ich mir den Arsch ab.« Sie überlegte. »Ich versuch's bei 'ner Freundin. Und du?«
»Habs nich so mit fremden Betten«, meinte Catherine platt.
Als ob, dachte Liz, der nicht entgangen war, dass Catherines Hände bereits wieder zitterten. Sie wollte gar nicht schlafen, sondern Nachschub auftreiben. Darauf hatte wiederum Liz keine Lust. »Wir sollten uns zu diesen Zeiten lieber nich trennen. Denk an die olle Annie oder Rosalie.«
Doch Catherine winkte ab, sodass sich ihre Zapfenlocken schüttelten. »Schon vergessen, dass die Polizei den Mörder hat?« Sie lachte. »Außerdem geh ich ja nur ins nächste Pub.«
»Wenn du meinst. Dann sauf dir eben die Hucke voll.«
Die Frauen gingen zurück in die Commercial Road und trennten sich dort. Catherine schlug weiter geradeaus Richtung Süden in die Leman Street ein, während Liz der Commercial Road weiterfolgte, die über die Whitechapel Road nach links verlief. Ohne Catherines Geschnatter spürte Liz plötzlich die Einsamkeit und Verlorenheit.
Ihre Freundin wohnte bei Juden in der Nähe der Berner Street. In diese bog Liz nun ein. Es war ein armes Viertel, dessen Straßenlaternen zerschlagen waren. Die Erneuerung der Beleuchtung durch Madame Gillards Spende war hier noch nicht erfolgt. Obwohl es dort so dunkel war, dass Liz kaum weiter als eine Armlänge sehen konnte, erkannte sie an der Glut der brennenden Zigaretten, dass noch Menschen unterwegs waren. Immer wieder drangen Gesprächsfetzen ins Freie, wenn jemand die Tür zu einem Warenlager öffnete und dieses betrat.
Neugierig und um sich ein wenig aufzuwärmen und der Einsamkeit zu entfliehen, folgte Liz einem von ihnen hinein. Im Raum hatten sich etwa dreißig Juden versammelt, die einem Mann in der Mitte lauschten, der auf ein Fass geklettert war. Offensichtlich handelte es sich um eine politische Versammlung.
»Wir sind hier, liebe Glaubensbrüder, weil es triftige Gründe

dafür gibt, dass Juden Sozialisten sein sollten«, begann ein Mann mit Brille und Schläfenlocken.

Mit verschränkten Armen stand Liz in der Tür und hörte eine Weile mit, ohne dass sie das Thema wirklich interessierte. Still und leise, so wie sie die Versammlung betreten hatte, verließ sie sie wieder. Da im Warenlager Lampen gehangen hatten, kamen ihre Augen nicht mehr mit der Finsternis in der Berner Street zurecht, sodass sie beim Gehen ihren rechten Arm an den Hausfassaden entlanggleiten ließ. Vor ihr erkannte sie das ersehnte Licht am Ende einer Straße, auf der die Laternen wieder intakt waren. Sie folgte dem Licht durch die Dunkelheit, die sich wie ein Tunnel über sie stülpte. Da geschah es, mitten auf der Straße.

Sie sah ihn nicht kommen, hatte ihn auch nicht gehört. Sie wusste nicht einmal, wer sie gerade überfiel. Nur seinen eisernen Griff spürte sie, der sie schmerzhaft packte und sie in einen Hinterhof zerrte.

»Lass mich sofort los!«, schrie Liz. Ihr Herz schlug so schnell, dass es auszusetzen drohte. Mit aller Kraft wehrte sie sich. Doch ihre Schläge gegen den Angreifer gingen ins Leere. Sie sah ihn nicht, sondern spürte nur, wie er versuchte sie noch fester zu packen.

Und dann erwischte er sie. Seine Hände fanden sich um ihren Hals wieder. Sie spürte, wie der Druck in ihrem Kopf stieg, während ihr gleichzeitig schwindelig wurde. Der Sauerstoff fand seinen Weg nicht mehr zu ihrem Gehirn, und die eingedrückte Kehle verhinderte, dass sie schreien konnte.

Es dauerte nicht lange, da senkte sich die Dunkelheit der Berner Street auch auf ihre Seele nieder.

Was für ein Jammer! Er hätte es beinahe vermasselt! Nach Annie Chapman war er wohl zu übermütig geworden. Damals hatte er ihre kleine, süße Kehle in einem Hinterhof aufgeschlitzt und sich um sein Kunstwerk gekümmert, ohne einen Fluchtweg zu haben und mit der Gewissheit zu leben, dass jeder Moment einer der bereits wachen Bewohner den Hof für die Benutzung des Klohäuschens betreten könnte. Hatte wohl geglaubt, es wäre von nun an immer so einfach. Jetzt wäre er beinahe erwischt worden. Der Mann musste nur wenige Schritte von ihm entfernt gestanden haben. Er hatte ihn sogar neben sich atmen gehört und um ein Haar die Nerven verloren, als der Mann ein scheues »Hallo?« in die Dunkelheit richtete.

Er musste fliehen. Es ging nicht anders, als sie zurückzulassen. Unfertig. Unvollkommen. Wie unbefriedigend! Als habe er sich mit einer Bettgespielin vergnügt und der Höhepunkt wäre ihm vereitelt worden. Nicht einmal mehr klar denken konnte er, so schwer wog der Verlust!

Nein, so konnte er die Nacht nicht ausklingen lassen. Er musste es beenden, musste seine Lust stillen, damit er ohne Reibung zurück in seinen Alltag fand und seinen Mitmenschen ein gesittetes Leben vorspielen konnte. Immerhin bot sich noch ein Trostpreis an, denn sein Opfer war nicht allein unterwegs gewesen. Seit mehr als einer Stunde hatte er Liz und Catherine verfolgt und dabei mitbekommen, dass Catherine sich Richtung City aufgemacht hatte. Sie war zu einem Vermögen gekommen, darüber hatte er sie triumphieren hören. Und ganz bestimmt würde sie dieses Vermögen noch heute Nacht ausgeben wollen, denn er kannte ihren schwachen Geist und er wusste auch, an welchem Ort sie diesen zu benebeln pflegte.

Eine bimmelnde Polizeidroschke schoss bereits an ihm vorbei und steuerte den Tatort an, den er erst vor wenigen Minuten hinter sich gelassen hatte. Er war sogar so dreist, den Constables zuzunicken, während er gleichzeitig sein Gesicht tief im Schatten seines Zylinders verbarg. Wie er dieses Spiel liebte!

Der Mann von vorhin würde die Polizei nun lange genug auf Trab halten. In seiner Fantasie konnte er ihn regelrecht hören, wie er verängstigt von seinem grausigen Fund berichtete und schwören könnte, dass sich noch jemand im Hof befunden hatte. Das ewiggleiche Prozedere würde beginnen. Constables würden die verängstigten und wütenden Anwohner in Schach halten, die Presse provokante Fragen stellen, Dr. Phillips seine Befunde dokumentieren und Chiefinspector Abberline würde ein dummes Gesicht machen. Nur Pike, der war ein ernsthaftes Problem. Wie schade, dass der Inspector wohl nie erfahren würde, wie nahe er ihm schon gekommen war, dass sie sich sogar schon die Hände geschüttelt hatten.

Für den Bruchteil einer Sekunde spürte er ein Stechen in seiner Brust, als das Bild einer Frau vor seinem inneren Auge erschien, die lachend ihre Hand nach ihm ausstreckte. Schnell wischte er es weg. Er hatte sich jetzt um andere Dinge zu kümmern. Er würde Catherine finden und sich Zeit nehmen. Er würde alles nachholen, was ihm bei Liz verwehrt geblieben war. Und zu Hause? Da würde ein kleiner Engel auf ihn warten und ihm die Nacht versüßen.

Es dauerte nicht lange, da entdeckte er sie. So betrunken wie sie war, hatte sie es nicht weit geschafft.

Wäre es heller gewesen, dann hätte das Licht seine makellosen weißen Zähne entblößt, als er sein nächstes Opfer anlächelte.

Teil 3

33. Kapitel

London, 30. September 1888 – Die Nacht der Doppelmorde

»Finde ihn, John. Der Whitechapel-Mörder muss dafür büßen. Er muss dafür büßen, was er diesen Frauen antut, denen ich Schutz versprochen habe. Versprich es mir.«
»Ich werde ihn finden. Das schwöre ich bei meiner Ehre.«
Sie hielt seinem Blick stand und wollte mit aller Kraft daran glauben, aber dass der Mörder nun in derselben Nacht gleich zwei ihrer Bewohnerinnen umgebracht hatte, erschütterte sie in einem nie da gewesenen Ausmaß.

Der Constable, der auf dem Kutschbock saß, ließ sein Pferd die Peitsche spüren und preschte mit Christine davon. Er fuhr schnell, sodass sie in der Kutsche hin und her geschleudert wurde. Die holprige Fahrt wühlte sie nur noch mehr auf. Sie bekam kaum noch Luft. Der vergangene Tag und die Nacht waren so verrückt gewesen, dass Christine die Ereignisse kaum noch zusammenbringen konnte. Seit sie heute früh das Bett verlassen hatte, wurde Rosalie als vermisst gemeldet, und ihr Assistent Nevis hatte vor Sorge beinahe einen Zusammenbruch erlitten. Sie hatte Pike nach Feierabend zu Hause abgefangen und hätte beinahe mit ihm geschlafen. Dann kam alles anders, und sie hatte seine hysterisch gewordene Ex-Frau ins Krankenhaus gefahren. Und schlussendlich war sie um Mitternacht vor ihrem Hauseingang von einem Laufburschen aufgehalten worden, der ihr von den schrecklichen Ereignissen berichtete.

Nun dachte sie an Pike, daran, dass der ewig skeptische Inspector mit seinem Verdacht die ganze Zeit über richtiggelegen hatte.

Der überführte Täter konnte nicht der Frauenmörder sein. Er war die ganze Zeit hier gewesen, auf freien Fuß, atmete die gleiche Luft wie sie, ging durch diese Straßen, aß, trank und schlief, so wie jeder andere Mensch auch. Und nun zeigte er sich wieder. Blutrünstiger denn je.

Zweifel und Angst packten sie. Was, wenn Pike den Mörder doch nicht überführen konnte und er bis zu seinem Lebensende weitermorden würde? So abwegig schien dieser Gedanke gar nicht, denn Pike konnte sich noch so bemühen. Eine heiße Spur hatte auch er bis jetzt nicht. Ihr wurde übel, und sie spürte, wie sich ihr der Magen umdrehte.

»Halten Sie sofort an!« Sie hämmerte gegen das Wagenfenster, damit der Constable sofort anhielt. In der Goulston Street kam der Wagen zum Stehen. Keine Sekunde zu früh öffnete sie die Tür und würgte. Aber es kam nichts, ihr Magen war leer, sie hatte seit dem Lunch nichts mehr gegessen. »Ich bin untröstlich«, keuchte sie, als der Constable die Misere begriff und sie stützte.

Hilfsbereit reichte er ihr ein sauberes Taschentuch. »Geht es wieder, Madame? Können Sie noch weiterfahren?«

»Geben Sie mir fünf Minuten«, bat sie.

Sie rappelte sich auf und schlang ihre Arme fest um ihren Körper. Als sie sich einige Schritte von der Droschke entfernte, rief der Constable ihr nach: »Der Inspector sagte, ich solle Sie nicht allein lassen.«

»Ich brauche nur einen Moment. Ich bleibe in der Nähe«, entgegnete sie. Sie lief nur ein kleines Stück, trotzdem verschwand die Droschke sofort im Nebel. Ihre Schritte hallten wie ein dumpfes Klacken. Erfolglos versuchte sie, sich zu fassen.

Wann würde sie endlich aus diesem schrecklichen Albtraum erwachen? Sie erkannte sich selbst nicht mehr. Einst war sie eine unerschrockene, resolute junge Frau gewesen, der die Welt zu Füßen lag. Sie sehnte sich nach der Zeit zurück, als Henry der große Mann in ihrem Leben war, der all ihre Probleme für sie tilgte. Sie sehnte sich nach der Zeit zurück, als sie von all diesen Problemen in Whitechapel nichts wusste und sich ihr Leben bloß darum drehte, wie sie wieder einen Platz zurück in die göttliche Ordnung fand. Sie sehnte sich danach, bei all diesen langweiligen Anlässen, Banketten und Bällen wieder Freude zu empfinden. Dass ihr eine Dame, deren Pelzmuff nicht zu ihren Schuhen passte, ausreichte, damit sich Christine unterhalten fühlte. Dass sie an Henrys Arm freudestrahlend durch die Edelboutiquen stolzierte. Dass er ihr Lehrer und ihr Freund war.

Aber diese Zeit gab es nicht mehr. Henry war tot, und die Christine von damals war es ebenfalls. Sie beide waren genauso tot wie diese fünf Frauen. Warum tat diese Person, die hinter diesen Verbrechen steckte, derart Grausames?

»Warum nur, warum?«, fragte sie in den Nebel.

»Weil Sie es nicht anders verdient haben, Madame«, ertönte plötzlich eine Stimme, die so blechern wie aufeinanderschlagendes Metall klang und dennoch nicht mehr als ein Flüstern war.

Erschrocken wirbelte sie herum und starrte direkt in einen schwarzen Schatten. Wie aus dem Nichts erschien ein vermummter Mann vor ihr. Groß und schlank, im Frack und mit einem Zylinder. Sein Gesicht war vermummt. Nicht eine Sekunde zweifelte sie daran, wer vor ihr stand.

Sie wollte nach Luft schnappen, um zu schreien, doch er legte blitzschnell seine Hand auf ihren Mund, während er »schsch« machte. Er sagte es nicht bedrohlich, sondern fast freundschaftlich. Christine bebte vor Angst, während das kalte Leder seiner Handschuhe auf ihrer Haut lag.

»Sie wissen, wie leicht ich Sie töten kann. Sie und den Constable, der bei Ihnen ist. Also versuchen Sie erst gar nicht, mich reinzulegen.«

Christine konnte nur mit ihren Augen sprechen, doch selbst diese versagten ihre Dienste, weil sie sich mit Tränen füllten. Die meisten seiner Worte hatte sie ohnehin nicht verstanden. Sie war wie erstarrt.

Es war er, der das kleine Rinnsal bemerkte, das unter ihren Rock hervortrat. Kopfschüttelnd schnalzte er mit der Zunge. »Nicht doch, ich bin untröstlich, dass ich Sie so verängstige.«

Allmählich glitt seine Hand von ihrem Mund hinunter zu ihrem Hals. Dann tat sich in seinen Schreckensaugen etwas, und er drückte zu, während Christine aufschluchzte. Sie schluckte und spürte, wie ihre Gurgel dabei gegen seine Hand drückte. Sie glaubte, mit ihrem Leben nun abschließen zu müssen. Doch der Griff wurde wieder schwächer. Mit dem Daumen fuhr er nahezu zärtlich über ihre Kehle.

»Hier habe ich bei allen den ersten Schnitt angesetzt. Diese kleine, empfindliche Stelle. Jede sah mich entsetzt an, wenn ich es getan habe. Der eine Moment, an dem sie den Schnitt gespürt, aber das Ausmaß noch nicht erfasst haben, an dem selbst das Blut noch nicht wagt herauszutreten.«

Er machte eine bedeutsame Pause, in welcher Christine jeden Moment mit dem Schlimmsten rechnete. Jeden Augenblick musste er doch das Messer zücken und ihrem Leben ein Ende bereiten.

»Aber Sie, Madame«, begann er, während sich sein Griff unerträglich langsam nach hinten zu ihrem Nacken verlagerte. »Aber Sie haben so einen wunderschönen Hals.« Gewaltvoll packte er sie am Genick und drückte sie an sich.

Christine schnappte nach Luft, aber sie schrie nicht. Zu sehr war sie darauf bedacht, irgendwie heil aus dieser Situation herauszukommen. Sie ließ geschehen, dass er ihren Körper an sich drückte und dass sein Atem zu stocken begann. Sie ließ geschehen, dass er alles von ihr spürte. Und sie ließ geschehen, dass das, was er spürte, ihm nicht nur gefiel, sondern ihn auch erregte.

Aber als er seine freie Hand auch noch von ihrer Hüfte an abwärts gleiten ließ, war es aus mit der Erstarrung. Eine Christine Gillard sah ihrem Ende nicht ängstlich entgegen und ließ sich von ihrem Mörder auch noch begrapschen.

»Ich will, dass Sie sofort damit aufhören. Damit«, sie deutete auf seine Hände, »und mit den Morden.« Ihre Resolutheit wirkte, wenn auch anders als erwartet.

Er machte einen Schritt zurück, während ein heiseres Lachen seiner Kehle entwich. »Das ist auch mein Wunsch. Aber ich werde erst aufhören, wenn diese Frauen ihre Lektion gelernt haben. Solange dies nicht der Fall ist, wird an jeder Einzelnen ein Exempel statuiert.«

»Nein«, entgegnete sie. In ihrer Vorstellung malte sie sich aus, nur einen gewöhnlichen Marktschreier vor sich zu haben, mit dem man verhandeln konnte. »Ich will, dass Sie verschwinden und damit aufhören.«

»Und ich will, dass Sie aufhören, mich als Feind zu betrachten, Madame. Denn das bin ich nicht.« Er betonte es nochmals: »Ich bin nicht der Feind.«

Der Whitechapel-Mörder tippte an seinen Zylinder und deutete eine Verbeugung an. Dann machte er einen Schritt zur Seite, und im nächsten Moment verschwand er genauso plötzlich, wie er zuvor aufgetaucht war.

Als Christine in dieser Nacht des Grauens endlich in ihrem Haus die Türen verriegelte, herrschte gespenstische Stille. Sie zitterte am ganzen Leib und fürchtete sich vor der Dunkelheit in ihrem Haus. Da sie eigentlich gehofft hatte, diese Nacht bei Pike zu verbringen, hatte sie Mr. Eaton wissen lassen, dass sie am Abend kein Personal benötigte, natürlich unter einem anderen erfundenen Vorwand, der keinen Raum für Spekulation ließ. Nun dankte sie dieser geistreichen Lüge, denn in ihrem jetzigen Zustand wollte sie von niemandem gesehen werden. Nicht einmal von den Leuten, die ihre Nachttöpfe leerten und Strümpfe flickten. Doch die Angst saß auf ihrer Brust fest wie ein zähes Geschwür.

Zu allererst kleidete sie sich aus und zog einen Morgenrock an. Sie steuerte auf das Badezimmer zu und putzte die Zähne, aber der schlechte Geschmack blieb. Sie heizte den Badeofen an, ehe sie barfuß in die Hauswirtschaftsräume im Souterrain huschte und das schmutzige Kleiderbündel gleich mitnahm.

Das Personal ging hier tagsüber eifrig zu Werke, während sie selbst die Räume so gut wie nie betrat. Nachts aber schliefen die Bediensteten in ihren Kammern im zweiten Stock. Darum wunderte sie sich nicht darüber, allein zu sein. Nur der nachtaktive Igel in der Küche versteckte sich gerade unter dem Küchenschrank. Igel zählten zu den beliebtesten Tierchen, um die Küche von Ungeziefer freizuhalten. Küchenschaben, Spinnen und Käfer wurden von einem angerührten Duftstoff aus Zucker, Essig und Honig direkt in seinen Futternapf gelockt und fanden dort keinen Ausweg mehr.

Gleich hinter der Vorratskammer lag die Wäschekammer mit dem gusseisernen Zuber, in welchem die Wäsche gekocht und gewaschen wurde. Ein zweiter Topf für die feine Wäsche war etwas kleiner, sodass er an seltenen Anlässen auch als Kochtopf benutzt wurde, beispielsweise um jährlich den Weihnachtspudding aus Früchten, Rosinen, Nüssen, Melasse, Brandy und Rindernierenfett zu kochen. Auch dieses Jahr würde es wieder einen Pudding geben. Der erste, den Henry nicht mitessen würde. Eine bittersüße Träne rann ihre Wange hinab, ehe sie diese energisch wegwischte. Sie hatte Henry geliebt, aber er gehörte der Vergangenheit an. Und wenn sie etwas gelernt hatte, dann dass es tödlich sein konnte, zu sehr in ihr zu verweilen.

Sie deponierte die schmutzige Wäsche in einem Korb. Für ihr Malheur schämte sie sich so sehr, dass sie ihren Unterrock, Unterwäsche und Strümpfe sogar selbst in eine Seifenlauge einlegte, damit Mable dies in wenigen Stunden nicht tun musste. Diskret wie sie war, würde sie zwar keine Fragen stellen, aber deswegen musste man sie trotzdem nicht mit dieser Peinlichkeit konfrontieren.

Als sie davon überzeugt war, ihre Spuren ausreichend verwischt zu haben, hörte sie ihren Magen grummeln. Im Kühlraum fand sie auf Eis gelegt Reste vom gekochten Fasan, den es am Vortag zum Dinner gegeben hatte. Sie verzehrte ihn gleich auf der Stelle und ohne ihn aufzuwärmen. Dann fand sie noch ein hart gekochtes Ei und etwas Porridge. Sie kam sich in ihrer eigenen Küche wie ein Eindringling vor und leckte sich verstohlen die Finger ab, ehe sie wieder die zwei Stockwerke nach oben schlich und sich ins Badezimmer begab. Während sie das warme Wasser aus dem Badeofen in die Wanne laufen ließ, putzte sie sich ein weiteres Mal die Zähne und erlangte endlich ein Gefühl von Frische.

Als sie entkleidet vor der Badewanne stand, begann sie wieder zu grübeln, und die Angst kroch ihr den Rücken hoch.

Sie betrachtete sich selbst im Spiegel und spürte wieder den Griff des Mörders um ihren Hals. Im rötlich gedimmten Licht sah sie plötzlich seltsame Dinge. Die Fantasie ging mit ihr durch. Beinahe hätte sie aufgeschrien, als sie sich einbildete, der Mörder stünde hinter ihr. Wie hatte er ihr überhaupt im Nebel auflauern können?

Schleunigst drehte sie das Gaslicht so weit auf, dass es blendete. Eine fürchterliche Kälte durchströmte sie. Schnell glitt sie in die Wanne, um sich aufzuwärmen.

Eine Weile saß sie angespannt da und starrte die Wand an. Dann sprach sie sich – wie schon so oft davor – Mut zu. Und endlich schloss sie die Augen und lehnte sich zurück.

Es verging eine Dreiviertelstunde, bis Christine nur in ihrem Morgenrock den Flur betrat und in ihr Schlafzimmer auf der gegenüberliegenden Seite wollte. Beiläufig wanderte ihr Blick dabei kurz von der Galerie hinab in die Eingangshalle, da wäre ihr beinahe das Herz stehengeblieben. Durch die verglaste Eingangstür erkannte sie eine männliche Gestalt, die soeben die Vortreppe betrat. Ein schmaler, langer Schatten, und bei seiner Kopfbedeckung dachte sie sofort an einen Zylinder. Dann aber erreichte er den Absatz, und durch den richtigen Winkel der Außenbeleuchtung relativierten sich die Proportionen. Aus dem Zylinder wurde ein Bowler, aus der langen Schattengestalt die stattliche Figur des Inspectors.

Pike! Gott sei Dank!

Ohne sich über ihre unschickliche Garderobe Gedanken zu machen, lief sie die Treppe hinunter und riss die Tür auf. In seinem Gesichtsausdruck lag Überraschen, als sie ihn ins Haus zerrte und ihm einen innigen Kuss auf seine Lippen presste.

»Ich musste sichergehen, dass du wohlauf bist«, entschuldigte er sein spätes Kommen.

»Habt ihr ihn gefasst?«, fragte sie.

Zur Antwort schüttelte er bloß den Kopf. »Das nicht, aber

wir haben in der Goulston Street einen Schriftzug gefunden.« Sein Kopf nahm eine ungesunde Farbe an, und grimmig blickte er ins Leere. »Einen Schriftzug, den Warren entfernen ließ, weil er angeblich nichts mit dem Fall zu tun habe.« Er knurrte, versicherte Christine dann aber, dass sie sich jetzt nicht damit befassen müsse und ihm jetzt nur an ihrem Wohlergehen lag.

Die Goulston Street ... Nun wusste sie auch, warum der Ripper auf sie stieß: Sie hatten praktisch vor seinen Füßen angehalten, als ihr so übel wurde. Da brach in ihr der letzte Damm, mit dem sie ihre Gefühle unter Kontrolle gehalten hatte. Unter Tränen erzählte sie Pike von ihrer unheimlichen Begegnung.

Pike hörte ihr schweigend, jedoch mit wachsendem Entsetzen zu. Schließlich tigerte er wie eine Großkatze im Käfig auf und ab. Den Anstand, sie, ohne sie zu unterbrechen, ausreden zu lassen, verdankte er jahrelanger Übung.

Als sie endete, kämpfte er deutlich mit seiner Fassung. »Er war bei dir? Er hat dich festgehalten?« Bestürzt zog er sie an sich und schlang seine Arme um ihre Taille. »Wie bin ich dankbar, dass dir nichts zugestoßen ist. Geschähe dir etwas, könnte ich es mir nicht verzeihen!«

Der Arme wirkte noch mehr neben der Spur als sie. Fast glaubte sie, dass er derjenige war, der Trost benötigte. Sie löste die Umarmung, während Pike ihre zitternden Hände hielt. »Du frierst ja«, stellte er fest.

Sie versuchte es mit halbherzigem Humor. »Räume mit hohen Decken sind schwer zu heizen. Wir sollten ins Kaminzimmer gehen.«

Dort glomm tatsächlich noch etwas Glut im Kamin. Christine kniete sich hin, legte drei Holzscheite auf und stocherte in der Glut herum. »Fühl dich wie zu Hause«, sagte sie zu Pike, während sie den Blasebalg betätigte. Bald brannte ein kleines Feuer.

Christine setzte sich nicht auf das Sofa, sondern blieb vor dem Kamin auf dem Bärenfell sitzen, die Beine angewinkelt und mit den Armen umschlungen. So blickte sie ins Feuer und ließ sich von ihm aufwärmen.

»Selbst ist die Frau.« Pike stand hinter ihr und nickte ihr anerkennend zu. Sie lächelte zu ihm auf und deutete mit dem Kinn zu ihrer Bar.

»Dort drüben habe ich eine kleine Whiskyauswahl. Bediene dich.«

»Nur wenn ich dir auch etwas bringen darf.«

Er durfte. Sie hörte, wie er zwei Gläser befüllte, dann kam er zu ihr und setzte sich kurzerhand neben sie auf den Boden. So saßen sie da und tranken. Sie zusammengekauert, er die Beine ausgestreckt und die Arme aufgestützt.

»Bei Judith ist übrigens wieder alles in Ordnung«, berichtete sie.

»Da bin ich sehr erleichtert. Es missfiel mir sehr, wie sie mit dir sprach.« Über das, was sich vor dem Zwischenfall zugetragen hatte, verloren sie kein Wort, als wäre es ihnen peinlich.

»Ärgere dich nicht darüber, sie war aufgebracht und hat ihre Fehler eingesehen und sich entschuldigt. Außerdem leitete sie in die Wege, dass sie erst nach der Niederkunft nach Indien auswandern werden. So bleibt dir mehr Zeit mit deinem Sohn.«

Er horchte auf, blieb aber beharrlich. »Trotzdem, was sie dir unterstellt hat ...«

»Es stimmt «, unterbrach sie ihn schlicht. Sie wollte ihn nicht in Verlegenheit bringen, indem er es war, der sie auf ihre Kinderlosigkeit ansprechen musste. »Ich kann keine Kinder bekommen. Ich hatte mal eines im Bauch. Vor vielen Jahren, das war noch damals, im Bordell. Es hatte nicht sein dürfen.« Ihr Atem stockte, das Thema machte ihr noch immer schwer zu schaffen. »Ich habe große Schuld auf mich geladen. Ich ... ich ...«

»Schon gut, Christine. Es ist alles gut. Du hast getan, was du tun musstest, um zu überleben.«

Christine riss die Augen auf. Er hatte erahnt, was sie getan hatte, doch er verurteilte sie nicht, sondern zeigte Verständnis. Das, obwohl sie damit eine Todsünde begangen hatte. Er stützte sich auf seinen rechten Ellenbogen und drehte sich zu ihr, um die linke Hand auf ihren flachen Bauch direkt unter ihren Nabel zu legen. Sie erwiderte die Berührung, indem sie ihre Hand auf seine legte.

»Das ist ein abgeschlossenes Kapitel, an dem es nichts zu ändern gibt«, flüsterte sie und wagte es nicht, ihren Gedanken auszusprechen. Einen Gedanken, den sie nicht zum ersten Mal hegte. Wenn Pike seinen Sohn so sehr liebte, würde er womöglich eine Frau vorziehen, die ihm Kinder schenken konnte, um den Schmerz des Verlustes zu kompensieren. Doch diese Frau würde nicht sie sein. Vorsichtig zog sie seine Hand wieder von ihrem Bauch weg und wandte den Blick ab.

Aber wieder einmal schien er sie wie ein offenes Buch lesen zu können. Er wickelte eine ihrer noch feuchten Haarsträhnen um seine Finger und schnappte dann nach der nächsten, bis sie ihn wieder ansah.

»Christine, ich liebe dich.« Seine Augen tauchten tief in die ihren. »Dass du keine Kinder bekommen kannst, gewährt dem keinen Einhalt. Du bist die Frau für mich. Seit ich auf der Westminster Bridge deine Hand auf meinem Herzen fühlte, schlägt es nur für dich.«

Wie wunderbar sich diese Worte anfühlten! Welch Wohltat, sie endlich aus seinem Mund zu hören! »Ich liebe dich auch.« Sie lächelte erleichtert, doch es lag ein Schatten darauf. »Aber der Zeitpunkt ... Es ist noch zu früh. Der Tod meines Mannes ... Die schrecklichen Morde ...«

»Hab Vertrauen in uns, mein Schatz«, flüsterte er. »Der Zeitpunkt mag noch nicht richtig sein, aber er wird kommen, und es wird gut sein. Aber für's Erste«, er strich ihr eine Haarsträhne hinter das Ohr und hob zärtlich ihr Kinn an, »für's Erste genügt es mir zu wissen, dass mir deine Liebe gewiss ist und du in Sicherheit bist.«

Daraufhin schenkte sie ihm einen langen, innigen Kuss, der ihren Liebesschwur besiegelte. Nur schwer löste sie sich wieder von ihm, nicht ohne in seinen Augen zu versinken und sein angenehm riechendes Rasierwasser in sich aufzusaugen.

»Ich sollte jetzt gehen«, flüsterte er heiser. »Ehe wir noch etwas

Unbedachtes tun. Einmal wurden wir bereits aufgehalten, ein zweites Mal wird das nicht geschehen.«

»Ich will auch gar nicht aufgehalten werden«, flüsterte Christine zurück. Der Mörder hatte heute zweimal zugeschlagen, weil sein Trieb noch nicht gestillt war. Auch ihrer flehte noch immer nach Befriedigung. Sie brauchte Pike jetzt.

Sie legte die Hand auf seinen Arm und sah ihn an. »Bleib die Nacht bei mir.«

Sie gingen hoch und nahmen sich Zeit, denn Eile duldeten sie dieses Mal nicht. Eine Weile lagen sie nur nebeneinander und hielten sich fest. Nackt sah der Inspector noch viel besser aus als in seinem perfekt sitzenden Tweed. Es war ein vorsichtiges Vorantasten, ein zärtliches Entdecken, aber mit dem Wissen von Geübten. Sie streichelten und liebkosten sich voller Geduld und Hingabe. Während der Zeit im Bordell hatte Christine gelernt, Sex als Werkzeug einzusetzen, als Mittel, um ihre Ziele zu erreichen. Und obwohl sie ein leidenschaftlicher Mensch war, hatte sie selbst nur wenig echte Leidenschaft erfahren. Aber das hier war anders. Sie fand großen Gefallen daran und ließ sich von ihm in Besitz nehmen. Es war wie ein Rausch, ihr intensives Empfinden überraschte sie selbst. Und nie hörten sie auf, sich zu küssen. Auch dann nicht, als sie schließlich liebestrunken übereinander herfielen, Pike sich über sie schob und sich ihre Seelen endlich vollkommen trafen.

34. Kapitel

London, Oktober 1888

»Ruhe!«, rief eine mächtige Stimme durch das Präsidium. Der militärische Ton hatte Pike gerade noch gefehlt. Keiner der hier anwesenden Polizisten kam seit der Nacht der Doppelmorde zu genügend Schlaf, viele blieben sogar im Präsidium und leisteten Überstunden, so auch Pike.

Nach der Liebesnacht mit Christine hätte er Bäume ausreißen können. Sie hatte ihn wiederbelebt und ihm mehr Frische verliehen, als durch eine Woche Urlaub möglich gewesen wäre. Doch jetzt erschlug ihn die Müdigkeit beinahe. Er fühlte sich in die Rekrutenschule zurückversetzt, als er noch ein einfacher Fußsoldat gewesen war und strammstehen musste, während ein Offizier seine Haltung und Aufmachung musterte.

In diesem Fall hatte er es mit dem höchsten Offizier zu tun, den sich ein Polizist vorstellen konnte. Sir Charles Warren stand vor ihm, hier in der Leman Street. Und er war alles andere als erfreut.

»Langsam müssen Sie doch irgendetwas haben, meine Herren. Etwas, das uns näher an diese groteske Scheußlichkeit bringt.«

»Es ist nicht so, dass wir nichts hätten, Sir«, antwortete Abberline, der sichtlich eingeschüchtert wirkte. Ein sonderbares Bild, den Chiefinspector so zu erleben.

»Dem pflichte ich bei«, griff Pike ihm unter die Arme. »Unsere Stärke liegt in der Deduktion. Wir konnten vieles ausschließen. Wir spüren jeden Tatverdächtigen auf und überprüfen sein Alibi. Dabei gehen wir überaus gründlich vor, haben den Tatort aufs

Penibelste abgesucht, haben die besten Männer«, er blickte in die Runde, »auf diesen Fall angesetzt. Unser Pathologe scheut ebenfalls keine Mühe. Wir gehen jedem Hinweis der Bevölkerung nach, und seien sie noch so abwegig. Wollen Sie Zahlen, Sir Warren?«
Pike sah ihn herausfordernd an. »Achtundvierzig Verhaftungen, achthundertachtunddreißig Befragungen. Wir haben diverse Hausdurchsuchungen durchgeführt, über zweitausend Bewohner überprüft, kooperieren mit der Thames Police, die alle Seefahrer, Schiffe und Docks überprüft, und waren in über siebzig Schlachthäusern.«

»Das mag ja schön und gut sein, aber dennoch wissen wir nichts über den Täter«, warf Warren ein.

»Auch da wage ich zu widersprechen«, fuhr Pike fort, während er einen tadelnden Blick von Abberline auffing. Aber er wusste, dass er jetzt alles geben musste, wenn ihre Einheit bei der Bevölkerung nicht in Ungnade fallen sollte. Ob Warren dies ebenfalls so sah, war in diesem Moment zweitrangig. »Wir haben ein Profil des Mörders. Durch die Analyse seiner Taten wissen wir zum Beispiel, dass er nur nachts sowie ausschließlich an Wochenenden oder Feiertagen zuschlägt. Das lässt darauf schließen, dass er tagsüber und unter der Woche aus familiären oder beruflichen Gründen nicht dazu imstande ist zu morden. Er führt ein Sozialleben.«

Pike winkte Warren zu sich und zeigte ihm die Stadtkarte aus seinem Büro, die er für den Besuch von der Wand abgenommen und auf dem Tisch ausgebreitet hatte.

»Wie Sie sehen können, haben sich alle Morde in einem kleinen Umkreis zugetragen. Der größte Abstand beträgt gerade mal eine halbe Meile. Er kennt diese Straßen, wie sie nur jemand kennen kann, der schon sein ganzes Leben auf ihnen verbringt. Das Blutbad, welches er anrichtet, wird auch auf seinem Hemd und an seinen Ärmeln sichtbar sein. Vermutlich trägt er darum ein Cape oder einen dunklen Mantel, um die Blutspritzer zu verstecken.«

Endlich gab ihm auch Abberline Rückendeckung und fuhr mit Ergänzungen fort: »Die Frauen waren alles Gefallene, Sir. Sie hatten keinen festen Wohnsitz und lebten zu unterschiedlichen

Zeiten im selben Frauenhaus. Der Täter muss mit ihnen in irgendeiner Verbindung stehen.«

»Aber in ebendiesem Frauenhaus fanden Sie keine Anhaltspunkte!«, knurrte Warren, doch Abberline blieb ruhig und fuhr fort: »Wir wissen, dass er die Frauen so schnell und unerwartet angreift, dass diese keine Zeit haben, sich zu wehren oder zu schreien. Dr. Phillips vermutet, dass er bei allen zuerst die Kehle durchschneidet. Die Opfer wurden weder ausgeraubt noch geschändet, aber es scheint … es scheint …«, er zögerte und wandte seinen Blick ab.

»Dass dennoch eine sexuelle Komponente eine Rolle spielt.«

Pike hätte den Kopf schütteln können, weil ihn die Verlegenheit einiger Zeitgenossen immer wieder amüsierte. Doch zu sehr besorgte ihn, wie richtig sein Vorgesetzter mit dieser Bemerkung lag. Was Christine ihm geschildert hatte, dass der Täter sie bei ihrer Begegnung unsittlich berührt hatte, entfachte seine Wut von Neuem. Er musste diesen Mistkerl schnappen.

»Ferner ist er Linkshänder, Sir«, brach er das peinliche Schweigen.

Verblüfft wandte sich der Commissioner zu ihm um. »Wie kommen Sie darauf?«

»Die Schnittverletzungen lassen darauf deuten. Auch die Form der Klinge kennen wir. Sie ist schmal, aber sicherlich acht Inches lang. Das wissen wir anhand der tiefen Einstichwunden bei Martha Tabram und Catherine Eddowes.«

Mit einer angewiderten Handbewegung gab Warren zu verstehen, dass er den Mund halten sollte. »Ersparen Sie mir diese widerlichen Details. Was ich haben will, sind Ergebnisse. Und zwar am liebsten schon gestern.«

In Pike begann es zu brodeln. »Wir tun unser Bestes und folgen jedem Indiz. Nur werden wir leider momentan von Indizien nur so überrannt und können echte Spuren kaum mehr von heißer Luft unterscheiden.«

Pikes Worte wichen einem Knurren, er kämpfte schon zu lange mit seiner Fassung und schwieg über das Chaos, welches der Commissioner mit seiner Inkompetenz angerichtet hatte.

»Sie ärgern sich wieder über die Bürgerwehr«, stellte der Commissioner fest. »Dabei spielt es doch keine Rolle, ob Polizeibeamte oder Zivilisten den Mörder schnappen. Es geht darum, dass er überhaupt gefasst wird. Und wenn die Polizei Hilfe braucht ...«

»Es geht mir nicht darum, dass wir lächerlich gemacht werden, weil unserer oberster Chef seine eigenen Männer unterschätzt«, unterbrach ihn Pike barscher, als ihm zustand. »Ich ärgere mich darüber, was für Schaden die Presse zurzeit anrichtet.« Denn auch mit dieser war der Polizeipräsident ohne Rücksprache in Kontakt getreten.

»Ich ärgere mich darüber, dass nun jeder Laie glaubt, Privatermittler zu sein. Es sind die vielen Wichtigtuereien, die wir erst als solche enttarnen müssen und die uns um wertvolle Zeit stehlen.«

Erst im Nachhinein wurde ihm sein ungehobelter Tonfall bewusst, aber er fühlte sich trotzdem besser, nun da er seinem Ärger Luft gemacht hatte, und zwar am richtigen Ort.

Nach einem seltsamen Bekennerbrief gewann der Mörder nämlich groteske Popularität. Er hatte sich selbst einen Namen gegeben und nannte sich nun Jack the Ripper. Sofort hatte sich die ganze Welt auf diesen Brief gestürzt, aber Pike zweifelte seine Echtheit an. Es passte nicht zu dem, was Christine über die Begegnung erzählt hatte. Eigentlich wollte er zuerst darüber mit Abberline allein sprechen, aber dieser war nicht nur ein Vorgesetzter, sondern auch ein Versetzer. Und genau heute, da Pike einen Termin mit ihm gehabt hätte, traf Warren unangekündigt ein.

»Die Polizei wird verhöhnt und verspottet, während die Gerüchteküche brodelt. Neuerdings ist Whitechapel ein Ausflugsziel der Society geworden, die sich am Elend der Bevölkerung ergötzt. Gestern wurden vier Constables angegriffen. Und ganz zu schweigen davon wird tagein, tagaus über die Nachricht in der Goulston Street gemunkelt.«

»Das reicht. Mir sind diese bedauerlichen Vorkommnisse durchaus bekannt«, sagte Warren scharf. »Sie müssen sich mehr bemühen.« Damit war für ihn das Gespräch beendet. Er kehrte

Pike den Rücken zu, um mit Abberline weitere Vorkehrungen zu treffen.

Unterdessen brodelte es in Pike nicht nur, sondern ein ganzer Vulkan brach aus. »Verzeihen Sie, Sir Warren«, rief er mit ebenso scharfer wie anmaßender Stimme. »Aber wie ich mich entsinne, sind Sie dafür verantwortlich. Sie waren es, der den Brief, der an Sie persönlich adressiert war, der Presse weiterreichte. Ungeachtet dessen, dass ich ihn für eine Fälschung hielt und noch immer halte. Sie sind es, der die Bürgerwehren unterstützt und damit die Arbeit der Polizei infrage stellt. Und zuletzt mussten wir in der Nacht der Doppelmorde auf ihren Befehl hin Beweismaterial vernichten.« Das letzte Wort hatte er gezischt. Damit deutete er wieder die Nachricht in der Goulston Street an. Dort entlang musste der Mörder nämlich geflohen sein, denn man fand an einem Hauseingang die blutige Schürze von Catherine Eddowes. Er musste sie benutzt haben, um seine Klinge abzuwischen, und hatte sie dann achtlos weggeworfen. Gleich neben der Schürze hatte mit Kreide an der Wand die Nachricht gestanden: »Die Juden sind die Leute, die man nicht umsonst beschuldigen wird.« Das war etwa eine halbe Stunde, nachdem Pike Christine vom Tatort weggeschickt hatte. Ehe er nach einem Fotografen schicken konnte, der den Schriftzug als Indiz festhielt, war Sir Warren persönlich in der Goulston Street erschienen und hatte darauf bestanden, den Schriftzug abzuwaschen. Er begründete die Anordnung damit, dass der Schriftzug vermutlich nichts mit dem Fall zu tun habe, aber antisemitisches Gedankengut fördere.

Für Pike war eine solch törichte Entscheidung unverzeihlich. Sie hatte dafür gesorgt, dass der letzte Funke Respekt für den Polizeichef erlosch und nichts als kalte Asche übrig blieb.

Drei ganze Atemzüge herrschte im Präsidium absolute Stille. Abberline biss sich auf die Zunge und zeigte sich untröstlich über Pikes Brandrede. Niemand wagte es, so mit dem Commissioner zu sprechen.

Wie ein massiver Felsen, der sich scheinbar träge vom Berg

löste, um dann mit voller Wucht ins Tal zu donnern, drehte sich Warren mit finsteren Augen nach ihm um.

Beinahe flehend versuchte Abberline, ihn am Ärmel zurückzuhalten. »Sir, haben Sie Nachsicht mit seinem losen Mundwerk. Er ist übernächtigt und meint es nicht so.«

»Wie meint er es dann?« Der Commissioner wirbelte zu Pike herum. »Sie vergreifen sich im Ton, junger Mann. Madame Gillard zuliebe will ich über Ihre Beleidigungen großzügig hinwegsehen und Ihre lose Zunge der Stur- und Starrköpfigkeit Ihrer schottischen Natur zuschreiben. Sie müssen mir nicht erklären, wie ich meine Arbeit zu verrichten habe. Machen Sie die Ihre.«

Nach dieser Aufführung war Pike durchaus bewusst, dass er die Gunst des Chiefinspectors überstrapaziert hatte. Was Pike verbockt hatte, musste Abberline nun beim Commissioner ausbaden.

»Kriegen Sie Ihre Männer besser in den Griff, Abberline«, hatte der Commissioner beim Gehen gezischt. Der grimmige Blick, den Abberline, ihm, Pike, daraufhin zuwarf, war eine deutliche Warnung. Doch dass der Ripper Christine abgefangen hatte, und sie damit zur wichtigsten Zeugin wurde, durfte nicht noch länger verschwiegen werden. Also riskierte Pike eine erneute Zurschaustellung und klopfte an der verschlossenen Tür des Chiefinspectors, wohlwissend, dass er sich keinen schlechteren Zeitpunkt hätte aussuchen können.

Von Abberline kam keine Antwort. Der schmollte tatsächlich!

Ein weiterer Constable spähte in den Flur. Maverick war in der Nacht der Doppelmorde ebenfalls im Dienst gewesen. Er hatte Christine nach ihrem Gefühlsausbruch auf dem Mitre Square nach Hause gefahren. Auch er schien ein Anliegen zu haben und die Gefühlslage des Chefs einzuschätzen. Aber als er Pike entdeckte, zog er rasch den Kopf zurück.

Achselzuckend drehte sich Pike zurück zur Tür und klopfte erneut. »Chef, es ist wichtig.«

Niemand bat ihn herein, doch dafür öffnete sich die Tür, und Abberline baute sich vor ihm auf. Breit, wie er war, schien er dabei den ganzen Türrahmen auszufüllen. Er atmete langsam und schwer, wohl um seine Wut zu kontrollieren. In der Hand hielt er eine zusammengerollte Zeitung.

Pike gab sich unbeeindruckt. »Ich muss mit Ihnen über einen Vorfall in der Nacht der Doppelmorde sprechen. Es ist von höchst delikater Angelegenheit.«

»So delikat wie Ihr ungehobeltes Benehmen vorhin, Inspector?«

»Chef, Sie und ich wissen beide, dass der Commissioner unrecht getan hat. Nur weil er der oberste Polizeipräsident ist, heißt das nicht, dass wir keine Kritik ausüben dürfen.«

Abberlines Gesicht lief tiefrot an, der Griff um die Zeitung verfestigte sich und der Magen gab ungesunde Geräusche von sich. »Kritik hin oder her, es ist noch immer der Ton, der die Musik macht. Heute sind Sie zu weit gegangen, Pike. Sie wären gut darin beraten, mir die nächsten Stunden nicht unter die Augen zu treten. Wenn Sie mich nun entschuldigen ...«

Mit diesen Worten schloss der Chiefinspector die Tür hinter sich und lief den Flur entlang in Richtung Herrentoilette.

Perplex blieb Pike stehen und blickte dem davonbrausenden Abberline nach. Nur Maverick schlüpfte nun aus seinem Kokon und eilte dem Chef hinterher. Was für ein Dackel, dachte Pike kopfschüttelnd.

35. Kapitel

London, Oktober 1888

Auf einem Beistelltisch in der Eingangshalle des Renfield Eden stand neuerdings ein Kondolenzbuch.

Christine ließ es auslegen, um den armen Frauen zu gedenken, die durch den Ripper brutal den Tod gefunden hatten. Ihr wäre lieber gewesen, es gäbe schöne Fotografien der ermordeten Frauen, die zu ihren Lebzeiten angefertigt worden waren. Doch bis auf Annie Chapman war keine von ihnen jemals dazu imstande gewesen, sich einen Termin beim Fotografen zu leisten.

Um die Frauen in guter Erinnerung zu behalten, hatte Christine einen auf Tuschezeichnungen spezialisierten Künstler beauftragt. Ohne die Opfer jemals gesehen zu haben, porträtierte er sie nach den Erinnerungen ihrer Mitmenschen. Christine glaubte, dass dieser gemeinsame Prozess ihnen allen half, den Wahnsinn besser zu verkraften.

Die Bilder hatten eine ganz besondere Note. Sie zeigten die Frauen, wie sie hätten sein können und wie sie in ihrem Kern vielleicht auch gewesen waren. Unbekümmert, lachend und befreit, als hätte es keine Last auf ihren Schultern gegeben. Erinnerungen mussten nicht immer der Wahrheit entsprechen, sie mussten in erster Hinsicht den Betrachter glauben lassen, dass es früher einmal schön gewesen war.

Nur mit einem Bild haderte sie. Rosalies Bild. Noch immer galt sie als vermisst, doch inzwischen glaubte niemand mehr, dass sie noch lebte. Christine hasste sich dafür, dass ihr in der Nacht der Doppelmorde die Courage gefehlt hatte, dem Ripper wegen Rosalie auf den Zahn zu fühlen. Er musste etwas getan haben. Denn Rosalie liebte Peter von ganzem Herzen und wäre niemals ohne ihn fortgegangen. Nevis tat sich sehr schwer damit. Oftmals beobachtete Christine ihn, wie er niedergeschlagen den Kopf auf den Händen abstützte oder mit einem bittersüßen Lächeln mit Peter spielte.

Gerade hielt Christine den Kleinen auf dem Arm, während sie zusammen die Zeichnungen betrachteten. Seine kleine, speckige Hand griff nach Rosalies Zeichnung. Für ihn war die Mama einfach weg. Stattdessen hing er Christine und Nevis am Rockzipfel. In seinen Augen lag ein wissender und verunsicherter Blick, der verriet, dass er ahnte, dass etwas nicht stimmte, auch wenn er es nicht benennen konnte. Manchmal schlich er sich heimlich davon. Dann fand Christine ihn wenig später neben Daisy zusammengekauert im Hundekörbchen.

Gerade wollte sie wieder in ihr Büro gehen, als gestiefelte Männerschritte durch die Eingangshalle dröhnten, als wäre eine Büffelherde auf der Flucht. In einem V angeordnet kamen fünf Constables angetrabt, an der Spitze Abberline.

»Chiefinspector Abberline, wie kann ich Ihnen behilflich sein?« Christine stemmte ihre Hände in die Taille und bemühte sich um einen freundlichen Ton. Sie mochte es nicht, wie die Polizei in ihrem Haus auftrat und die Bewohnerinnen verängstigte. Pikes Gesellschaft wäre ihr deutlich lieber gewesen, zumal sie immer noch darauf wartete, dass sie ihr Anliegen bei der Polizei vorbringen konnte.

»Madame Gillard, wir müssen Sie dringend sprechen«, forderte er in einem harten Tonfall. Sein Gesicht war so starr wie eine Totenmaske, genau wie die der Constables. Was war bloß los? Und wo steckte Pike?

Sie ließ sich nicht beirren und lächelte seine Feindseligkeit weg. »Gern, wenn Sie mir bitte folgen würden.« Ihre Arme zeigten einladend in den Korridor ihrer Räumlichkeiten, aber die Männer blieben wie angewurzelt stehen.

»Bedaure, aber wenn *Sie* bitte uns folgen würden. Wir führen Befragungen grundsätzlich nur in unserem Präsidium durch.«

Befragungen? Was spielte Abberline jetzt für ein Spiel? Sie wusste, dass er nicht sonderlich viel von ihr hielt, aber deswegen konnte man sich doch trotzdem professionell verhalten!

Nevis kam dazu und machte deutlich, wo sich sein Platz zwischen diesen Fronten befand. »Dann muss diese Befragung leider bis heute Abend warten, meine Herren. Madame hat viele Termine, sie ist nicht abkömmlich.« Sein eisiger Ton verwunderte Christine nicht. Schon oft hatte sie ihn über die Polizei schimpfen hören. Rosalie wäre längst gefunden und der Frauenmörder gefasst, wenn sie nur besser ihre Arbeit täten.

Abberline nahm die Hände auf den Rücken. Wie ein gemütlicher Onkel, dessen buschige Augenbrauen von leichter Arroganz zeugten, schlenderte er auf sie zu und ignorierte ihren Assistenten. Mit jedem Schritt, den er auf sie zumachte, schien er wie ein rollender Schneeball größer zu werden und sie unter sich begraben zu wollen. Schließlich kam er nahe an ihr Ohr und brummte – wenn auch äußerst diskret – etwas, das ihr das Blut in den Adern gefrieren ließ.

»Sie entscheiden, wie das hier abläuft Madame. Entweder Sie kommen freiwillig und ohne Aufsehen zu erregen mit uns mit – oder aber in Handschellen.«

»Wo ist Pike? Wo ist der Inspector?«, rief sie eine halbe Stunde später. Sie verstand einfach nicht, was sich zutrug. Nur, dass sie beschuldigt wurde, mit dem Mörder zu kooperieren, was sie entsetzte. Ihr Herz hämmerte gegen ihre Brust, als sie in die regungslose Blicke der Männer sah. Die saßen mit ihr im Befragungsraum und meinten es tatsächlich ernst!

Die Tür öffnete sich. Christine ärgerte sich über den Funken an Hoffnung, der kurz aufkeimte, als sie dachte, es wäre Pike, und der sogleich wieder erlosch, weil er es nicht war.

»Erinnern Sie sich noch an Constable Maverick, der Sie letzte Woche vom Mitre Square nach Belgravia fuhr?«

In Christine kam ein Verdacht auf, aber sie befahl sich, ruhig zu bleiben. Abberline lehnte sich zufrieden in seinen Stuhl zurück. »Nun lassen Sie ihn einmal hören, was er zu sagen hat.«

Nervös blickte sie ihn an. Ein Zugwind machte, dass sie fröstelte. Sie befanden sich im Untergeschoss, nur wenige Räume vom Schießplatz entfernt. Beim Hineingelangen hatte sie an besetzten Arrestzellen vorbeigehen müssen, bei denen sie im Dunkeln die Insassen nicht erkennen, aber ihre anzüglichen Kommentare hören konnte. Diese Räume gehörten nicht zum Rundgang durch das Präsidium, den Pike einmal für sie veranlasst hatte. Jetzt verstand Christine auch, warum.

Da Maverick zögerte, entschied sie, zum Gegenangriff überzugehen. »Mr. Maverick, würden Sie mir bitte erklären, warum Ihre Kollegen mich hier wie eine Geisel festhalten?«

Einige Männer grinsten amüsiert ob ihrer Entrüstung. Verlegen fasste sich der Constable in den Nacken, sodass auch Abberline die Geduld ausging. »Nun sagen Sie ihr, was Sie auch schon mir sagten!«

»Neulich, als ich Sie heimfuhr, da entsinnen Sie sich vielleicht, dass ich für Sie anhalten musste.«

Christine entsann sich nur zu gut. Das war der schlimmste Abend ihres Lebens gewesen, gefolgt von der aufregendsten Nacht.

»Und, nun ja, da glaubte ich zu hören, wie Sie mit jemandem sprachen. Und ich glaube, dass es sich dabei um den Frauenmörder handelt. Um den Mörder, der sich jetzt Jack the Ripper nennt.«

Noch immer hielt Christine sich aufrecht und gerade, aber sie spürte, wie ihr die Kehle eng wurde. Die Anschuldigung fühlte sich wie eine Falle an, sie zu leugnen wäre aber ebenfalls fatal.

»Das ist wahr«, gestand sie im ruhigen Tonfall. Der verbissene Gesichtsausdruck des Chiefinspectors verriet seinen Ärger. Also war es doch ein Fehler gewesen, nicht sofort zur Polizei gegangen zu sein. Ach, hätten sie und Pike doch schon eher mit Abberline darüber gesprochen. So im Nachhinein warf das kein gutes Licht auf sie.

Erschrocken fuhr sie zusammen, als Abberline fest auf die Tischkante schlug. »Und das sagen Sie erst jetzt?«

Christine begann zu stammeln und erklärte sich. Sie sagte, Pike hätte versprochen, das Thema bei ihm anzusprechen, und dass er sie dann hinzuholen würde, aber dass Abberline Pike ja ständig versetzt habe. Abberline presste die Lippen zusammen und schüttelte den Kopf.

»Ich glaube Ihnen nicht.«

»Aber Sie müssen mir glauben! Ich habe nichts damit zu tun. Und was sein Aussehen betraf, konnte ich ohnehin nichts erkennen.«

»Und wieso hörte Maverick dann, wie der Ripper zu Ihnen sagte, er sei Ihr Freund?«

»Er hat nie gesagt, er sei mein Freund!«, versetzte sie. »Er sagte, er sei nicht mein Feind.«

Abberline lachte auf. »Und das soll besser sein? Haben Sie darum nichts gesagt? Weil Sie und der Ripper nicht Feinde sind? Was sind Sie dann? Komplizen?«

Jetzt drehte er völlig durch! Sie war doch das Opfer, sie war es, die seither unter Albträumen litt und die das Zittern bekam, sobald sie an den Ripper dachte.

Christine konnte nicht mehr an sich halten. Sie bestritt, betonte vehement, wie sich die Sache wirklich zugetragen hatte, schrie, weinte, verlangte nach Inspector Pike, aber nichts davon wurde Beachtung geschenkt. Pikes Worte fielen ihr wieder ein. Abberline brauchte möglichst schnell einen Schuldigen. Und jetzt war sie die Nächste auf der Liste.

»Wir werden die Antwort schon noch aus Ihnen herausbekommen, Madame«, sagte der Chiefinspector, als er sich zum Gehen anschickte. Er schnappte seinen Hut und ließ seinen Männern den Vortritt. Den letzten hielt er zurück.

»Holen Sie den Fleischer.«

»Die Petrischale, bitte, Inspector.« Interessiert folgte Pike der Anweisung und sah zu, wie Dr. Phillips mit der Pinzette an Catherine Eddowes Auge herumstocherte. »Hab ich dich!«

Ein winziger Splitter wanderte in die Schale. »Eine abgebrochene Skalpellspitze mitten in ihrem Tränensack. Das ist interessant.«

Wahrscheinlich lag es am Beruf an sich, dass Pathologen seltsame Dinge interessant fanden, Pike jedenfalls hätte sich fast der Magen umgedreht.

»Interessant in der Hinsicht, dass der Ripper also mehr als ein Werkzeug bei sich führt, wenn er mordet? Vielleicht sogar einen Koffer?«, mutmaßte Pike.

»Das würde ich auch annehmen, Inspector.« Die Männer sahen sich an und hätten gern noch weitere Informationen ausgetauscht, doch da riss jemand die Tür auf. Christines Assistent stürmte zusammen mit Sergeant Thackery in den Leichenschuppen. Sofort wandte der Sergeant seinen Blick von der nackten Leiche ab, während Nevis irritiert um sich blickte und sich dann schüttelte, als fiele ihm wieder ein, wieso er hier war.

»Chiefinspector Abberline hat Madame verhaften lassen!«, stieß er hervor, was Thackery mit kräftigem Nicken bestätigte.

»Was?«

Sofort sprangen sie bei der Old Montague Street in eine Pferdedroschke und fuhren in die Leman Street. Schon auf dem Treppenabsatz des Kellers hörte Pike Schreie.

Christines Schreie. Sie kamen aus dem Verhörraum. Er riss die Tür auf und sah gerade, wie sich Christine nach einer Ohrfeige die Wange hielt und beinahe umgefallen wäre.

»Christine!«

Doch ehe er zu ihr konnte, wurde er von kräftigen Händen zurückgerissen, und die Tür fiel wieder zu. Abberline stieß ihn gegen die Wand und blickte ihn finster und resolut an.

»Wir werden aus dieser Lügnerin die Wahrheit herausbekommen. Wenn dazu ein paar Ohrfeigen nötig sind, dann soll es mir nur recht sein.«

Thackery schnappte nach Luft. »Chef, das können Sie nicht tun. Einer Frau Gewalt anzutun, das ist unehrenhaft!«

»Hat diese Frau eigentlich jeden hier um den Finger gewickelt?«, herrschte Abberline Thackery an und wandte sich dann wieder an Pike: »Glauben Sie wirklich, John, ich lasse eine Tatverdächtige gehen? Vielleicht hat Jack the Ripper ja eine Partnerin – eine Jill the Ripper?«

»So dumm können Sie doch nicht sein«, zischte Pike.
Abberline winkte ab. »Eine Komplizin muss bei den Morden nicht dabei gewesen sein. Aber wieso stehen alle Opfer in Verbindung mit dem Frauenhaus? Und woher wusste der Täter, wo sie sich herumtrieben?«

Ehe Pike etwas erwidern und den Sachverhalt klären konnte, hörte er aus dem Verhörraum erneut ein Klatschen und dann einen herzzerreißenden Schrei. In Pikes Innern ging etwas zu Bruch. Ein Gefäß, das sein ganzes Leben lang etwas Animalisches in die Schranken gewiesen hatte. Ein Feuer, dessen Glut schon immer in ihm glomm und das nun emporloderte. Er boxte Abberline aus dem Weg, hechtete zum Verhörraum und riss die Tür auf. »Hören Sie auf der Stelle auf, Madame Gillard zu schlagen, Morris!«

Der Fleischer lächelte nur herablassend. Sein Fehler war, nicht mit Pikes wilder Wut zu rechnen, da er allgemein als sehr gesitteter Mann galt. Ehe er es sich versah, verpasste ihm Pike einen Schwinger in seine Magengrube, sodass er zusammensackte.

Abberline wollte Pike in den Rücken fallen, aber Thackery und Nevis hielten ihn auf. Das gab ihm die nötige Zeit, Christine an sich zu reißen. Tröstend hielt er ihre schmächtigen Schultern umfangen. Ihr Haar war durcheinander, die Nase blutete heftig und die Augen waren so gläsern wie Eissplitter. Ihr Anblick schnürte ihm das Herz zusammen. Schnell zog Pike seine Jacke aus und legte sie ihr um. Thackery reichte ihr ein Taschentuch für die blutende Nase, und Nevis half Pike, Christine zu stützen.

»Ich bringe dich nach Hause, Christine.«

»Tun Sie das.« Abberline hatte Morris aufgeholfen, und bleckte die Zähne. »Und dann brauchen Sie nicht mehr zurückzukommen. Inspector John Pike, Sie sind ab sofort von Ihrem Dienst suspendiert.«

36. Kapitel

London, Oktober 1888

Adrian hatte sein Ziel erreicht: Christine suchte das Frauenhaus nicht mehr auf. Längst hatte Pike aufgehört zu zählen, wie oft er in den darauffolgenden Tagen und Wochen von Mr. Eaton an der Haustür abgewiesen wurde. Er blieb dabei so beharrlich und unnachgiebig wie ein Schuldirektor beim Verhängen einer Strafe. Nicht einmal Nachrichten an Christine wollte er entgegennehmen.

»Sir, ich bedaure sehr, aber Madame Gillard ist unpässlich«, lautete die immer gleiche Absage. Auch heute wieder. Die Tür schloss sich, und Pike stand in der Dunkelheit.

Diese Wut, die in ihm kochte! Er musste zu ihr! Pike entschied, dass er mit Höflichkeit nicht mehr weiterkam. Er musste dreister vorgehen und nach anderen Schlupflöchern suchen. Die Haustür mochte das Revier des Butlers sein, aber beim Dienstboteneingang hoffe er, auf jemand Zugänglicheres zu stoßen.

Zunächst machte er auf dem Absatz kehrt und ging einige Schritte die Straße entlang. Wer wusste, ob Mr. Eaton nicht heimlich hinter einem Vorhang hinausspähte und sicherstellte, dass der ungebetene Gast seines Weges zog? Erst nach fünf Minuten kehrte er zurück und schob gleich neben dem Haupteingang das schmiedeeiserne Tor auf, welches ins Souterrain zum Dienstboteneingang führte.

»Sie sind aber früh dran mit der Abendausgabe der Times, Anthony…« Die Stimme endete abrupt, als Mable in ein anderes Gesicht blickte, als sie wohl erwartet hatte. »Inspector, was wollen Sie?« Es klang erstaunt, jedoch nicht feindselig. Stattdessen spähte sie nach hinten ins Innere des Hauses, als fürchtete sie, entdeckt zu werden. Zweifelsohne musste auch sie die Anweisungen des Butlers befolgen.

»Darf ich eintreten?«

»Nein!«

»Bitte entschuldigen Sie, Mable, aber ich muss zu Madame Gillard.« Sanft schob er sie hinein und verschaffte sich Zutritt in das Haus. Aber sie stemmte sich gegen ihn.

»Inspector, ich muss doch sehr bitten!«

»Verstehen Sie denn nicht?«, flehte er. »Ich werde noch verrückt, wenn ich sie nicht sprechen kann. So vieles steht unausgesprochen im Raum seit ...«

»Keinen Schritt weiter. Lassen Sie mich los, sonst rufe ich um Hilfe«, sagte sie resolut.

Erschrocken hielt er inne, denn es war ihr anzusehen, dass sie es ernst meinte. Er löste seinen Griff, nahm den Bowler ab und sah sie aus tieftraurigen Augen an.

»Rieche ich Alkohol aus Ihrem Mund?«

Er kapitulierte und wischte sich die feuchte Nase am Ärmel trocken. Ja, er hatte getrunken, und ja, das entwickelte sich allmählich zu einem Problem. Jede Konstante in seinem Leben war fort, die Sorge um Christine bodenlos. Dazu diese Handlungsohnmacht. »Bitte glauben Sie mir, dass ich ihr niemals etwas Böses wollte.«

Ob es an seiner jämmerlichen Gestalt lag oder weil seine Worte in Mable eine sentimentale Saite anschlugen, wusste er nicht. Aber ihre Züge wurden weicher, menschlicher. Flüsternd schüttelte sie den Kopf. »Das weiß ich doch, Inspector. Ich weiß, dass Sie sie lieben und ... und ... Oh Gott.« Plötzlich brach sie in Tränen aus und vergrub ihr Gesicht hinter der Schürze.

Nun lag es an Pike, sie zu trösten, und er hielt ihre Schultern. »Mable, so sagen Sie mir doch, was los ist.«

Schnell fasste sie sich wieder und blickte erneut hinter sich. »Folgen Sie mir ins Nähzimmer. Dort werden wir nicht gestört.«

An die Größe dieses Hauses würde er sich niemals gewöhnen

können. Selbst die Dienstbotenräume glichen einem Labyrinth. Es war schon späterer Abend. Da zurzeit weder Gäste empfangen noch üppige Menüs verlangt wurden, war Mable allein in den Wirtschaftsräumen.

Kaum dass Mable die Tür hinter ihnen geschlossen hatte, schien ihr die Lage unangenehm zu sein. »Herrje, wenn uns einer sieht, ein lediger Herr unbeobachtet mit einer Dienstbotin in der Nähstube...«

»Dann werde ich mich dafür verantworten, Mable.« Er deutete eine Verneigung an. »Danke, dass Sie mir Ihr Gehör schenken. Wie genest Madame?« Dass es ihm seit zwei Wochen selbst miserabel ging, verschwieg er. Er war arbeitslos, Judith und Herbert inzwischen verheiratet, und jetzt, da Pike mehr Zeit für Eddie gehabt hätte, schaffte er es nicht, ihn zu besuchen. In seinem jetzigen Zustand wäre er wohl kaum ein gutes Vorbild für den Jungen.

»Vielleicht bin ich die, die Ihr Gehör braucht.« Wieder schien die Zofe mit sich zu ringen. »Die körperlichen Blessuren sind verheilt, aber die seelischen... Ich bin untröstlich wegen Madame.«

»Aber warum darf ich nicht zu ihr? Sollte ich in Ungnade gefallen sein...«

»Das sind Sie mit Gewissheit nicht, Inspector. Es richtet sich nicht gegen Sie, das versichere ich Ihnen. Vielmehr scheint sie in einem Delir gefangen zu sein, wie damals, nach Monsieur Gillards Tod!«

Dies zu hören schmerzte Pike mehr als alles andere. »Sie ist zurück in tiefe Trauer verfallen«, begriff er.

»Nicht nur das. Sie isst nicht mehr, sie schläft nicht mehr, verlässt das Haus nicht. Ihr Assistent kommt jeden Tag vorbei und bittet sie, mit ihm Geschäftliches durchzugehen. Ohne Mr. Nevis stünde das Frauenhaus vor dem Abgrund. Aber niemand kann zu ihr durchdringen. Frage ich sie etwas, antwortet sie bloß mit stummen Tränen.«

»Sie braucht eine vertraute Person bei sich, die ihr aus diesem Trauerloch hilft«, sagte Pike. Seine Brust schmerzte, als er begriff, dass er nicht diese Person sein würde, aber das musste er akzeptieren. Wahrscheinlich schämte sich Christine zu sehr dafür, was er gesehen hatte. Dass er sie in einer so unwürdigen Situation erlebt hatte. Sie war eine Frau, die ein Leben lang darauf geachtet hatte, niemandem, außer vielleicht ihrem Mann, ihre wahren Gefühle zu offenbaren, und auch wenn sie sich liebten, kannten sie sich noch nicht lange. Nein, sie brauchte einen Menschen, der ihr schon vor Henrys Tod nahegestanden hatte. Eine langjährige Freundin musste her.

Als er seine Gedanken Mable mitteilte, blinzelte sie.

»Sie meinen, ich soll hinter ihrem Rücken die Countess kontaktieren?«

Das war sein Gedanke gewesen. »Genau darum will ich Sie bitten, Mable.«

37. Kapitel

Nordküste Schottlands, November 1888

Seine Schützlinge saßen mit angewinkelten Beinen und gebannten Augen im Halbkreis und hörten ihm zu. Es roch nach Stroh, nach Hobelspänen und nach Pferd. Apollon, Liams dunkelfuchsiger Zuchthengst, wühlte im Hintergrund in einem Eimer voll Hafer, während er mit dem Schweif die Fliegen vom Hintern verscheuchte. Gleich daneben befand sich der Kampfring. Durch die hohen Fenster drangen Sonnenstrahlen in den Stall, in ihrem Licht tanzte der Staub, der ein Kind zum Niesen brachte.

»Gesundheit«, sagte ein anderes, während ein drittes den Zeigefinger an den Mund hob und »schsch« machte. Dann richteten sie ihr Augenmerk wieder auf ihren Lehrer.

»Die Deckung ist das Wichtigste beim Boxen. Ihr könnt Hunderte Hiebe austeilen, vernachlässigt ihr nur einmal die Deckung und werdet getroffen, dann ist das Spiel vorbei. Und wie hält man die Deckung richtig?«

Wie auf Kommando nahmen ein Dutzend Halbwüchsige ihre geballten Fäuste vor die Brust.

»Ausgezeichnet!«

»Lord O'Donnell, ich habe eine Frage ...« Ein Mädchen, das zum ersten Mal dabei war, hob schüchtern die Hand.

»Er ist kein Lord«, wurde sie von Dustin, einem Naseweis, korrigiert. »Er ist Mr. O'Donnell, der mit der ehrenwerten Lady Emily O'Donnell verheiratet ist.«

»Das stimmt, ich bin mit einer Lady verheiratet, aber deswegen kein Lord. Die ehrenwerte Lady ist schon als Lady zur Welt gekommen, ich nicht.« Er grinste, weil er sich denken konnte, was im Kopf des Mädchens vor sich ging. Dass sich ein Lord eine Gemeine nahm, kam noch gelegentlich vor. Aber eine morganatische Ehe in umgekehrter Konstellation sorgte für Gesprächsstoff.

»Hier im Training bin ich aber für alle einfach Liam. Na schön, Josephine, was wolltest du wissen?«

»Also Lord Mr. Liam«, ihre Wangen färbten sich rosig, »wenn das Baby kommt ... ist das Baby dann ein Lord oder ein Mister?«

»Josie, so was fragt man nicht!«, empörte sich ein Kind, doch Liam musste schmunzeln.

»Das kommt ganz auf das Geschlecht des Babys an. Man würde es auf jeden Fall aus Höflichkeit Lord oder Lady nennen, weil es ja aus dem Bauch einer Lady kommt. Aber nur das Kind, das einmal das County erben wird, bekommt den rechtmäßigen Titel. Dieses Kind hat dann den Zusatztitel ›The Honourable‹. Das muss nicht unbedingt das älteste Kind sein. Auch ein Mädchen kann die neue Countess werden, aber nur, solange wir keinen Sohn haben.«

»Das ist ungerecht!«, riefen die Mädchen.

»Mag sein«, antwortete Liam. »Allerdings ist das eine gerechtere Vorgehensart als in England, wo ausschließlich die Männer erben, bis es auch im entferntesten Verwandtenkreis keinen mehr gibt.«

»Aber bestimmt wird es ein Junge, Liam. Dann haben Sie jemanden, mit dem sie kämpfen und ausreiten können«, eiferte sich Dustin.

»Heee!«, riefen die Mädchen im Einklang. »Mit Mädchen kann man auch reiten und kämpfen!«

»Wenn das nicht das Stichwort ist!« Liam klatschte in die Hände und stand auf. »Dann zeigt mal, was ihr könnt! Wärmt euch auf! Rennt zehn Mal um den Stall, dann fünf Minuten Springseile. Nachher bilden wir Zweiergruppen und üben Jab und Cross. Wer von euch wird wohl der nächste John Sullivan sein?«

»Iiich!«, kreischten die Kinder, die euphorisch aufstanden und aus dem Stall rannten. Zufrieden legte Liam ihre Boxhandschuhe bereit.

Nach dem einstündigen Training versammelten sie sich wieder. Sie machten Dehnübungen und setzten sich dann wieder in den Halbkreis. Zeit für den letzten Theorieteil.

»Was denkt ihr, was ist beim Boxen unverzichtbar?«, fragte er in die Runde.

»Die Regeln einhalten!«

»Nicht unter die Gürtellinie hauen!«

»Nicht beißen, nicht treten, nicht schubsen!«

»Dem Geschlagenen wieder auf die Füße helfen!«

Liam nickte. »Das ist alles sehr wichtig, da habt ihr recht. Es gibt aber noch etwas, nämlich das hier.« Er tippte sich mit dem Zeigefinger gegen die Schläfe. »Da oben, auf das Köpfchen kommt es an. Ihr kämpft nicht nur mit den Fäusten. Es geht nicht nur darum, dass ihr kräftige Muckis habt...« Er drückte einem Knaben, der ihm den angespannten Bizeps hinhielt, auf den Oberarm. »... Sondern es hängt auch davon ab, wie klug ihr seid.« Er ließ vom Jungen ab und drückte den Zeigefinger auf die Stirn eines Mädchens, die dabei lachend den Kopf in den Nacken legte.

»Seid schlau und seid wachsam. Beobachtet euren Gegner, macht seine Schwachstellen aus. Lässt einer beispielsweise seine Deckung immer dann nach, wenn er mit der Linken zuschlägt?« Er bedrohte einen weiteren Jungen und überwältigte ihn mit einem sanften, vorgetäuschten Schlag.

»Und zuletzt natürlich: Selbstbeherrschung! Ihr müsst euch kennen. Eure Stärken und Schwächen. Ihr müsst lernen, euch zurückzuhalten. Der Boxkampf ist nur im Ring erlaubt. Keine Prügeleien auf den Straßen!« Er machte ein ernstes Gesicht und wusste ganz genau, dass diese Weisung sich kaum durchsetzen würde, er war schließlich auch mal ein Junge gewesen.

Draußen vor dem Stall verabschiedete er die Kinder und reichte ihnen die Hand. Gut fünfzehn Minuten zu Fuß entfernt lag das Anwesen. Das Personal wusste, dass ihm diese Unterrichtsstunde wichtig war und man ihn nicht stören sollte. Dementsprechend wunderte er sich, weil eines der Dienstmädchen mit wehenden Röcken auf ihn zueilte. »Mr. O'Donnell, bitte kommen Sie schnell! Ihre Ladyschaft ist gestürzt!«

»Großer Gott!« Er rannte in den Stall und sprang auf seinen ungesattelten Dunkelfuchs. Dann streckte er dem Dienstmädchen die Hand aus. »Steigen Sie auf?«

Sie errötete und schüttelte den Kopf. »Das scheint mir zu unorthodox, Eure Herrschaft. Ich eile zu Fuß nach.« Liam hatte keine Zeit, sie über die Sinnlosigkeit der Etikette bei Ausnahmezuständen zu belehren, und gab Apollon die Fersen.

Noch im Trab sprang er vor dem Haus vom Pferd. »Emily!«

»Sie ist im Kaminzimmer, Sir«, erklärte der Butler, der ihm die Haustür öffnete.

»Was ist passiert?«

Der Butler tupfte sich den Schweiß von der Stirn. »Ein Schwächeanfall.«

Liam eilte in das Zimmer und fand Emily auf einem Sessel umgeben von einer Traube besorgter Dienstboten vor, die ihr die Hand hielten und ihr Luft zufächelten.

»Emily, bist du wohlauf?« Er schickte das Personal weg und kniete sich vor seine Frau. »Hast du dich verletzt?«

»Ich hatte Glück«, antwortete sie geschwächt. Dann legte sie ihre Hände auf die Monstrosität einer Kugel und korrigierte: »Wir hatten Glück.«

Seine Hände schlangen sich um den Babybauch, und er spürte, wie sich das ungeborene Leben darin bewegte. In wenigen Tagen würde es so weit sein. Das Baby fühlte sich schon so greifbar echt an. Beruhigt darüber, dass Frau und Kind wohlauf waren, nahm er Emilys Hände in seine und küsste ihre Handinnenseiten. Doch sie brach in Tränen aus.

»Was ist geschehen, mein Schatz?«

»Lies selbst«, antwortete sie mit schwacher Stimme und deutete auf einen Brief. Doch ehe seine Augen auch nur die ersten Zeilen erfasst hatten, sprudelte es aus Emily heraus: »Christine befindet sich in größter seelischer Not. Es geht ihr noch schlimmer als nach Henrys Tod. Diese Frauenmorde, von denen ich dir erzählte, sie betreffen ihr Frauenhaus. Sie wurde sogar als tatverdächtig angesehen und im Verhör geschlagen, Liam! Ihre Zofe hat sich in völliger Verzweiflung an mich gewandt, weil Christine mich braucht. Aber so kann ich unmöglich fahren.« Sie deutete auf ihren Bauch und brach erneut in Tränen aus.

Gott sei Dank nicht, dachte Liam. Selbst ohne Schwangerschaft hätte er sie nach den letzten Ereignissen nicht mehr nach London gelassen. Doch er hielt es für klüger, seine Worte für sich zu behalten. Und dennoch hatte eine loyale Freundin wie Christine nichts anderes als die gleiche Loyalität verdient.

»Dann werde ich es wohl sein, der zu ihr fährt.«

Ihre verquollenen Augen schimmerten wie die klare See. »Das würdest du für mich tun?«

»Natürlich, mein Schatz«, antwortete er sanft. »Christine ist auch meine Freundin. Und wenn es ihr so schlecht geht, dann müssen wir ihr zur Seite stehen. Aber zuerst bringe ich dich ins Bett. Damit du wieder zu Kräften kommst. Soll ich dich tragen?«

»Ich bin schwanger und nicht verletzt!«

Na schön, dann bot er ihr eben nur den Arm. Er half ihr ins Bett und läutete nach einer Dienerin, damit sie Tee und Kekse ins Zimmer brachte.

»Wirst du gleich morgen früh fahren?«, fragte Emily mit feuchten Wangen.

»Das wird wohl das Beste sein.« Liam setzte sich zu ihr aufs Bett und streichelte ihren Hals.

Sie nahm seine Hand und drückte sie fester an sich. Dann schluckte sie. »Du weißt, was das bedeutet. Du wirst die Geburt verpassen.«

»Hättest du mich denn überhaupt ins Zimmer gelassen, wenn es so weit ist?«, fragte er mit einem sanften Lächeln. Er beugte sich nach vorn und gab ihr einen Kuss. Er wollte hier nicht fort. Nicht jetzt. Auch fürchtete er sich vor der Niederkunft. Davor, dass es Komplikationen gab, Emily bei der Geburt zu viel Blut verlieren könnte, dass sie vielleicht sogar starb. Aber Furcht hatte einen Menschen noch nie weitergebracht.

»Ich bin stark, Liam«, flüsterte sie. »Und sie ist es auch.«
»Sie?«, wiederholte er. Endlich zeichnete sich wieder ein Lächeln auf seinen Lippen ab. Verliebt sahen sie sich an. »Ich wusste gar nicht, dass du hellseherische Fähigkeiten hast.«

Dann wurden ihre Züge ernst und ihre Hand wanderte zu ihrem Nachttisch, auf welchem sie eine Vase mit getrockneten Disteln stehen hatte. Ihre Bedeutung erzählte noch einmal eine ganz andere Geschichte. Sie hatten Emily Kraft gegeben, als ihr Leben von solcher Dunkelheit umgeben war, dass kaum jemand noch an einen nahenden Tagesanbruch glauben konnte.

Liam verstand und zupfte eine Blüte ab. »Eine Distel für eine Rose.« Er sah die Blüte lange an, dann schloss er sanft die Hand darum und küsste Emilys Stirn. »Ich werde dich nicht enttäuschen.«

38. Kapitel

London, November 1888

Es war spät, fast Mitternacht, als der Zug am Tag darauf in die Victoria Station in London einfuhr und einen Schwall Menschen von der ersten bis zur dritten Klasse ausspuckte. Zu spät, um jetzt noch bei Christine mit der Tür ins Haus zu fallen. Liam hatte seinen Besuch nicht angekündigt, und die Dienstboten wären wohl alles andere als erfreut, wenn sie um diese Uhrzeit noch das Gästezimmer herrichten müssten.

Er würde sich nach einem anderen Schlafplatz für diese Nacht umsehen. Für Männer seines Standes bot sich hierfür natürlich der Gentlemen's Club. Hier verkehrte die High Society des stärkeren Geschlechts. Die Herren tranken teuren Whisky, spielten mit dekadent hohen Einsätzen Poker und aschten ihre Zigarren in Kristallaschenbechern ab, mit dessen Wert man in Lambeth die Monatsmiete für ein Haus zahlen konnte. Doch schon beim Gedanken an eine Gesellschaft voller kultivierter und kapriziöser Snobs, verging ihm die Lust darauf. Das war noch immer nicht seine Welt, und das spürten auch die anderen. Neben Emily konnte er sich beherrschen und der Etikette entsprechen, das verlangte sie auch von ihm. Aber allein für sich wollte er nichts damit zu tun haben.

Der Droschkenfahrer vor dem Bahnhof musterte seine Reisekleidung und seinen Reisekoffer, den er ihm sogleich abnahm. »Ins Savoy, Sir?«

»Lieber etwas Preiswerteres.« Wenn seine Vermutung stimmte, dass er bald eine Tochter hatte, dann wollte er sein Geld lieber nicht für überteuerte Hotels ausgeben. Mädchen brauchten mehr Kleider als Jungs und vor allem Eltern, die ihr Geld zusammenhielten, denn schließlich wäre er nicht gewillt, seine Kleine aus finanziellen Nöten oder für geschäftliche Allianzen herzugeben.

Schmunzelnd schüttelte Liam den Kopf. Da war sie noch nicht einmal auf der Welt, und er sorgte sich bereits um ihre Heiratsaussichten.

Der Droschkenfahrer brachte ihn zu einem soliden Mittelklassehotel, das sich zwischen der Baker Street und der Oxford Street befand. Dort bezog er sein Zimmer und fand Gefallen an der rustikalen Einrichtung.

Seinen Koffer musste er selbst auspacken. Das war etwas, das er schon lange nicht mehr getan hatte. Nur mit Widerstand hatte er für die Reise auf seinen Kammerdiener verzichten dürfen, den er ohnehin nur um des lieben Frieden willens an sich heranließ. Es hatte damals nach seiner Hochzeit ein halbes Jahr Emilys höchste diplomatische Fähigkeiten erfordert, dass Liam sich einen solchen anschaffte. Er fand die Vorstellung von Dienstboten nahezu exzentrisch. Natürlich hatte er nichts gegen jemanden, der sauber machte und kochte, auch ein Kindermädchen sollte nicht fehlen, um Emily zu entlasten, doch die Vorstellung, dass ihm ein Mann beim An- und Auskleiden half und ihn öfters nackt sehen würde als seine Frau, fand er befremdlich.

Emily hatte mit stählernem Willen darauf bestanden. Als ehemaliges Dienstmädchen wusste sie nur zu gut, was einer Lordschaft würdig war, und da sie beide ohnehin schon mit ihrer Vergangenheit und der morganatischen Ehe aus der Reihe tanzten, sollte Liam sich gefälligst in dieser Hinsicht anpassen. Wie viel Neid und Missgunst es nämlich gab, erfuhr Liam, als zu Beginn ihrer Ehe gemeinsame Bekannte zum Amüsement versuchten, ihn absichtlich in Fettnäpfchen zu locken.

Während Liam auspackte, spürte er, wie es regelrecht in seinen Fingerkuppen zuckte. Er hatte den ganzen Tag im Zug gesessen und konnte sich jetzt unmöglich hinlegen. Das Nachtleben der Stadt wartete auf ihn.

Zuerst zog er seine Reisekleidung aus, wusch sich und legte den Frack bereit. Aber dann fiel sein Blick auf einen Stoffbeutel, den er gewiss nicht selbst in seinen Koffer gepackt hatte. Emily musste ihn heimlich hineingetan haben. Nahezu ehrfürchtig öffnete er ihn, und ein tiefer Seufzer entwich ihm.

Da war sie, seine alte Schiebermütze. Und darunter ein einfaches Wollhemd und seine olivgrüne Tweedweste. Keine Manschetten, kein Vatermörder und keine – gottlob keine! – steife Piquébrust. Er legte seinen Kopf in den Nacken und hauchte ein Dankeschön.

»Oh teuerste Emily, du kennst mich besser als ich mich selbst.« Liam brauchte nicht lange, bis er sich umgezogen hatte. Als er dann auch noch seine Lackschuhe gegen ein Paar Wildlederstiefel tauschte, war die Verwandlung vollkommen.

Obwohl die Kleidung natürlich gewaschen war, bildete er sich ein, ganz dezent den Geruch von Metall und Kohle zu riechen. Genau wie sein Leben früher in der Großstadt gerochen hatte.

So ging er wenig später durch die Hotellobby, wo ihn der Herr am Empfang, der vorhin noch einem Adligen gegenübergestanden hatte, ihm irritiert hinterherblinzelte. Auf der Straße atmete er tief ein und aus. Es war nicht unbedingt ein feiner Geruch, aber ein guter. Ein kühler Wind blies durch die Straßen und erinnerte ihn daran, dass auch im »Süden« – wie er alles nannte, was unterhalb der schottischen Grenze lag – schon November war. Trotz der fortgeschrittenen Stunde schien der Verkehr nicht abgenommen zu haben. Droschken und pferdegezogene Omnibusse klapperten übers Pflaster. Ihre Laternen leuchteten wie schwache Sterne durch den Nebel und verrieten den Verlauf der Straße.

In der Oxford Street reihte sich Geschäft an Geschäft. Diejenigen, die es sich leisten konnten, machten mit der neusten technischen Errungenschaft auf sich aufmerksam; mit blinkenden Leuchtreklamen. Natürlich waren die Geschäfte um diese Uhrzeit geschlossen, dennoch verdichtete sich der Verkehr. Schlief diese Stadt jemals? Liam bezweifelte es. Aber er war nicht hier, um zu flanieren, sondern weil er noch etwas erledigen wollte. Bald winkte er sich einen Hansom heran und stieg in den Wagen.

»Wo darf ich Sie hinbringen, Sir?«

Liam lächelte in die Nacht. Er würde dort hingehen, wo seine Garderobe passte. Ins Arbeiter- und Lumpenviertel, wo es Fish'n'Chips und die besten Ales gab. »Nach Whitechapel.«

So etwas wie Whitechapel hatte er noch nie zuvor gesehen. Es war ein bisschen wie das Cowgate in Edinburgh und das Viertel, in welchem er in Glasgow früher gelebt hatte, nur unendlich viel größer. Es gab eigene Stadtteile für die Iren, für die Juden und für die Einwohner aus dem Orient. Hier lebten die einfachen Leute, Menschen seines Schlags. Zu jeder Stunde des Tages hämmerten Schmiede auf ihren Ambossen, lenkten Fuhrknechte ihre Wagen oder verluden Dockarbeiter ihre Ware. Die Straßen waren ihm unbekannt, aber Liam wusste, wie er sich auf ihnen bewegen musste und wie er mit den Einwohnern zu einer Masse verschmolz. Mit beiden Händen in seiner Westentasche und der Schiebermütze tief im Gesicht tauchte er ein.

Fast hatte Liam vergessen, wer er früher gewesen war. Ein unbekanntes Gesicht unter Tausenden. Nur ein kleiner Fisch eines riesigen Schwarms. Gewiss, er wollte nicht in eine täuschende Nostalgie verfallen, denn nicht alles, was er erblickte, war berauschend. Je näher er hinsah, umso mehr schlug ihm das Elend entgegen. Da gab es Kinder, die selbst um diese Uhrzeit und ohne Schuhe an ihren Füßen Streichhölzer oder Seife verkauften. Obwohl er nichts brauchte, kaufte er hier und da was – nur damit er den Kindern Geld zustecken konnte – und verschenkte die Gegenstände einige Straßenecken weiter.

Ebenso anzutreffen waren Obdachlose, Kranke und Huren. Liam hätte sie nicht als verloren bezeichnet, aber viele von ihnen legten eindeutig wenig Wert auf ihr Äußeres und die gesellschaftlichen Gepflogenheiten. Dass sich ein Paar hemmungslos gegen einen Lattenzaun gelehnt vereinte, schien ebenso gewöhnlich wie der Alkoholiker, der sich auf offener Straße erleichterte und eine

Frau anpöbelte, die wiederum in obszönen Gesten und Rufen deutlich machte, was sie von ihm hielt. Etwas anderes fiel ihm auf: Straßenkunst. Parolen und Karikaturen zierten zerbröckelte Fassaden. Zwar kannte Liam solche auch schon aus Glasgow, doch nicht in diesem inhaltlichen Ausmaß.

Warren muss weg!

Die Liberalen zerstören das Land, und die Regierung schaut zu!

Die Londoner Polizei ist die dümmste auf der Welt.

Jack The Ripper ist ein tapferer Mann. Er sortiert das Gesindel aus!

Ich bin Jack.

Fröstelnd schlug Liam seinen Kragen hoch und ging weiter. Er musste kein Politiker sein, um zu wissen, dass Angst um die Zukunft und ein eingeschränkter Horizont den fruchtbarsten Nährboden für Hass darstellten. In Whitechapel war für viele schon der kommende Tag ungewiss. Die Bewohner kannten keine Sicherheit. Ihre Arbeit verhalf zu einer Existenz, die nur knapp über den Pegel der totalen Armut reichte. Es gab keine Reserven, kein Schutz, wenn eines Tages die Wellen höherschlugen. Und sie kamen unerwartet, diese satanischen Biester des Alltags, die einen wegspülen wollten. Ein bewährter Fabrikarbeiter konnte heute in seinem Federbett einschlafen und morgen schon in der Gosse aufwachen. Wer überschwemmt wurde, schaffte es selten zurück an die Oberfläche. Whitechapel war wie ein sinkender Kahn, und seine Sogwirkung zog alle mit, die darauf Schiffbruch erlitten.

    Der schrille Pfiff einer Signalpfeife hallte durch die Gassen, plötzlich hörte Liam Hilferufe. Instinktiv eilte er in die Richtung, aus welcher die Geräusche drangen. Ein junger Constable, der vom Alter her wohl gerade erst die Polizeiausbildung abgeschlossen haben musste, lag auf dem Boden, umzingelt von drei offensichtlich betrunkenen Raufbolden, die nach ihm traten.

»Ja, ruf du nur nach deinen Kollegen wie die Kinder nach ihrer Mama«, lachte einer. »Bis dahin verzieren wir dir schön die Visage.«

»Lasst doch den armen Jungen in Ruhe«, mischte sich Liam ein und schüttelte den Kopf. »Drei gegen einen. Habt ihr keine Eier, oder warum traut ihr euch nur im Rudel auf ihn los?«

Trunkenheit versus erfahrenes Boxtraining sorgten dafür, dass es schnell vorbei war. Zwei lagen auf dem Boden, und der dritte rannte weg, noch ehe der Kampf richtig begonnen hatte.

Liam half dem Constable auf und klopfte den Dreck aus seiner Jacke. Ungläubig blickte der Constable zwischen ihm und den auf dem Boden winselnden Gestalten hin und her.

»Collin, bist du in Ordnung?«, fragte ein herbeieilender Mann aus der Verstärkung.

»Dank diesem Herrn hier bin ich das, Sergeant Thackery.«

»Dann schulde ich Ihnen meinen Dank.« Der Sergeant reichte Liam die Hand.

»Nichts zu danken.«

»Wenn Sie wüssten.« Der Sergeant schnaubte. »Seit der Ripper seine Runden zieht, spinnen hier alle. Niemand traut der Polizei. Korruption in der Vergangenheit, Unfähigkeit in der Gegenwart. An unseren Uniformen hängen schwere Gewichte.« Während er sprach, schimmerten seine Augen so bleigrau wie der Nebel, der sich in die Gasse senkte.

Beinahe hätte Liam es dabei belassen und den Beamten einen guten Abend gewünscht, da traf ihn ein Geistesblitz. »Verzeihen Sie, aber sind Sie Beamte der H Division? Die Einheit, die Inspector John Pike untersteht?«

»Sie meinen wohl unterstand.« Sergeant Thackery hob die Arme und ließ sie geräuschvoll auf seine Schenkel fallen.

»Was ist passiert?«

»Das wissen Sie nicht? Der Chiefinspector hat ihn suspendiert.«

»Und wo finde ich ihn?«

»Um diese Uhrzeit? Früher hätte ich gesagt, in seiner Wohnung. Aber seit er seine Stelle und seine Freundin verloren hat... versuchen Sie's mal im Ten Bells gleich bei Spitalfields.«

»Wirklich?« Das traf Liam unerwartet. Er hatte große Achtung vor diesem Mann, und es schmerze ihn sehr zu hören, dass ihm das Leben offenbar übel mitgespielt hatte. Nachdem sich Liam vom Sergeant die Richtung weisen ließ, machte er sich sofort auf den Weg.

Es war Zeit, einen alten Freund zu besuchen.

39. Kapitel

London, November 1888

Seine Augen brannten vom Zigarettenrauch, der sich bereits in dicken blauen Schwaden unter der Raumdecke festsetzte. Bis in die letzte Kleiderfaser hatte sich der Gestank eingebrannt. Wie er Zigaretten hasste. Genauso wie er den Schnaps hasste, den er gerade trank und dessen Schärfe seine Nase verätzte. Und doch saß Pike hier in diesem Pub und rauchte und trank, bis er glaubte, sein Schädel müsste explodieren. Auch wenn ihm der Alkohol zugesetzt hatte, war er noch eitel genug, um sich bewusst zu sein, was für ein miserables Bild er abgab. So in sich zusammengesunken, die Augen glasig, die Haut fahl. Der gefallene Inspector, eine gescheiterte Existenz. Aber wenn er sich so umsah, befand er sich in bester Gesellschaft.

Er hatte alles verloren. Seine Liebe, seine Arbeit und bald auch seinen Sohn. Nun musste er den Preis dafür zahlen. Indem er einsam war und von den anderen argwöhnisch gemustert wurde. Wie etwa von dem Mann da, der neben ihm an der Bar saß und einen Whisky trank.

Sein Profil kam ihm bekannt vor. Diese rabenschwarzen Haare mit den sauber getrimmten Koteletten ebenso wie die scharfkantigen Wangenkonturen mit einer kleinen, alten Narbe und die eisbergblauen Augen. Plötzlich wurde ein Glas Wasser über den Tresen zu ihm geschoben.

»Zum Ausnüchtern, Inspector.«

Pike kniff seine Augen zusammen. »Sehen Sie an mir etwa eine Dienstmarke?«

»Nein. Und die bekommen Sie wohl auch nicht zurück, wenn Sie hier herumsitzen und trinken«, meinte sein Gegenüber gelassen.

Pikes Finger zuckten. »Darf ich fragen, wer Sie sind?«

»Das wissen Sie nicht? Oh, jetzt enttäuschen Sie mich aber. Nun gut, Sie mögen mich vielleicht vergessen haben, aber ich Sie nicht. Sie haben meiner Frau einmal das Leben gerettet. Bei diesem Fall, der ihre Karriere für immer verändert hat.«

Es war ihm, als würde ein schwerer Gong gegen seine Schädeldecke knallen und ihn aus dem Winterschlaf wachrütteln. Aber ja doch! »Lord O'Donnell!«

Sein Gegenüber winkte ab. »Mr. O'Donnell reicht völlig aus. Aber ich hoffe, Sie sagen immer noch Liam zu mir.«

Pikes Reaktion kam noch etwas verzögert, Verwirrung und Rausch wirkten zu stark. Aber dann streckte Liam seine Hand aus, und Pike schlug kräftig ein. Allmählich kehrte in Pikes Geist Klarheit ein. Er freute sich ehrlich, ein altes, bekanntes Gesicht zu sehen.

»Was machen Sie in London?«

Liam sah ihn gepresst an. »Einen Scherbenhaufen aufräumen.«

»Dann hat Mable Wort gehalten und Ihre Ladyschaft kontaktiert«, flüsterte Pike.

»Meine Frau erhielt einen Brief und die Bitte zu kommen, doch für eine erneute Reise ist sie bedauerlicherweise zu ...«, er winkte sich die richtigen Worte herbei, »zu sehr in anderen Umständen.«

Das war vielleicht auch besser so, dachte Pike. Er spürte, wie Liams Hand auf seine Schulter fiel. »Sagen Sie mir, John, was ist passiert?«

»Ich nehme an, das wissen Sie bereits.«

Liam nickte. »Aber ich will Ihre Version hören.«

Nach einem Seufzen und einem großen Schluck Wasser gab Pike ihm eine grobe Zusammenfassung der letzten drei Monate.

»Das ist doch scheiße«, stieß Liam aus, als Pike seine Erzählung abgeschlossen hatte.

»Treffender könnte man es nicht formulieren.«

»Diese ganze Mordgeschichte löst bei den Menschen wohl eine Form von Stumpfsinn aus. Vorhin bin ich dazwischengegangen, als drei Schläger auf einen jungen Constable losgingen. Sein Sergeant verriet mir dann, wo ich Sie finde.«
Betreten schüttelten die Männer ihre Köpfe und schwiegen.
Eine junge rothaarige Frau zog die Aufmerksamkeit sämtlicher Pubbesucher auf sich. Das saphirblaue Kleid war einmal teuer gewesen, doch seine besseren Tage lagen wie die seiner Besitzerin schon eine Weile zurück. Fadenscheinig und verblichen wurden manche Stellen mit farbenfrohen Flicken versehen. Eine einst gelbe Stola, in der es ihr offensichtlich zu warm war, hatte sie um ihre Hüfte geschlungen. Der Busen quoll aus ihrem eng geschnürten Mieder und wippte im Takt der Melodie, während sie mit dem Rücken an einem Klavier lehnte und sang. Ihre Stimme klang vollkommen und traurig zu gleich. Sie packte einen, drang unaufhaltsam bis ins Herz, bis sich jede noch so tief verborgene Trauer aus ihrer Verankerung löste und an die Oberfläche trieb.

»Sehen Sie sich die an«, flüsterte Pike, ohne den Blick von ihr zu wenden. »Mary Jane Kelly.« Er sprach den Namen aus, als handle es sich um eine Kostbarkeit. »Sie ist für ihre Schönheit und ihr warmes Bett bekannt. Viele Männer haben bei ihr das Lieben gelernt. Ihre Liebhaber wählt sie handverlesen aus. Auch jetzt gleicht sie einer reifen Traube, die nur bereit ist, dem Besten in den Mund zu fallen. Aber wenn sie betrunken ist ... dann ist sie ein Biest und hält die Kollegen von der Sitte ganz schön auf Trab.«

»Eine Prostituierte?«, fragte Liam, der beobachtete, wie ihr ein Mann in diesem Augenblick eine Münze in den Ausschnitt stecken wollte, was Mary Jane Kelly mit einer eleganten Umdrehung verhinderte.

»Wohl eher eine Überlebenskünstlerin«, antwortete Pike. Und siehe da, Mary Jane Kelly entdeckte ihren Auserwählten für diese Nacht. Sie fixierte Liam mit einem koketten Blick und stolzierte hüftschwingend auf ihn zu.

Pike schenkte sie nur einen kurzen, abschätzenden Blick. Seit er kein Beamter mehr war, konnte sie schamlos vor seiner Nase tun und lassen, wie es ihr beliebte. Dann widmete sie all ihren Charme ihrer potenziellen Beute. »Na Süßer? Dich habe ich hier noch nie gesehen.« Ganz automatisch fand sich ihre Hand auf seinem Arm, den Liam unauffällig zurückzog.

»Das wird wohl nichts, meine Teure«, lehnte er mit einem ebenso charmanten Lächeln ab.

»Nicht?«, tat sie überrascht. »Angst, dir die Finger an mir zu verbrennen? Ich bin das, was man eine feurige Rothaarige nennt.«

»Eine feurige Rothaarige habe ich schon zu Hause. Erfreu uns doch lieber noch einmal mit deinem schönen Gesang.«

Ob sie gekränkt war, ließ sie sich nicht anmerken. Die grazile Haltung war ein letztes Überbleibsel aus ihrer Zeit als Edelprostituierte. So hüftschwingend, wie sie gekommen war, kehrte sie zum Klavierspieler zurück.

»Eine Überlebenskünstlerin also.« Liam zog die Augenbrauen hoch.

»Wir alle schlagen uns durch, kämpfen gegen den unvermeidlichen Fall. Nun bin auch ich ein Beispiel davon.«

Schweigend trank Liam sein Glas aus. Dann stand er auf und tippte zum Gruß gegen seine Mütze. »Hören Sie auf, hier Trübsal zu blasen. Auf Sie wartet Arbeit, Inspector.«

Pike blickte von seinem Glas auf und sah zu Liam hoch. Der Kerl meinte es sicherlich gut, aber er vergaß eine Kleinigkeit, an die ihn Pike nur ungern erinnerte: »Wie lange wollen Sie noch so tun, als wäre ich Inspector?«

Mit einem verschwörerischen Grinsen drehte sich Liam zu ihm um. »Und wie lange wollen Sie noch so tun, als wären Sie es nicht?«

40. Kapitel

London, November 1888

Pünktlich mit dem Sieben-Uhr-Glockenschlag wachte Christine auf. Sie hatte lebhaft geträumt, ohne sich an Details erinnern zu können und verspürte eine innere Unruhe, als wäre sie gerannt.

Mit der Zunge fuhr sie über ihre Unterlippe und spürte die spröde Haut an der Stelle, wo sie aufgeplatzt gewesen war. Mit dem gewohnten Griff zum Spiegel auf ihrem Nachttischchen sah sie sich an. Das Veilchen war nur noch durch eine ganz leichte Gelbfärbung der Haut auszumachen. Sie stand auf, riss die Gardinen auf und erschrak. Die Bäume hatten ihr Laubkleid abgelegt. Kahle Äste ragten wie dürre Finger eines Monsters in den von Wolken verschleierten Himmel. Ein winziger Wirbel pustete die vom Gärtner zusammengerechten Blätter auf die Straße. Sie waren so trocken, dass Christine das Kratzen hören konnte, wenn der Wind sie über das Pflaster schob.

Es war November, die freundlichen Herbsttage gehörten der Vergangenheit an. Nun würde es rasant kälter und dunkler werden und sich das schrecklichste Jahr in Christines Leben dem Ende zuneigen.

Noch immer konnte sie die Sonne auf ihrer Haut spüren, als sie sich an Pike erinnerte und an ihren wunderschönen Spaziergang durch London im August. Wenn sie sich diese Momente in ihr Gedächtnis rief, war noch alles da. Das Lachen der Kinder, die am Ufer der Themse Steine ins Wasser warfen, das Brummen der Käfer und der Gesang der Vögel, unter dem Blätterdach der Promenade. Traurig schloss sie die Augen und beschwor die Wärme herauf, die sie auf ihren Lippen gespürt hatte, als sie Pike zum ersten Mal geküsst hatte. Sie sehnte sich so sehr nach ihm, dass ihr schwindelig wurde und ihr Herz ihr in schnellen Schlägen Vorwürfe machte. Wie lange wies sie ihn jetzt schon ab? Wie lange strafte sie sich selbst mit Liebesentzug, weil sie nicht wollte, dass er sie in diesem Zustand sah?

Wie eine Schwerkriminelle hatte man sie behandelt. Diese Schande, diese Scham! Und dann hatte der Chiefinspector Pike auch noch suspendiert, wie Mable zu berichten wusste. Oh weh! Konnte sie sich überhaupt noch im Spiegel ansehen? Sie hatte sich ihrem Liebsten entzogen, während er sich für sie eingesetzt und seine Arbeit dabei verloren hatte. Das musste aufhören. Abberline, dieser Schuft, sollte gehörig durch den Dreck gezogen werden.

Es war Zeit, aus der Lethargie zu erwachen.

Mr. Eaton musterte Liam mit diskreter Irritation, als er ihm gegen zehn Uhr morgens die Tür öffnete. »Lord O'Donnell? Was für eine Überraschung! Sie waren nicht angekündigt.«

Liam hob die Hände. »Wie oft soll ich es noch sagen, ich bin kein Lo…«

Ein Frauenarm zog ihn ins Haus. »Mr. O'Donnell, da sind Sie ja endlich! Und keinen Moment zu früh, das sag ich Ihnen.«

Mable erntete von Mr. Eaton zuerst einen verwunderten, dann einen strafenden Blick. »Sie haben das eingefädelt? Ohne die Hausherrin zu informieren?«

»Ich leugne es nicht, aber ich entschuldige mich auch nicht dafür«, entgegnete sie mit geschürzten Lippen.

»Was ist los?«, fragte Liam und stellte seine Tasche ab.

»Mr. Temple von der Times ist hier, Madame will weiß Gott was aus dem Nähkästchen plaudern, um der Polizei zu schaden.«

»Was?«

»Kommen Sie. Sie müssen das dringend verhindern!«

Liam hatte Mühe, mit den Schritten der älteren Zofe mitzuhalten. Mit beiden Händen stieß er die Doppeltür zum Salon auf, sodass sowohl Christine als auch Mr. Temple erschrocken aufblickten. Ausdrücke des Überraschens zeichneten sich auf ihren Gesichtern ab.

»Liam!«

»Hallo Christine.« Sein geschulter Blick entdeckte Christines kaum noch sichtbares Veilchen sofort und wanderte weiter zu Mr. Temples Notizbüchlein.

Mr. Temple erhob sich. »Lord O'Donnell, es ist mir eine Ehre.« Es klang allerdings nicht sonderlich überzeugend.

»Die Ehre ist ganz meinerseits«, spielte Liam mit. Wenn er etwas gelernt hatte, dann dass man sich von der Presse zwar nicht alles gefallen lassen durfte, aber man einen großen Fehler beging, wenn man die Regeln der Höflichkeit missachtete. »Unglücklicherweise muss ich Sie bitten, zu gehen. Sie haben doch sicherlich Verständnis ...«

»Ich bedaure sehr, aber ebendieses habe ich nicht«, entgegnete der Journalist mit verengten Augen. »Wir sind mitten in einer Besprechung.«

»Ein Missverständnis, wie ich fürchte.«

»Liam!«, rief Christine erneut. »Es rührt mich, dich besorgt zu wissen, aber ...« Ihre Augen flehten ihn an, ihr keine Szene vor der Presse zu machen. »Aber ich finde, ein geschätzter Freund wie Mr. Temple verdient die Wahrheit.«

»Exklusivwahrheiten«, murmelte Liam. »Willst du wirklich, dass diese Stadt in Anarchie verfällt? Denn genau das wird passieren, wenn Mr. Temple deine Geschichte veröffentlicht. Gestern wäre beinahe ein junger Constable gestorben, weil kein Mensch mehr Achtung vor der Polizei hat. Laut Inspector Pike gab es noch Dutzende weitere Opfer.«

»Zensur ist der falsche Weg, um dies zu verhindern«, mischte sich Mr. Temple ein. »Die H Division muss begreifen, was sie mit ihrem schändlichen Verhalten anrichtet.«

Christine aber erweckte den Eindruck, als habe sie den Rest gar nicht mehr gehört. »Du ... du hast mit Inspector Pike gesprochen?«

Es gab Dinge, die sprach man nicht vor Fremden an, und schon gar nicht vor dem Personal. Wie gern hätte Liam ihr in diesem Moment an den Kopf geworfen, wie sehr es ihn erschüttert hatte, den Inspector als Schatten seiner selbst zu erleben. Dass man ihm ansah, wie sehr er litt. Sie hätte ihn doch bitte wenigstens empfangen sollen, schließlich hatte er seine Stelle für sie riskiert. Aber all das konnte er nicht sagen.

Mable räusperte sich. Auch sie musste für einmal die Etikette missachten und unaufgefordert das Wort ergreifen. »Madame, wenn ich mich einbringen darf, Mr. O'Donnell hat recht. Es wäre der falsche Weg. Bitte hören Sie auf Ihren Freund.«

Eine Weile herrschte unerträgliche Stille im prächtigen Salon. Nur das Feuer im Kamin knisterte, und die Standuhr schwang ihr Pendel. Dann endlich zeigte Christine Einsicht. »Nun gut. Ich sage es nur ungern, aber es wäre tatsächlich unklug, die Bevölkerung noch mehr gegen die Polizei aufzuhetzen.«

Liam spürte, wie die Anspannung von ihm wich. Er atmete geräuschvoll aus, ebenso fasste sich Mable an die Brust und tat einen ergebenen Knicks.

Nur Mr. Temple zeigte sich zerknirscht und machte ein Gesicht, als hätte er eben noch einen beachtlichen Fisch am Haken gehabt und würde nun vor dem gerissenen Seil stehen. »Verstehe. Dann wollen Sie über die Schandtaten lieber schweigen, die man Ihnen angetan hat, Madame. Die aufgeplatzte Lippe, das Veilchen...«

»Damit kommt sie klar«, versetzte Liam. Er wollte den Journalisten so schnell wie möglich aus dem Haus haben, ehe es sich Christine anders überlegen konnte. »Sie sind doch eine seriöse Zeitung und kein Klatschmagazin.«

»Auch die braucht ihre Story.«

»Nun, gewiss nicht diese hier.« Er schob den Chefredakteur aus dem Zimmer und übergab ihn in die Obhut von Mr. Eaton. Auch Mable folgte ihnen. Mit einem dankbaren Lächeln ließ sie Liam und Christine allein.

Sie war wirklich übel zugerichtet worden, das musste er ihr lassen. Doch noch mehr fürchtete er sich vor ihrem versteinerten

Blick. »Damit kommt sie klar?«, wiederholte sie seine Worte wie eine Furie. »Mehr hast du nicht zu sagen?«

»Christine.« Er setzte sich zu ihr und nahm ihre Hände in seine. »Natürlich war das nicht gerade die feine englische Art, aber um dich daran zu erinnern, sind wir auch keine Engländer. In dir fließt schottisches Blut. Es ist die Wahrheit. Du wirst damit klarkommen. Du bist keine, die jammert. Du bist ein Korken, der nie untergeht. Du bist wie das hier.« Er fasste in seine Jackentasche und überreichte ihr eine kleine Schatulle. Darin befand sich die getrocknete Distel.

»Rosen wären mir lieber gewesen«, sagte sie belustigt, doch die Distel verfehlte ihre Wirkung nicht. Christine blinzelte, ihre versteinerten Züge verloren ihre Spannung und plötzlich erkannte Liam ihre verletzte Seele.

Sie hielt diese Offenheit nicht lange aus. Tränen füllten ihre Augen. Schluchzend lehnte sie ihr Gesicht gegen seine Schulter. Gott sei Dank, endlich weinte sie, dachte Liam. Das war der erste Schritt. Tränen waren für den Hass wie der Sauerstoff, der einem Feuer weggenommen wurde, um es zu löschen. Sie erstickten das Böse im Keim. Christine würde kämpfen.

41. Kapitel

London, November 1888

Mary Jane Kelly hatte einen Grund zum Feiern. Sie trank in einem Zug ihre Ginflasche leer und löste ihr Mieder. Klimpernd fielen die verdienten Münzen zu Boden und rollten unter das Bett.

Lachend sammelte sie ihren Verdienst ein, während sie in der Wohnung über ihr ein Pärchen streiten hörte. »Statt euch zu streiten, solltet ihr euch besser lieben.« Sie kicherte. Lieben war zwar nicht zwingend leiser, aber viel erträglicher. Rosalie, die junge Mutter, die vor den Streithähnen über ihr gewohnt hatte, schien weder das eine noch das andere getan zu haben.

Heute hatte auch sie mehr geliebt als gestritten und sich mit ihrem Verflossenen Barnett versöhnt, den sie ab sofort wieder liebevoll »Barney« nannte. Nächste Woche würde er schon bei ihr einziehen. Sie wusste gar nicht mehr, wie oft sie sich schon getrennt und wiedergefunden hatten, aber dieses Mal würde es halten.

Zwar würde er sie immer noch nicht heiraten, aber wenigstens wollten sie sich treu bleiben. Welch freudige Entwicklung! Nun spürte Mary die Müdigkeit in ihren Knochen. Der Gin musste in ihrem wabernden Magen als Wärmequelle ausreichen, denn Marys Ofenrohr war durchgerostet und musste ausgewechselt werden. Zu allem Überfluss hatte letztens ein Halbstarker, der sich wohl besonders lustig vorkam, das Fenster direkt neben der Haustür eingeschlagen, sodass ihr jetzt ein kalter Luftzug um die Ohren blies.

Vielleicht sollte sie das Loch besser vernageln, dachte sie.

Immerhin war dies eine gefährliche Gegend. Aber da entfaltete der Gin auch schon seine Wirkung, und mit einem seligen Lächeln schlief sie ein.

Christine hatte Tränen in den Augen, doch nicht vor Trauer. Es war der erste Tag seit dem Vorfall in der Leman Street, an dem sie sich wieder außer Haus wagte und nach Whitechapel zurückkehrte. Das auberginefarbene Nachmittagskostüm mit der schwarzen Spitze schmiegte sich eng an ihren Körper, und das Fasanenfederhütchen ließ sie größer wirken. Vorsichtig griff sie nach Liams Hand, der ihr aus der Kutsche half. Als sie das Frauenhaus erblickte, fühlte sie sich an jenen Tag zurückversetzt, als sie vor dem fast fertiggestellten Komplex gestanden und ihr Werk mit Henry bewundert hatte. Wie viel Zeit vergangen war!

SECHS JAHRE EIN SICHERER HAFEN IM STURM

Hunderte Besucher tummelten sich in den Gemeinschaftsräumen, den Korridoren und im Garten. Weil das Jubiläum auf den Feiertag zu Ehren des Bürgermeisters fiel, hatten die meisten Menschen frei und machten sich ein Bild vom Frauenhaus. Es gab Verpflegung, Musik und Spiele. Eine kostspielige Angelegenheit. Aber man musste es politisch sehen, jeder Besuch zählte als Erfolg. Eine ausgelassene Stimmung sorgte für ein angenehmes Ambiente, die Angst vor dem Ripper schien ganz weit weg zu sein. Die Doppelmorde lagen sechs Wochen zurück, das Interesse hatte nachgelassen.

Bewohnerinnen schwirrten mit geröteten Wangen umher und versorgten die Besucher mit Häppchen, während ihre Kinder in der großen Eingangshalle im Chor sangen. Mäntel und Röcke bildeten aufregende Labyrinthe für die ganz Kleinen, und eine wohlige Wärme sorgte für Geselligkeit.

»Hat Nevis das nicht großartig vorbereitet?«, fragte sie entzückt.

Liam stimmte ihr zu. »Dein Assistent ist ein Organisationstalent. Ihm scheint das Frauenhaus mehr zu bedeuten als sein eigenes Leben.«

Das stimmt, dachte sie. Ohne Nevis wäre das Frauenhaus viel trostloser. Wo steckte er bloß? Sie wollte sich doch so dringend bei ihm bedanken.

»Es kommt mir eigenartig vor. Ich selbst dagegen habe völlig vergessen, dass wir dringend das Dach reparieren müssen, damit das oberste Stockwerk wieder bewohnbar wird.«

»Du hattest ja auch reichlich zu tun«, gab Liam zurück. »Und außerdem wirst du mich ja bald wieder los. Ich kann es kaum erwarten, zu meinen Frauen heimzukehren. Glaubst du mir, dass ich die ganze Zeit wusste, dass es ein Mädchen wird?«

Jetzt lachte Christine. Emily hatte vor zwei Tagen ein gesundes Mädchen geboren. Sie hieß Margery und hatte von Liam die rabenschwarzen Haare geerbt, wie sie telegrafierte. Das wollte Liam natürlich mit eigenen Augen sehen! Dafür, dass der junge Vater so schnell wie möglich zurück zu seiner Familie wollte, hatte sie vollstes Verständnis. Der heutige Anlass schien eine unausgesprochene Generalprobe zu sein, ob sie wieder allein zurechtkam. Seine Gesellschaft würde ihr fehlen. Sie würden sich wahrscheinlich erst wieder in einem Jahr sehen, denn das Paar hatte sämtliche Einladungen für die kommende Londoner Saison abgelehnt, um mit dem Säugling in Schottland zu bleiben.

Plaudernd führte Christine ihn in den dekorierten Hinterhofgarten, dort mischten sie sich unter die Gäste. Liam war es noch nie schwergefallen, Anschluss zu finden. Charismatisch konnte er sich in jedes Gespräch einbringen und die Leute mit seinem unkonventionellen Charakter verblüffen. Es dauerte nicht lange, da hatte sie ihn im Gewimmel verloren. Doch das störte Christine nicht weiter. Sie tauchte ein in die Massen, ließ sich hier und dort gratulieren oder gab Auskunft, wenn sich jemand nach ihr erkundigte. Sie lächelte, führte hier kleine Gespräche, und gab dort einen freundlichen Kommentar ab. Aber im Grunde genommen genoss sie, dass niemand von ihr als Gastgeberin erwartete, sich an längeren Konversationen zu beteiligen.

Der Geruch von warmem Punsch, Tee und Zimt erfüllte die herrlich kühle Luft. Es gab finnische Fackeln und sonstige kleine Feuerschalen. Ein Liebespaar, das wohl dachte, es bliebe ungesehen, küsste sich neben ihr. Lächelnd beobachtete Christine sie. Die Frau hieß Jane und hatte zwei Jahre hier gelebt. Nun würde sie im kommenden Frühling heiraten und mit ihrem Mann auf eigenen Füßen stehen. In diesem Augenblick spürte Christine eine große Leere in sich. Es war einer jener Momente, die man unbedingt mit einem lieben Menschen teilen wollte. Aber sie hatte diesen Menschen nicht mehr, sie war allein. Als würde das nicht genügen, spielte ausgerechnet jetzt ein einsamer Geigenspieler *Greensleeves*, sodass ihr die Kehle eng und die Augen feucht wurden.

Sie suchte sich ein unbeobachtetes Eckchen und blickte von dort zu den vielen Menschen hin. Plötzlich drohte ihr Herz stillzustehen. In der Menschenmenge machte sie einen goldenen Haarkranz eines nicht allzu großen Mannes aus. Gütiger Himmel! Konnte das wahr sein? Stand vor ihr tatsächlich Henry, ihr seliger Gatte? Sie blinzelte, wagte es nicht, sich zu bewegen. Auch er schien sie bemerkt zu haben. Langsam drehte er sich zu ihr um, und Christine unterdrückte ein heftiges Aufschluchzen. Er stand tatsächlich vor ihr! Gesund sah er aus, ausgelassen. Oh ja, das wäre ein Fest, wie es ihm gefallen hätte! Niemals hätte er sich so etwas entgehen lassen. Sein Lächeln traf ihre Augen. Es war so echt, so herzerwärmend und vertraut, als hätte es nie Anlass für Trauer gegeben. Als wäre Henry niemals fortgewesen.

Dann geschah etwas Sonderbares. Er griff nach ihr, doch sie spürte die Berührung nicht, als würde sie von Luft gesteuert. Noch immer lächelnd drehte er sie um, als fordere er sie zum Tanz auf. Der Schalk schaute ihm dabei aus den Augen. Doch er tanzte nicht, sondern schob sie von sich weg. Ganz sanft nur, als wolle er Christine liebevoll fortschicken. Als wolle er ihr sagen: »Auf in ein neues Kapitel, meine Liebe!« Als sie sich nach ihm umdrehte, schenkte er ihr ein wohlwollendes Lächeln, und drückte seine Hand gegen sein Herz. Dann verbeugte er sich, trat einige Schritte zurück und verschwand wieder in der Menge.

Als Christine die Bedeutung seiner Erscheinung realisierte, hätte sie am liebsten hemmungslos geheult. Keiner hatte es gemerkt, keiner gesehen, dass der Geist von Henry Gillard sie an ihrem Jubiläum besucht hatte.

Er hatte sich von ihr verabschiedet, sie losgelassen, wie auch sie ihn loslassen sollte. Eine Weile blickte sie wie erstarrt in die Leere und fröstelte. Henry war fort, ein für alle Mal. Er würde nicht wiederkommen.

Es war Wärme, die sie zurück in die Gegenwart brachte. Die Wärme eines neuen Mannes, der einen neuen Platz in ihrem Leben einnehmen würde.

Sie hatte Pike nicht kommen sehen, aber sie erschrak sich auch nicht, als er ihre Hand ergriff. Es erfolgte so natürlich, dieses Aufeinandertreffen. So als wäre es nicht mehr bloß intuitiv, sondern schicksalsvoll. Sie blickte in diese Augen, die einem haltgebenden Anker glichen.

»Sechs Jahre ein sicherer Hafen im Sturm«, hörte sie seine vertraute Stimme. Das Motto ihrer Jubiläumsfeier bekam plötzlich eine viel tiefere Bedeutung.

»Mein Gott, John«, flüsterte sie. »Du bist hier.« Einen Moment lang erweckte er den Anschein, als wolle er ihr näherkommen, sie küssen und innig halten. Er hob seinen Arm und streckte seine Finger nach ihr aus, aber dann klammerten sie sich wieder an seinem Bowler fest, den er zur Begrüßung abgenommen hatte. Auch sie wollte ihm entgegenkommen, hielt aber inne. Befangen sahen sie einander an.

Unschlüssig drehte er den Hut in seinen Fingern. »Ich war mir nicht sicher, ob du mich sehen wolltest.« Er deutete mit dem Daumen hinter sich in eine Richtung, in der Christine zuletzt Liam gesehen hatte. »Ich wusste von ihm, dass du heute hier bist. Nein, eigentlich wusste ich das auch davor, aber ich wollte mich bei ihm vergewissern, dass ich dir mit meiner Anwesenheit nicht zudringlich werde, denn das wäre nicht meine Absicht. Es ist … Chris…« Sein Räuspern klang, als habe er einen Frosch im Hals. »Ich meine Madame Gillard. Ich achte die Gastfreundschaft und respektiere, wenn ich nicht erwünscht bin. Aber irgendwann ist es auch wieder Zeit, Freundschaften zuzulassen. Und wenn ich etwas Falsches getan habe, dann ...«

Seine weiteren Worte blieben unausgesprochen, denn sie schnellte nach vorn und stürzte in seine Arme, wo sie sich wie eine Ertrinkende an ihm festklammerte. Sie drückte ihre Nase in seinen Tweed, roch den Filz seiner Jacke und all die guten Gerüche, die an ihm hafteten und die sie schon seit dem ersten Tag ihrer Begegnung betörten. Als er ihre Umarmung auch noch erwiderte und sie seine Hand auf ihrem Rücken spürte, durchströmte sie Wärme und Geborgenheit.

»Danke, John.« Weiterer Worte bedurfte es nicht. Er hatte gewusst, wann er sich zurückziehen musste, und war zum richtigen Zeitpunkt zurückgekehrt. Seine kommenden Worte zwangen sie, ihn anzusehen. Sein Blick sprach voller Aufrichtigkeit. Seine Augen wanderten umher, als wolle er von jeder Regung in ihrem Gesicht Notiz nehmen. »Ich musste dich einfach sehen, Christine. Es steht mir nicht zu, dir Vorwürfe zu machen, aber es war auch für mich eine schlimme Zeit.«

Das wusste sie doch. Beschämt wandte sie ihr Gesicht ab, aber er berührte ihr Kinn. »Nein, Christine, bitte sieh mich an. Wenn du nicht mehr mit mir zusammen sein willst, dann muss ich das akzeptieren. Aber ich muss es wissen Christine. Ich kann nicht länger Vermutungen anstellen und bloß hoffen. Ich brauche Gewissheit, ob wir auf der gleichen Seite stehen und ob du meine Frau werden willst.«

Ihre Augen weiteten sich. Tief in ihr drin wusste sie, dass sie nichts auf der Welt lieber wollte, als seinen Antrag anzunehmen. Sie fühlte sich leicht wie eine Feder, während ein Engelschor für sie sang, doch noch lastete ein bleiernes Gewicht auf ihr.

»Deine Worte ehren mich. Doch bevor ich annehme, muss ich eine Forderung stellen. Ich will, dass wir immer mit offenen Karten spielen.« Dann folgte der schwierige Teil, und ihre Stimme wurde brüchig. Sie sah Henrys Erscheinung wieder ganz deutlich vor sich. Wie er sie angelächelt, wie er ihr zugewinkt hatte. Und wie ihr Herz zu bluten begonnen hatte. Sie war es Pike schuldig, dass er wusste, wo sich sein Platz befand.

»Dazu gehört, dass ich dir sagen muss, dass du Henry vielleicht nie ersetzen kannst. Ein Teil von mir wird ihn auf ewig lieben und ihm verbunden sein.«

»Darum geht es auch gar nicht«, widersprach er sanft. Er hielt sie, sein Blick tauchte in ihren. »Ich werde ihn weder ersetzen noch erwarte ich, dass du ihn vergisst. Im Gegenteil, er soll ein Teil von dir bleiben. Er hat dich zu dem Menschen gemacht, den ich liebe.« Als er unerwartet die flache Hand auf ihr Herz legte, wurden selbst ihr, der vielleicht standhaftesten Frau von London, die Knie weich. »Wenn du mir nur hier ein Plätzchen freischaufelst. Unsere gemeinsamen Momente ließen mich wissen, dass ich das, was ich bei dir fühle, mit niemand anderem teilen will. Es ist mir gleich, wie viel Zeit du brauchst, um dies ebenfalls zu begreifen. Wenn ich dein Wort habe, werde ich da sein und auf dich warten.«

Eine unendliche Erleichterung durchströmte sie und löste die Verspannung all ihrer Muskeln. Sie nickte und bewunderte seine Krähenfüße, die ihn so charmant machten, wenn er lächelte. »Du hast mein Wort, das verspreche ich dir«, hauchte sie. »Ich liebe dich, John.« Es war ein wunderschöner Moment in schweigender Zweisamkeit, und nichts auf der Welt konnte sie stören.

Es musste schließlich beträchtlich viel Zeit vergangen sein, denn irgendwann stellte Pike fest, dass sie fror. »Komm, wir gehen wieder ins Haus.« Verstohlen sahen sie sich an, als er ihr den Vortritt gewährte. Am liebsten hätte sie die ganze Welt an ihrem geheimen Versprechen teilhaben lassen. Peter rannte ihr entgegen, lachend hob sie ihn hoch. »Na, hast du Spaß, du kleine Pappnase?« Er machte eine Grimasse, während Christine ihn durch die Luft wirbelte. Sie drehte sich mit ihm im Kreis, alles um sie herum nahm undeutliche Konturen an. Menschengeschwätz, Gelächter, köstliche Düfte, festliche Lichter und farbenprächtige Kleidung wurden zu einem bunten Gemisch, bis sich eine graue Kontur von dieser Masse abzeichnete und näherkam. Abrupt blieb Christine stehen und erstarrte, während Peter noch immer lachte.

Vor ihr stand Chiefinspector Abberline, der Mann, der ihr am wenigsten von allen willkommen war.

Sie setzte Peter auf dem Boden ab und wies ihn an, zu den anderen Kindern zurückzukehren. Dann richtete sie sich auf, und fragte mit kalter Stimme: »Was wollen Sie?« Auch Pike war schnell hinzugetreten, seine Schultern wirkten breiter als üblich. »Das würde ich auch gern wissen.«

Ihr Gegenüber nahm den Bowler ab. Seine Miene konnte sie schwer deuten. Der Mann sah einfach immer gleich aus. »Zunächst einmal mich aus tiefstem Herzen bei Ihnen entschuldigen, Madame Gillard. Auch wenn es nicht entschuldbar ist, was Ihnen widerfuhr.«

Ihre Augen verengten sich. »Das ist es in der Tat nicht.«

»Und auch bei Ihnen, Inspector Pike.« Sein Kopf neigte sich minimal nach vorn, was wohl eine Verneigung andeuten sollte.

Christine verschränkte die Arme. »Die Ansprache müssen Sie noch anpassen, Abberline. Schließlich ist Mr. Pike wegen Ihnen kein Inspector mehr.«

Pikes ehemaliger Vorgesetzter atmete geräuschvoll aus und er gestikulierte langsam, aber mit Nachdruck. »Hören Sie, es geht mir jetzt nicht darum, möglichst schnell wieder lieb Kind mit Ihnen beiden zu sein. Das schaffen wir in fünf Minuten nicht und auch nicht, wenn wir einen ganzen Abend beisammensäßen und uns schmeichelten. Tatsache ist«, er hielt inne und blinzelte zu Pike. »Sie müssen mit mir mitkommen. Es bleibt mir nichts anders übrig, als Ihnen mit sofortiger Wirkung Ihre Waffe und Dienstmarke zurückzugeben und zu hoffen, dass Sie meiner Aufforderung Folge leisten. Ich brauche Sie, John.«

Nun, da die Katze aus dem Sack war und Abberline sich die Blöße gab, erkannte Christine im Weiß seiner Augen etwas, das sie darin noch nie zuvor gesehen hatte. Angst.

»Was ist passiert?«, fragte Pike.

»Im Miller's Court wurde eine tote Frau gefunden. Sie lag in der Wohnung von Mary Jane Kelly, aber es ist nicht mehr zu erkennen, ob sie die Leiche ist.«

»Großer Gott!«, stieß Christine aus.
»Bitte Madame, machen Sie keine Szene«, mahnte der Chiefinspector. Sofort schlug sie die Hände auf den Mund. Auch Pike hatte die Sprache verloren. »Sie meinen ...«
»Ja«, bestätigte Abberline mit heiserer Stimme. »Unser Freund ist zurück.«
Auf einmal schienen alle Differenzen zu Nichtigkeiten geschrumpft. Es gab einen weiteren Mord, und dieser erhielt sofortige Priorität. Es war ein rascher Abschied. Pike folgte dem Chiefinspector, während Christine ihnen nur noch nachblicken konnte. Sie versuchte, ihre Angst niederzukämpfen, doch sie hatte sich wie ein Strick um ihren Hals gewickelt. Sämtliches Zeitgefühl schien von ihr zu weichen. Sie hatte das Gefühl, stundenlang durch ihre eigene Party zu irren, ohne ihre Umgebung wahrzunehmen. Die Gesprächsfetzen schienen keinen Sinn mehr zu ergeben, auch einbringen konnte sie sich nirgends mehr. Sie taumelte, als wäre sie betrunken. Niemand schien von ihrem Unbehagen Notiz zu nehmen. Liam verstand sich prächtig mit den Gästen und den Bewohnerinnen und unterhielt sich ausgelassen. Peter jagte Daisy hinterher, die nur kurz vor ihrem Frauchen stehenblieb und sie beschnupperte.
An der Ecke des Korridors, der zu ihren Büroräumlichkeiten führte, wäre sie beinahe mit jemandem zusammengeprallt. »Nevis, großer Gott«, keuchte sie. Er hätte sie beinahe umgerannt.
»Oh, Madame, ich bin untröstlich!«
»Schon gut, schon gut«, entgegnete sie. Ihr Herz pochte noch immer wie wild, weil sie den neuesten Mord nicht vergessen konnte. Hoffentlich merkte er es ihr nicht an, das wäre ihr unangenehm. Sie versuchte es mit etwas Belanglosem. »Sind Sie in Eile?«
Er brauchte einen Moment, um umzuschalten, dann lächelte er sie freundlich an. »Das können Sie laut sagen. Heute scheint jeder was von mir zu wollen.« Dann hob er die Hand und sah sie kopfschüttelnd an. »Aber wem sage ich das? Sie können sicherlich ein Lied davon singen als Gastgeberin. Nun, da wir aber schon

hier sind, könnten Sie mir auch gleich folgenden Termin kurz bestätigen?« Er öffnete die Mappe und fuhr mit dem Zeigefinger einige Spalten entlang. »Ich habe hier für nächsten Montag eine Anfrage zum Lunch im Criterion mit Mrs. Lawrence. Darf ich Ihre Zusage notieren?«

Christine, die wie aus allen Wolken gefallen war, brauchte einen Moment, um sich geistig einen Überblick über ihre Termine zu verschaffen. »Lassen Sie mich doch kurz einen Blick in die Agenda werfen, dann kann ich Ihnen besser Auskunft geben.«

Mit zusammengekniffenen Augen versuchte sie, seine Hieroglyphen zu entziffern. »Du meine Güte, Nevis, es scheint mir ein Wunder, dass Sie überhaupt Ordnung mit den ganzen Terminen halten können. Ich an Ihrer Stelle könnte meine eigene Handschrift nicht mehr lesen. Sie haben ja alles verwischt!«

Er errötete, doch wie immer steckte er die Peinlichkeit mit seinem Charme weg. »Das Los des Linkshänders. Ich wurde zwar auf die Rechte umerzogen, aber nach der Schulzeit setzte sich die Linke wieder durch. Doch ich versichere Ihnen, dass ich einen tadellosen Überblick habe.«

»Nichts anderes habe ich erwartet«, sagte sie zufrieden. Dann klappte er seine Mappe geräuschvoll zu und empfahl sich.

Christine hingegen blieb wie angewurzelt stehen. Seine letzten Worte hatten in ihr eine Saite angeschlagen, die noch immer nachklang. Natürlich wusste sie, dass Nevis Linkshänder war, aber das war der Ripper auch. Resolut wollte sie die Gedanken verdrängen, da entsann sie sich, dass er aus den Büroräumlichkeiten gekommen war, obwohl er behauptet hatte, dass gerade alle etwas von ihm wollten. Im Verwaltungstrakt befand sich aber niemand. Was wollte er denn dort? Und wo war er die ganze Zeit über gewesen?

Nichts als Hirngespinste, schalt sie sich. Doch trotz ihrer Annahme, für alles eine logische Erklärung zu finden, ging sie den Korridor entlang. Etwas stimmte einfach nicht. Vor seinem Büro blieb sie stehen, selbstverständlich fand sie es abgeschlossen vor.

Doch Christine wäre nicht die Herrin des Hauses, befände sich in ihrem Schreibtisch kein Generalschlüssel für jeden Raum.

Schnell holte sie ihn und blieb erneut vor der Tür stehen. Das Gefühl, etwas Verbotenes zu tun, übermannte sie. Du gehst zu weit. Er ist dein Freund. Nichts rechtfertigt deine Schnüffelei. Doch die Neugierde siegte. Christine stellte sicher, dass niemand sie beobachtete. Ein paar schnelle Griffe, und sie befand sich in seinem Büro.

Zu ihrer Beruhigung sah alles ganz gewöhnlich aus. Hinter dem Schreibtisch stand ein Regal voller Folianten, auf einem Beistelltisch lag ein Murmelspiel, mit welchem er Peter dann und wann unterhielt. Nevis war ein ordentlicher Mensch. Jedes Papierchen lag da, wo es liegen sollte. Sie wollte sich schon ein hysterisches Weibsbild schimpfen, als ihr unter dem Schreibtisch ein Stoffbeutel auffiel. Sie gab sich einen Ruck, öffnete den Beutel und erstarrte zu Stein.

Der Schal, mit dem sich der Ripper bei ihrer Begegnung vermummt hatte.

»Nein!« Sie schluchzte auf. Dann entdeckte sie einen Mantel, dessen Filz von einer dunklen Feuchtigkeit glänzte. Sie brauchte nur daran zu riechen, um schaurige Gewissheit zu erhalten: Blut.

Christine ließ den Mantel fallen und wich zurück. Den Handrücken fest an die Stirn gepresst, kämpfte sie gegen den sich anbahnenden Schwindel an. Alles in ihr drehte sich, und Bilder schossen durch ihren Kopf. Bilder, die plötzlich in einem ganz anderen Licht standen. Sie erinnerte sich, dass Nevis zur gleichen Zeit seine Stelle im Frauenhaus angetreten hatte, als Martha Tabram ermordet worden war. Sie hatte es vor seiner Anstellung verlassen, war aber danach einmal zurückgekehrt und hatte sich vor ihm sehr ungehörig benommen und sie beleidigt, das wusste sie noch.

Seine Worte hallten in ihrem Gedächtnis wider, denen Christine bis jetzt keine Bedeutung beigemessen hatte. »Meine Entwicklung ist schon sonderbar. Nach einem abgebrochenen Medizinstudium, dann einer Ausbildung zum Sekretär und vier Jahren in den Diensten von Monsieur Gillard wurde ich von Madame gerettet. Ich habe Ihnen so viel zu verdanken!«

Nevis hatte Medizin studiert – der Ripper besaß anatomische Kenntnisse. »Das Los des Linkshänders.« Und zuletzt: Die Erscheinung in der Nacht der Doppelmorde. Jacob Nevis' Gestalt, die verstellte Stimme... Die Lektionen der Frauen, die sie lernen mussten. Abtrünnige Frauen, die ihre Hilfe nicht annehmen wollten und sie mit Füßen traten. Hilfe, für die Nevis bereit wäre, sein Leben zu geben.

»Dein Assistent ist ein Organisationstalent. Ihm scheint das Frauenhaus mehr zu bedeuten als sein eigenes Leben«, erinnerte sie sich an Liams Worte.

»Aber er kann nicht der Mörder sein«, flüsterte sie. »Er ist ein Freund. Er war so besorgt um Rosalie.«

Rosalie, die ihr vor ihrem Verschwinden etwas Dringendes hatte sagen wollen. Natürlich, sie waren ein Liebespaar gewesen! Sie musste es herausgefunden haben, wollte ihn verraten, und er hatte sie aus dem Weg geschafft!

Christine spürte, wie eine große Trägheit sie erfasste. Ihr ganzer Körper bestand nur noch aus Enttäuschung und Lähmung. Benommen wankte sie durch den Flur zurück und fand sich zwischen ihren Gästen wieder. Tanz und Musik überfluteten sie. Liam, der ihr lachend irgendetwas erzählte, Daisy, die ihr Unbehagen spürte und aufgeregt um sie herumkreiste, sodass sie beinahe über sie gestolpert wäre.

Sie wusste, wer Jack the Ripper war. Sie wusste, dass er hier war.

Pike! Sie musste es ihm sagen. Oder zuerst Liam? Oder sollte sie es lieber einfach in die Welt hinausschreien, sodass jeder von den Gräueltaten ihres Assistenten erfuhr?

Christine merkte, dass sie keinen klaren Gedanken mehr fassen konnte. Zu allem Überfluss wurde ihr auch noch übel. Schon schoss die Galle ihre Speiseröhre hinauf. Schnell eilte sie aus dem Haus und auf die Straße. Dort legte sie ihre Hand auf den Magen und versuchte, der Übelkeit Herrin zu werden. Die kühle Luft, die sie tief einsog, ließ ihren brodelnden Magen noch mehr schmerzen. Und ständig bellte Daisy und hetzte um sie herum. »Nicht jetzt, Daisy. Aus!«

Schnell, sie musste endlich reagieren. Abberline hatte gesagt, dass sich die jüngste Leiche im Miller's Court befand. Dort musste sie hin und die Polizei informieren.

Entschlossen sah sich Christine nach einer Droschke um. Gerade als eine in die Nähe kam und Christine sie zu sich rufen wollte, hallte eine bekannte Stimme durch die nebelverhangene Straße.

»Madame Gillard. Hier drüben!«

Christine riss ihre Augen auf und ließ wie paralysiert die Droschke vorbeifahren. Auf der anderen Seite stand Rosalie.

Fröstelnd schlang Christine die Arme um ihren Leib und überquerte die Straße. Die Frau, um die sie sich seit zwei Monaten sorgte, stand einfach vor ihr. Christine fühlte sich verletzt und verraten.

»Rosalie. Was geschieht hier?« Christine blickte in die traurigsten Augen, die sie je gesehen hatte.

Rosalie stand bloß da. Dürr und fragil. Sachte schüttelte sie den Kopf, ihre Augen hatten etwas Manisches. »Es tut mir so unendlich leid, Madame.«

Ehe Christine begriff, spürte sie hinter sich einen Luftzug. Jemand packte sie und presste ihr einen Lappen ins Gesicht. Vor Schreck atmete sie tief ein und bemerkte den stechenden, chemischen Geruch zu spät.

Als ihr Körper ihr bereits nicht mehr gehorchte, nahm ihr geschwächter Geist gerade noch wahr, wie Daisy ihrem Angreifer ins Bein biss und an seiner Hose zerrte. Ihr kleiner, tapferer Hund wollte sie beschützen, doch Nevis brauchte nur einen gezielten Tritt, und Daisy wurde gegen die Hauswand geschleudert. Dann verlor Christine das Bewusstsein.

42. Kapitel

London, November 1888

Im Durchgang zum Miller's Court stank es bestialisch nach Fäkalien und Verwesung. Pikes Schritte warfen ein unheimliches Echo, während die Rufe aufgeregter Passanten in ein murmelndes Plätschern untergingen. Am Ende des Tunnels leuchteten Polizeilaternen einen geduckten Innenhof zwischen schiefen Backsteinhäusern mit schmierigen Wänden und schwarzen Pfützen aus. Aus nahezu jedem Fenster blickten Anwohner zu ihnen hinab, die der Polizei bei der Arbeit zusahen. Entsetzen zeichnete ihre Gesichter. Selbst Abberline sah bleich aus und presste ein Taschentuch auf Nase und Mund.

Pike machte für einen Constable Platz, der soeben aus der Wohnung der Ermordeten eilte und sich übergab. Unter seinem Gewürge begegneten sich Sergeant Thackery und Inspector Pike zum ersten Mal seit der Entlassung.

»Ich wünschte, unser Zusammentreffen wäre erfreulicherer Natur.« Seufzend reichten sich die Männer die Hände. Dann deutete der Sergeant mit seinem Kinn zur Wohnung. »Vorsicht, Inspector. Das ist übel, so richtig übel. Wirklich starker Tobak.«

Pike atmete tief durch und straffte die Schultern. »Bringen wir's hinter uns.«

Übel erwies sich als romantisierte Untertreibung. Als Pike die Einzimmerwohnung betrat, richtete sich sein Blick sofort auf den fleischigen Klumpen, der gegenüber der Tür auf einem Bett lag und in seine Richtung blickte.

Konnte »blicken« noch die richtige Ausdrucksweise sein? Denn

Pike erkannte weder Augen noch sonstige Züge eines Gesichts. Als habe ein Greifvogel es einfach weggepickt. Volles, rotes Haar umrahmte es und war mit dem Blut unzähliger Wunden verklebt. Von ihrem Nachthemd konnte er nicht mehr viel erkennen. Die Leiche präsentierte mit gespreizten und angewinkelten Beinen ihre Blöße, doch da gab es nichts, woran Pike ihren weiblichen Schoß noch als solchen erkannt hätte. Ein einziges Schlachtfeld aus Organen lag vor ihm. Während ihre Arme noch nahezu unversehrt dalagen, hatte der Ripper sich umso mehr Zeit bei ihren Beinen gelassen. Die Muskulatur ihres rechten Oberschenkels lag auf dem Nachttisch, genauso wie ihr Darm.

Dr. Phillips ging bereits zu Werke. Blass sah er aus, als er sich erhob und sich zu Pike umdrehte. »Ich kann kein Herz finden.«

Hinter ihnen ragte Abberline wie ein Fels in die Höhe. »Meine Herren, es ist wohl überflüssig zu sagen, dass diese Frau kaum noch zu identifizieren ist. Dr. Phillips wird in der Pathologie gewiss sein Bestes geben. Aber laut der Auskunft der Vermieterin können wir davon ausgehen, dass es sich bei der Leiche um die uns wohlbekannte Mary Jane Kelly handelt.«

Fassungslos schüttelte Pike den Kopf. Erst vor wenigen Tagen hatte er sie mit Liam im Ten Bells angetroffen. Damals war sie so kräftig und lebensfroh gewesen. Und jetzt... Ein anderer Gedanke packte ihn. »Uns ist nicht bekannt, dass sie in irgendeiner Beziehung zum Frauenhaus stand, Sergeant Thackery?«

»Nicht, dass ich wüsste, Inspector.«

Unschlüssig darüber, ob er dies als Erleichterung empfinden sollte oder nicht, nahm er von der Leiche Abstand. Bei den vorherigen Opfern fehlte das Herz nie. Es ist ein anderes Motiv, er weicht von seinem Plan ab, ging Pike durch den Kopf.

»Könnte das fehlende Herz eine Bedeutung haben?«, fragte er in die Runde, ohne eine Antwort zu erwarten. »Was ist das bewegendste Motiv, das Sie kennen, Sergeant?«

Thackery zuckte mit den Schultern. »Liebe nehme ich an. Oder Hass.«

Nun stand Dr. Phillips auf und sah sie beide an, als schwante ihm Böses.« »Und wenn beides gleichzeitig vorhanden ist, dann ergibt das eine ganz schön explosive Mischung.«

Die Benommenheit klebte an ihr wie eine zähe, schwarze Masse. Nur mit Anstrengung schaffte es Christine, sich in kleinen Fetzen von ihr zu befreien. Ein ermüdender Kampf, als arbeiteten alle Gesetze der Physik gegen sie. Es war wie in einem dieser Albträume, in denen man rannte, ohne vom Fleck zu kommen.

Doch mit dem Bewusstsein kam auch der Schmerz. Sie lag auf einem Bett, und ein raues Seil schnürte ihre Handgelenke ein. An der Decke hing ein Haken, von dem die Fessel zu ihr hinabreichte. Jeder Versuch, sich zu bewegen, endete in einer Qual.

Ratlos blickte sich Christine in ihrem Zimmer um. Sie hörte ein Murmeln, konnte es aber nicht zuordnen. Allmählich kehrte ihre Sehkraft jedoch zurück. Eine sonderbare Tapete umgab sie. Sie war zugekleistert mit Dutzenden Briefen und Bildern.

Das Murmeln wurde deutlicher und manifestierte sich bald zu einem Streit. »Du hast es mir versprochen, Jacob. Du hast mir versprochen, dass du Peter zu mir bringst, wenn ich Madame von ihm weglocke.«

Das Klatschen einer Ohrfeige zeugte davon, dass Nevis es sich nicht gefallen ließ, wie Rosalie mit ihm sprach. »Und das mache ich auch«, zischte er. »Aber erst muss Christine einsehen, dass alles zu ihrem Besten ist. Dann ziehen wir aufs Land, raus aus diesem Sündenpfuhl hier. Du wirst mir helfen, hörst du?«

Christine hatte das Gefühl, dass man ihr ebenfalls ins Gesicht geschlagen hatte. Noch immer kämpfte sie mit ihrer Fassung und dem Wissen, das sie erlangt hatte. Jacob Nevis, ihr treuer Assistent, der sowohl im Frauenhaus als auch in ihrem eigenen Zuhause wie ein Familienmitglied ein- und ausging, der ihre Hand hielt und in ihrer dunkelsten Stunde nach Henrys Tod ein Schutzschild über sie schirmte, der die Kinder im Frauenhaus auf seinen Knien schaukelte und sie in ihren Betten liebevoll zudeckte – er war Jack the Ripper. Und er hatte so herzzerreißend um Rosalie gebangt, dabei war sie die ganze Zeit bei ihm gewesen. Dieser Schauspieler!

Sie spürte einen tiefen Stich in ihrem Herzen, und ihr Puls beschleunigte sich. »Wo bin ich?«, rief sie. »Hört mich jemand?« Drüben brach der Streit ab, ganz schwach nahm sie ein Flüstern wahr. Konnte es sein, dass die beiden nicht geplant hatten, sie gefangen zu nehmen? Schließlich öffnete sich die Tür, und ein erneuter Schlag traf sie, als die einstigen Freunde ihr als Feinde gegenüberstanden.

Rosalie blickte schuldbewusst zu Boden, aber was ihr wirklich Angst machte, war Nevis. Die strebsame und gleichzeitig schüchterne Haltung, die ihn so typisch auszeichnete, waren noch immer da, ebenso die Wärme seiner Augen und die Sanftheit seiner Stimme. Da gab es kein loderndes Feuer eines Verrückten. Die strenge Stirn war in Falten gelegt, der Mann sah aus, als schämte er sich. Christine hätte nur zu gern von ihm gehört, dass sich alles um ein böses Missverständnis handelte. Und genau das machte ihn so gefährlich. Man fiel nicht auf seine Lügen herein, weil sie glaubhaft waren, sondern weil man ihm glauben wollte.

»Madame Gillard, ich bedaure die Umstände.« Sein Blick wanderte hoch zu ihrer Fessel.

Christine reagierte wie ein verwirrtes Kind.

»Mr. Nevis! Ich kann nicht glauben, dass Sie Jack the Ripper sind.« Noch immer halb benommen schüttelte sie den Kopf. Die Enttäuschung überwog die Angst um ihre eigene Sicherheit.

»Nein, das bin ich nicht«, sagte er ruhig. »Die Presse gab mir diesen Namen, nicht ich. Ich bin immer noch derselbe. Ich bin immer noch Ihr Jacob Nevis.« Er atmete tief durch und blinzelte zur Decke, als übermannten ihn seine eigenen Gefühle. »Wir wollten das alles nicht.« Mit »das« meinte er wohl die Entführung, denn er deutete auf sie. »Aber ich merkte, dass Sie mir auf die Schliche kamen, und musste reagieren.«

»Sie haben unschuldige Frauen ermordet«, flüsterte sie. Er kehrte ihr den Rücken zu und zeigte auf die Brieftapete. »Als ich Sie an diesem Tag in Monsieur Gillards Büro antraf – so schwach, so fragil, so schutzbedürftig – da wusste ich, dass Sie mich brauchen. Ich nahm Ihnen diese Schmähbriefe ab, um Sie zu schützen, aber ich vernichtete sie nicht. Ich las jeden einzelnen, und ich bin froh, Ihnen die Lektüre erspart zu haben, denn ihr Inhalt ist wahrlich abscheulich.«

Oh Gott, er hatte sich als ihr Erretter auserkoren! Sechs Frauen hatte er ermordet. Aber ihr gegenüber schämte er sich und verzettelte sich in Rechtfertigung.

»Ist Ihnen bewusst, was Sie getan haben?« fragte sie, ohne auf eine Antwort zu warten. »Sie haben mein Frauenhaus gefährdet. Alles, was mir lieb und teuer war, in den Schmutz gezogen.«

Die Anschuldigungen schienen ihn ehrlich zu kränken. »Nicht in den Schmutz gezogen, sondern vor Schmutz bewahrt. Sie tun so wundervolle Arbeit. Bieten gefallenen Frauen einen sicheren Ort, bewahren Kinder vor einem frühen Hunger- oder Erschöpfungstod.« Er deutete mit dem Daumen auf sich, während sich seine Augen mit Tränen füllten. »Ich hatte das damals nicht. Meine Schwester lag tagelang tot in der Wohnung, bis meine Mutter sich endlich das Begräbnis leisten konnte. Meine Mutter, die so hart arbeitete, dass sie nicht mehr schlafen konnte. Und als sie endlich Schlaf fand, erwachte sie nicht mehr. Hätte es dieses Frauenhaus nur zwanzig Jahre eher gegeben, dann würden sie beide heute vielleicht noch leben. Und im Gegensatz zu Martha und all den anderen hätten sie Ihre Hilfe geschätzt und sie niemals mit Füßen getreten.«

»Sie haben sich selbst zum Richter ernannt«, begriff Christine, während es ihr gleichzeitig schwerfiel, seine Motive mit seinen schrecklichen Taten in Einklang zu bringen.

»Ehe ich mich versah, war ich mittendrin, und ich muss es zu Ende bringen«, rechtfertigte er sich. Christine überlief es kalt, aber sie wagte nicht, ihm zu widersprechen. Sie hatte gesehen, wozu er fähig war, und es sollte ihr recht sein, wenn er sich lediglich aussprach.

»Das Frauenhaus bekam dadurch leider einen schlechten Ruf, das wollte ich ehrlich nicht. Und als Sie auch noch als Tatverdächtige festgenommen wurden, wusste ich, dass ich zu weit gegangen bin.«

Er deutete auf Rosalie. »Sie gab mir den Tipp, dass ich in der Dorset Street Frauen finde, die einen ähnlichen Lebensstil pflegen wie die anderen Opfer. Wenn ich noch drei, vier weitere von ihnen töte, die nichts mit dem Frauenhaus zu tun haben, wird das Renfield Eden nicht weiter damit in Verbindung gebracht.«

Hätte Christine beide Hände frei gehabt, hätte sie sich die Ohren zugehalten. Sie wollte nichts mehr von diesen Absurditäten hören. Sein verzogenes Weltbild schien so fest in ihm verankert zu sein, dass es kein Hindurchdringen zur Vernunft gab. Nevis sprach mit solch charismatischer Unschuld, dass es sie nicht weiter wunderte, dass er Rosalies naiven Geist hatte bezirzen und sie für seine Sache gewinnen können. Er musste sie so lange manipuliert haben, bis sie ihn wie einen Sektenanführer verehrte und ihren isolierten Aufenthalt niemals als Gefangenschaft angesehen hätte. Das, oder sie war eine begnadete Schauspielerin.

»Gewöhnen Sie sich an Ihren Aufenthalt. Rosalie sorgt dafür, dass es Ihnen an nichts mangeln wird. Wir sind noch immer Ihre Freunde«, schloss Nevis seine Erzählung. Eine bedeutungsvolle Pause folge. »Ich erwarte nicht, dass Sie es sofort verstehen, Madame. Aber die Umstände haben aus Ihnen eine Eingeweihte gemacht, daran kann ich nichts ändern. Ich hoffe, dass Sie, Rosalie und ich eines Tages wie eine Familie zusammenleben können.«

Er schickte sich zum Gehen an, drehte sich aber noch einmal zu ihr um. Seine Augen wurden schmal, und jetzt erkannte sie auch seine animalische Seite. »Ich tue das aus Liebe. Aber sollten Sie damit Schwierigkeiten haben, bin ich zu drastischen Mitteln gezwungen.«

43. Kapitel

London, November 1888

»Haben Sie den Haftbefehl bereit?«, fragte Abberline. Es war Mittag, Pike hatte keine drei Stunden Schlaf gefunden. Bis in die frühen Morgenstunden war er am Tatort gewesen.

Pike hütete sich davor, seinem Vorgesetzten in seiner übermüdeten Gereiztheit nicht gleich wieder auf die Füße zu treten. »Mr. Barnett ist auf dem Weg zu uns, aber als Zeuge, nicht als Verdächtiger.«

Unzufrieden schob der Chiefinspector seinen Unterkiefer hervor und ließ eine bernsteinfarbene Zahnreihe aufblitzen. »Der Lebensgefährte scheint mir doch recht verdächtig zu sein. Laut den Nachbarn haben die beiden immer wieder gestritten, und sie hat ihn regelmäßig aus der Wohnung geworfen.«

»Mary Jane Kelly«, begann Pike mit einer Schärfe, die seinen Standpunkt deutlich vermittelte, »hatte die Ripper-Morde mit großem Interesse mitverfolgt. Sollte ihr Lebensgefährte der Täter sein, dann wäre ihr aufgefallen, dass er ausgerechnet immer in den Mordnächten außer Haus war.«

Ohne weiter auf Abberline zu achten, ging Pike zu seiner Karte im Büro und betrachtete das darauf aufgespannte Netz.

Dr. Phillips trat durch die offene Tür und tippte auf seine Schulter. »Worüber grübeln Sie, Inspector?«

»Seit er Madame Gillard in der Nacht der Doppelmorde auflauerte, tanzt er aus der Rolle.«

»Aus der Rolle? Was meinen Sie damit?«

Grimmig drehte sich Pike zu ihm um. »Zunächst haben wir

Martha Tabram, Polly Nichols, Annie Chapman, Liz Stride und Catherine Eddowes«, begann er. Bei jedem Namen zeigte er auf die entsprechende Post-mortem-Fotografie. »Alles Frauen aus dem Renfield Eden. Aber nicht Frauen, die dort glücklich waren. Die ersten drei sind davongelaufen, die zwei anderen die Nacht über ferngeblieben. Daraufhin sprach er bei Madame Gillard von einer Lektion. Was für eine Lektion könnte gemeint sein?«

»Sie meinen so etwas wie ein Tadel?«, fragte Thackery, der neugierig hinzugekommen war.

»Ein tödlicher Tadel«, ergänzte Dr. Phillips.

Pike nickte. »Fürs Zuspätkommen und Fernbleiben. Kommen wir zum letzten Mord. Der Ripper schlug im August einmal zu, und viermal im September. Dann war es den ganzen Oktober über ruhig, eher er jetzt im November wieder zuschlug. Worauf wartete er so lange? Und warum tötete er Miss Kelly, die doch gar nichts mit dem Frauenhaus zu tun hat?«

Thackery kniff die Augen zusammen, wie er es immer tat, wenn er etwas aus seinem Gedächtnis abrief. »Da bin ich mir nicht ganz sicher. Die Adresse kommt mir bekannt vor.« Die Gruppe schwirrte wieder aus dem Büro und kehrte zu Abberline in die Eingangshalle zurück. Dort griff Thackery hinter dem Polizeiempfang nach dem Rapport, eine dicke ledergebundene Agenda.

Eine Weile hörte man nur, wie der Sergeant durch die Protokolle blätterte, ehe seine Finger auf einen Punkt trafen und er geräuschvoll ausatmete. »Da! Vor zwei Monaten ging eine Vermisstenmeldung ein. Rosalie Sawyer, eine von Madame Gillards Bewohnerinnen, verschwand spurlos. Ihre letzte Adresse war Miller's Court. Sie hat eine Etage über Miss Kelly gewohnt.«

Das war die Verbindung!

Dr. Phillips kratzte sich am Bart. »Vielleicht galt das Motiv der Liebe gar nicht Miss Kelly, sondern Madame? Erzählten Sie nicht, er habe ihr aufgelauert, weil er mit ihr reden wollte? Wollte er sich ihr erklären? Wieso dieses Risiko? Und warum ließ er sie unversehrt?«

Pike wurde ganz flau im Magen. Er verspürte eine merkwürdige Aufregung, denn sein Instinkt sagte ihm, dass er mit Dr. Phillips einen Faden spann, der sich endlich um die richtigen Indizien wickelte.

Plötzlich dämmerte ihm die Antwort: »Nachdem sie eine Verdächtige wurde, wollte er Madame Gillard aus dem Schussfeld ziehen oder besser gesagt das Schussfeld verschieben. Weg von ihrem Sozialraum. Darum brauchte er zwischen diesem Mord und dem letzten mehr Zeit.«

In diesem Augenblick öffnete jemand die Eingangstür so schwungvoll, dass sie beim Einschlagen gegen die Wand krachte und wieder nach vorn schnellte. Es war Liam.

»Wer so hereinstürmt, hat was zu sagen«, murmelte Pike, von einer bösen Vorahnung geplagt.

»Ist Christine bei Ihnen?«

»Nein, wieso sollte sie?«, fragte Abberline zurück.

Liam hob die Hände. »Weil sie gestern Abend das Fest allein und ohne ein Wort verließ. Aber sie ist weder zu Hause noch heute Morgen wieder im Frauenhaus erschienen. Ich dachte, sie sei vielleicht bei Ihnen. Man fand zur späten Stunde ihren Hund auf der Straße. Er wurde offensichtlich getreten. Eine Bewohnerin aus dem Frauenhaus päppelt ihn gerade auf.«

Pike fasste sich ans Herz. Er wollte sichergehen, sich nicht verhört zu haben, gleichzeitig wusste er, dass er die Nachricht kein zweites Mal ertragen würde. Die Panik in Liams Gesicht sprach Bände.

»Mein Gott«, flüsterte Pike. Die Worte hingen ihm wie zähe Fäden im Mund, die man erst auseinanderziehen musste.

»Der Ripper hat Christine!«

Ihr Porzellanteller lag perfekt zentriert vor ihr. Mit einem Kloß im Hals, so dick, dass an Essen nicht zu denken war, stocherte Christine darin herum und schob die Bohnen und die Fleischpastete vom einen Tellerrand zum anderen.

»Schon gehört?«, fragte Nevis in die Runde. »Sir Charles Warren hat seinen Rücktritt als Polizeipräsident bekannt gegeben.«

»Ist nicht wahr!« Rosalie schenkte ihm Wein nach.
Nevis zuckte mit den Achseln. »Die ungelösten Mordfälle haben ihn den Kopf gekostet. Was ist mit Ihnen, Madame? Haben Sie keinen Appetit?«

In diesem Moment hätte Christine einfach nur losheulen können. In ihrem Kopf spürte sie ein schmerzhaftes Pochen, und das Denken fiel ihr schwer. Ein Überbleibsel des Morphiums, mit dem man sie tagsüber ruhiggestellt hatte. So saß sie hier bei ihren Geiselnehmern am Tisch, als wären sie freundliche Gastgeber. Ihre Gefangenschaft fühlte sich schon nach einer Nacht wie Jahre an. Wollten Nevis und Rosalie sie tatsächlich auf ewig gefangen halten, damit ihr Geheimnis sicher blieb?

Tränen traten aus ihren Augen. Geräuschvoll legte sie das Besteck ab. »Mir ist nicht wohl.«

Nevis nickte Rosalie auffordernd zu und aß weiter.

»Christine, ich darf doch jetzt sicherlich Christine sagen, jetzt da wir Freundinnen sind?«, fragte Rosalie beflissen. Ihre Augen funkelten mit einem manischen Leuchten. »Ich kann nachfühlen, was Sie durchmachen.« Sie hielt inne und zuckte zusammen, als würde sie Nevis' mahnenden Blick wie einen Dolch im Rücken spüren. »Aber so ist es erst mal besser für Sie.«

Besser als was? Als tot zu sein? Isoliert von all ihren Mitmenschen? Innerlich tobte es in Christine, doch sie nickte. Sie musste klug sein und Ruhe bewahren, sich eine List ausdenken, sobald sie wieder klar im Kopf war. Bis dahin musste sie sich möglichst unauffällig verhalten. Wenn sie für Nevis ein zu großes Risiko darstellte, tötete er sie.

Mit einem unterdrückten Schluchzen stand sie auf. Ihre Fessel klirrte. Der Strick an ihren Handgelenken war nun an einer beweglichen Kette angebracht, welche wiederum an einem Schienennetz hing. Ein ausgeklügeltes Konstrukt, damit Christine – wenn auch eingeschränkt und immer weit genug von Türen oder Fenstern entfernt – sich innerhalb des Hauses bewegen konnte. Zweifellos hatte Nevis damit auch schon Rosalie dressiert, bis sie ihm ohne Ketten folgte.

»Ich bin müde.«
»Nun denn.« Nevis erhob sich. »Rosalie, geleite Madame zurück in ihr Zimmer. Und vergiss das Morphium nicht, Liebes!«
»Nein, nicht noch mehr Morphium«, winselte Christine, doch sie fand kein Gehör.
Demütig rückte Rosalie ihren Stuhl zurück, schob Christine vor sich her und zog die Ketten an der Schiene nach. Dann erfolgte vor Christines Zimmer der Übergang. Zunächst wurde ihr die Kette an der einen Hand abgenommen und mit jener des Zimmers zusammengeführt, dann die andere.
Es befremdete sie, dass Rosalie ihr so nahe war und geistig doch so weit entfernt schien. Aber hatte Nevis sie wirklich vollkommen hörig gemacht? Das konnte sie nur schwer glauben. Rosalie war bereit gewesen, ihn zu verraten, das lag erst zwei Monate zurück.
»Ich sehe zwei Frauen, doch nur eine trägt Fesseln. Sag mir, Rosalie, bist auch du eine Gefangene?«, flüsterte sie.
Die junge Frau antwortete nicht und bereitete die Injektion vor. Christine wehre sich nicht, sonst würde Nevis kommen und grob werden, wie er schon gestern bewiesen hatte, als sich Christine partout nicht beruhigen konnte. Sie biss sich auf die Lippen, als die Nadel in die Haut stach.
»So antworte doch bitte!«
Sowie Rosalie die Spritze wieder herauszog, brach sie das Schweigen.
»Sie verstehen das ganz falsch. Er ist so ein anständiger, höflicher und rechtschaffener Mann, Christine.« Sie seufzte schwer. »Die liebevolle Art, wie er mit Peter umgeht und der respektvolle Umgang mit mir, trotz meiner Schande ... Ach, meine liebe Freundin, es ist ein Wunder.«
Konnte man einen solch starken Verlust wie bei einem Todesfall empfinden, obwohl die Person noch lebte? So erging es Christine, als sie Rosalie zuhörte. Ihre Freundin war nicht mehr sie selbst, ihr Geist von Grund auf umgedreht und für immer verloren.
»Wie konnte das passieren, Rosalie?«

»Die Undankbarkeit einiger Frauen war uns zuwider.«
Sie wandte sich ab und legte die Spritze beiseite. »Mit Mrs. Tabrams Beleidigungen fing es an, aber da ahnte ich noch nicht, dass Jacob es war, der sie erlöste. Erst als Inspector Pike am Tag darauf kam und Fragen stellte, schöpfte ich Verdacht und stellte Jacob zur Rede. Er hat mir erklärt, dass es sein musste. Dass er gesehen habe, wie Mrs. Tabram mit einem Freier mitgegangen sei und dass dies nicht in Ordnung sei. Wie diese liederliche Person einfach ihre Ehrbarkeit verraten wollte. Für ein paar Schlucke Alkohol und ein warmes Bett. Dabei hätte sie doch bloß bei Ihnen bleiben müssen, und es wäre ihr gut ergangen!« Sie machte eine Pause und schüttelte den Kopf. »Natürlich hat mich das zu Beginn erschreckt, aber er hat doch recht! Es ist schwer, ehrbar zu bleiben. Ich weiß das! Ich weiß das aus eigener Erfahrung. Was Mr. Ferris mir antun wollte …«

Rosalie machte eine Pause und schluckte schwer. Christine hütete sich, sie zu stören. Außerdem merkte sie, dass sie nur noch schwer folgen konnte. Das Morphium wirkte schnell.

»Am Abend, als Annie davonlief, ging ich ihr sofort nach. Ich weiß auch nicht, was ich mir dabei gedacht habe. Irgendwie war ich ganz aufgewühlt von ihrer Geschichte. Ich wollte nicht, dass Jacob es merkte, denn ich sorgte mich um ihr Leben. Schließlich kannte ich seine Beweggründe, aber Annie … Annie war auf einem guten Weg. Ich schaffte es, sie zu finden. Doch er war schneller und tötete sie vor meinen Augen. Er war sehr böse auf mich.« Ihr Blick verfinsterte sich. »Ich hätte ihn niemals hintergehen dürfen.«

»Du bist trotzdem zu mir gegangen«, erinnerte sie Christine, wobei sie bereits lallte. »Er hinderte dich daran und brachte dich hierher. Aber das ist kein gutes Leben, Rosalie. Du bist einsam. Du leidest unter ihm.«

Mit einem bittersüßen Lächeln schüttelte Rosalie den Kopf. »So dürfen Sie nicht über ihn sprechen. Er sorgt gut für uns. Ich war zuerst zu einfältig, ihn zu verstehen, aber Jacob blieb geduldig mit mir und erklärte mir tagein, tagaus, dass er das Richtige tut.

Er hätte mich auch einfach töten können, aber das tat er nicht, weil er mich liebt.«

»Nein, Rosalie. Das ist keine Liebe«, nuschelte Christine. Sie wollte noch so vieles entgegnen, aber sie konnte nicht mehr.

Rosalie ging nicht darauf ein und führte ihre Litanei fort. Ihre Worte kamen aus weiter Ferne, als gingen sie Christine nichts mehr an. »Und wenn erst Peter bei uns ist, werden wir eine richtige Familie und gehen fort. Und Sie kommen mit uns. Als unsere Dritte im Bunde.«

Mehr hörte Christine nicht. Sie versank im gnädigen Dämmer.

44. Kapitel

London, November 1888

Pike erschrak, als er den alten Mann durch die düstere Spiegelung der Fenster seiner Wohnung sah. Sein Spiegelbild. Der Feierabend fühlte sich nicht erholsam an, sein Geist konnte nicht ruhen, denn jeder seiner Gedanken kreiste um Christine.

»Kommen Sie, John.« Sowohl Liam als auch Dr. Phillips hatten ihn heimbegleitet und schienen besorgt. »Ruhen Sie sich aus. Sie können Christine nicht finden, wenn Sie vor Erschöpfung tot umfallen«, versuchte Liam ihm Mut zuzusprechen.

Doch statt ins Bett schlurfte Pike in die Küche, nahm einen Dalmore vom Regal und tischte drei Gläser auf. »Ich trinke nicht allein«, murmelte er bloß, als sich Liam und der Pathologe ansahen und billige Ausreden stammelten. Also saßen die Männer am Tisch und tranken.

»Warum tötet jemand sechs Frauen, und zwei entführt er?«, fragte Pike in die Runde. Er vermutete sehr, dass darin der Schlüssel lag.

Dr. Phillips sah ihn ratlos an. »Glauben Sie denn, dass die Erste noch lebt? Diese Rosalie Sawyer?«

Er hoffte es. Denn es wäre die beste Voraussetzung, dass auch Christine noch am Leben war. »Der Ripper ist stolz auf seine Taten und will, dass sie gesehen werden. Warum sollte er zwei Frauen umbringen und die Leichen so gut verstecken, dass sie niemand findet?«

»Das hat was«, sah Liam ein. Auch er machte einen übernächtigten Eindruck. »Ich habe meiner Frau noch nicht geschrieben.

Ich fürchte um ihre Gesundheit, wenn sie von Christines Verschwinden erfährt.«

Pike senkte seine Augenlider. Das konnte er gut nachempfinden. Selbst bei ihm bedurfte es all seiner Beherrschung, um Ruhe zu bewahren.

»Darf ich?« Dr. Phillips zündete sich eine Zigarette an. Ungefragt griff auch Liam zu. »Die kann ich jetzt ebenfalls gebrauchen.«

»So wie ich.« Auch Pike zündete sich eine an, nahm einen tiefen Zug und spürte das Brennen in der Lunge.

»Was mir nicht aus dem Kopf gehen will«, begann Dr. Phillips, »ist dieser tödliche Tadel, wovon wir heute sprachen.« Er aschte in eine leere Bierflasche und drehte die Zigarette zwischen seinen Fingern.

Pike wiederum hatte seine so schnell geraucht, dass das Ende auseinanderzufallen drohte. Kurzerhand versenkte er sie im Gefäß.

»Um sie so schnell tadeln zu können, muss er dem Frauenhaus nahestehen. Verdammt nahe«, knurrte Liam.

»Dann müssen wir ihn sogar kennen«, dachte Pike laut nach. Noch während er es aussprach, kam ihm eine Eingebung. »Es gibt keinen Mann, der im Frauenhaus wohnt. Aber es gibt jemand, dessen zweites Zuhause es ist, und der dort arbeitet. Jacob Nevis.«

»Aber Nevis kann es nicht gewesen sein«, warf Liam ein. »Ich habe ihn doch auf dem Fest gesehen.«

»Aber wann? Miss Kelly war schon über eine Stunde tot, als wir eintrafen. Er könnte es getan haben und erst später im Renfield Eden erschienen sein. Im Gewimmel könnte er behaupten, von Anfang an dort gewesen zu sein, weil es unmöglich wäre, es zu überprüfen.«

Pike schüttelte sich. Dieser Junge sollte der Ripper sein? Sein Puls beschleunigte sich. Doch jetzt war keine Zeit für langatmige Gedankengänge. Sie mussten handeln, und zwar sofort.

»Los, wir haben keine Zeit zu verlieren!« Mit einem Satz war

Pike zu seinem Waffenschrank gestürmt und riss ihn auf. Der Inhalt war schnell unter seinen Gefolgsmännern verteilt. So machten sich die drei auf den Weg. Dazu bereit, keinen Stein auf dem anderen zu lassen.

Pikes Lungen brannten von der eiskalten Luft, die in schnellen Stößen in seine Atemwege drang. Das Trio lehnte im Schatten an einer Hauswand und blickte in den ersten Stock, wo noch Licht brannte.

»Sollten wir nicht auf die Verstärkung warten?«, fragte Dr. Phillips.

Entschieden schüttelte Pike den Kopf. »Ihr seid meine Verstärkung, denn zur Not gehe ich da allein rein. Ich lasse Christine keine Minute länger in der Gewalt dieses Verrückten.«

Es bedurfte keiner langen Absprache, jeder wusste, was zu tun war.

Leise öffnete Pike die Tür mit einem Dietrich, Liam sicherte ihn mit seiner Pistole. Die Tür schwang auf, dann ging alles sehr schnell. Pike und Liam richteten ihre Waffen nach vorn, während Dr. Phillips für einmal seinen Hippokratischen Eid beiseitelegte und ihnen im Rückwärtsgang folgte, damit ihnen niemand von hinten auflauern konnte. Sie schlichen die Treppe hoch und traten in das Zimmer, in dem Licht brannte.

Eine Frau schrie, weil sie sich erschreckte. Das musste Rosalie sein. Sie sprang von ihrem Sessel auf, ebenso wie der Mann neben ihr.

»Polizei!«, rief Pike. »Jacob Nevis, Sie sind verhaftet! Rühren Sie sich nicht, oder ich schieße.«

»Nein!«, keuchte der Ripper.

»Wo ist sie? Wo ist Christine?«

Er blickte sich um und horchte. Es war nur ein Moment, in dem sein Fokus nicht zur Gänze auf Nevis scharf gestellt war. Dieser machte einen Satz zum Fenster und riss es auf. Er wollte fliehen!

»Halt!«, schrie Pike, und entsicherte seine Waffe.

Da Nevis dies nicht zu interessieren schien, fackelte er nicht lange und drückte ab. Doch Rosalie hatte es kommen sehen und warf sich vor ihren Geliebten. Es krachte fürchterlich.

»Du dummes Mädchen!«, schrie Liam entsetzt. Sie zuckte zusammen und schnappte nach Luft wie ein Fisch, der an Land gespült wurde. Blut rann aus ihrer Brust, die Augen brachen. Noch bevor sie auf dem Boden aufschlug, war Nevis aus dem Fenster gesprungen.

Pike nahm die Verfolgung sofort auf und hechtete ebenfalls aus dem Fenster. Er spürte die Landung in seinen Knien und hatte Mühe, auf den Beinen zu bleiben. Verfolgungsjagden gehörten nicht zu seinem täglichen Brot. So ein Mist, Nevis war wieselflink, er drehte sich nicht einmal nach ihm um. Fluchend folgte Pike ihm durch ein Labyrinth verwinkelter Nebengassen. Einen weiteren Schuss konnte er nicht riskieren, solange er nicht sah, was sich sonst noch vor ihm befand. Mit einem Satz sprang der Ripper über einen Hofzaun und verschwand auf der anderen Seite.

Und genau dort verlor Pike ihn, denn er brauchte länger, um über diesem Zaun zu klettern. Dabei verlor er wertvolle Zeit. Als er endlich schwer atmend drüben war, verstummte das letzte Hallen der sich schnell entfernenden Schritte.

Als Pike zurückkehrte, stand Dr. Phillips an der Tür und wachte. »Ich konnte nichts mehr für die junge Frau tun, Inspector.« Dann lächelte er verhalten. »Aber gehen Sie nach oben. Dort wartet jemand auf Sie.«

Das ließ sich Pike nicht zweimal sagen, und er nahm immer zwei Stufen mit einem Schritt. Aus einem Schlafzimmer im ersten Stock hörte er Stimmen und trat ein.

»Das ist ja pervers«, schimpfte Liam, der es gerade geschafft hatte, Christine von ihren Fesseln zu befreien.

»Bist du unversehrt?« Pike stürzte zu ihr und schloss sie in die Arme. Sie war ganz schlaff, aber zumindest halbwegs bei sich, denn sie lallte seinen Namen. Schluchzend vergrub er sein Gesicht in ihrem Haar. »Ich dachte, ich habe dich für immer verloren.« Nevis war jetzt zweitrangig. Denn ganz gleich, was jetzt noch folgen würde, Pike hielt Christine fest, und er würde sie nie wieder loslassen.

45. Kapitel

London, November 1888

»Ich verstehe einfach nicht, warum sie das getan hat.« Christine schüttelte den Kopf und spürte die Nässe auf ihren Wangen. Tief in ihrem Herzen wusste sie, dass Rosalie keine boshafte Person gewesen war.

»Manche Dinge kann man nicht erklären, mein Schatz. Vor allem nicht, wenn man sie aus Liebe tut.«

Das Wasser in der Badewanne kühlte allmählich ab, dennoch blieben sie drin und sogen die Geborgenheit mit allen Sinnen auf. Nachdem sie schon die ganze Nacht zusammen gewesen waren, saß er nun dicht hinter ihr. Er hielt sie fest und streichelte ihre Schulter, während seine Beine die ihren umschlangen.

»Peter hat seine Mutter und einen Ersatzvater verloren. Er ist noch so klein und kann doch gar nicht verstehen, was geschehen ist«, sagte Christine betroffen.

»Was er jetzt braucht, ist ein Herz, das sich seiner erbarmt, Christine. Eine Konstante, der er vertrauen kann. Für immer.«

Daran hatte sie auch schon gedacht. Das Kind verdiente Liebe und Sicherheit. Beides würde sie ihm geben. Aber wie würde das Leben in Whitechapel weitergehen? Sich dies auszumalen, fiel ihr schwer. Gewiss, die Polizei würde nach Nevis suchen. Und genau da lag der Hund begraben; sie würden ihn nicht finden. Nevis hatte es geschafft, sechs Morde völlig unbeobachtet zu begehen. Er kannte die Straßen, die verborgenen Pfade, die Abkürzungen in den Nebengassen. Er war sportlich und schnell. Vielleicht flüchtete er auf den Kontinent oder gar nach Amerika? Vielleicht blieb er aber auch hier. London war eine riesige Stadt, und er fand sich in ihr zurecht wie eine Spinne in ihrem Netz. Jack the Ripper würde weiterleben, dieselbe Luft atmen wie sie.

Nachts in den nebelverhangenen Gassen würde sich nach wie vor jede Frau erschrecken, wenn sie hinter sich einen Schatten bemerkte. Familienväter würden ihren Liebsten verbieten, das Haus nach Einbruch der Dunkelheit zu verlassen. Und bei jedem Mord würde man zuerst an ihn denken. Auf Dauer wäre das Gift für die Bevölkerung. Sie war schon jetzt schlecht auf die Polizei zu sprechen.

»Woran denkst du?«, fragte Pike, nachdem sie so lange geschwiegen hatte.

Sie hob den Kopf und drehte sich zu ihm um. »Dass unsere Aufgabe noch nicht beendet ist. Wir müssen ihn aus der Reserve locken.«

»Und hast du einen Plan, wie?«

Sie nickte. »Ja, aber er wird dir nicht gefallen.«

Es gab nur eine Sache, die Nevis mehr bedeutete als seine eigene Sicherheit. Und wenn sie ihm genau diese wegnahm, würde er sich hoffentlich zeigen. Christines Furcht stieg dabei ins Unermessliche. Ja, es war riskant, verrückt sogar – aber auch ihre einzige Chance.

Sie stand in der obersten Etage des Renfield Eden, dem unbewohnbaren Teil. In ihrer Rechten hielt sie eine Öllampe, doch sie zitterte so sehr, dass sie ihre Linke hinzuziehen musste, um die Lampe stillzuhalten. Andächtig blickte sie durch den menschenleeren Flur. Ihre Gedanken drehten sich wie in einem Karussell im Kreis, ehe sie sich auf das Bevorstehende gefasst machte. Eine Weile hörte sie nichts anderes als ihren Atem. Sie glaubte deutlich zu spüren, wie ihr Herz seine Schläge zwar verlangsamte, aber mit voller Wucht gegen die Stäbe ihres Korsetts schlug.

Sie hielt den Atem an, als sie die Lampe unter einen Vorhang schob. All die mahnenden Stimmen, die mit ihr die letzten Stunden gestritten hatten, gingen nun in Flammen auf. Genauso wie der Stoff. Dann zog sie weiter zum nächsten Vorhang und setzte auch diesen in Brand.

Das Feuer fraß sich hinauf, ging auf der Suche nach Nahrung auf die Holzvertäfelung über und schließlich auf das Mobiliar. Je größer es wurde, desto mehr wuchs Christines Angst. Jede einzelne Holzfaser, die da in Flammen aufging, tat ihrem Herzen weh. Als verrate sie sich selbst, die Bewohnerinnen und Henry. Allmählich wurde es heiß und stickig auf dem Stockwerk. Die starke Rauchbildung reizte ihre Lunge. Bald würde sie dem Rauch nach unten entfliehen müssen.

Aber ein Klirren bestätigte ihre Vermutung. Jemand hatte über ein benachbartes Dach ein Fenster eingeschlagen und stieg zu ihr hinein. Trotz der Hitze durchfuhr sie ein eiskalter Schauer, als Jacob Nevis vor ihr stand.

Wie ein Fuchs, den man aus seinem Bau trieb, sah er sie an. Seine aufgerissenen Augen zeugten von Bestürzung und Fassungslosigkeit. »Madame! Warum zerstören Sie Ihr Lebenswerk?«

Die Erleichterung, dass er tatsächlich gekommen war, erlosch augenblicklich. Er hatte ihr tatsächlich wieder aufgelauert, sie vielleicht die ganze Zeit über nicht aus den Augen gelassen.

»Weil Sie einen Schatten darübergelegt haben und ich so nicht weiterarbeiten werde. Lieber sterbe ich.« Ihre Augen wurden feucht. »Es tut mir sehr leid um Rosalie, aber Sie haben sich da in etwas reingesteigert, Nevis.«

»Aber ...« Er hielt inne. Es fiel schwer, ihm in diesem Augenblick den kaltblütigen Mörder abzunehmen. »Ich kann nicht noch einen Menschen verlieren, den ich liebe.«

Sie schnappte nach Luft. Pike hatte zwar mehrmals angedeutet, dass er eine krankhafte Liebe für Nevis' Triebfeder hielt, aber Christine hatte es bis dato nicht glauben wollen. »Sie lieben mich? Aber was ist mit Rosalie?«

Er machte eine wegwerfende Handbewegung. »Rosalie war nur ein Mittel zum Zweck. Unwichtig.« Mit offenen Armen machte er einen Schritt auf sie zu, während sie gegen den Impuls ankämpfte zurückzuweichen. »Aber Sie! Sie sind die wahre Essenz. Und

darum schmerzte es mich so sehr, dass Sie erfahren mussten, was ich getan habe. Weil Sie mich nun nie wieder achten können. Ich hegte solch große Hoffnung, dass wir glücklich werden könnten. Dass wir alle glücklich werden könnten.«
Er bewegte sich viel zu hektisch für ihre List. Sie musste ihn ruhigstellen. »Aber Jacob, dafür ist es noch nicht zu spät. Wir können noch immer glücklich werden. Nur wir zwei, hörst du? Ich verstehe jetzt, warum du es getan hast, und dafür achte ich dich mehr denn je.« Tränen füllten ihre Augen. Gegen all ihr Widerstreben näherte sie sich ihm, bis nur noch eine Armlänge sie voneinander trennte. Himmel noch eins, wie sehr sie sich fürchtete! Trotzdem streckte sie die Hand nach ihm aus, ihre Fingerspitzen berührten den rauen Stoff seines Filzmantels. Es kam ihr unerträglich langsam vor, wie sie aufeinander zusteuerten und sich ihre Gesichter näherten. Dann schloss sie die Augen und ließ es geschehen. Sie stellte sich vor, ganz weit weg zu sein und versuchte die Tatsache zu ignorieren, dass die Lippen, die sie auf ihren spürte, einem Monster gehörten.

Ihr einziger Gedanke galt Pike. Es war ein einziger Schuss aus einer unbekannten Richtung, der so nahe an ihr vorbei in sein Ziel traf, dass sie den Windstoß der Kugel spürte. Der Tinnitus kam prompt. Christine riss ihre glasigen, blauschimmernden Augen auf.

Nevis hatte seine ebenfalls geöffnet, aber sie waren bereits gebrochen. Seine Hände umklammerten sie, als wollten sie nicht begreifen. Schnell wand sie sich aus seinem Griff und machte einen Satz zur Seite. Mit einem dumpfen Geräusch fiel der Leichnam zu Boden.

Was danach geschah, nahm sie nur noch am Rande wahr. Menschen in Uniform kamen zu ihr und brachten sie vom Feuer weg, während andere mit den Löscharbeiten begannen. Gefühlt ein Dutzend Hände und Arme stützten sie, während sie auf schwachen Beinen die Treppe hinunterstieg. Was die Leute sagten, hörte sie nicht. Der schmerzhafte Pfeifton ließ erst nach, als sie den Innenhof betrat, und Pike sie einholte. Ein heftiger Schüttelfrost erfasste sie, weinend stürzte sie in seine Arme.

Sobald sie ihre Tränen trocknete, realisierte sie, dass sie nicht allein war. Sie blickte in die Gesichter all ihrer lieben Bewohnerinnen, die von Liam in aller Heimlichkeit aus dem Haus evakuiert worden waren. Kaum jemand war noch trockenen Auges. Doch es waren Tränen froher Kunde.

Jack the Ripper war tot.

46. Kapitel

Paris, 3. März 1889

Pierre war ein alter Franzose, dessen Herz sich mit Stolz füllte, wenn er an sein Land dachte. Er schloss die Augen und spürte die Höhe, während ein frischer Wind ihm beinahe den Hut vom Kopf wegwehte. Als er die Augen wieder öffnete, blickte er aus nahezu dreihundert Metern Höhe auf seine geschichtsträchtige Hauptstadt hinab. Selbst jetzt im Dunkeln wusste er ganz genau, wo sich welches Gebäude befand. Bei gutem Wetter konnte man über sechzig Kilometer weit sehen. Doch bis dahin war diese Aussicht nur wenigen Menschen vorbehalten gewesen; den über zweihundert Arbeitern und einer Handvoll hoch qualifizierter Architekten. Und ihm, dem Vorarbeiter, der für die oberste Laterne, den Turmaufsatz, verantwortlich war. In wenigen Tagen würden die Bauarbeiten des Eiffelturms abgeschlossen sein. Pünktlich zur zehnten Weltausstellung, deren Gastgeber dieses Jahr Paris sein würde. Über zehntausend Tonnen verarbeiteter Stahl sollten exakt einhundert Jahre nach der Französischen Revolution ein neues, modernes Zeitalter einläuten und die Grenzenlosigkeit des menschlichen Schaffens symbolisieren.

Pierre spürte die prickelnde Spannung in der Luft, das Jucken in seinen Fingerspitzen und die Ergriffenheit in seiner Brust. Er war sich nicht ganz sicher, ob die junge Schottin neben ihm ebenfalls in die weite Nacht hinausblickte und dabei das Gleiche spürte wie er, oder ob sie mit den Gedanken woanders war.

Bereits heute Nachmittag hatte sie ihn bei der Arbeit abgefangen und unter vier Augen angesprochen. Nachdem sie ihm von ihrem Anliegen erzählt hatte, war sein Herz ganz weich geworden, und er sagte sofort zu. Um halb neun Uhr abends – das war vor einer Stunde gewesen – hatte sie mit einem kleinen Koffer auf ihn unter dem Eiffelturm gewartet.

»In absehbarer Zeit planen wir einen Aufzug, aber momentan müssen wir uns mit der Treppe begnügen«, hatte er zu ihr gesagt.

Die Schottin hielt ihren Koffer fest umklammert und war ihm mühelos die Stufen bis zur Spitze hinauf gefolgt. Auf jeder Plattform legten sie eine kleine Pause ein. »Wollen Sie einmal das Büro von Monsieur Eiffel sehen?«, hatte er beim dritten Absatz schelmisch gefragt.

Jetzt standen sie ganz oben und schwiegen. Obwohl Pierre ein geselliger Mann war, wagte er es nicht, dieses Schweigen zu unterbrechen. Auch er hatte früh seine Frau Bernadette verloren und konnte diesen schmerzlichen Verlust nachempfinden.

Die Schottin neigte ihr Kinn in seine Richtung, als würde sie auf seine Erlaubnis warten. Er nickte ihr zu und beobachtete, wie sie ihren Koffer aufklappte und eine Urne zum Vorschein brachte. Dann öffnete sie den Deckel und kippte sie um. Die Asche streute in alle Windrichtungen davon.

Im Mondlicht entdeckte Pierre eine Träne, die langsam ihre Wange hinunterrann. Dann zeichnete sich ein bittersüßes Lächeln auf ihrem Gesicht ab. »Leb wohl, Henry.«

»Leb wohl, Judith.« Sie standen in der Victoria Station vor dem Zug, der die Familie Breckinstone gleich nach Southampton fahren würde. Dort sollte sie ein Schiff bis ans andere Ende der Welt bringen. Unter Herberts wachsamen Augen gab Pike seiner Ex-Frau einen Kuss auf die Wange. »Pass gut auf dich auf.«

Der Säugling schrie. Judith schob den Kinderwagen vor und zurück, um ihn zu beruhigen. Sie machte einen erschöpften, abgekämpften Eindruck.

Auch Pike sah man die Müdigkeit in seinen Augen an. Nur weil der Ripper nicht mehr unter ihnen weilte, konnte er nicht einfach die Füße hochlegen. Zwar war Jacob Nevis in seinen Augen zweifelsfrei der Mörder, aber weil er starb, bevor er überführt werden konnte, galt der Fall als ungelöst. Das Vertrauen in die Polizei befand sich bei der Bevölkerung auf dem Tiefpunkt und musste erst wieder zurückgewonnen werden. Christine behielt mit ihrem Verdacht recht: Nach dem Ripper kamen neue Fälle, die die Polizei auf Trab hielten. So würde es sein, solange es Verbrechen gab.

»Komm, ich nehme ihn«, sagte Herbert jetzt, und nahm Judith den Kinderwagen ab. Sein Abschied von Pike fiel höflich, aber kühl aus.

Dann kam der wohl schwierigste Teil. Eddie hatte sich schon die ganze Zeit über an ihn geklammert und sein Gesicht in Pikes Hüfte vergraben, ohne ein einziges Mal aufzublicken oder ein Wort zu sagen. Nun musste Pike gegen all sein Bestreben den kleinen Mann von sich lösen. Er beugte sich zu Eddie hinunter und hielt seine Hände. Die Augen des Jungen waren ganz nass, aber kein Schluchzen kam über seine Lippen. Eddie war sehr tapfer.

»Na, kleiner Sergeant, du bringst jetzt doch nicht deinen Papa in Verlegenheit? Sei ein guter Junge. Hör auf deine Mutter und lerne fleißig, wenn du in die Schule kommst, damit aus dir was Anständiges wird.«

Eddie schwieg noch immer und drückte sich an seine Brust.

Pike musste sich mächtig zusammenreißen. »Versprichst du es mir?«

»Ja, Papa.«

Zum Abschied zerwühlte er seinen Lockenschopf, dann ließ er ihn gehen. Judith hatte die Szenerie schweigend mitverfolgt und nahm ihren Sohn an die Hand, während Herbert mit dem Kinderwagen in ihrem Abteil der ersten Klasse verschwand. Mutter und Sohn betraten den Zug und blickten ein letztes Mal zurück, ehe sie im Innern verschwanden.

Erst als der Schaffner pfiff und sich Pike vom Zug abwandte, gestattete er sich, stumme Tränen zu vergießen. Er legte den Kopf in den Nacken, um sie versickern zu lassen.

Da hörte er ein Rufen.

»Papa!«

Sofort drehte sich Pike um. Er dachte schon, seine Sinne würden ihn täuschen, doch es war kein Irrtum. Eddies Lockenschopf wirbelte umher, während er auf ihn zurannte. Hinter ihm fuhr der Zug aus dem Bahnhof, doch Eddie rannte weiter, direkt in seine Arme.

»Eddie!« Als seine Arme den Kleinen umschlangen, spürte er eine immense Erleichterung. Als hätte jemand die Halteseile eines Heißluftballons gekappt und ihn so befreit. »Was ist passiert?«

»Mama hat im Zug plötzlich ganz fürchterlich geweint«, erzählte Eddie. »Und dann hat sie mich etwas gefragt. Sie wollte wissen, ob ich lieber in Indien oder in England leben möchte.«

Pike wurde ganz selig. »Und du hast England gesagt.«

»Nein, ich habe gesagt, bei dir, Papa.«

Epilog

Nordküste Schottlands, März 1889

Liam warf das heftig strampelnde Bündel in die Höhe und fing es wieder auf. Das Päckchen quietschte vergnügt und verschreckte die Möwen, die nur einen Steinwurf von ihnen entfernt am Strand nach angespülten Krebsen und Muscheln suchten.
»Nicht so wild, Liebster! Sonst wird ihr übel.« Emily stand neben ihm und schüttelte lächelnd den Kopf. Obwohl es noch winterlich in Suthness war, gehörten die Spaziergänge am Strand für sie zur Tagesordnung.
Aber Margery zeigte gar keine Anzeichen von Übelkeit. Ihr rabenschwarzes Haar glänzte in der Sonne genau wie das ihres Vaters. »Oh, wie ich sie liebe! Ich könnte sie auffressen!« Margery verzog brabbelnd das Gesicht, während sie seinen Küssen ausgesetzt war und seine Bartstoppeln ihre Haut kitzelten.
»Nun ist er also gekommen. Der Tag, an dem ich nicht mehr an erster Stelle stehe.«
»Und es wird ein Tag kommen, da wirst du sogar nur die dritte oder vierte sein«, ergänzte Liam eifrig.
»Liam!«
Lachend legte er seinen freien Arm um seine Frau, sagte ihr, dass sie natürlich immer an erster Stelle stünde, und küsste sie unziemlich. Aber wer sollte darüber schon die Nase rümpfen? Margery konnte nichts verraten, und Christine, die seit zwei Tagen aus Paris zurück war und hier ein paar freie Tage verbrachte, stiefelte schon vier, fünf Steinwürfe vor ihnen über den Strand.

Doch so ganz ungestört waren sie nicht, wie Liam jetzt überrascht feststellte. »Sieh mal Schatz. Wir bekommen Besuch aus London.«

»Liam, was für eine Freude! Und Lady Emily! Lange ist es her.« Pike küsste ihre Hand und deutete eine Verneigung an. »Das letzte Mal, als ich Sie sah, waren Sie noch keine Countess.«

»Und Sie noch nicht Chiefinspector. Meinen herzlichen Glückwunsch zur Beförderung, John. Und nennen Sie mich Emily! Danke, dass Sie meine Freundin gerettet haben. Sie wäre jetzt nicht hier ohne Sie.«

»Da wir gerade beim Thema sind ...« Pike räusperte sich, als er seine Liebste in der Ferne sah. Er deutete auf Eddie. Dieser hatte bereits mit Begeisterung das Baby entdeckt. »Darf ich ihn kurz bei euch lassen?«

»Natürlich.« Liam nickte verständnisvoll.

Sofort machte sich Pike auf den Weg. Noch sah sie ihn nicht, sodass er sie in ihrer Ahnungslosigkeit bewundern konnte. Sie sah so zufrieden aus, so versöhnt mit sich und ihrer Welt, dass Pike ganz warm ums Herz wurde. Und dann, als er ihren Namen rief und sie sich erstaunt nach ihm umdrehte, hatte er endlich Gewissheit. Sie war bereit für ihn.

»John!« Sie rannte ihm in die Arme und küsste ihn zuerst leidenschaftlich, dann zärtlich. Das war der Augenblick, auf den er so lange gewartet hatte, für den sie so lange kämpfen mussten. Denn nun folgte das Beste überhaupt: ihre gemeinsame Zeit.

ENDE

Nachwort

Als ich Ende 2016 *Hurentochter – Die Distel von Glasgow* beendete, ahnte ich noch nicht, dass die Geschichte von Emily, Liam und Christine weitergehen würde. Erst bei der Überarbeitung flog mir eine vage Idee für eine Fortsetzung zu, die sich schon bald verdichtete und Form annahm. So entstand 2017 *Hurenmord – Die Rose von Whitechapel*.

Um Jack the Ripper ranken sich viele Mythen, konnte er doch nie überführt, sein Motiv und seine Identität niemals gelüftet werden. Tatverdächtige gab es zur Genüge, doch bei allen sprachen auch wieder Punkte dagegen. Wichtige Polizeiakten gingen für immer verloren. Dank den gut dokumentierten Zeitungsberichten von damals lässt sich dennoch einiges rekonstruieren. Sechs bis elf Morde werden dem Ripper zugeschrieben, Berühmtheit erlangten jedoch die »Kanonischen Fünf«. Dass der Roman mit Martha Tabram als erstes Opfer beginnt, liegt zum einen daran, weil ich damit auf die unerwähnten Opfer anspielen möchte, zum anderen, weil viele Indizien dafür sprechen. So stimmen nicht nur Alter (bis auf Mary Jane Kelly, die bedeutend jünger war) und Lebenslage mit den übrigen Mordopfern überein, sondern auch Tatzeit und -hergang. Letztendlich sprachen natürlich auch dramaturgische Gründe dafür. Dieser Hauch von Kitsch, dass sich Christine und Pike am 8. 8. 1888 begegnen und ineinander verlieben, sollte das Elend in diesem Roman mildern.

Die Zustände der Bevölkerung, die Hintergrundbeleuchtung der Mordopfer, die Zeugenaussagen bei den Untersuchungen, selbst der letzte Brief, den Mary Ann Nichols ihrem Vater schrieb, sind historisch belegt. Einzig bei der Uhrzeit des Leichenfunds von Mary Jane Kelly bin ich abgewichen: Während sie in Wahrheit am Vormittag gefunden wurde, ließ ich die Polizei am späten Abend am Tatort eintreffen. Die beiden Bücher *The Worst Street in London* von Fiona Rule und *Jack the Ripper: Anatomie einer Legende* von Hendrik Püstow und Thomas Schachner waren für die Recherche unverzichtbar. Nützlich war auch *Das Jahrhundert Englands* von Brian Moynahan. Stimmungsvolle Unterhaltung bietet die Serie *Ripper Street* mit Matthew Macfadyen in der Hauptrolle.

Ganz ohne Fiktion geht es natürlich nicht: Wie Christine, Emily und Liam ist auch Inspector Pike erfunden. Der leitende Ermittler der H Division zu der Zeit war Edmund Reid. Und auch an der Brushfield Street vor der Christ Church steht zwar ein rotes Backsteinhaus, aber das war nie ein Frauenhaus. Alles, was sich hinter diesen Wänden abspielt – die Behauptung, dass alle Opfer hier wohnten und natürlich auch die Identität des Mörders – sind frei erfunden. Denn schließlich soll dies keine wissenschaftliche Abhandlung werden, sondern ein Unterhaltungsroman mit dem Resümee: So könnte es gewesen sein.

An dieser Stelle danke ich meinen lieben Mitmenschen, darunter Leonard Koenig, Stefanie Hippler, Jürg Lüscher, Tabea Obrist, Sabine Issel, Jessica Bürgin, Niklaus Schäfer und Maja Knapp, die mich auch bei diesem Roman wieder treu unterstützt und ermutigt haben. Ihr seid die Besten! Meinen herzlichen Dank auch an Dirk Meynecke von der Buchplanung Meynecke und meinen Lektorinnen Christiane Bauer und Ulla Mothes.

Mehr zu meinen Romanen und meiner Person finden Sie auf: www.autorin-tabea-koenig.ch